「つ、強くなったな、アノス。
お前に教えることは、もう、なにもない……」

グス

そそっかし

れる、転生したアノスの父親。

「君も僕を滅ぼせない。
僕たちはよく似ている」
アノス・
ヴォルディゴード
泰然にして不敵、絶対の力と自信を
備え、《暴虐の魔王》と恐れられた
男が転生した姿。

魔王学院の不適合者 8

MAOH GAKUIN NO FUTEKIGOUSHA

～史上最強の魔王の始祖、転生して子孫たちの学校へ通う～

著†秋
illustration†しずまよしのり

魔王学院の不適合者

登場人物紹介

【幻名騎士団】

セリス・ヴォルディゴード

アノスの父親を名乗る幻名騎士団団長。

【勇者学院】

エミリア・ルードウェル

ディルヘイドから《勇者学院》に派遣された、かつてのアノスたちの担任教師。

レドリアーノ・アゼスチェン

丁寧な物腰で沈着冷静な、護りの魔法に秀でる聖海護剣ベイラメンテに選ばれた勇者。聖水の守護騎士の称号を持つ。

ラオス・ジルフォー

荒々しい気性で直情的な、破壊に優れた聖炎熾剣ガリュフォードに選ばれた勇者。聖炎の破壊騎士の称号を持つ。

ハイネ・イオルグ

子供っぽい性格で悪戯好きな、大地を操る大聖地剣ゼーレ・大聖土剣ゼレオに選ばれた勇者。聖地の創造騎士の称号を持つ。

エールドメード・ディティジョン

《神話の時代》に君臨した大魔族で、通称"熾死王"。

アノス・ファンユニオン

アノスに心酔し、彼に従う者たちで構成された愛と狂気の集団。

Maoh Gakuin no Futekigousha
Characters introduction

【魔王学院】

アノス・ヴォルディゴード

泰然にして不敵、絶対の力と自信を備え、《暴虐の魔王》と恐れられた男が転生した姿。

ミーシャ・ネクロン

寡黙でおとなしいアノスの同級生で、彼の転生後最初にできた友人。

サーシャ・ネクロン

ちょっぴり攻撃的で自信家、でも妹と仲間想いなミーシャの双子の姉。

レイ・グランズドリィ

かつて幾度となく魔王と死闘を繰り広げた勇者が転生した姿。

ミサ・レグリア

大精霊レノと魔王の右腕シンのあいだに生まれた半霊半魔の少女。

エレオノール・ビアンカ

母性に溢れた面倒見の良い、アノスの配下のひとり。

ゼシア・ビアンカ

《根源母胎》によって生み出された一万人のゼシアの内、もっとも若い個体。

アルカナ

選定審判を執り行う八名の神のひとり。その正体はかつて背理神と呼ばれた、まつろわぬ神。

シン・レグリア

二千年前、《暴虐の魔王》の右腕として傍に控えた魔族最強の剣士。

§プロローグ【〜名もなき亡霊〜】

それは、まだ魔族の支配者が生まれる以前、四邪王族やミッドヘイズの魔導王など、強き魔族たちがひしめく群雄割拠の時代であった。

我こそがディルヘイドを支配するに相応しいと魔族たちは力を誇示し、血族同士ですら争った。領土拡大のため、アゼシオンへ侵略を行う者も少なくはない。国の内外で常に戦火に曝され、一致団結した人間や、それに力を貸す神族、精霊たちの侵攻に、それぞれの魔族は独力での対処を余儀なくされる。

人間や精霊たちが恐れていたのは、魔族が一つにまとまること。彼らが互いに争い続けるからこそ、アゼシオンとディルヘイドの戦力は、かろうじて均衡を保っている。もしも、魔族を一つにまとめ上げるような支配者が現れたなら、戦況は一気にひっくり返るだろう。

アゼシオン軍は狡猾にディルヘイド各地を統治する王たちに疑心の種を蒔き続けた。魔族同士を戦わせることで、大戦を有利に進めようと画策したのだ。人間など取るに足らぬと魔族たちが侮っている間に大勢を決してしまう。その狙いは、着々と功を奏していた。

無論、魔族の中にもそれに気がついている者たちがいた。彼らは魔族のどの陣営にも属さない。主君を持たず、領土を持たず、名前を明かすことすらない。セリス・ヴォルディゴード率いるその魔族の騎士団は、歴史に名を残すことなく、いつしか消えた。

彼らがなにを想い、なんのために剣を振るっていたのか。それは、その名もなき幻のような騎士団を直接見た者だけが、僅かな記憶に留めるばかりだ。

「てっ、敵襲っ！　敵襲ーっ！　数は不明っ！　姿も確認できませんっ！　結界が全方位からの魔法砲撃に曝されていますっ！」

ミッドヘイズ領の最南端、毒の沼気漂う湿地帯だ。

魔族の攻撃を察知した人間の兵士が、味方部隊に《思念通信》を飛ばしていた。彼らは魔眼の力を最大限働かせるが、敵影は一切映らない。

「おのれ、魔族め……。いったい、なにを……？　なぜ、この場所がわかった……？」

勇者グラハム率いるアゼシオン軍第一七部隊は、神族を味方につけ、ディルヘイドを拠点に活動していた。魔族たちに居場所を気取られぬように潜んでいたはずが、突然、姿を隠した敵の襲撃を受ける羽目になったのである。

「恐れることはないよ。たぶん、これは《幻影擬態》と《秘匿魔力》の魔法だ。姿は消せても、その状態じゃ魔法の威力はたかが知れている」

勇者グラハムが言った。

「我らには、聖なる神リーノローロスの護りがある。これを突破するには、魔族は姿を現すしかない。そして、この勇者グラハムの手に護神剣がある限り、我々に敗北はありえない」

浮き足だった味方に檄を飛ばし、グラハムは前へ出た。その手に輝くのは、護神剣ローロストアルマ。結界神リーノローロスの祝福を受けし、聖剣である。

魔を払う勇者の結界と、その護神剣、そしてグラハムの傍らに立つ結界神リーノローロスの護りがあれば、たとえ世界が滅びたとしても、彼らだけは無事に生き延びるであろう。

《聖域》の光が勇者グラハムに集い、更に彼らの護りは盤石となった。

そのときだ。

「《波身蓋然顕現》」

アゼシオン軍第一七部隊の前に、一人の魔族が姿を現す。紫の髪と、蒼い瞳。外套を纏った男、セリス・ヴォルディゴードである。

「……現れたね……」

「魔力の波長を照合しましたが、一致しません。王族クラスの魔族ではないでしょう」

その言葉で、兵士たちから僅かに安堵の表情がこぼれた。

彼らが敵地での諜報活動にて調べ上げた魔族の中でも、特に要注意人物である実力者。それらを総称して王族クラスと呼んでいるが、その中にセリスは含まれていなかった。つまり与し易い相手ということだ。

まっすぐ結界へ向かって、セリスは歩いていく。彼は右手に携えた万雷剣ガウドゲィモンをすっと動かす。そうして、目の前の球体魔法陣へ向け、構えた。

魔法陣は一つではない。先の《波身蓋然顕現》により、可能性の球体魔法陣が彼の目の前に九つ現れている。

「《波身蓋然顕現》」

セリスは万雷剣を球体魔法陣に突き刺した。同時に、九つの可能性の刃が、九つの球体魔法陣を貫く。耳を劈く雷鳴と、その湿地帯を覆いつくすほどの紫電が溢れる。天は轟き、地は震撼し、その場の命がただ魔力の解放だけで消し飛んでいく。

ジジジ、と地面に走った紫電が、勇者たちの結界を丸ごと飲み込むほど巨大な魔法陣を描く。強力すぎるほどの魔法の威力にて、国を滅ぼさぬための結界であった。セリスは実在の万雷剣と、可能性の万雷剣を天にかざす。合計一〇本の刃から、糸のように細い紫電が天に走った。

「《滅尽十紫電界雷剣(ラヴィア・ネオルド・ガルヴァリイズエン)》」

大空から、一〇本の剣めがけ、膨大な紫電が落ちてきた。それは天と地をつなぐ柱の如(ごと)く、巨大な一振りの剣と化す。

万雷剣が振り下ろされる。空を引き裂くような音が遠くどこまでも響き渡り、滅びがそこに落雷する。ディルヘイドの空が紫に染まり、数秒後、湿地帯のすべてが吹き飛んでいた。アゼシオン軍の精鋭たちも、結界神の姿もない。ただ滅びたのだ。

唯一、生き残ったのが、勇者グラハムである。護神剣ローロストアルマは、黒く焼け焦げ、ボロボロと崩れ落ちた。かろうじて彼が生きているのは、結界神とローロストアルマ、《聖域(アスク)》の力のおかげだろう。セリスは伏したグラハムに近づいていく。その背後に、同じく外套(がいとう)を纏(まと)った十数人ほどの魔族たちが現れる。

《幻影擬態(ライネル)》と《秘匿魔力(ナジラ)》のせいか、魔力の粒子を纏(まと)った彼らの存在は、朧気(おぼろげ)だった。

「……これだけの力を持っていながら、なぜ……」

セリスは答えず、勇者の目の前に立った。彼は万雷剣をグラハムへ向ける。

「……どうして、魔族の支配者を決める争いに……加わっていない……？」

名のある魔族であれば、殆(ほとん)どが領土を持つ。諜報(ちょうほう)活動を続けていたグラハムは、王族クラスの有名魔族をすべて調べ上げたはずだった。だが、目の前にいる男の情報は一切ない。

「……君たちは、何者だい……？」

静かにセリスは答えた。

「亡霊に名は不要」

彼は万雷剣を振り上げる。

「しかし、冥府に行く者は、せめてこの名を刻むといい。幻名騎士団、団長（イシス）――」

「待たれよ」

漆黒の炎が立ち上る。中から現れたのは、人型の炎。魔族だ。五体は炎そのものであり、そいつがローブを纏（まと）っていた。ミッドヘイズの魔導王ボミラス・ヘロスだ。

「ここはミッドヘイズ領、余の領土よ。悪戯（いたずら）に殺しをされても困る。そうであろう？」

セリスが無言で、魔導王ボミラスを見る。

「そう殺気立つでない。二、三、その人間に質問があるのだ。それぐらいは構わないであろう？」

やはり彼は返事をせず、しかし承諾したかのように剣を引いた。

「答えるがよい、勇者グラハム。でなければ、昨日、貴様が余の城に放った密偵たちの命がないと思え」

ボミラスが、その炎の口を開く。

「ミッドヘイズ城に来た密偵。ここにいた貴様たち。合計しても、ディルヘイドに入った人数が足りぬようだが、残りはどこへ行った？」

ボミラスが魔法陣を描く。《契約（ゼクト）》だ。

「大人しく答えれば、命だけは保証しよう。余は平和主義者でな。このミッドヘイズ領からお前たちを追い出せれば、それで満足だ」

《契約》にはその通りの文言が記載されている。仲間と聖剣を失い、敵地では援軍も望めない。グラハムに選択肢はなかっただろう。彼はそれに調印し、言った。

「ツェイロン家の集落に、仲間たちはいる」

「なるほど、なるほど。ツェイロンの女たちの。人間の首を刈り、その顔、その知恵、その魔力を奪う彼女たちだ。さぞ恨みがたまっていたのであろうな」

ツェイロンの血統は、魔族でも珍しい首なしの種族だ。女だけの種族であり、女王からのみ彼女たちは生まれる。

「勇者よ。余は話がわかる王だ。貴様たち人間の恨みは至極当然と言えよう。ツェイロン家は復讐にあっても仕方がなかった」

落ちついた口調で魔導王は言う。

「よい機会だ。魔族と人間、一度話し合ってみるのもよかろう。我が城へ来ぬか？　貴様の仲間たちもいる。滞在している間は、ツェイロン家の集落にいる人間の身の安全を保証しよう」

グラハムはしばし考える。だが、自らと仲間たちを救う選択肢はやはり、一つしかなかった。

「……わかった」

瞬間、セリスが無言で万雷剣を振り下ろす。雷鳴が轟き、紫電が走る。その刃を、魔導王ボミラスが炎の右手でつかんで止めた。

「ここはミッドヘイズ領だと言うたはずだ、名もなき団長よ。すまぬが、《契約》があるゆえ――ぐあぁあぁあっ……!!」

魔導王の炎の腕が、万雷剣に落とされる。

「……っ……」

容赦なくガウドゲィモンは勇者グラハムの首を刎ね、紫電にて滅ぼした。

「なんのつも――」

魔導王ボミラスが声を上げると、万雷剣が彼の体に突き刺さっていた。紫電を炎の体に走らせ、セリスはその剣を振り抜く。ボミラスの体が拡散するように広がった。しかし、彼はまだ健在だ。

「ああ、よい、よい。わかった。どのみち、その人間は滅びたのだから、貴様と争ってもなんの益もない」

炎はそのまま人型に戻らず、火の粉のまま飛び去っていく。

「まったく、欲もなければ、ただ手当たり次第に滅ぼして歩くだけとは。お前ほど狂った魔族はおらぬ。さすがは、滅びを宿命づけられたヴォルディゴードの最後の一人よ。その心も、とうの昔に滅びし、亡霊なのであろう」

そう言い残し、魔導王ボミラスは去っていった。

§1.【ピクニックときどき親孝行】

久方ぶりの休みであった。天蓋の落下に伴う被害の後始末や、地底の国々との交渉もようやく一段落つき、俺は自室でのんびり過ごしていた。

コンコン、とドアをノックする音が響く。

「お兄ちゃん？」

ドアを開け、アルカナが入ってくる。

「父と母がそろそろ出かけると言っている」

「聞いてないが？」

そう口にしながらも、俺はアルカナとともに一階へ下りた。大きなバスケットを抱えた母さんと、背中に大きな籠を背負った父さんが待っていた。籠には大量の剣が入っている。新品だ。

「おっ、来たな、アノス。じゃ、行くか！」

まったく説明もなしに、父さんはいきなり出発しようとする。

「父さん。どこに行くんだ？」

「そりゃお前、見ろよ。この天気」

父さんが窓の外を指す。雲一つない快晴であった。

「絶好のピクニック日和ってやつだろ。アノスもせっかくの休日だからな。店は休みにして、一家団欒（だんらん）、みんなで自然と戯（たわむ）れようってなもんだ」

「自然と戯れるのはいいが」

父さんの背負っている大量の剣に視線を向ける。出来映えから見て、すべて父さんが作ったものに違いあるまい。

「なぜ剣を？」

ふっと父さんは笑い、待ってましたとばかりに言った。

「父さんが、なぜ剣を背負ってピクニックに行くのか。気になるか、アノス」

「ああ」

「それはな」

父さんはくるりと横顔を見せると、熟年の鍛冶師の如く、渋さを前面に押し出した表情を作った。

「お前にも、そろそろ父さんの背中ってやつを見せておこうと思ってな」

さりげなく父さんは背中をこちらへ向けてくる。恐らく、大した理由はないだろう。

「ごめんね、アノスちゃん。いきなりピクニックなんて言い出して。お仕事ばっかりだったから、ゆっくり休みたいかなぁ？」

母さんが不安そうに尋ねてくる。そんな顔をされては、断るわけにもいくまい。

「なに、たまのピクニックもいいものだ」

母さんはぱっと笑顔を見せた。

「よかったぁっ！　お母さん、美味しいお弁当作ったから、楽しみにしててね」

戸締まりをして、俺たちは自宅を後にした。

「どこへ行くのだろう？」

　しばらく歩いた後、アルカナが尋ねる。得意気に答えたのは父さんだ。

「こないだピクニックにばっちりの場所を見つけてな。知ってるか、あそこ。ミッドヘイズを出て南西へちょっと行ったところに、丘があるだろ。見晴らしが良くて、街並みを一望できるんだぞ」

　二千年前の配下たちが眠っていた場所か。もっとも、今は墓標もなくなっているため、ただの丘にすぎぬ。

「なら、《転移(ガトム)》で転移できるが？」

「ちっちっち」

　と、父さんは指を立て、左右に振った。

「いいか、アノス。ピクニックと言えば、こう太陽を全身に浴びて、こう歩いて、こう弾むようにだな」

　父さんは無駄に両足でジャンプを始めた。ずいぶんと弾んでいる。

「それに、待ち合わせしてるのよ。あ、いたいた」

　ミッドヘイズの門の方へ母さんは手を振った。

「ミーシャちゃーん、サーシャちゃーん」

　母さんの声にサーシャは優雅にお辞儀をし、ミーシャが小さく手を振り返す。二人とも私服だった。

「アノスちゃんが寝ているときに、お母さん、お買い物に行ってきてね。そのときに、ミーシャちゃんとサーシャちゃんに会ったから、よかったら一緒に行こうって誘ったのよ。ね」

ミーシャがこくりとうなずく。

「今日はピクニック日和」

「それはいいんだけど、ところで、あれ、なに？」

サーシャが目を向けたのは、両足でぴょんぴょんと跳ね続ける剣をかついだ怪しい男。すなわち、父さんだ。

「忘れたか、サーシャ」

「……なにが？」

「あれが、この時代のピクニックの作法だそうだ」

「知らないわよっ！」

サーシャは大声で否定した。

「大体、こんなお天気なんだから、もし、そんな作法があったら、そこら中で怪しい男がぴょんぴょんしてるでしょーがっ！」

思わず想像してしまった。

「くはは。面白いことを言う奴だ」

「あなたが言ったのよ、あ・な・た・がっ！」

サーシャがムキになって、詰め寄ってくる。

「ほんの冗談だ。さすがに父さん独自の作法だということは想像がつく」

ミーシャが首をかしげる。

「オリジナル作法？」

「もうそんなの作法でもなんでもないじゃない……」

呆れたように父さんを見ながらも、サーシャは特にそれ以上は追及しなかった。

ミッドヘイスを出ると、俺たちは徒歩で目的の丘に登った。風が心地よく吹いており、日差しも良い。確かに今日は絶好のピクニック日和と言えよう。

「うーん、気持ちいいわ……」

サーシャが伸びをする。アルカナはしばらく歩き回った後、座り込み、そこに生えていた花を間近で眺め始めた。

「珍しい？」

ミーシャがアルカナの後ろからひょっこりと顔を出す。

「地底にはない花。元々地底は植物が育ちにくく、花の種類が少ない」

アルカナがぼんやりと花を眺める様子を、しばらくミーシャは見守っていた。

「花かんむり、作る？」

ミーシャが提案する。

「……どうすればいいのだろう？」

すると、ミーシャはアルカナの手を取った。

「おいで」

彼女は花が沢山生えている場所にアルカナを連れていき、一緒に花かんむりを作り始めた。

アルカナの手つきはぎこちない。しかしミーシャの教え方がよいのか、少しずつ花かんむりは

完成に近づいていく。嬉しそうなアルカナの表情が、なんとも微笑ましい。

「なんか……アルカナってミーシャには優しいわ」

遠目に二人を見ていたサーシャが、そう言葉をこぼす。

「お前がよく嚙みつくから、相応の反応が返ってくるのではないか？」

「別に嚙みついてなんか……ないと思うけど……」

語尾は弱々しく消える。心当たりがあったのだろう。

「……これでいいのだろうか？」

「上手」

温かな風が吹く、見晴らしの良い丘。そこで花かんむりを作る二人の少女。穏やかで、心地よく、美しい光景であった。

だが、そんな時間が長くは続かないことを、このとき俺はすでに、知っていたのやもしれぬ。

「ふんっ‼」

これ見よがしな野太い声が、その丘に響き渡る。

「てりゃっ‼」

剣が風を切る音が鳴る。誰あろう、父さんがいよいよデモンストレーションを始めたのだ。

「う・お・お・おおおぉぉぉっ‼」

雄叫びを上げ、思いきり剣を振る父さん。話しかけてもらいたくて仕方がないと言った風だった。とはいえ、触れずにおけば、いくら父さんでも、その内に疲れてやめるだろう。

「これはだな、アノス」

なにも訊いておらぬのに話し出すとはな。

「確かめているんだ。一本、一本、作った剣の振り具合を、魂を研ぎ澄ませてなっ！　父さんは昔からずっとこうして剣の出来を確かめてきたんだっ！」

仕方のない。たまには、つき合ってやるのが親孝行というものだろう。

「剣を振ると振らぬとで、どう違うのだ？」

「そりゃお前――」

父さんはじっと考え込み、「あれだ、あれ」と言い出し、「ま、あれだな」と困ったように言い、「剣を振る意味、か」と哲学的な呟きを漏らす。

「それを今、父さんも探している途中なんだが」

まだ途中であったか。

「確実に言えることが一つある」

「なんだ？」

「これをやるとな。一仕事終えたって気分になるんだ」

父さんは親指を立てて、拳を突き出す。自己満足の世界であった。

「アノス。父さんはな、息子が生まれたら、どうしてもやりたいことがあったんだ」

剣を丘に突き刺し、柄に体重をかけ、気取ったポーズで、父さんは俺に背中を向ける。

「なんだ？」

「父さんが作った剣で、一緒に試し振りをするんだ。二人で剣の魂を研ぎ澄ませてな。そんで父さんはこう言うんだ」

父さんは自分の世界に浸りきったかのような調子で言う。

「お前も一人前になったな、息子よ」

くるりとポーズを変え、父さんは言った。

「お、親父……」

どうやら息子役か。

「お前に教えることはもうなにもない。これからはお前の道を行け」

目まぐるしくポーズを変え、父さんは一人二役を演じる。

「ああ、本当に、良い人生だった」

バタッと父さんは倒れた。

「お、親父、親父ーっ」

なぜ死んだのだ？

「ま、息子が鍛冶屋を継ぐって言い出したらの話なんだけどな」

寸劇は終わり、ははっ、と父さんは笑う。

「お前は父さんの息子とは思えないぐらい、立派な魔王になったからな」

しみじみと言い、剣を抜く父さん。

「最初から教えることなんてなにもなかったし、父さんがこんな息子だったらなって思ってた夢より、ずっと誇らしいよ」

散々おどけた後に、父さんは真面目な顔でそう口にした。本当はそれだけ伝えたかったと言わんばかりに。

「父さん」

俺は指先を向け、魔力を飛ばす。籠に入っていた剣が一本、俺のもとへ飛んでくる。

父さんは頭に疑問を浮かべ、こちらを見た。俺は笑う。

「やろうか。鍛冶の業は魔王には不要ではあるが、魂を研ぎ澄ます業なら、なにかの役に立つかもしれぬ」

父さんは一瞬目を丸くし、それから嬉しそうに顔を綻ばせた。若干涙ぐんでもいる。

「お前、あれだぞっ。売り物だからな。振るだけっ、本当に振るだけだぞっ」

「わかっている」

俺は鞘から剣を抜き放つ。

「……ま、しかし、なんだな……」

父さんは俺との間合いを詰め、向かい合う。

「いざとなると、こう、父さん、照れくさいっていうか……でも、やっぱり息子が生まれたら、やりたかったからさ……」

はにかみながら、父さんは剣を構える。そして、大声で言い放った。

「今こそ、この異名を解き放つときが来た！」

「ノリノリすぎないっ!?」

俺たちのやりとりを見守っていたサーシャが、たまらずつっこんだ。花かんむりを頭に乗せたアルカナとミーシャが、何事かとこちらを振り返る。

「貴様に恨みはないが、平和のために死んでもらうぞ」

「設定変わってるわっ！」

確かにな。息子に魂の研ぎ澄ませ方を教える父だったはずだが……？

「俺が何者か気になるか。滅殺する剣の王である俺の名が」

父さんは露骨に何者か聞いてほしそうにアピールする。しかも半分答えをバラしている。滅殺する剣の王と言えば、父さんが厨二病(ちゅうにびょう)を発症していた際の二つ名。滅殺剣王(めっさつけんおう)ガーデラヒプト。

「ああ。お前は何者だ？」

ふむ。これも親孝行、か。つき合ってやるのが、子の務めというものだろう。

「フッ」

父さんは笑う。ここぞとばかりに、その名を解き放つのだろう。

「名乗るほどのものじゃないさっ！」

読めぬ。

「さあ、矢でも魔法でも放ってこい」

父さんが剣を振り上げる。俺は言った。

「《獄炎殲滅砲(ジオ・グレイズ)》」

手を父さんへ向ける。無論魔力の粒子を派手に飛ばしただけで、魔法は発動していない。

「ずばぁっ」

父さんがそんな声とともに、《獄炎殲滅砲(ジオ・グレイズ)》を斬ったフリをした。

「強い……」

と、ミーシャが言う。サーシャが呆れた視線を送ってくる。

「《極獄界滅灰燼魔砲》」

「さくぅっ」

父さんは世界を滅ぼす《極獄界滅灰燼魔砲》も難なく斬ってのけた。

「……それ、無理だわっ。どれだけ強いのよ……」

いくらフリとはいえ、看過できなかったか、サーシャが咄嗟に声を上げていた。

「《涅槃七歩征服》」

「うりゃあぁぁぁっ、滅殺剣王ガーデラヒプト、ここにありっ!!」

結局、名乗るのか──父さんは、七歩歩く俺と剣を振りかぶったまますれ違う。

「……がはぁ……」

やられたフリをして、がっくりと膝をつく父さん。

「つ、強くなったな、アノス。お前に教えることは、もう、なにもない……」

前のめりに、父さんは丘に倒れた。シーンと辺りは静まり返っている。

「…………ねえ……」

サーシャが恐る恐るといった風に訊いてきた。

「これで、終わりなの？　息子が生まれたらやりたかったこととか言って、ただの厨二病ごっこで、終わらないわよね……？」

その言葉は空しく、生温かい風がさらっていったのだった。

§2.【アルカナの決断】

俺たちは丘の上に座り込み、母さんが作ってきてくれたサンドウィッチを食べていた。

一見普通のサンドウィッチだが、しかし、まずパンが恐るべき柔らかさだ。口に運んだ瞬間、ふわふわとした食感に襲われ、食い込む歯が、味わう前からその美味しさを訴える。母さんの自家製パンだ。具は生ハムやチーズ、トマトやレタス等様々だが、中でもオススメが、オムレツだ。仄かなバターの香りと絶妙な塩加減、焼いたタマゴの旨味がガツンと舌に飛び込んできたかと思えば、柔らかなパンがそれを受け止める。

味の決め手は、オムレツの深淵、すなわち出汁だ。タマゴを焼く前に混ぜられているこれは、いったいなんの出汁かわからぬが、舌が蕩けるほどに美味い。

俺はその深淵を探るため、次々とオムレツのサンドウィッチを食べていったが、出汁の正体は未だつかめぬ。自分の分はすべて食べ尽くしてしまった。

「アノス」

ミーシャが、自分のサンドウィッチを俺に差し出す。具はオムレツだ。

「トマトと交換して？」

「……気を使うことはないぞ、ミーシャ。そのオムレツは最高だ」

「トマトが好き」

そうまで言われては、断るのも悪いだろう。

「では、ありがたく交換させてもらおう」

ミーシャは嬉しそうに微笑む。サンドウィッチを交換し、俺はオムレツの深淵に迫っていく。

「――話しておきたいことがある」

粗方食べ終わると、アルカナが言った。

「ガデイシオラのこと」

ガデイシオラには現在、王がいない。覇王ヴィアフレアは、天蓋を落とそうとした元凶として、ジオルダル教団に引き渡された。ジオルヘイゼの大聖堂にある牢屋に投獄されている。セリスなき幻名騎士団は忽然と姿を消し、国を覆っていた魔壁は消えた。

「父さん、母さん。少々込み入った話をしてくる」

そう二人に告げ、俺たちは少しその場を離れる。まだ多少サンドウィッチが残っていたので、バスケットは持っていくことにした。

「覇王が残した子たちは、今もあの国にいる。彼らは神を信じる教えを持たない。神を憎悪する者たち。恨みがなければそれが望ましいが、地底にあの国はきっと必要なのだろう」

アルカナの言う通り、アガハやジオルダルの教えでは、救えぬ者もいるだろう。神を信じられなくなった竜人たちの受け皿となる場所があるに越したことはない。

「元々わたしが作った国。わたしはもう一度、背理神として、あの国の神に戻ろうと思う」

「竜人には？」

優しくミーシャが尋ねた。

「戻らなくてもいい。選定審判を終焉に導くことが、お兄ちゃんとの約束。それをわたしは、裏切ることはないのだろう」

俺が選定審判の勝者となれば、アルカナの持つ秩序は俺のものとなり、彼女は代行者としての役目から解放される。それが本来の彼女の目的だった。

「選定審判を終焉に導くからといって、お前を竜人に戻す方法がないとも限らぬ」

そう言ってやるが、アルカナは首を左右に振った。

「長く待たせてしまった。だけど、わたしは決めた」

迷いのない瞳でアルカナはまっすぐ俺を見つめる。

「最初の選定審判で、創造神ミリティアはわたしを選定者に選んだ。わたしの中に消えない憎しみがあると知っていたから。わたしが救いようがないと知って、それでも彼女はわたしに手を差し伸べた」

サーシャは真剣な表情でその言葉に耳を傾け、ミーシャが優しく彼女を見守っている。

「わたしは盟約を交わしたミリティアの言葉に耳を傾けようとはしなかった。この心は憎悪に囚われていて、ただ楽になりたかった。わたしは安易な方へ流されていった。彼女を敵と思い込み、殺してしまった」

悔やむように、アルカナは言う。

「けれど、彼女の秩序はわたしをずっと見守っていたのだろう。最後の瞬間、ミリティアは言った。いつかその燃えるような憎悪さえ焼き焦がす、魔王がここにやってくるから、と」

「……アノスのこと、よね？」

サーシャの言葉に、アルカナはうなずいた。

「ミリティアはお兄ちゃんがわたしを救ってくれると信じていた。そのために、あえてわたしに殺されたのかもしれない。《創造の月》がわたしに宿れば、お兄ちゃんがわたしを創造神ではないかと思い、興味を持つ。そうして、わたしに宿った彼女の秩序が、わたしをここまで導いたのだろう」

《創造の月》が、アルカナを俺のもとへ導いた。それは彼女を救ってほしいというミリティアからのメッセージだったのかもしれない。

「わたしは、それが、本当はわかっていたのかもしれない。《創造の月》で記憶と憎悪(ぞうお)を隠して、名もなき神となったとき、願ったのは確かにミリティアのようになることだった。救えぬものにこそ救いを与えようとする。その姿が神だと思っていたのだろう」

「だから、救いようのない男に手を差し伸べ、八神選定者に選んだ、か」

「そう。しかし、わたしは彼をうまく救えなかった」

心苦しそうに、アルカナは吐露する。

「王竜の生贄(いけにえ)として捧(ささ)げられ、子竜と化す未来を与えたくはないと思った。名誉のお仕着せは彼にとって、なによりも苦痛だと思ったのだ」

自らがそれで苦しんだからこそ、アルカナは彼を殺したのだろう。

「それが正しかったのかは、今でもわからない。けれど、自然に任せ、またその根源が輪廻(りんね)することを願った」

「ねえ。思ったんだけど、根源って滅ばなかったら、《転生(シリカ)》の魔法みたいにまた生まれ変わるの？」

サーシャが興味深そうに尋ねる。

「《転生》の魔法は自然が持つ本来の力を助長しているだけ。根源は輪廻する。ただし、形を変え、力を変え、記憶を失って。それはもう滅んだといってもいいのかもしれない」

「うーん、そこまで変わったら、生まれ変わったって気はしないわよね……」

「それでも、元は同じ根源。なにかは残るのかもしれない」

サーシャが首を捻る。

「なにかって？」

「わからない」

そうとしか答えようがあるまい。死に絶えた者が、いつの時代にか、今度は幸せに生きているかもしれぬ、というのは僅かな救いではあるがな。

「神の代行者になるのなら、ミリティアのようにとわたしは思った。あんな風になれたら、と。しかし、地底の民や神への憎悪もまた常にわたしを苛んでいた」

裏切った地底の民たちを許せなかった背理神としての憎しみ。そして、そんな自分に最後まで手を差し伸べてくれた、創造神の代行者として生きたいという願い。二つの想いが彼女の胸中で鬩ぎ合っていたのだ。

「だけど、ミリティアは、わたしにお兄ちゃんという居場所をくれた。確かにわたしにとっての救いとなった、この神の代行者という役目を、わたしは守り続けたい」

神を信じずとも生きていける国を、神を信じられなくなった者たちの居場所を、守り続けたい。彼女はそう決めたのだ。

「それに、ミリティアが戻るまで、わたしはその代行者でもあるのだろう」

「ミリティアって、結局、今どうなったの？」

サーシャが尋ねる。

「ミリティアは転生しようとしていた。わたしが手にしていた万雷剣ガウドゲィモンにはそれを乱す魔法がかけられていた。本来の転生とは別物にしてしまうらしい」

「らしいって？」

サーシャが疑問を浮かべると、ミーシャが言った。

「セリスの仕業？」

「そう。セリスの魔法がミリティアの転生を妨害した。しかし、彼にも、転生自体を封じることはできなかったのだろう。ミリティアは、彼女が最も望まぬ形で生まれ変わるはず」

ミーシャが小首をかしげる。

「どんな風に？」

「わからない。彼がそう言っていた」

「うーん。セリスを生かしておいた方がよかったのかしら？　そうしたら、色々聞けたわよね」

サーシャが言う。

「それはだめ」

と、ミーシャが否定した。

「まあ、過ぎたことを言っても仕方あるまい。望まぬ形だろうと転生しているのならば、どうとでもなる」

「選定審判は？」

　ミーシャが尋ねる。

「無論、捨ておくわけにはいくまい。今は地底の民の想い（おも）が天柱支剣ヴェレヴィムと化し、天蓋を支えているが、選定審判により滅びの力が強まるやもしれぬ」

「……アルカナの中の整合神エルロラリエロムの秩序を滅ぼせば、選定審判は終わるのよね？」

　サーシャの質問に、こくりとミーシャはうなずく。

「だけど、万物の整合がとれなくなる」

　天蓋を支える天柱支剣は、ミリティアの秩序も整合神の秩序の影響も受けるだろう。異なる秩序同士は互いに影響を与え合い、複雑に世界の理を構成している。

「つまり、整合神を滅ぼさずに、選定審判のみを滅ぼせばいいわけか？」

「簡単に言うけど、どうするのよ？　選定審判って、整合神の秩序なんでしょ？　それだけを滅ぼす方法なんてあるの？」

「ミリティアは選定審判を終焉（しゅうえん）に導こうとしていた。そして、それはアルカナが止めなければ成功していたはずだ」

「あ……」

　と、サーシャが気がついたように声を上げる。

「アルカナ。ミリティアはなにをしようとしていた？」

記憶を探るように俯き、やがてアルカナは言った。

「……《創造の月》アーティエルトノアを使っていた。整合神を月の中に飲み込み、自らの秩序とともに、深い眠りにつくと言っていた」

創造神の秩序とともに、整合神の秩序が眠りにつく、か。

「エルロラリエロムは、秩序が滅べば世界の滅びは避けられない、と言っていた」

ミリティアは秩序すべてを滅ぼそうとしていた。そしてそれでも、世界は滅びぬと信じていた、ということか？

「それ以外は？」

「……思い出せない。それがぜんぶだったように思う」

まあ、アルカナにはわからぬことも多かっただろうしな。

「では、まずミリティアの痕跡を探すか。セリスがそれを知っていた可能性が高いだろうが」

「ヴィアフレアに会う？」

ミーシャが尋ねる。

「ああ。ちょうどジオルダルには、ゴルロアナもいることだ。痕跡神は滅びたが、痕跡の書を使えば、ある程度は過去が見られるやもしれぬ。そろそろ地底の復興も、落ちついた頃だろう」

俺はサンドウィッチを口に放り込み、母さんを振り向いた。

「母さん。悪いが、今から地底へ行ってくる」

「えぇぇぇっ、そうなのっ？　せっかくのお休みなのにっ？　誰かに呼ばれたの？」

「呼ばれたわけではないが」

「……じゃ、あと少しぐらい、だめかなぁ……？　たまのお休みだし……」

母さんが悲しそうな顔で肩を落とす。少々心苦しいな。

「そうアノスを困らせるな、イザベラ。男の仕事には色々と事情ってもんがあるんだからさ」

父さんが近くまでやってきて、俺に小声で言う。

「な」

と、意味ありげにウインクしてきた。

「聞いてたのか？」

「ああ、大体聞いていた。アノスが急ぐのも無理はない。そうとわかれば、早い方がいい。ピクニックなんか、いつでもできるんだからな」

ふむ。ならば話が早い。

「だけど、アノス。父さんな。父さん、今の話で一つだけ気になったことがあるんだが」

父さんはそれがなにより肝心と言わんばかりの表情で問う。

「ミリティアさんっていうのは、あれか？　あれだよな？　話に聞く限り、昔のアノスが……その……出会ったっていうか……」

「ああ」

すると、父さんはびっくりしたように身を仰け反らせ、戦々恐々といった表情を浮かべた。

「……わかった。父さん、すべてを理解した。なに、安心しろ。母さんには俺の方からうまく説明しておく。誤解しやすい質だからな」

まあ、また離婚裁判だのなんだのと勘違いされれば後が面倒だからな。とはいえ、だ。

「行ってこい、アノス。男には清算しなければならない過去がある」

父さんに任せるのは、そこはかとない不安はある。まあ……取るに足らぬか。

「任せた」

「おうっ！　父さんっ、信じてるからなっ！　アノスはちゃんとしてくるって、信じてるっ！　待ってるからなっ！　男の約束だ！」

俺を送り出す父さんを、母さんが不思議そうな表情で見ている。

「では行くか」

サーシャたちのもとへ移動し、全員で手をつなぐ。

「……あれ、放っておいて大丈夫なの？」

サーシャが心配そうに言う。

「なに、父さんがおかしなことを言うのには、とうに慣れた」

「慣れただけで誤解は加速してるじゃない」

サーシャのぼやきを聞きながらも、《転移(ガトム)》の魔法陣を描き、俺たちは転移する。

視界が真っ白に染まると――

「えええええええええええええええええええええっ、アルカナちゃんは妹じゃなくて、本当はアノスちゃんの隠し子ぉぉぉぉぉっっっ!?」

父よ。中途半端(ちゅうとはんぱ)に、なにを聞いていたのだ……？

§３．【彷徨い歩く亡霊】

ジオルダル首都ジオルヘイゼ。

その大聖堂の前に、俺たちは空から降下してきた。地底へは直接、転移することができないため、天蓋を掘り進め、ジオルダルまで飛んできたのだ。

出迎えたのは、司教ミラノだった。用件は《思念通信》にて伝えてあった。案内されて向かった先は聖歌祭殿だ。厳かな大正門に彼は手を触れる。

「ゴルロアナ様、魔王アノス様をご案内いたしました」

ミラノがそう言うと、ゆっくりと大正門が開いた。中から現れたのは、中性的な顔立ちの男、教皇ゴルロアナである。

「祈禱の最中にすまぬな」

「いいえ。ヴィアフレアに訊きたいことがあるということでしたね」

「それと、痕跡の書の力を借りたい」

「わかりました」

ゴルロアナの後に続き、俺たちは大聖堂を歩いていく。やがて、地下へと続く階段が見えてきて、竜鳴が響き出す。ゴルロアナはその階段を下りた。

「奴の様子はどうだ？」

「……正気を手放してしまったのでしょう。セリスの首を抱えて、一日中、譫言のように何事かを呟いていました。何度か話しかけてはみたのですが、返事をしようとはいたしません」

「うーん、それじゃ、セリスの話なんて聞けそうにないわね」

サーシャが困ったように言う。

「なに、正気を取り戻してやればいいのだろう。簡単なことだ」

「……セリスの首を奪うとか？　話に応じれば、返してやるって言うとか？」

するとミラノが言った。

「それも試しましたが、狂ったように返せと叫ぶばかりでまるで話になりませんでした。天蓋を落とそうとした罪を償っていただこうにも、あの様子ではなんとも。彼女はそのセリスという男にただ良いように操られていただけなのかもしれませんな」

一際頑丈そうな扉の前でゴルロアナは足を止める。

「この奥です」

彼が魔法陣を描けば、ゆっくりとその扉が開いていく。先導するゴルロアナとともに、俺たちは部屋の中へ入った。

「え……？」

サーシャが驚いたように声を漏らす。ミーシャは、ぱちぱちと瞬きをした。

室内の半分は牢となっており、その中には一塊の灰だけが残されている。ヴィアフレアの姿も、セリスの首もどこにもない。

「これはいったい……？　そんなはずは……」

司教ミラノが狼狽したように、牢へ魔眼を向ける。

「今朝、確認させたときにはいつも通りだったという報告を受けております……。それに、覇竜の力を失ったヴィアフレアに、ここから抜け出す手段はないはず」

ジオルダル大聖堂には、神父や聖騎士たちが常駐している。脱獄は至難だろう。

「……確認させた信徒は怪しくないのだろうか？」

アルカナが問う。もっともな考えだ。

「皆生粋のジオルダル教徒ばかりですし、この牢獄の鍵は私とゴルロアナ様以外は持っておりませぬ。力尽くで開けられるような者がいるとは……？」

檻には魔法陣がいくつも描かれている。それが結界を構築し、外を遮断しているのだ。

「牢を破るのは不可能とは言えぬ。誰かが助けに来たのだろう」

俺が言うと、ミーシャが小首をかしげた。

「誰……？」

「そう、よね。禁兵たちには体に覇竜が巣くっていたのを教えたし、正直、ヴィアフレアの味方をしそうな人なんていないと思うわ……」

檻の中に俺は魔眼を向けた。

「ゴルロアナ、ここでなにが起きたか。過去の痕跡を調べられるか？」

「痕跡神なき今、痕跡の書の力は限定されています。調べたい過去の痕跡とつながりが特定できれば、それを辿り、過去の事象を再現できると思います」

「ならば容易い」

俺は鉄格子と鉄格子の間の空間を指す。

「この一点に、空間が一度歪み、そして元に戻った跡がある。ヴィアフレアを助け出すために、何らかの魔力が働いた、と考えられよう」

「承知しました」

ゴルロアナは魔法陣から痕跡の書を取り出すと、俺が指した一点を睨み、それを厳かに開く。

「過去は痕跡となり、我が神の遺した書物に刻まれる。おお、これこそは偉大なる痕跡神の奇跡。この書に刻まれし過去を遡らん。痕跡の書、第二楽章《痕跡遡航》」

檻の中にうっすらとヴィアフレアの姿が浮かぶ。彼女はその胸にセリスの首を抱えたまま、ぶつぶつと呟いている。痕跡の書が映す、この牢獄の過去だ。隅には、首のないセリスの遺体が現れた。魔法で鮮度は保たれ、腐敗してはいない。

「……迎えにくる……彼は、必ず……迎えに来る……」

彼女の目は平常のものとは言い難く、ただ一つの考えに囚われていた。はたから見れば、まるで狂ってしまったかのようだ。

「そうまでなっても、まだ愛を欲するか。相も変わらず、哀れな女よ」

ヴィアフレアがはっとこちらを振り向く。檻を挟んで反対側に黒い靄が現れていた。徐々にその靄は人型を象り始め、六本の角を生やした魔族と、大きな眼帯をつけた魔族が現れた。

詛王カイヒラムと冥王イージェスである。イージェスは紅血魔槍ディヒッドアテムを無造作に檻へと突き出した。穂先は消え、それはヴィアフレアに突き刺さる。

「……う、ぁっ……‼」

傷はない。異空間にセリスの首ごと飲み込まれれば、次の瞬間、ヴィアフレアは檻の外に姿を現していた。

「……迎えに……来たの……？」

恐る恐るといった風に、ヴィアフレアが尋ねる。

「ボルディノスが呼んでいるのね？　そうでしょっ？」

「ボルディノスは、もうおりはせん」

冥王ははっきりと断言した。

「そんなことないわ。彼は必ず帰ってくる、そう約束したもの」

「世には果たせぬ約束もある。帰らぬ者を待ち続けるなど愚かなことよ。死した者など早々に忘れ、新しい生を生きるがよい」

「また会おうって言ったんだもの。ボルディノスはね、わたしにだけは嘘はつかないのよ」

冥王はため息を一つつく。鋭いその隻眼が僅かに和らいだように思えた。

「今を生きられぬ亡霊が、彷徨い歩くこの世はままならん」

カイヒラムがヴィアフレアを黒い靄で包み込むと、その姿を消し去った。同時にその靄は、詛王と冥王、二人の足元を覆い始めた。

「カイヒラム。そなたはここまでてでよい」

イージェスは、真紅の槍で再び檻の中を貫く。そこに横たわっていたセリスの体に穂先が刺さると、《魔炎》がそれを燃やし、灰に変えていく。

「亡霊は亡霊とともに、過去に消えるものよ」

冥王の言葉に、しかし、カイヒラムは傲慢な顔を返した。

「黙れ。俺様は貴様に借りを返していないぞ」

イージェスの間近まで接近すると、その顔を指さし、カイヒラムは押しつけるような口調で言う。

「地獄の果てまででも追いかけ、返済すると言ったはずだ」

冥王は一瞬閉口する。そうして、ため息交じりにぼやく。

「どいつもこいつも、余の周りは自分勝手な馬鹿共ばかりよ」

黒い靄が二人を包み込んでいく。そうかと思えば、二人の姿はノイズが混じったかのようにブレ、忽然と消えた。痕跡の書の効力が途絶えたのだ。

「痕跡を遡れるのは、ここまでのようです」

ゴルロアナが言う。すぐさま、司教ミラノが俺と教皇に頭を下げた。

「ま、誠に申し訳ございません。警備は万全の態勢を敷いていたはずだったのですが、まるで侵入者に気がつくことができませんでした」

「咎めはしません。元々、ヴィアフレアを助けようとする者がいるとは思っておりませんでしたし」

ジオルダルとしてはヴィアフレアにあまり利用価値もないのだろう。

「魔王には申し訳が立ちませんが……」

「なに、詛王と冥王が相手では、気がついていようと死人が増えただけだ」

「でも、なんで冥王がヴィアフレアを助けたのかしら？」

サーシャが不思議そうな顔で考え込む。

「さて。奴には奴の目的があるようだがな」

俺は手をかざし、檻の結界を軽く消した。鉄格子の扉を《解錠》で開け、中へ入る。

「ゴルロアナ、ついでにもう一つ痕跡を遡ってもらえるか？」

俺は足元にある灰を見つめる。

「これは、セリスの痕跡だ。奴の二千年前が見たい」

「今から遠ざかれば遠ざかるほど、痕跡の対象がぼやけることになるでしょう。セリス以外の者に焦点が合うかもしれませんし、正確にいつの時点と定めて遡ることもできません」

「構わぬ」

ゴルロアナはうなずき、再び痕跡の書を開いた。

「過去は痕跡となり、我が神の遺した書物に刻まれる。おお、これこそは偉大なる痕跡神の奇跡。この書に刻まれし過去を遡らん。痕跡の書、第二楽章《痕跡遡航》」

痕跡の書が光り輝いたかと思うと、目の前の牢獄に覆い被さるように、別の景色が流れていく。

俺たちの前に、過去が姿を現していた――

§4.【幻名騎士団】

二千年以上昔のディルヘイドだった。

湿地帯には、炎の体を持った魔族――魔導王ボミラスがいた。

「――さすがは、滅びを宿命づけられたヴォルディゴードの最後の一人よ。その心も、とうの昔に滅びし、亡霊なのであろう」

そう言い残し、ボミラスは去っていった。

特に気にした素振りも見せず、セリスは幻名騎士団一同に告げる。

「ツェイロン家の集落へ向かう」

風の如（ごと）く、彼らは駆け出す。全員が《幻影擬態（ライネル）》と《秘匿魔力（ナジラ）》にて体も根源も透明化しており、よほどの魔眼の持ち主でなければ、感知することさえできなかっただろう。

「団長（イシス）」

凄（すさ）まじい速度で駆けながらも、槍（やり）を手にした男が言った。イシスというのは魔族に伝わる古い言葉の一つで、団長という意味だ。

「よろしかったのですか？」

セリスは槍の男を一瞥（いちべつ）し、言った。

「なにがだ？」

「ツェイロン家の集落は魔導王ボミラスの領土。あそこへ向かうには、結界を二、三迂回（うかい）し、その内一つは突破しなければなりませぬ。手遅れになるのでは？」

「多少の時間がかかったところでなんだと言うのだ」

とりつく島もなく、セリスはそう答えた。

「……ツェイロン家の集落には、ちょうど、奥方様が身を寄せていたはず。打ち明ければ、魔導王とて、あなたの顔を立て、通してくれたでしょう。今からでも遅くはありません。私から申し出ても……」

「一番（ジェフ）」

ジェフ……古い言葉で一番、とセリスは槍の男を呼んだ。

「我らは亡霊。なにを慮る（おもんぱか）必要がある？」

一番（ジェフ）は閉口し、奥歯を噛む（か）。だが、諦めずに食い下がった。

「……子供が、生まれるのではありませんか？」

瞬間、雷が走る。セリスが万雷剣を抜いたのだ。切っ先が一番（ジェフ）の鼻先に突きつけられている。

「黙っていろ。ルールはわかっているな？」

セリスが言う。

「この外套（がいとう）を纏う（まと）とき、我らはしがらみなき亡霊と化す。名もなければ、家族もおらぬ。その禁に触れるならば、無に帰するのみだ」

槍の男は俯く（うつむ）。そうして、静かに言った。

「……それでも、師よ。最も守るべき者を守らずに、なんのための力だというのですか？　我らはそれでは、本物の亡霊のようではありませんか」

容赦なく、セリスは万雷剣ガウドゲィモンを一番（ジェフ）の首に突き刺した。

「……がっ……あっ……！」

「小僧が。未熟なクチバシで囀る（さえず）な」

紫電が迸る（ほとばし）。もうすでに五度ほど一番（ジェフ）は死に、その度に《蘇生（インガル）》で蘇っ（よみがえ）ている。

「腕はまああ上がったが、頭は未だ幼いままか。亡霊になりきれぬ者など不要だ。いっそここで滅びるがいい」

ゆっくりと一番はその手を、ガウドゲィモンの剣身にやる。

「……滅ぼすならば、それで結構……しかし、師よ。言わせてもらおう。あなたは、間違っています」

一番は、その剣身を握り締める。紫電に手は焼かれるが、それでも彼は言った。

「魔導王ボミラスは、ディルヘイドで最も寛大な王。争いを好まず、率先して他の魔族を殺すこともない。人間にすら慈悲を向ける、情け深い王」

「寛大？　情け深い？　一番、そんな言葉はこのディルヘイドには存在しない。食うか食われるか、力のみが支配するのが我々魔族だ。情け深さなど、塵芥の如く捨てられる」

ぐっと剣を押し込まれ、一番は口から血を吐いた。

「……師よ。あなたは臆病者です。他者を信じることができず、自らの弱味を曝すこともできない。力を合わせなければ、守れないものもある。現にあなたは、自らの妻子を死なせようとしている……」

「それがどうした？」

「……どうした、と……あなたの子と、あなたの奥方でしょうっ……」

「小僧。ボミラスがなんと言ったか、もう一度よく考えてみるがよい」

万雷剣に貫かれた一番は、苦痛を滲ませる。師の言葉の意味は理解できぬようであった。

「滅びを宿命づけられたヴォルディゴードの最後の一人、俺を指してそう言った。その意味、自分の頭で考えて答えが出ぬようならば、育て方を間違ったぞ」

「……存じております。代々滅びの根源を継ぐヴォルディゴードの血統は、その子供が自然交配では生まれづらいことは」

息も絶え絶えになりながら、一番（ジェフ）は言う。それは事実だ。ゆえに、七魔皇老は魔法により生み出された。その後の子孫たちが、自然交配でも生まれるように調整を施されて。

「奥方が、子を宿したことさえ奇跡でしょう。生むとなれば、母子ともに命の危険に関わるっ！　だからこそ、ツェイロン家の助力を請（こ）い、その集落に身を寄せたのではありませんかっ‼」

剣をつかむ一番（ジェフ）の手から血が溢（あふ）れるとともに、夥（おびただ）しい量の魔力が迸（ほとばし）る。血液が付着した万雷剣はその力を鈍らせ、少しずつ、彼の喉もとから抜けていく。

「あなたは、あなたのために、命懸けで子を生もうとされている奥方の優しささえも、踏みにじるおつもりかっ⁉　彼女は、ただ亡霊の子を生むための道具でしかなく、いくらでも使い捨てられるというのですかっ‼」

激昂（げっこう）する一番（ジェフ）を、セリスは冷めた目で見つめた。

「そう、怒るな」

「いいえ、師よ。これだけは答えてもらいましょうっ！　死にかけた私を拾っていただいた恩には感謝しております。それに報いるためならば、亡霊という名の道具になることも覚悟の上。しかし、道具であっても、主人の幸せぐらいは願いたいっ！」

「一番（ジェフ）」

セリスの《波身蓋然顕現(ヴェネジアラ)》にて、一番(ジェフ)の全身が斬り裂かれる。

「……がっ……」

さすがに堪えきれず、一番(ジェフ)は仰向けになってその場に倒れた。

「言葉を聞いたか？　俺は冷静になれと言っている。怒りは死を呼び、滅びを招く――」

倒れた男の心臓にセリスは万雷剣を突き刺した。

「こんな風にな」

紫電がバチバチと一番(ジェフ)の全身に走る。

「……ぐっ……があぁぁぁぁっ……！　うあああああぁぁぁぁっ……!!」

「なぜわからぬ、一番(ジェフ)。我らは亡霊。怒りも悲しみも、喜びも楽しみも、なに一ついらぬ」

「……では、なんの……ために……？」

「亡霊になれ、一番(ジェフ)。そんな疑問など消(き)え失(う)せる」

顔を近づけ、セリスは至近距離で囁(ささや)く。

「迷いも疑問もいらぬ。あってもらっては困る。滅ぼしたいものを滅ぼすのが、亡霊だ。わかるな、一番(ジェフ)」

「……わかりません……」

セリスの魔眼が冷たい輝きを発する。

「親に捨てられたお前だ。さぞ世界に失望していると思ったが、拾ったのは間違いだったかもしれぬな。亡霊には向いていない」

魔剣を一番(ジェフ)から抜き、セリスは身を起こした。

「抜けられると思うな。貴様は俺が拾ったのだ。俺のために滅びてもらう」

槍を地面に突き刺し、それを杖（つえ）代わりに一番（ジェフ）はよろよろと起き上がる。踵（きびす）を返（かえ）したセリスの背中に、彼は言った。

「抜けるつもりはありません。あなたが間違っていることを証明するまでは」

セリスは嬉（うれ）しそうに笑った。

「貴様はいずれ、絶望を知る。それでもその心を変えぬのならば、亡霊らしく滅ぼしてやろう」

ノイズが走り、すうっと彼らは消えていく。彼らだけではなく、ディルヘイドの風景も消え、視界は牢獄（ろうごく）に戻った。

手にした書物を閉じ、ゴルロアナは言った。

「痕跡の書の効果が切れました」

「……ねえ。今の、団長（イシス）って呼ばれてたの、どう見てもセリスよね？」

「そのようだな。外見だけではなく、魔力もそうだ。あれだけの魔法を使う者は、二千年前とてそうはいまい」

うーん、とサーシャが首を捻（ひね）る。

「性格、全然違わないかしら？　口調とかも」

確かに、俺が話したセリスとは違ったな。

「考えられることはいくつかあるが」

「アノス」

ミーシャが、痕跡の書を指さす。

「痕跡神以外の秩序が見えた」

そう言われ、魔眼を向けてみるが、特に異常は見られぬ。

「今はどうだ？」

ミーシャは首を振った。

「一瞬だけ。アノスが過去を見ていたから、わたしは痕跡の書を見ていた」

ほう。なかなかどうして、さすがはミーシャだ。これで探る手間が一つ省けた。

「痕跡の書で過去を見ようとすれば、誰しも過去に集中する。その一瞬、痕跡の書に魔力が働くようにしていた、か」

アルカナが口を開く。

「なんの秩序だろう？」

「わからぬが、想像はつく。ゴルロアナは覇王城に捕らえられていた。セリスが俺に過去を探らせぬように、痕跡の書に改竄を施しておいたと考えるのが妥当だろう」

「じゃ、さっきのセリスの性格が違ったのって？」

サーシャが問う。

「改竄の結果ということも考えられるな」

すると、ゴルロアナが不可解そうに首を捻った。

「しかし、痕跡の書で見ているのは過去そのものです。そう簡単に改竄が利くものではありません。過去を変えたとしても、それは時の秩序によって元に戻ってしまうものですから」

「痕跡の書の力が働いたとき、つまり俺たちが見ているそのときだけ、過去は変わっているのだろう」

ゆえに現在には、なんら変化は訪れない。そうやって、俺に過去を知られぬようにしているのだ。

「……痕跡神の秩序からすれば、過去を改竄するのは容易なことではありません。つまり、過去にいるその人に無理矢理干渉するということですから……たとえば、魔王、あなたが今私と話しているこの痕跡の内容を変えようとすれば、あなたを洗脳するのと同等の力が必要です」

痕跡の書を改竄する力とは別に、俺を洗脳する力がなければ、その改竄は成立しない。無論、俺を洗脳するなど生半なことではできまい。

「つまり、強者の言動ほど改竄するのは難しいというわけだ。だが、そいつが改竄しようとしている者の味方か、あるいは改竄した本人ならば、話は別だ」

「セリスが、昔の自分を改竄したってこと？」

「可能性にすぎぬがな。ひとまず続きを見てみるか」

ゴルロアナがうなずく。

「やってみましょう」

そう口にして、再びゴルロアナは痕跡の書を開く。彼が詠唱すれば、光とともに、過去がこの場に現れた――

§5.【魔王誕生】

魔力を豊富に含んだ土壌を持ち、魔法具の原料が採掘されるエドナス山脈。その中腹から山頂にかけて山砦(さんさい)が築かれている。ツェイロン家の集落があるのだ。ツェイロンの血族は、多くが山に引きこもっている。他の魔族との交流は薄く、その禍々(まがまが)しい外見や、能力に反して、比較的、穏やかな性格の者が多い。

セリス以下幻名騎士団たちは、《幻影擬態(ライネル)》と《秘匿魔力(ナジラ)》の魔法を駆使し、張り巡らされた結界や魔眼から身を潜めながら、山頂にある女王の集落へと山を駆け上がっていく。

その途中、見張りの兵が数人、警戒の目を光らせていた。人間だ。勇者グラハムの言った通り、この山脈はすでに人間たちに占領されてしまっているのだろう。《幻影擬態(ライネル)》と《秘匿魔力(ナジラ)》を使いながらも油断はせず、幻名騎士団たちは兵たちに接近していく。

セリスが指先で合図を送ると、音もなく人間たちの背後をとった一番(ジエフ)、二番(エッド)、三番(ゼノ)が、手にした剣でその喉もとをかっ切った。根源殺しの魔剣で不意をつかれ、なす術もなく、人間の兵は滅んだ。

『二番(エッド)、完了』

『三番(ゼノ)、完了』

『一番(ジエフ)、完了』

敵を滅ぼした報告を、二番(エッド)が《思念通信(リークス)》にて淡々と告げる。

更に二人が続く。障害が排除されると、彼らはまた音もなく山脈を登っていった。

見張りの人間たちは、敵がそこにいることすら気がつかないまま、一人、また一人と滅び、数を減らしていく。幻名騎士団がエドナス山脈に到着してから、僅か一〇分。見張りの兵は全滅していた。設けられた砦を突破し、彼らは女王の集落に近づいていく。やがて、喧騒が耳に届いた。

「おらあ、どうしたよっ！　なんとか言ってみなっ‼」

集落の広場。多くの兵がそこに集まっている。兵士に蹴り飛ばされ、地面に転がったのは魔族の女だ。名はルナ。亜麻色の髪を持ち、お腹が膨らんでいる。身重の体なのだろう。蹴られた瞬間も、彼女は腹部を庇っていた。

「……お願い……この子が、産まれるまで……それまで、待って」

すがるようにルナは言う。

「……その後は、好きにしてくれて構わないわ……」

彼女の言葉に、人間たちは暗い視線を返してきた。

「なあ、お前は知ってるか？」

ねっとりと耳に張りつくような言葉。憎悪が彼の口からこぼれ落ちる。

「ダーナっていう小さな人間の村落をよ。なあ？」

彼女は首を振る。その瞬間、魔力を込めた足で男はお腹を蹴飛ばした。

「お前ら魔族が焼いた人間の村だよっ！　俺の子がいた。娘が二人、息子が一人。産まれるまで待て？　だったらよぉっ‼」

男はルナの顔面を殴りつける。

「俺の子を生き返らせろっ！　今すぐっ！　今すぐだっ！　早くしろぉぉおっっっ！！！」

彼女を取り囲むいくつもの憎悪の目が、その体を射抜くように睨んでいた。

「不用意ね、魔族の子」

ひどく異質な声だった。口にしたのは兵たちの後ろにいた金髪の少女である。椅子に腰かけたような姿勢のまま《飛行》の魔法で宙に座っている。全身から発せられる魔力は桁違いで、人間のそれとは明らかに違った。

「ここにいる人間たちは皆、魔族に子を奪われた者ばかり。さっきの言葉は、火に油を注いだだけだわ」

ルナは、その金髪の少女を見た。険しい表情で、彼女は言う。

「……あなたは、人間じゃないわね……」

「破壊神アベルニユーと呼ばれているわ。どうぞ、お見知りおきを」

ふっとアベルニユーは微笑した。

「そうは言っても、あなたはすぐに滅びてしまうのだけれど」

その言葉が合図とばかりに、兵士たちが聖剣を抜いた。神々しい魔力が発せられた刃は、どれも魔族を滅ぼすための聖なる力を宿している。

「なあ、面白いことを思いついたよ」

人間の兵が、闇に墜ちた顔で言った。

「この聖なる剣で、あんたのお腹の中にいる邪悪な魔族の子を殺してやるよ。あんたを生かしたままな」

逃げ出す隙を窺っていたルナは、勢いよく立ち上がり、走った。しかし、兵士たちに回り込まれ、囲まれてしまった。

「あんたたち魔族がやったのと同じように、苦しめ、我が子の無念を晴らす。その身に、正義というものをとくと思い知らせてやる」

我が子を守ろうとする母親と、そのお腹を刺し、赤子を殺そうとする彼ら。果たしてどちらが正義なのか。それを考えようとする頭がないほどに彼らは復讐に突き動かされていた。

『団長』

様子を見ていた一番がたまらず、《思念通信》を発した。

『団長、奥方様が……。今なら助けられます。このまま黙って見ている気ですかっ⁉』

『……妙な話だ。生かしておいたルナをなぜこのタイミングで滅ぼす？　我々がここに潜んでいるのを知っているように思えるが……』

『復讐に駆られた者に道理など通じますまいっ！』

『果たしてそうか？　その復讐心を煽った者がいなかったか』

セリスは、ただ冷静にその場の状況を分析する。破壊神アベルニユーに魔眼を向け、その深淵を覗く。

『あいつは、滅ぼしたはずだがな』

『今そんなことを言っている場合ではないでしょう。助けなければっ。あなたがやらないのならば、私が』

セリスは集落の建物に視線をやった。

『二番(エッド)、三番(ゼノ)、一番(ジェフ)を取り押さえておけ。ルナを囮(おとり)に敵の出方を窺(うかが)う。あれも俺の妻だ。弁(わきま)えている』

『な……!?』

すぐさま、一番(ジェフ)は二人の幻名騎士に取り押さえられた。

『師よ。あなたには、血も涙もないのですかっ……』

『他の者は続け。奴(やつ)らが気がつかないフリをしているのならば、先に建物の中を探る。ツェイロン家の者が生きているなら解放し、戦闘に参加させるのがいいだろう』

セリスはその場を素通りし、ツェイロン家の女王が使っていた屋敷(やしき)にやってきた。

魔法の仕掛けを解除し、中に入る。血の匂いが充満していた。生き物の気配はない。人間もいなかった。だが、魔力が溢(あふ)れる場所がある。セリスと幻名騎士団は慎重に歩を進め、その部屋に辿(たど)り着いた。彼は静かに、ドアを開ける。

これまで顔色一つ変えなかった幻名騎士たちが、眉をひそめた。首のない遺体が、ずらりと並んでいるのだ。すでに根源はなく、滅びて久しい。ツェイロンの血族には元々首がない。普段ついている首は人間から奪ったものだ。遺体に首がないのは、むしろ自然だが、しかし、そこには人間の遺体も含まれていた。そして、その人間の体からも、やはり首がなくなっているのだ。

「……ツェイロン家の者が、人間の首を刈った……というわけではなさそうですね……」

四番(ゼット)が言う。

「だとすれば、ここを占領した人間が、遺体を放ってはおくまい」

セリスはその部屋に視線を巡らす。様々な魔法具があり、壁や床、天井に魔法陣が描かれている。ツェイロン家の遺体は、どれも腹が破られている。

「まるで内側から食い破られたようだな……」

その傷痕に手を触れる。魔法陣の残滓が僅かに残っているのが見えた。

「魔法研究でもしていたか？」

セリスは部屋の奥へ進む。そこに、ツェイロン家の女王の遺体があった。彼女の遺体だけは、腹が破れてはいなかった。

「ぐ、ぎゃああああああああああああああああぁぁぁぁぁっっっ……‼」

遠くから悲鳴が轟いた。人間のものだ。セリスの合図で、幻名騎士団はその屋敷から出て、先程の広場へ魔眼を向ける。兵士が一人、黒い炎に焼かれていた。

「……おの、れぇ……邪悪な魔族めがぁぁっ……‼」

男は反魔法にて黒き炎を振り払うと、一足飛びでルナへ接近し、その聖剣を膨らんだ腹に突き刺した。ビキビキッと、聖剣にヒビが入った。

「……な……ぎゃあああああぁぁぁっ……‼」

ルナの腹の中から、膨大な魔力が溢れ出し、聖剣をバキンッとへし折る。漆黒の炎が、人間を焼いた。

「……アノス……」

ルナが呟く。散々兵士たちにいたぶられ、彼女の全身はボロボロだ。ゆえに、怒ったのだ。

「……馬鹿な……この女のどこにこんな魔力が……」

「……赤ん坊だ……」

まるで恐ろしいものを見たかのように、兵士の一人が言った。

「今、炎が見える前に、胎動が聞こえた……女とは別の魔力が見えた……！　腹の中にいる魔族が、魔法を使っているんだ……」

「な……んだと………？」

人間たちは言葉を失う。ディルヘイドに送り込まれた兵士は、選りすぐりの精鋭。アゼシオンでも、トップクラスの者たちばかりだ。それだけに、彼らの驚愕は計り知れない。

「……もし、本当にそうなら、成長すれば、どれほどの……」

ごくりと唾を飲む音が聞こえる。そこにいた戦士たちの目が据わった。

「決して産ませてはならん。あの女の腹にいるのは、世界を戦火に飲み込む邪悪の化身……」

奮い立ち、人間たちは声を上げた。

「世界の平和のため、命に代えてもここで滅ぼすっ!!」

「行くぞぉぉぉっ!!　殺せぇぇぇっ!!　世界のためにっ!!　正義のためにっ!!」

一斉に襲いかかる人間の兵は、手にした聖なる刃を目映く煌めかせた。

次の瞬間――どくん、と胎動が響く。彼らは一斉に漆黒の炎に飲まれた。

「なんだ、この炎は、消せぬっ……馬鹿なっ、魔族の力を封じる結界が……!?」

「このっ……この禍々しい力は、いった――っ!?」

「「「ぐああああああああああああああああああぁぁぁぁぁ……っっ

っ！！！」」」

瞬く間に、その場にいた人間たちは皆、灰へと変わっていく。

「……後は……アベルニユー…………滅ぼしてくれ…………」

最後の一人がそう言い残し、灰へと変わった。

「ふうん。ヴォルディゴードの血統、だったかしら？」

死んだ人間にはさして関心もなさそうに、破壊神アベルニユーは言う。

「滅びが近くなったことで、魔力が増したのね」

その神眼がルナへと向けられる。すると、彼女の前に漆黒の炎が現れ、壁と化した。まるで母を守るかのように。けれども、破壊神の神眼は炎を容易く滅ぼす。次から次へと炎は出現するが、そのすべてが瞬く間に消えていった。

「……アノス……」

ルナが呟く。

「いいのよ……いいの……あなたは産まれることだけに力を使って……お母さんが必ず、産んであげるから……」

「ねえ」

アベルニユーは言った。

「あなたは滅ぶわ。その子も。それが人との盟約よ」

漆黒の炎がすべて消えた瞬間、ルナは破壊神へ向かって駆けた。彼女はアノスのために供給する魔力を維持しつつも、自らの根源を削って力をかき集める。周囲に暗闇が広がり始めた。

「《真闇墓地》」

光の一切届かない暗黒がそこに訪れる。匂いも音も、魔眼さえも届かぬ完全なる暗闇だ。

「残念ね」

暗闇の中、確かにアベルニユーはその視線をルナに向けた。

「すべてが等しく滅びると言ったはずだわ」

その神眼が煌めいた瞬間、ルナの腹が視線に斬り裂かれた。

「……ぁ………」

がっくり、と膝をつき、彼女は倒れる。それでも赤子を守るように、腹部に手をやって。

「あなた……後は……」

アベルニユーの神眼によって、《真闇墓地》の闇が晴れていく。だが、彼女の背後にだけ、真っ暗な暗黒が残されていた。そこから雷が落ちるが如く、紫電が疾走し、ガウドゲィモンがアベルニユーの心臓に突き刺さった。

「《波身蓋然顕現》」

球体魔法陣を一つ、可能性の球体魔法陣を九つ、セリスはアベルニユーの体内に描いた。

「《波身蓋然顕現》」

ジジジ、と激しい紫電が破壊神の体内で荒れ狂う。その根源めがけて、セリスはありったけの滅びの魔法をぶつけた。

「《滅尽十紫電界雷剣》」

膨大な紫電が破壊神の体を、その根源を消滅させていく。

「破壊を司（つかさど）る神は滅びないわ。それが秩序だもの」

膨張し、星のように瞬（またた）く紫電が破壊神の体から幾本も放たれたかと思うと、次の瞬間、その姿が跡形もなく滅尽した。世界の色が紫から元に戻り、静寂がそこに訪れる。

アベルニユーが蘇（よみがえ）る気配はない。少なくとも、今、この場においては。それを冷静に確認した後、セリスは倒れているルナのもとへゆるりと歩いていった。

「あなた……」

彼女は息も絶え絶えに言葉をこぼす。破壊神の神眼にやられた根源は、癒やせないだろう。

その姿を、セリスはただ無言で見つめた。

「……なにか、言うことはないのですかっ？」

一番（ジエフ）が、彼のもとへ歩いてくる。

「最後に、なにか言ってあげてくださいっ！　師よっ！　滅びゆく者にぐらい、せめて情けをっ！」

一番（ジエフ）は憤（いきどお）りをあらわにする。顔色一つ変えずにセリスは言った。

「亡霊の妻に、それは望んでなったのだ」

一番（ジエフ）は、落胆と怒りがいり混じったような表情で、セリスを睨（にら）む。

「いいのよ、一番（ジエフ）。わたしは幸せだった」

「……しかし、奥方様……それではあまりに……」

ゆっくりとルナは首を振る。

「滅びの根源がね、ヴォルディゴードの血統……産まれるのは、それに反しているの……だからね、なにかが代わりに、死ななきゃならないの……ヴォルディゴードの妻となった者の宿命なのよ……」

一番は、かける言葉も見つからず、ただルナを見ていた。彼女はもう長くはない。その深淵を覗けば一目でわかった。

「……滅びる母胎が……アノスには一番……。これでいいの」

涙を流しながら、ルナはそれでも嬉しそうに笑った。

「……ありがとう……」

それは、誰に対する感謝だったのか。ゆっくりとその根源は滅びていき、そうして彼女は目を閉じる。

「……アノス。生きて、誰よりも強い子になって……お父さんを、助けてあげてね……」

斬り裂かれたお腹に手をやりながら、ルナは息絶えた。名もなき騎士たちがその姿を看取る中、産声を上げるように、黒き炎が轟々と立ち上る。

母の指を、赤子の手が力強くつかむ。滅びとともに、この世に産み落とされた。大きな母の愛を受けて。

それが、魔王アノス・ヴォルディゴード誕生の瞬間だった。

§6.【もしも世界が平和なら】

痕跡の書の効果が切れ、過去は姿を消した。

しかし皆、すぐに口を開くことなく、ただ重たい表情を浮かべている。俺の出生が、あまりに凄惨だったからだろう。

「そう暗くなるな。二千年前にはよくあることだ。むしろ、無事に産まれた分だけ、俺は運がよかった」

先程の過去で見た母の顔を思い浮かべる。

「初めて顔を見たが、母に感謝せねばならぬな」

すると、ミーシャが言った。

「アノスは意識があった？」

「母の遺体から産まれた覚えはある。最悪の気分だったからな」

今でも、そのときの不快感を思い出せるほどだ。

「しかし、さすがに俺も生まれたてではな。母を守ったのは防衛本能だろう。記憶はない。あそこにセリスがいたかどうかも覚えておらぬ」

「でも、今見た過去って、改竄(かいざん)されてるかもしれないのよね？」

サーシャの問いに、俺はうなずく。

「可能性はいくつかある。たとえば、団長(イシス)と呼ばれた男が、本当はセリスではなかった。過去を改竄し、そう見せたのだ。口調の違いは、過去に辻褄を合わせるためだったのかもしれぬ」

普段のセリスの口調では、一番などが違和感を覚えるだろう。外見は違うが、まあ、幻名騎士団は正体を隠していたからな。別人の顔をしていたところで、さほど問題にはなるまい。

「お兄ちゃんの父親に、セリスは成り代わりたかったということだろうか？」

アルカナが言った。

「妥当なところだが、しかし疑問が残るな」

ミーシャが小首をかしげる。

「わかりやすい？」

「ああ。過去を隠したかったにしては、少々稚拙なやり方だ。これでは自分が父親ではないと言っているようなものだからな」

うーん、とサーシャが考え込む。

「本当の父親を隠したと思わせて、別のものを隠したとかかしら？」

「あり得る」

俺の誕生に関わることなのか。それとも、まったく別のことか。まだ見当はつかぬな。

「二千年前の魔族に成り代わるのは相当な力を要する。俺の父親はセリスに違いなく、過去を改竄して口調だけを変えているといった可能性もある」

「その場合は、なんのためにだろう？」

アルカナが疑問を浮かべる。

「過去を見た俺が、父親がセリスとは別にいるかもしれぬ、と思うからだ」

「でも、そんなこと思わせてなにか意味があるかしら？」

サーシャが問う。

「さて、仕掛けの一つだろうからな。たとえば、いもしない父親を俺に探させることで、罠にはめようとしたといったことも考えられよう」

「それは、ありそうよね……」

「あるいは、セリスについてはあれが真実なのかもしれぬ。かつての奴はああいう性格で、そして代行者となったことで心が失われ、今の奴となった」

「改竄はできなかった？」

ミーシャが問う。

「ああ。奴とて大きく過去を改竄することは不可能だった。だが、改竄したと思わせることはできる。俺たちが疑心暗鬼に駆られることが狙いだった、といったことも考えられよう」

「でも、わたしたちが今の過去を見るとは限らないわよね」

サーシャの言葉に、俺はうなずく。

「まあ、なにも改竄していないという可能性は低いだろうがな」

「セリスについては、改竄されていないとする。しかし、他の部分の改竄は、可能だったとすればどうだろうか？」

アルカナがそう質問する。

「過去はなにかが改竄された。いったい、なにを改竄したのだろう？」

確かに他のなにかを隠したかったといった可能性もある。

「今見た過去で、俺が知っている者は二人だ。一人はアベルニユー。母は直接人間に殺されたものと思っていた。奴の仕業だというのは記憶にない」

「……彼女は、魔王城の？」

ミーシャが問う。

「そのアベルニユーだ。今は魔王城となった、な。しかし、金髪の少女の姿で顕現したところは初めて見た。俺の記憶にあるのは《破滅の太陽》と、それが生み出す影のような神の姿だ」

「うーんと、破壊神に聞けば、そのときのことってわかるのかしら？」

「わかるだろうが、復活させるわけにはいかぬ。それこそ、至るところで滅びが増える要因となろう」

「……あ、そっか。そういえば、そうよね……」

サーシャは馬鹿なことを聞いてしまったといった顔で俯く。

「もう一人は？」

ミーシャが問う。

「一番だ。あれは冥王イージェスだな」

「えっ……!?」

サーシャが驚いたような声を発する。

「本当に？　だって、冥王って悪い人とまでは言わないけど、薄情っていうか。一番は今見た過去じゃ、唯一まともそうな人だったわよ？　確かに顔はちょっと似てる気はするけど、《幻影擬態》でちゃんと見えなかったし、眼帯もしてなかったわよね？」

「立場が変われば人も変わるものだ。戦いに身を投じれば、価値観も一変しよう。あれがまだ若き日の冥王だったとして、俺には違和感がないがな」

うーん、とサーシャは考え込んでいる。今の冥王と一番がつながらぬのだろう。

「とりあえず、なにが改竄されたかわからないから、もっと過去を見てみないかしら？」

「そうしたいところだが、今日はこれ以上見られまい」

そう口にすると、ゴルロアナはうなずいた。

「申し訳ございません。痕跡神なき今、痕跡の書に残された力も少なく、これだけ遠い過去を遡るのは二回が限度。過去が増える毎に、すなわち時間が経つ毎に痕跡の書の力は回復しますが、次に過去が見られるまでに一週間は必要でしょう」

「……一週間なんて、待ってられないわよね……エウゴ・ラ・ラヴィアズを呼び出して、《時神の大鎌》を奪うとかは？」

サーシャが言う。

「少し前に試したが、一度、俺に奪われたからか、奴らは現れても、《時神の大鎌》を持ってこなくなってな」

時の秩序を守るための番神だからな。それを乱さぬようにするのは当然と言えば当然だ。

「それじゃ、ミリティアのことって他に調べようがないってこと？」

「イージェスを捜す？」

サーシャとミーシャが言う。

「ヴィアフレアも一緒にいることだしな。少なくとも、今さっき見た過去のどこが改竄されているかは知っているだろうが、さて、素直に話してくれるものか？」

とはいえ、他に手がかりもない、か。

いや――

「ゴルロアナ。エーベラストアンゼッタの石碑の間に記された秘匿文字は知っているな？　あれが、どの神が記したものかわかるか？」

「いえ……。古神(こしん)文字ということまではわかりましたが、神以外には伝えてはならない文ですので、痕跡神はそれに関することを秘匿されました」

「なら、今から、エーベラストアンゼッタまでともに来てくれるか？　痕跡の書が必要になるかもしれぬ」

「わかりました」

一旦、竜鳴が響く牢獄(ろうごく)から出ると、俺たちは《転移(ガトム)》の魔法陣を描く。それを見送ろうとした司教ミラノが、なにかに気がついたように声を上げた。

「お待ちください。アガハの剣帝ディードリッヒ様より、《思念通信(リークス)》が届いております」

竜鳴が至るところで響く地底では、《思念通信(リークス)》をつなげるために、魔法具にて常時専用の魔法線を引いている。アガハとジオルダルで魔法線が引かれたのはつい最近のことだ。

「つないでください」

ゴルロアナが言うと、《思念通信(リークス)》がつながった。

「どうしました？」

すると、ディードリッヒの声が響く。

『急な通信ですまぬな、教皇。今しがたちらりと見えた未来に、幻名騎士団の姿があったのだ。奴らの潜伏先らしきものを発見した。魔王にもこれから伝えるところだ』

ナフタの神眼は、すべての未来を映すことはなくなった。しかし、それでも朧気に見える未来がある。

「俺ならば、ここにいる」

『そいつは、ちょうどいい。地底に、ガングランドの絶壁というものがあるのだが、早い話、天蓋から一続きになっている巨大な壁でな。どうも、そこに洞窟を作り、幻名騎士団の連中が潜んでいるようなのだ』

「イージェスかカイヒラムの姿はあったか？」

『そこまではわからなかった。例の全身甲冑を着ている連中が、ガングランドに空いた穴に入っていくのを見ただけだ』

セリスが滅んだ今、幻名騎士団になんの目的があるのかはわからぬ。だが、居場所をつかんだ以上は捨ておくわけにもいくまい。

「その場は探る必要があろう。だが、こちらも先に調べておきたいことがあってな。しばし、待つがよい」

『そいつは多忙のところ、すまなかったな』

ディードリッヒとの会話を打ち切り、俺たちは魔法陣に魔力を込める。《転移》の魔法を使えば、視界が真っ白に染まった。次の瞬間、夥しい数の石碑が目に映った。俺はまっすぐ壁へ歩いていき、そこに手を触れる。ぱっと光が放たれれば、壁面に文字が浮かんだ。

「――そこは無限の夜、永遠の無――」

他の者にもわかるよう、俺は改めてその文章を口に出して読んでいく。

遙か地底に、神の城が生まれた。
始まりなき夜を、せめて優しく照らせるように。
地上に日は昇らず、滅びは訪れない。
生命は生まれず、世界は止まる。
大切なのは秩序か、人か。
答えは、あなたが知っている。

「あなただけが、知っている」

皆、その意味を考えるように黙り込む。

「アルカナの話では、ミリティアは俺が地底へ来ることを予想していた。なら、この文字は彼女が俺へ宛てたメッセージではないか？」

大切なのは秩序か、人か。神のみが読み解くことのできる古神文字にしては、妙な言い回しだ。一般的な神族ならば、秩序が大切だと口にするだろう。わざわざ記すまでもない。

「ゴルロアナ。どんな些細な痕跡でも構わぬ。なにか探れぬか？」

「……あまり力は残っておりませんが……できるだけ、やってみましょう……」

ゴルロアナが痕跡の書を開く。

「過去は痕跡となり、我が神の遺した書物に刻まれる。おお、これこそは偉大なる痕跡神の奇跡。この書に刻まれし過去を遡らん。痕跡の書、第二楽章《痕跡遡航》」

すると、最後の文章の下に、新たな文字が刻まれた。

――光を。そう書いてある。ミリティアが俺に宛てたものならば、なんの光かは考えるまでもない。

「アルカナ」

彼女はこくりとうなずき、両手を掲げた。

「夜が来たりて、昼は過ぎ去り、月は昇りて、日は沈む」

エーベラストアンゼッタの外に、《創造の月》アーティエルトノアが浮かぶ。その光は建物を透過して、壁面を照らした。すると、そこに新たな文字が浮かび上がっていく。

――平和のために、必要となったなら。

――あなたが忘れた過去を、創星エリアルに封じ込めておいた。

――西の帝国インズエル、その遺跡の中に。

――エリアルは五つ星。

――狂乱神アガンゾンによる、改竄に気をつけて。

――だけど、信じてほしい。

――もしも世界が平和なら、その過去を求めることはないように。

――それは、もう、終わったことだから。

§7．【記憶の在処（ありか）】

「ふむ。ミリティアが残したものに間違いなさそうだな」

俺がアルカナを救い、彼女の助力によって《創造の月》を使えると信じた上でのメッセージだろう。

「あ、見て。消えるわっ」

サーシャが言った通り、壁の文字は薄れていき、やがて消えた。アルカナは《創造の月》の光を当ててみたが、再びそれが現れることはない。

「痕跡の書も使えると知っていたのだろうか？」

アルカナが疑問を向ける。『――光を』の文字が消えていたことを言っているのだろう。

「この文字が消されたのは、ミリティアの意志ではあるまい。恐らくは、先程のメッセージに書かれていた、狂乱神アガンゾンとやらの仕業だろう」

「改竄（かいざん）された？」

ミーシャが問う。

「痕跡の書で見た過去と同じく、といったところか。そう考えれば、ミリティアがこんな回りくどい方法で伝えようとしたのもわかる」

「えーと、その狂乱神アガンゾンっていうのは、色々なものを改竄できるってことかしら？」

サーシャがアルカナの方を見る。彼女は知らないといった風に首を振った。代わりにゴルロアナが答えた。

「万物万象を狂わし、乱し、改竄する神、それが狂乱神アガンゾンと言われています。その秩序から、まつろわぬ神と見なされておりました。しかし、伝承はあれど、その神の姿を見た者はおりません」

「まつろわぬ神ってことは、ガデイシオラにいた可能性が高いってことよね？」

「ええ。あるいは八神選定者の一人、セリスの選定の神が、狂乱神アガンゾンだったのかもしれません」

ミリティアの邪魔をし、この文字を改竄した、か。

「セリスは、選定者に間違いなかったか？」

「恐らくは……痕跡神の秩序にて、彼の痕跡も見たはずではありますが、過去はあまりに膨大。神の力なくして、すべての記憶を保つことはできないのです」

選定審判を勝ち抜くため、痕跡神の力にてゴルロアナは膨大な過去を調べたのだろう。だが、そのすべてを記憶するのは人の身には不可能だ。留めておいた記憶が、痕跡神の消滅とともに消えたということか。あるいは、痕跡神が消えた後に自然を装って消された。

「八神選定者の残りの一人は知っているか？」

「いえ、それも」

覚えていない、か。まあ、いいだろう。

「ミリティアは狂乱神の存在を知っていた。自らに敵対していることも。それゆえ、改竄されぬように、自らの秩序にメッセージを残しておいたのだろう」

ミーシャが不思議そうに小首をかしげた。

「どういうこと？」

「先程の文字は《創造の月》の光で浮かび上がったのではなく、アルカナの中にあるミリティアの秩序が新しく創造したのだ。改竄する物自体がなければ、狂乱神の秩序も働かぬ」

同じ秩序を有するとはいえ、アルカナとミリティアは別人だ。残せたのは、このメッセージで限界だったのだろうな。

「創星エリアルが、五つ星だというのも、狂乱神による改竄に備えてのことだろう。つまり、アガンゾンの手に渡れば、痕跡の書と同じく改竄されてしまう可能性が高い」

「狂乱神アガンゾンがセリスの選定神だったっていうのは、ありそうよね。だって、ゴルロアナを覇王城に監禁していたときに痕跡の書を改竄できたんだし」

サーシャが言う。

「アノスの過去を隠そうとしていたのはセリスでしょ。だったら、狂乱神はもう選定者がいないんだから、創星エリアルには手を出さないんじゃないかしら？」

「残り一人の選定者がセリスと同じ目的だった可能性はある。かつて幻名騎士団はディルヘイドにいた。セリス以外の者も、ミリティアや俺に思うところがあるやもしれぬ」

これまでのセリスの行動が、奴の独断でなかったなら、戦いはまだ終結していない。

「冥王がヴィアフレアを連れ去った目的もわからぬことだしな」

「うーん……じゃ、早いところエリアルを手に入れた方がいいわよね。西の帝国インズエルってどこかしら？」

　ゴルロアナが首を左右に振った。

「地底には小国が多くありますが、帝国を名乗る国は聞いたことがありません」

「地上の国」

　ミーシャが言うと、サーシャが目を丸くする。

「インズエルって……ディルヘイドにはないわよね？」

「アゼシオンだ。連合国の一つだな。大陸の西に位置する三千年ほどの歴史がある国だったか。元々あった古い遺跡に城と街を構えたと言われている。かつては魔法に優れた人間たちがおり、ガイラディーテが台頭する前は、アゼシオンでも有数の大国だった」

　俺は魔法陣を描き、魔力で立体的な地図を作った。地上のものと、地底のものだ。

「アルカナ。先程ディードリッヒが言っていたガングランドの絶壁はどこだ？」

　アルカナはすっと指をさし、雪月花を舞わせる。みるみる地底の地図が完成していき、そこにガングランドの絶壁が現れた。

「ふむ。セリスはすでに創星エリアルの存在に勘づいていたか」

　地底にあるガングランドの絶壁と、地上のインズエル帝国を赤く光らせる。

「これって……？」

　サーシャが驚きの声を漏らす。インズエル帝国のちょうど真下がガングランドの絶壁だ。

「ミリティアの魔力を虱潰しに探せば、どこに隠したかわからなくともいずれは辿り着く。

時間は十分にあったことだしな」

「じゃ、もう改竄(かいざん)された後ってこと……よね……？」

「そうとは限らぬ。ミリティアとて、俺が転生するのは二千年後だと知っていた。ならば、それまではなんらかの対策を施したはずだ」

地図上に描かれたガングランドの絶壁を指す。

「ミリティアは西の帝国インズエルに、創星エリアルを残した。わざわざこの絶壁から行くよりも、地上から行った方が早いだろう。幻名騎士団がここに拠点を設けたのは、一朝一夕ではエリアルに辿(たど)り着(つ)けなかったからとも考えられる」

ならば、まだ希望はある。

「一度、地上に上がる。幻名騎士団の残党も気になることだ。ガングランドの絶壁も調べるが、同時に地上からインズエル帝国も調査した方がいい」

言いながら、俺はゴルロアナに視線を向ける。

「そうディードリッヒに伝えておいてくれ」

「わかりました」

「行くぞ」

《転移(ガトム)》の魔法陣を描き、エーベラストアンゼッタの外に転移する。そのまま《飛行(フレス)》で地上を目指した。

「ねえっ、そういえば、いいの？」

サーシャが問う。

「なにがだ？」

「世界が平和なら、過去は求めないようにって、ミリティアのメッセージに書いてあったわ。セリスは滅ぼしたし、幻名騎士団の残党さえどうにかすれば、別に過去を知らなくてもいいわけでしょ？」

「ふむ。サーシャ。世界は平和か？」

一瞬口を噤み、それから彼女は言った。

「……平和だと思うわ。さっき、痕跡の書で見たような、二千年前に比べれば」

「なら、もっと平和にできるやもしれぬ」

「もっとって、これ以上なにを平和にするのよ？」

「終わったこと、と書いてあったがな。果たしてなにが終わったのか。本当に終わったのか。それを知れば、なにかを救えるかもしれぬ。救えれば、世界はまた一歩平和に近づく」

サーシャは、呆れたように笑う。隣でミーシャは微笑んでいた。

「アノスらしい」

「あなたが言う平和って、きりがないわ」

くはは、と俺も笑った。

「二千年前は地上の戦いが終わればいいと思っていただけだったがな。いざ終わってみれば、それでもまだ悲劇があるのだと知った。地底に行ってみれば、そこで起きている争いを終わらせたくなった」

サーシャの言う通り、次から次へときりがない。

「悪いな。配下のお前たちには苦労をかけるが、どうにも俺は貪欲だ」

「わたしはお兄ちゃんの力になりたいと思っているのだろう」

アルカナが言う。ふっとサーシャは微笑した。

「魔王様の強欲さには困ったものだわ」

「手伝う。いつでも」

ミーシャがそう背中を押してくれる。

天蓋を飛び抜け、俺たちは地上に戻ってきた。すぐに俺の配下と魔王学院の生徒たちに《思念通信（リークス）》を送る。

「休みのところすまぬが、急ぎデルゾゲードへ集まってほしい。無理にとは言わぬ」

そう伝えると、《転移（ガトム）》を使った。転移した場所はデルゾゲード魔王城、玉座の間である。

「メルヘイス」

《思念通信（リークス）》で呼びかけると、長い白髭（しらひげ）を生やした老人が《転移（ガトム）》で姿を現した。

「インズエル帝国について、なにか情報はあるか？」

すると、メルヘイスは驚いたような表情をした。

「どうした？」

「……いえ、ちょうどそのインズエルのことで、アノス様にご相談しようと思っていたところでございました」

丁重な物言いでメルヘイスは答えた。視線で促せば、彼はすぐさま説明を始める。

「アゼシオンが議会制になることについて、ガイラディーテの者たちを中心とした勇議会（ゆうぎかい）が結成された、という話はすでにしたかと存じます」

勇議会は、新しいアゼシオンの舵取(かじと)りをする者たちが集った団体だ。

「彼らはアゼシオンの有力な国々へ出向き、それについての交渉を取り計らっておったのですが、インズエルに向かった勇議会が期日になっても戻らないと、先程イガレスより報告を受けまして」

「《思念通信(リークス)》は？」

「つながりませぬ。《転移(ガトム)》で近づこうと思いましたが、どうもかつて勇者たちが得意とした結界が張られており、国には入ることができない様子」

《思念通信(リークス)》と《転移(ガトム)》を封じる結界か。

「《封域結界聖(ロ・メイシス)》だな。今の人間に使い手が残っているとは思えぬが？」

「……転生した勇者かもしれませぬ。あるいは、二千年前の魔族が人間に転生したことにより、使えるようになったということも」

メルヘイスは重たい口調で言う。

「インズエル国内へは、力尽くで入ることもできましょうが、勇議会を人質に取られている可能性もあり、迂闊(うかつ)に動くことはできませぬ」

確かに、中の状況がわからぬことにはな。《封域結界聖(ロ・メイシス)》であれば、魔眼もそうそう通らぬ。

「勇議会がインズエルに入ったのはいつだ？」

「一週間前です。遺跡城下町エティルトへーヴェに滞在する予定でしたので、そこにいる可能性は高いのですが……」

定かではない、か。

「ちょうどインズエルに行こうと思っていたところだが、面倒なことだ。魔族が迂闊に入国すれば、勇議会の者に危険が及ぶかもしれぬということか」

「左様でございます」

タイミングの悪い。いや、悪すぎるといった方が正しいか。偶然にしては出来すぎだ。

「途中まで《転移》で行って、姿を隠して潜入するしかないわよね？」

「《封域結界聖》の境界線は、重点的に索敵しているだろうがな。内側に《転移》で入れぬ以上はそこさえ手厚くしておけば、潜入される心配はない」

サーシャが視線を険しくする。

「インズエルに出入りしている人に変装する？」

ミーシャが提案すると、サーシャが言った。

「行商人とか？　でも、もし勇議会を拘束してるなら、入国を許可される人がいるかしら？ガイラディーテやわたしたちが潜入してくる可能性は百も承知だろうし」

「インズエルへ向かった者が引き返してきたという情報は得ています。恐らくは入出国が制限されているでしょう」

メルヘイスの説明に、サーシャは困ったように頭を捻った。

「せめて、勇議会の人がどうなったのかだけでもわかればいいんだけど……わかったら苦労しないわよね……」

「ふむ。わかったぞ」

「はぁっ!?」

唖然(あぜん)としたように見つめてくるサーシャをよそに、俺は魔法陣を描く。《遠隔透視(リムネト)》に映ったのは、ある者の視界だった。

場所は石造りの室内だ。薄暗く、埃(ほこり)っぽい。倉庫のような場所に思えた。

「どの者の視界だろう?」

アルカナが不思議そうに問う。

「勇議会には勇者学院の学院長も参加している。エミリアという魔族だ」

「あ……」

と、サーシャが声を上げれば、ミーシャが口を開く。

「《思念の鐘》?」

「どうやら身につけていったようだな。術者の魔力にもよるが、《封域結界聖(ロ・メイシス)》の影響下でも、《思念の鐘》を経由すればぎりぎり魔法線をつなげられる」

視界はゆっくりと進んでいる。どうやら、息を潜め歩いているようだ。捕らえられたわけではなさそうだが、あまり楽観できる状況とも思えぬ。

「話しかけられないの?」

「《思念の鐘》は身につけた者が呼びかける魔法具だ。通常時ならばともかく、《封域結界聖(ロ・メイシス)》の中では向こうから呼びかけてもらわぬことにはな」

物音がして、エミリアが勢いよく振り向く。

そこに見知らぬ顔が映った。アッシュブロンドで短めの髪をした男だ。聖なる鎧(よろい)を纏(まと)い、帯剣している。エミリアは警戒するように後ずさった。

「待った。私はそなたの敵ではない」

その男は、敵意がないことを示すため、両手を上げた。

「私はカシム。二千年前、ガイラディーテ魔王討伐軍に所属していた勇者カシムだ」

§8. 【つながる想い】

「……勇者……カシム？」

エミリアは記憶を探るような顔で呟いた。

「教科書で、名前を見た気はしますが……確か、勇者カノンの兄弟子でしたか……？」

「そうだ。私は竜人に転生した。そなたはガイラディーテにある勇者学院の学院長だな？」

カシムは生真面目な口調で問うた。警戒しながらも、エミリアがうなずく。

「魔族だからといって戦うつもりはない。時代は変わった」

その場から動かず、両手を上げたまま、カシムは言う。

「だが、変わった時代に適応できない者もいる。そなたの仲間、勇議会を拘束し、この街に結界を張っているのはその内の一人。かつてディルヘイドにおいてミッドヘイズ領を支配していた魔導王ボミラス・ヘロスだ」

聞いたことがないといった風に、エミリアは眉根を寄せる。アヴォス・ディルヘヴィアの一件で、ディルヘイドの歴史にはまだ欠損が多く存在する。

「……魔導王というのは、二千年前から転生した魔族ですか？」

「そうだ。奴は注意深く、慎重で、狡猾な魔族だ。転生してすぐは力を潜め、この時代を調べていたと思われる」

「二千年前の魔族が、勇議会になんの恨みがあるっていうんですか？」

「魔導王は恨みで動くような男ではない。奴の目的は、恐らく魔王との交渉だ。そのために、この遺跡都市にあるはずの創星エリアルという魔法具を手に入れようとしている」

　エミリアは首を捻った。

「魔王となんの交渉をするつもりなんですか？」

「領土の支配権だろう。魔導王ボミラス・ヘロスは魔族であることを隠し、インズエル軍の元帥となった。野心を持っていた帝王をそそのかし、国を裏から支配している。彼は帝王の座を狙っているんだろう」

　二千年前、魔導王とは接点がなかったが、魔族にしては、地道なやり方をする男だな。

「平たく言えば、魔導王はアゼシオンの議会制に反対なんだ。実現すれば、王族の権力が弱くなってしまう」

「人間の国の王になりたいっていうんですか？　魔族なのに？」

「支配者は、優秀な者こそ相応しい、というのが奴の考えだ。やがてアゼシオン全土を支配し、自らが治めていたミッドヘイズ領を、暴虐の魔王から取り戻すつもりかもしれない」

　二千年前のディルヘイドもアゼシオンも、少なくとも強者が国を治めていた。ミッドヘイズを取り戻したいというのも、気持ちはわからぬではないがな。

「だからって、こんな実力行使で交渉しようっていうんですか？」

「インズエルには実力行使以外の選択肢はなかった。勇議会の決定に反対すれば、アゼシオンという連合国から放り出されるだけだ」

それは道理だ。ガイラディーテに主権があったものを、分散するのだからな。無能な支配者による独裁が終わるのならば、反対する国は少ないだろう。魔導王がそれを拒否するというのは、いずれはガイラディーテの王になろうという目算だったか。

「だが、奴の考えはこの平和な時代にそぐわない。私は勇者として、魔導王を討つ。そなたは、勇議会の仲間を助ける。目的は同じだ」

「……話はわかりました。ですが、あなたの言っていることが本当とは限りません」

そう言って、エミリアは《契約》の魔法を使った。内容は、勇議会の仲間を助けるまでは互いに協力するというものだ。

「そなたの疑いは当然だ。むしろ、心強い」

カシムは迷わず《契約》に調印する。僅かに安堵の色を見せ、エミリアは問うた。

「あなたの仲間は？」

「いない。魔導王を討つためには、現代の勇者たちの力がいる。まずはそなたたちの仲間を助ける。私が信頼に足ると思ったならば、ともに魔導王打倒のために戦ってほしい」

「わかりました」

「私が調べたところ、勇議会の者は二箇所に分けられ、牢獄に監禁されている」

　カシムは、魔力で地図を描く。二人が今いる建物のものだ。

「このエティルトへーヴェの魔導要塞の中、ここと、ここだ。現在位置はこの倉庫に当たる。今の時間、魔導王ボミラスはいない。兵士たちは交代で見張りを行い、巡回している。規則正しくだ。それがわかっていれば、見つからずに牢獄まで辿り着ける」

　カシムは魔力で移動ルートを示した。

「こちらの牢獄は警備が厚い。恐らく要職が監禁されている」

「では、まずもう一つの牢獄を破りましょう。わたしの護衛の勇者が三人、そこに捕らえられているはずです。彼らのおかげで、わたしは捕まらずに逃げられました。救出後、全員で力を合わせれば、もう一つの牢獄も破れるはずです」

「了解した」

《魔力時計》の魔法を使い、カシムは正確な時間を計る。扉に近づき、しばらく待機した後、彼は《根源擬装》の魔法を自らとエミリアにかけた。ネズミに似た小さな根源に擬装すると、扉を開け、二人は駆け出した。

　石造りの通路を迷いなく右へ左へと走っていった後、カシムは柱の物影に入ってぴたりと止まる。進行方向を見張りの兵士が油断のない視線を配りながら、通り過ぎていった。

　一定時間が経過した後、再び二人は動き出す。カシムが調べた見張りの配置、巡回経路をふまえ、ときに進み、ときに止まり、遠回りをしながらも、気がつかれることなく彼女らは牢獄の前までやってきた。

　頑丈そうな鉄のドアの前には、二人の見張りが直立不動で立っている。

「わたしが囮になります」

「承知した」

すぐさま物影から飛び出して、エミリアは二人の見張りへ突進していく。

「貴様っ⁉」

はっと気がつき、兵士が剣を抜いて応戦しようとしたその直後だった。

「……が、は……」

二人の兵士が前のめりに倒れた。エミリアに視線を向けた一瞬の隙に、カシムは二人の背後を取り、当て身にて気を失わせたのだ。

「《布縛結界封》」

聖なる布が兵士をぐるぐる巻きに拘束し、外部への魔力をも遮断する。その内の一人が持っていた魔法の鍵を奪い、彼は牢獄の鍵穴に差し込む。カチャリ、と音がして鍵が開いた。

ドアを開ければ、中には勇議会の人間たちが一〇名ほどいた。勇者学院の生徒であるラオス、ハイネ、レドリアーノの姿もある。皆、魔法の手錠で拘束されていた。

「私は勇者カシム。勇議会を助けに来た」

カシムが《解錠》の魔法を使うと、勇議会の人間たちにかけられた手錠が外れた。

見知らぬ男の登場に、彼らは一瞬警戒の色を見せたものの、エミリアが入ってくると、安堵したような表情に変わった。

「すぐに別の見張りが来る。急ぎ、こちらへ」

牢獄に閉じ込められていた者たちが立ち上がり、動き出す。そのとき、エミリアがカシムに近寄った。

そうして、彼が腰に下げていた剣を手にし、それを抜いた。


――え？


《思念の鐘》を通して、エミリアの疑問が伝わってきた。彼女はその剣で、走ってきた勇議会の一人を、あろうことか斬りつけたのだ。

「……がぁっ……‼」

「エミリア、なにやっ――」

駆けよった勇者学院の生徒、ラオスの心臓に、エミリアの剣が突き刺さる。

「な……あ……」

《灼熱炎黒(グリアド)》の炎が彼の内部で渦を巻き、その反魔法ごと内臓を焼いた。

「……が…………あ………⁉」

がくん、とラオスを崩れ落ちた。

「エミリア学院長、いったいなにをっ⁉」

「事と次第によっては、ただでは済みませんよっ‼」

勇議会のメンバーから怒声が上がる。しかし、エミリアは答えない。

「助けられては困る、ということか？」

鋭い口調で言ったのは、勇者カシムだった。

「どうりでそなただけ、牢獄(ろうごく)に入れられなかったわけだ。所詮は魔族、魔導王の仲間だったということか」

――違う。

《思念の鐘》を通して、再びエミリアの心の声が聞こえた。カシムにも、勇議会の者にも聞こえていないだろう。

――体が勝手に動く。喋(しゃべ)れない。どうして?


「その通りです」

なにかに操られるように、エミリアは言った。

「暴虐の魔王の目的は、人間どもを完全に支配すること。勇議会を結成したことで、有力な者たちはここに集められました。後は綺麗(きれい)に掃除すれば、それで終わりです」

エミリアが《灼熱炎黒(グリアド)》を放つ。

「くっ! あの《契約(ゼクト)》は、擬装したものだったかっ!」

反魔法にて、カシムは黒き炎をはね除(の)ける。勇議会を助けるまで協力するという《契約(ゼクト)》を交わしたにもかかわらず、エミリアはそれに背いている。

「その者たちは、そなたを信じていたのだぞっ! 時代は変わった!」

訴えるようにカシムは叫んだ。

「教え子の命を奪ってまで、魔王に従い、それで満足かっ⁉　彼らとの絆はそんなものだったのかっ！」

「……お……い……」

憤るカシムに、声を発したのは他でもない。心臓を刺され、床に伏したラオスだった。

「……どこの誰だか、知らねえが……好き勝手なこと言ってんじゃねえ……こいつはな、んなことするような奴じゃ――」

エミリアが、今度はラオスの喉に剣を突き刺す。それでも、彼は言った。

「……っ……エミ……リ……ア……じゃ……………ねえ……」

微かな声が届いたのは、そばにいたエミリアだけだ。彼女はカシムに襲いかかるが、難なくその剣をいなされ、蹴り飛ばされる。落ちた剣を、カシムは拾った。

「皆の者っ！　すぐに別の見張りが巡回して来る。私が押さえている内に、外へ！」

カシムに誘導され、勇議会の人間たちが牢獄を出ていく。ハイネが物言いたげに、彼に近づこうとすると、レドリアーノはそれを手で制した。彼は眼鏡を人差し指で持ち上げる。

二人は目配せをした後、言ったのだった。

「それがあなたの本心ですか、エミリア」

レドリアーノが問う。

――違う。

心の声が漏れるが、彼女の口は動かない。

「……へーえ。やっぱりね。なんだかんだで、魔族なんてそんなもんだよね」

ハイネが投げやりに言った。

「お二人も早く。残念ながら彼を治療している時間はないっ」

意味ありげな視線をエミリアに向け、レドリアーノとハイネは牢獄を出た。

「邪悪な魔族め。覚えていろ。魔導王の後、必ず貴様も討つ」

そう言い捨てると、カシムはドアを閉め、鍵をかけてそこから去っていった。

「……ラオス君……」

エミリアがはっとした表情を浮かべる。

「声が……」

体が動くようになったか、エミリアはすぐさまラオスのもとへ駆けよる。回復魔法をかけるが、しかし、傷は治らない。最初に心臓を突き刺した剣の力だろう。聖痕がみるみる増えていくのだ。

「……治せ……ない……」

僅かにラオスの手が動き、エミリアの顔に触れた。

「……やっぱり、な……正気に……戻った……か、よ……」

エミリアはぐっと涙を飲み、唇を嚙む。そうして、回復魔法を止め、別の魔法陣をラオスに描いた。指先を切り、血を一滴垂らす。

「ラオス君、よく聞いてください」

彼は苦しそうにしながら、エミリアの顔をじっと見つめている。

「一度、あなたを殺します」

聖痕を治す繊細な回復魔法は、まだエミリアには使えぬ。一度殺し、《蘇生(インガル)》で蘇生(そせい)するしかないと考えたのだろう。

「……成功率は、あまりありませんが……」

「……それは、いいけどよ……」

ラオスは、穏やかな表情で口を開いた。

「……その前に……一つだけ、言っといてもいいか……？」

「だめです……！」

エミリアは、《蘇生(インガル)》の魔法陣に魔力を注ぐ。

「……ち……じゃ、またにするわ……失敗すんなよ……」

「当たり前ですっ……！」

エミリアを信じ切ったように、ラオスは身を委ねる。彼女は体中から魔力を振り絞り、《蘇生(インガル)》の魔法陣を完成させた。次いで収納魔法陣からナイフを取り出し、それをラオスの胸に当てる。

「…………いきますよ……」

エミリアの手が震える。彼女の今の魔法技術では、《蘇生(インガル)》の成功率はよくて三割といったところか。ガタガタと震え、決心のつかないエミリアの手を、ラオスはつかんだ。

「……んなに、心配すんなって……おめぇは失敗しねぇよ……」

うなずき、エミリアは決意を決めた表情を浮かべる。そうして、そのナイフを思いきり左胸に突き刺した。びくんっ、とラオスの体が震える。

「お願いします。お願い。戻ってきて」

ただ一心に《蘇生》の魔法を行使するエミリアの想いがこぼれ落ちる。

──わたしは、一度間違えた。もう失敗できない。

──もう二度と。

──戻ってきて。わたしの大事な生徒を、返してほしい。

──お願い。

「…………」

エミリアが息を呑む。《蘇生》の魔法陣は起動した。彼女の魔力では、三秒過ぎれば、蘇生できる確率はゼロに等しくなるだろう。

しかし──ラオスは目を閉じたまま、傷が癒えることもない。ぽたぽたと涙の雫が、こぼれ落ちる。

「助けて……誰か……」

──お願い。誰か。

「…………アノシュ君……」

『ふむ。ようやく呼んだか。待っていたぞ、エミリア』

「………………え……？」

《思念通信(リークス)》にて発したアノシュ・ポルティコーロの声に、エミリアが呆然(ぼうぜん)とした。彼女がアノシュを呼んだことで完全につながった魔法線を経由して、エミリアの《蘇生(インガル)》を補助してやれば、ラオスの傷がみるみる癒(いや)されていく。

「……う……あ……」

ラオスが息を吹き返す。《蘇生(インガル)》が成功したのだ。その光景を見ながら、戸惑ったようにエミリアは《思念の鐘》に話しかける。

「……アノシュ……君……？　どうして？　結界があるはずです……」

『結界ぐらいで、俺との《思念通信(リークス)》が通じぬと思ったか』

「もう……」

エミリアはほっとしたように、泣き笑いの表情を浮かべる。

「魔王みたいな言葉遣いは、直すように言ったはずです……」

こぼれた涙は、喜びに変わった。

§9.【潜入準備】

目を覚ましたラオスが、ぎこちなく体を起こす。

俺は《思念通信》にて、エミリアに話しかけた。

『見張りが来る前にそこを出ろ。《解錠》の魔法陣を描け』

エミリアはドアに《解錠》の魔法陣を描く。それを補助し、魔力を送れば、カチャと施錠が解かれた。

「ラオス君、行きますよ。わたしたちがいなくなったことに気がつけば、すぐに追っ手が来るでしょうから、なるべく離れます」

「ああ」

ドアを開き、エミリアとラオスは牢屋の外へ出た。兵士たちに出くわさないように、慎重に進んで行く。

「……といっても、やっぱり、見張りが多いですね……」

物影から様子を窺いながら、エミリアが言う。

『まずは倉庫に戻るとよい』

「わかりました」

エミリアとラオスは、彼女が元来た道を引き返していく。カシムの案内がないため、途中、何人かの見張りを気絶させざるを得なかったが、倉庫までは無事に戻ることができた。

『その場所の地図は出せるか？』

「先程、勇者カシムに見せてもらったものですけど」

エミリアが、エティルトヘーヴェ魔導要塞の地図を出す。俺はその一点を赤く光らせた。

『インズエルに張られた《封域結界聖(ロ・メイシス)》だが、範囲が広大な分、結界にはムラがある。今示した場所は、付近で一番結界が弱い。本来なら、《転移(ガトム)》ができるほどではないが』

「《思念の鐘》で魔法線がつながっているなら、可能ってことですか？」

『ぎりぎりな』

エミリアとラオスが、地図をじっと睨(にら)む。どうその場所へ行くかを考えているのだろう。

『辿(たど)り着(つ)きさえすれば、救援を送れる。すでに魔王には伝えてあるからな』

まあ、俺だが。

「この場所なら、たぶん、そんなに警備は厳重じゃないはずです……」

「なら、とっとと行こうぜ。ディルヘイドから救援が来たら、レドリアーノやハイネたちと合流して、事情を説明すりゃそれで済む。さっきは、魔法か魔法具で操られてたんだよな？」

「ええ……」

エミリアが不可解そうな表情を浮かべる。

「ですが、いったいいつ強制の魔法を受けたのか……まったく心当たりがありません」

『ふむ。それはこちらで調べておく』

「お願いします」

エミリアとラオスは倉庫を出て、結界の弱い場所を目指す。彼女がこちらへの意識を切ったことで、《思念通信(リークス)》は途切れた。

「――見ていたのは途中からなんだけど」

《遠隔透視(リムネト)》から視線を外し、振り向けば、そこにレイがいた。シンとエールドメード、ミサ、エレオノール、ゼシアも集まっている。

「エミリア先生は、カシムと《契約(ゼクト)》を交わさなかったかい？」

「なるほど。《契約強制(ロア・ゼクト)》か」

レイがうなずき、その場にいる者に説明した。

「《契約(ゼクト)》と違い、調印したものに強制力を働かせ、契約通りの行為を実行させる魔法だよ」

「《契約(ゼクト)》の魔法陣に見せかけていた？」

ミーシャが言うと、サーシャが続いた。

「契約内容もってことよね……？　勇議会を助けるまでは、協力するって文言だったんだし。だけど、そもそも《契約(ゼクト)》を使ったのはエミリア先生じゃなかったかしら？」

「改竄(かいざん)した？」

「他人の魔法を気がつかれずに改竄(かいざん)なんて、そんなこと……」

サーシャがはっとしたような表情を浮かべる。

「……狂乱神アガンゾンがってこと？」

「可能性はあるだろうな。あの男が八神選定者の最後の一人かもしれぬ」

現状では、《思念の鐘》を経由し、エミリアの魔眼を通してしかあの場を見られぬ。狂乱神の秩序も、《契約(ゼクト)》に擬装した魔法陣も、その深淵(しんえん)を覗(のぞ)くことはできなかった。

レイとて同じだろう。彼は《契約》の瞬間さえ見ていない。にもかかわらず、カシムに当たりをつけた。

「なぜカシムの仕業だと思った？」

レイに問う。

「そういう人なんだ。カシムは勇者というものを貶めたくて仕方がない」

「どうして？　だって、そもそもカシムも勇者なんでしょ？」

不思議そうにサーシャが訊く。

「彼は勇者にはなれなかった。肩書きはあったけれど、彼が望んだものではなかったんだよ。本当は、カシムが霊神人剣に選ばれ、ガイラディーテ魔王討伐軍を率いて、暴虐の魔王と戦うはずだった」

「選ばれずに、嫉妬に狂ったか」

レイがうなずく。

「剣の腕も、勇者の魔法も、当時の僕よりもカシムが上だったよ。彼はそれだけ努力をしていたからね。魔王を討ち、大戦を終わらせる。人々のために、我を捨て、欲を捨て、真の勇者になると彼はよく語っていたよ。誰もがカシムこそ勇者に相応しいと信じていた」

彼は悲しげな表情で言った。

「だけど、霊神人剣は僕を選んだ。その日から段々カシムは変わっていってしまった」

重たい口調で、レイは説明を続ける。

「勇者の評判を貶めることばかりをするようになった。力ない者が勇者をやるなど、ありえないと陰でよく口にしていたらしい。大戦の最中、僕が指揮するガイラディーテ魔王討伐軍でも内紛の種を蒔いていたんだ」

「魔族を相手にしておきながら、頭のおかしなことをするものだ」

レイは苦い表情を浮かべた。

「結局、ジェルガ先生がそれに気がついた。カシムは白状したよ。勇者など引きずり下ろしてやると言い残し、逃げた。僕と先生は行方を追った。行く先々で彼は、今回のような手口で勇者の悪評を広めていたよ。最後には先生が滅ぼした、はずだったけれどね」

滅ぼしきれなかった、か。

「ちょっと待って。じゃ、さっきのエミリア先生のことがカシムの仕業なら、暴虐の魔王を敵だと思わせて、勇議会をバラバラにしようとしたってことよね？」

サーシャが頭に手をやりながら、そう言った。

「恐らく、勇者が人間に友好的な魔族を殺してしまった、というのを見せつけたいんだろうね」

「そんなことして、どうするのよ……？　そもそも、もう勇者なんていてもいなくても、同じようなものじゃない。大戦は終わって、わたしたちは敵じゃないんだし」

一瞬、レイは返事に困り、それから言った。

「……たぶん、時代が変わっても、カシムは変われなかったんだろう。僕が、彼を狂わせてしまったのかもしれない」

「レイさんのせいじゃ、ないと思いますけど」

ミサが言う。

「少なくとも僕がカシムより強ければ、彼は理不尽を感じることはなかった」

「ならば、話は早い」

レイがこちらを向く。彼と視線を合わせ、俺は言った。

「他の者に手出しはさせぬ。文句が言えぬほど正々堂々打ち負かすがよい。他人の足を引っぱることしかできぬ愚かな男の体に、誰が本物の勇者かとくと教えてやれ」

「……ありがとう」

すると、エレオノールが人差し指をぴっと立てた。のほほんとした顔で彼女は言う。

「んー、途中から来たから全然わからないんだけど、今からなにするんだ？」

「お仕事……ですか……！」

きりっとした表情でゼシアが意気込みを見せる。

「これより、アゼシオン大陸にあるインズエル帝国へ向かう。遺跡都市エティルトヘーヴェ、恐らく、そこにミリティアが残した創星エリアルという魔法具が五つある。俺が失った記憶が封じられているものだ」

「わおっ。知らない間に、急展開だぞっ」

エレオノールがおどけて言う。

「ただし、それを邪魔しようとしている者たちがいるようだ。勇者カシムや魔導王ボミラス、幻名騎士団もそうかもしれぬ。敵の数など、今のところ詳しくはわからぬ」

「とにかくインズエルに行って、邪魔する奴らはぶっ飛ばしちゃって、創星エリアルっていうのを手に入れればいいのかな？」

　エレオノールがざっくりとした認識で訊いてくる。

「勇議会の人たちを助ける」

　ミーシャが淡々と補足した。

「それともう一つ。インズエル直下、地底にあるガングランドの絶壁に、幻名騎士団の潜伏先を発見した。今回の件に関わっている可能性が高い」

「二手に分かれますか？」

　シンがそう言った。

「ああ。シン、お前はエールドメードとともに、今すぐガングランドの絶壁へ向かえ。そこで幻名騎士団がなにを企んでいたかを突き止めよ」

「御意」

「これまでに得た情報を伝えておく。後ほど確認しておくがよい」

　俺はシンとエールドメード、また他の者にも、痕跡の書で見た過去や、ミリティアのメッセージなどを《思念通信》で伝えておいた。

「カカカッ、そういえば生徒たちも呼び出していたようだな」

《転移》の魔法陣を描きながら、エールドメードは言う。

「また面白そうなことが起きそうではないかっ！」

　エールドメードがこの場から転移すると、シンもそれを追うように《転移》を使った。

「そういえば、学院の子たちを呼んでどうするのよ……？」

嫌な予感がするといったようにサーシャは訊いた。

「ふむ。教練場に全員集まったようだ。続きはそこで話そう」

そう口にして、《転移》の魔法陣を描く。俺たちが、デルゾゲードの第二教練場に転移してくると、すでに生徒たちは着席して待っていた。魔王の呼び出しだ。遅れてはなるまいと急ぎ駆けつけたのだろう。

「休みのところすまぬな。少々、厄介なことが起きた」

そう口にすると、教室中に緊張が走る。張りつめた空気の中、生徒の一人が口を開いた。

「……なあ、無性に、嫌な予感がするんだが……」

「……俺もだ、胸騒ぎが止まらないっていうか……」

「……あれだよな……」

「……十中八九あれだろ……」

こそこそと生徒たちは呟く。

「察しがついている者もいるようだな。なに、そこまで大事ではない。アゼシオン大陸にあるインズエル帝国で面倒事が起きてな。勇議会がインズエル軍に拘束された。首謀者は二千年前の魔族、魔導王ボミラスと思われる。またガイラディーテ魔王討伐軍の勇者カシムも敵だ」

カシムが勇議会を欺こうとしていること、敵の全容がまだ不明であること、創星エリアルのことなど、簡単に彼らに現況を伝えた。

「まずは勇議会を助ける」

生徒たちの顔が曇る。

「そして、この騒動の首謀者を見つけ、捕らえるか、滅ぼす」

生徒たちの顔がますます曇った。

「それと並行して創造神ミリティアが残した創星エリアルを見つける」

彼らに《魔王軍(ガイズ)》の魔法線をつなぎ、《思念通信(リークス)》にてミリティアの魔力の波長を伝えた。

「その魔力の波長と似た魔法具を見つけたならば、回収せよ」

生徒たちは、皆険しい表情で、説明に耳を傾けている。

「ああ、それと俺は行かぬ。現地ではエミリアの指示に従え。朗報を期待しているぞ」

生徒たちの顔がこれ以上ないというほど曇った。

「……来ないって、マジかよ。レイや、サーシャ様がいるにしたって……」

「……てか、魔導王ボミラスって……二千年前の魔族で王なんだから、エールドメード先生級ってことだよな……？」

「勇者カシムも面倒臭そうだし。勇議会だって俺たちのこと敵だと思ってんじゃないのか？」

「ようやく地底から戻ってきたと思ったら、今度はアゼシオンの内乱かよ……」

生徒たちが口々にぼやく。

「自信がない者は辞退して構わぬ」

そう言ったが、誰も手を挙げる者はいない。むしろ、いっそう顔が引き締まった。

「……手を挙げた瞬間、人生から辞退させてやろうって奴(やつ)だろ……」

「わからないぞ。俺が自信をつけさせてやる、かもよ？」

ごくりと唾を飲み込み、彼らは恐怖に立ち向かう腹の据わった表情を覗(のぞ)かせた。

「……どんな敵が相手でも……暴虐の魔王よりはマシだっていう話だよな……」

「は、ははっ。大丈夫、大丈夫……俺、こんなこともあろうかと、この一ヶ月死ぬ気で魔法の練習してたんだからよ」

「俺もだ。間違いなくまたあるってわかったからな。予習だよ、予習。死なないための……ははっ……」

生徒たちの半数以上は、やるしかないといった表情を浮かべていた。なかなかわかってきた者もいるようだな。

「では、エミリアが《転移》の使える場所に行くまでしばし待つ。後は、アノシュが《思念の鐘》を経由してやってくれるだろう。各自、潜入に備えておけ」

俺は《幻影擬態》と《秘匿魔力》の魔法を使い、その場から姿を消した。

「アノシュって、あいつ来てたか――」

「ここにいるぞ」

声をかければ、驚いたように生徒が振り向く。《逆成長》にて六歳相当の体となり、俺は姿を現していた。

「ま、また隠れてたのかよ……びっくりさせんな……」

「すまぬな」

自分の席に座る。

「アノシュで行くのかい？」

レイが小声で聞いてきた。

「エミリアの手前もあることだ。敵も油断するかもしれぬ」

すると、彼は俺に《根源擬装(ナーズ)》の魔法をかけ、その根源が魔王のものとわからぬように変えた。生徒たちは各自、魔剣や魔法具などを取り出し、戦闘準備を行っている。

エミリアがその場所に到着するまで、もうまもなくだった。

§10．【二千年前の魔族と現代の魔族】

エミリアとラオスは、エティルトヘーヴェの魔導要塞を慎重に進んでいた。警備の薄い区画だ。見張りの兵をやりすごしつつ、彼らは目的の部屋まであと一歩のところまで辿(たど)り着(つ)く。

「……あそこか……確かに、幾分か結界が弱いような気がするよな……」

物影に潜みながらも、ラオスは目的の部屋に視線をやる。外には見張りの兵が二人いた。彼らは油断なく周囲を警戒している。

「ち……。やっぱ、もう俺らが脱走したのは伝わってるよなぁ。不意はつけそうにねえが、聖剣は奪われちまってるからな……」

見張りの兵がいるところまでは、身を隠す場所もない一本道だ。兵を倒すまでに《思念通信(リークス)》にて、エミリアたちの居場所が全軍に伝えられてしまう危険性が高い。

「時間が経(た)つほど状況が不利になります。正面から行きましょう」

「マジかよ？」

「竜に比べれば可愛(かわい)いものですよ」

は、とラオスは笑った。

「違いねえっ！」

ラオスが素早く物影から飛び出し、両腕に炎を纏(まと)わせた。

「《大覇聖炎(サイファイオ)》」

燃え盛る聖なる炎を寸前で回避すると、兵士は慌てて声を上げた。

「てっ、敵襲っ！　牢屋(ろうや)から逃走した勇議会が――」

《思念通信(リークス)》を使われるより先に、駆けよったエミリアはナイフでその喉を斬り裂いた。

「……がっ……は……」

「お、おのれぇぇっ‼」

反撃とばかりに剣を抜いた兵を、彼女は《灼熱炎黒(グリアド)》で焼き尽くす。二名の兵は瞬(また)く間(たま)に沈黙した。

ラオスが周囲を警戒しながらも、エミリアはそのドアに張りつく。彼女は内部に魔眼(め)を向け、耳をすました。中を透視することはできぬが、魔力はわかるだろう。

「……誰かいますね。たぶん、人間です……」

「インズエルの兵士か？」

「それにしては、魔力が弱い気がします」

「数は？」

「一人です」

二人は視線を合わせる。

「なら、行くっきゃねえよな。とりあえず、中にいる奴を取り押さえて、ディルヘイドの救援を呼べりゃ、こっちのもんだ」

「ええ、それで行きましょう」

エミリアはドアノブを握る。鍵がかかっているようだ。彼女は《解錠》の魔法陣を描き、言った。

「アノシュ君、お願いします……」

魔法を補助してやると、カチャ、と施錠が外れる。エミリアはラオスに目配せをして、ドアを開けた。すぐさま彼は部屋に飛び込む。

「《聖炎鎧》ッッッ！！！」

炎の鎧を身に纏い、室内にいた人影にラオスは一も二もなく飛びかかる。それは相手を組み伏せることで発動する結界魔法――

「うおらぁぁ――って……？」

――寸前で、ラオスは手を止めた。室内に座り込んでいたのは、猿ぐつわをされ、両腕を魔法の手錠で拘束された長い髪の少女だった。

「んー、んーっ」

少女は涙目になり、ラオスに脅えた表情を見せている。

「……こりゃ……。どうするよ、エミリア？」

「外に見張りがいましたし、勇議会と同じくインズエル軍が捕らえた人でしょう。外してあげなさい」

ラオスがしゃがみ込むと、少女はびくっと身を引いた。

「安心しろって。敵じゃねえよ。俺たちは勇者学院だ」

そう言って、ラオスは彼女の猿ぐつわを外した。

「……あ、ありがとうございます……。私はインズエル帝国第一皇女、ロナ・インズエルと申します」

「第一皇女……？」

エミリアが怪訝そうにロナに視線をやった。

「言われてみれば、見覚えがある気がします。なぜ第一皇女であるロナ様が、軍に拘束されているんですか？」

「その……聞いてしまったんです、私……」

すると、彼女は重たい表情を浮かべた。

「なにをですか？」

「……父が、インズエル皇帝シャプスが、やってくる勇議会の人たちを捕らえようとしているって話を。どうにかそのことをガイラディーテの使者に伝えようとして……」

捕まった、というわけか。

「父はきっと騙されているんです。軍の元帥ボミラスに。私は見ました。彼の体が、炎に変わるところを。ボミラスは魔族なんです。きっと、彼が父になにかしたに違いありません」

「……魔族であること以外に、ボミラスが皇帝を騙したという証拠はありますか？」

エミリアが問うと、ロナは困惑した表情を見せた。

「……それは……具体的には……でも、優しかった父が、こんなことするはず……」

思ってもみない災厄が訪れれば、なにかのせいにしたくなるものだ。たとえ互いに憎しみがなくとも、異物である魔族が原因と思うのは無理もないだろう。しかし、初めからシャプス皇帝が、野心を持っていなかったとも限らぬ。

「お願いします。私を父のもとへ連れていってくれませんか？　きっと、説得しますから」

「……とにかく、まずは安全な場所へ行きましょう」

ラオスがロナにかけられた魔法の手錠をつかむ。

「ちいと火傷するかもしれねえが、我慢してくれよ」

ボォッと炎が巻き起こり、彼は手錠の鎖を焼き切っていく。ロナは一瞬苦痛に表情を歪めたが、手錠が外れるまで懸命に耐えた。

「……あ……ありがとうございますっ……」

エミリアが差し出した手を取り、ロナは立ち上がる。

「もう一つ、奥みたいですね」

彼女は室内に設けられたもう一つのドアに視線を向ける。そちらの部屋ははっきりとわかるほど結界が弱い。

「ロナ様、ここはなんの部屋かわかりますか？」

「いえ。魔導要塞に来ることは滅多にありませんので……」

ロナは申し訳なさそうに言った。

「中に人間の魔力は感じられませんから、問題ないと思いますけど」

「これだけ騒いで誰も出てこないんだったら、大丈夫だろ」

エミリアとラオスはそんなやりとりを交わし、奥のドアに近づく。慎重に彼女はドアを開けた。中には、誰もいない。椅子やテーブル、調度品が置いてあるだけの普通の部屋だ。

二人はほっと胸を撫（な）で下（お）ろす。

「……アノシュ君、到着しました。どうですか？」

『よくやった。すぐに救援を送る』

俺は《思念の鐘》を通して、その場の魔力環境を解析する。結界が弱まっている分、ぎりぎりいけるだろう。

《転移（ガトム）》の魔法を使えば、室内に魔法陣が描かれる。目の前が一瞬真っ白に染まる、その瞬間だった。エミリアの視界から見た部屋の風景が、みるみる内に変化していく。椅子やテーブル、調度品が姿を消し、床、壁、天井に魔法陣が現れる。

「ちぃっ……!?」

ラオスが引き返そうとした瞬間、目の前のドアも消え、壁に変わった。

「なんだこりゃっ、ドアが消えやがったっ!?」

拳を突き出し、《大覇聖炎（サイフィオ）》をぶちかますも、魔法によって強化された壁は頑丈でびくともしない。

「エミリアッ、どうす――」

彼女の指示を仰ごうとして、ラオスは絶句した。目の前にあったのは、俺が描いた《転移（ガトム）》

の魔法陣。ディルヘイドから救援が送られてくる入り口だ。それを紅（あか）い炎が球状に覆い、ゴオオォォと音を立てて燃え盛っている。

「消しますよっ！　じゃないと、転移した瞬間――」

　エミリアは魔法陣を描き、手の平に氷を作り出す。

「《魔氷（シエイド）》！」

「《聖八炎結界（ザガード）》！」

　エミリアが放った氷が炎球を襲い、ラオスの《聖八炎結界（ザガード）》は炎の魔力を鎮（しず）める結界を構築する。だが、まるで効果がない。

「脆弱（ぜいじゃく）なものだ。今の魔族も、勇者も、二千年前とは比べものにならぬものよのう」

　声が響く。ラオスとエミリアは周囲に視線を配るも、敵の姿は影も形も見えない。

「どこを見ておるのだ、余ならここにいる」

　魔法陣を包み込む球状の炎、そこに不気味な目と口が浮かんだ。

「まったく。飛んで火にいる夏の虫とはこのことか。《封域結界聖（ロ・メイシス）》の結界がここだけ手薄なことに、気づいておらぬわけがなかろう」

　エミリアが視線を険しくし、その魔族を見た。

「魔導王……ボミラスですか……？」

「左様。現代の弱き魔族よ。余が魔導王、魔導を極めし王者である」

　いきなりの黒幕の登場に、エミリアは奥歯を噛（か）む。

「弱き者よ。一つ提案があるのだが、聞き入れてはくれぬものか？」

この状況で、ボミラスは思いのほか下手に出た。警戒しながらも、エミリアは問う。

「……なんですか？」

「余の体内は炎溢れる異空間だ。《転移》で飛び込んだ者どもは、まだかろうじて生かしてある。余の配下となれ。そうすれば、我が領土に土足で踏み込んだこの愚か者どもと、貴様らの命だけは助けてやろう」

狭い室内がボミラスの炎により、凄まじい高温となっていく。エミリアもラオスも、そうしているだけで消耗を余儀なくさせるほどだ。

「わたしは暴虐の魔王の配下です。あなたはディルヘイドの支配者に弓を引くのですか？」

「配下風情が、つけあがるな。余と対等に言葉を交わしたくば、主の力ではなく、自らの力で語ってみるがよい。それが魔族というものだ」

荒れ狂う炎、そこに浮かんだ魔眼が、冷たい殺気を発する。

気圧され、エミリアが閉口した。力を示さねば、話は通じそうにないと悟っただろう。

「考えるまでもなかろう。貴様の選択肢は二つ。余の配下となり生き延びるか、ここへ呼んだ仲間もろともこの魔導王ボミラスの炎によって燃え尽くされるかだ」

エミリアは答えず、注意深く勝機を探っている。それを見て、ボミラスは、ヒヒヒヒ、と火の粉を撒き散らしながら笑う。

「愚かなものよ。このような単純な罠に引っかかっておきながら、まだ勝機があるとでも思っているのか？　二千年前の魔族ならば、絶対にこの場には転移しなかったであろう」

嘲るように、ボミラスの炎の口が歪む。

「よいか？　退化した魔族よ。力の差も頭の差もわからぬならば、余が手ずから教えよう」

球体の炎から、腕が生える。ボミラスはその炎の腕を、自ら球体の炎に突っ込んだ。

「真の魔族の力を、その魔眼に刻むがよい。ここに転移してきた魔族を、一人ずつ焼き潰してくれるわ」

ぐしゃりと、ボミラスは炎の手を握った。

「まずは一人だ。ほれ」

ボミラスが炎の手を、球炎から引き抜く。そうして、ゆっくりとその手を開いた。

そこには、人形があった。顔はのっぺらぼうで、『馬鹿め』と書かれている。

「な……偽……」

瞬間――

「ぶぶぶぶぶぶぶぶぶぶぶぶっ、ぐはばぁぁぁぁっっっ！！！」

ボミラスの炎の体が弾け飛び、中から六歳相当の魔族が姿を現す。

「ふむ。二千年前の魔族ならば、絶対にこの場には転移しない、か」

弾け飛んだ炎がまた集まり、人型を象っていく。

「ずいぶんと古くさい定石だな、魔導王。この程度の罠など、ないも同然。転移してくれと言っているようなものだったぞ」

炎は完全に人型と化す。その顔に浮かんだ紅い魔眼が、俺の深淵を覗き込む。

「……ほう。どうやら、少しは骨のある者もいるようだな。どれ、一つ揉んでやるかのう」

ボミラスは両腕にて魔法陣を描く。

「この魔法に耐えたならば、余の前で、名乗ることを許そう。その身で味わえ。ディルヘイドに並ぶ者なしと言われた、我が至高の《獄炎殲滅砲（ジオ・グレイズ）》を」

両腕で描いた魔法陣が一つに合わさる。中心に構築された砲門から、紅（あか）い《獄炎殲滅砲（ジオ・グレイズ）》が俺に向かって撃ち出された。

「別に名乗るつもりはない。お前が知りたいというのならば、教えてやってもいいがな」

不敵に笑い、俺は魔法陣を描く。そこから漆黒の《獄炎殲滅砲（ジオ・グレイズ）》を撃ち放った。

紅（あか）い太陽と漆黒の太陽が、互いに燃え盛る火炎を撒（ま）き散（ち）らしながら鬩（せめ）ぎ合う。ゴオオオォォォッとその紅（あか）い球体を焼き尽くすかのように風穴を空け、俺の《獄炎殲滅砲（ジオ・グレイズ）》がまっすぐボミラスに向かう。

「な……!?」

ボミラスの炎の体が、漆黒の炎に飲まれ、燃えていく。

「ぐっおおおおおおおおおおおおおおおぉぉぉぉぉぉぉぉぉっっっ!!!」

たまらず、無数の火の粉となって、ボミラスは退く。

「……貴様、いったい、何者…………?」

堂々と俺は答えた。

「アノシュ・ポルティコーロ。現代の魔族だ」

§11.【魔導王の警告】

拡散した炎が再び一箇所に集い、人型を象る。魔法陣が描かれれば、古式ゆかしいローブがボミラスの体に纏わされた。

「現代の魔族と申すか」

魔眼を光らせながら、ボミラスは口を開く。

「信じがたいと言いたげだな」

「どちらかと言えば、驚くべきといったところよのう。余も大分この魔法の時代に慣れたものでな。だが、ありえぬ話ではない。そもそも魔族とは、そちのような強者であった。誰も彼もが脆弱に成り果てた今の時代の魔族こそが異常なのだ」

なにも勘づいていないのか？　それとも勘づいていないフリをしているのか？

「アノシュ・ポルティコーロ。現代の強き魔族よ。一つ、提案があるのだが、聞いてみてはくれぬか？」

「言ってみよ」

大真面目に魔導王は言った。

「余の配下とならぬか？　元来、余は争いを好まない。さりとて、降りかかる火の粉は払わねばならぬ。愚か者には灸を据える必要もあろう。なにより、この時代は危ういのだ。二千年前よりも遥かにのう」

炎の顔が笑みを湛える。

「本当に争いを好まぬというなら、もっと良い提案がある」

「良い提案とな。なんであろうか？」

「お前が暴虐の魔王の配下となればよい。現代の魔族は争いを好まぬ。人間もそうだ。大戦は終わり、世界には平和が訪れた」

ヒヒヒ、と火の粉を撒き散らしながら、ボミラスはそれを笑い飛ばした。

「平和、この時代が平和か。余に迫るほどの魔力を持ちながら、やはりそちは現代の魔族よのう。この危うい世界が、よもや平和に見えるとは」

笑みを鎮めると、奴は眼光鋭く俺を見据えた。

「余が去った後の時代の支配者、暴虐の魔王アノス・ヴォルディゴード。アノシュよ。そちはあれを本当に信頼できるか？」

信頼できるか、と言われてもな。

「話が見えぬ。俺がここに立っているのがその答えだ」

「神々を、精霊を、魔族を、人間を、いつでも世界を滅ぼせる者が一個人として存在する。果たしてそれを平和と呼ぶべきであろうか？」

ボミラスは大真面目な顔で問う。

「暴虐の魔王が気まぐれを起こせば、その時点で世界は滅ぶ。よいか？　現代の魔族よ。平和とはそのような危険な土台の上に築けるものではないのだ」

すると、エミリアが言った。

「勇議会を力尽くで拘束したあなたよりは、魔王の方が遥かに平和的だと思いますが？」

「わかっておらぬな、魔族の女。余は争いは好まぬが、それでも二千年前の魔族。平和の使者だというつもりは毛頭ない。だがの、世界には越えてはならぬ一線というものがある。群雄割拠の戦火にまみれた時代を生きた余とて、見過ごせぬ脅威があるのだ」

自身を睨みつけるエミリアに、魔導王は諭すように言う。

「余は転生した後、これまで行動を起こしはしなかった。幻名騎士団のセリスや、暴虐の魔王、勇者カノンもおるか。地底の竜人どもも厄介だ。彼らがいるこの世界で迂闊に動けば、たちまち滅ぼされるであろう」

静かに語るボミラスの全身から火の粉が立ち上り、舞っている。

「それが、世界のバランスというものだ。個人の想いではどうにもならぬ領域があるからこそ、争いの抑止力となる。だが、暴虐の魔王はどうだ？　あれはバランスなどお構いなしに、やろうと思えば世界を滅ぼすことができる」

「やろうと思わなければ、ないも同然です」

鋭く言ったエミリアに、ボミラスは即座に反論した。

「やろうと思うか否か、そんなことは重要ではない。できるということが問題なのだ。勇議会はガイラディーテの王族による君主制を撤廃し、議会制を進めようとしているのであろう？」

「……ええ」

「なぜだ？　ガイラディーテの王族がアゼシオンを独裁し、愚かな政治を行ったからであろう。だが、最初からそうだったわけではない。長い年月の内に、王族たちは腐敗していった。暴虐の魔王がそうならぬと誰に言いきれる？」

　エミリアが答えあぐねると、すぐさま魔導王が口を開いた。

「簡単なことであろう？　世界を滅ぼす大魔法がこの世に存在する。そして、その術式を起動するのは、魔王アノスという個人の意志に委ねられている。現代の魔族であるうぬらにはわからぬのか？　それが、どれほど恐ろしいことか」

「ふむ。なら、どうするつもりだ？」

「いくらでも方法はあろう。たとえば、ディルヘイドも、暴虐の魔王による君主制ではなく、議会制にしてもよい。無論建前だけではない。選ばれた優秀な魔族に、魔王の力をバラして配るのだ。それぞれが魔王の力を持ち、互いに抑止力となってこそ、真の平和が実現する」

　真の平和か。もっともらしいことを言うものだ。

「暴虐の魔王がディルヘイドだけは自らが支配し、アゼシオンでは議会制を推し進めているというのにも疑問が残る。国の制度が定着するまで、アゼシオンの国力は落ちるであろう」

　致し方ないことではあるがな。新しい仕組みを構築する以上、軌道に乗るまでは、どうしても古いやり方の方が効率は良い。

「魔王が真に平和を望むならば、自らの抑止力となる力を育てなければならぬ。すなわち、勇者の力を強化し、軍備を増強し、魔王に対抗する戦力を調える。議会制など推し進めては、その余裕はまったくないであろう」

「あなたのそのやり方では、まるで戦争をしようと言っているようではありませんか？」

　エミリアが鋭く言うと、ヒヒヒ、とボミラスは炎を撒き散らしながら笑った。

「違うのう。戦争をしていた方がまだ平和だと言っているのだ。どれだけ軍備を増強したところで魔王には届かぬのだぞ。うぬの理屈で言えば、魔王は存在するだけで、戦争をしようとしているようなものだ」

「個人と組織とでは違います」

「そう、違うのだ。個人の方が質が悪いであろう。魔王は力を持っている。自分だけが唯一、巨大すぎるほどの力を。平和を望む者がなぜそんな力を持つ？　アゼシオンの国力は衰退させ、なぜ自らは力を手放さぬ？」

憂慮するように、ボミラスは問う。

「世界を滅ぼせる者がこの世にいて、その者が絶対に世界を滅ぼさぬと言いきれるか？」

否定するように、ボミラスは大きく首を左右に振った。

「答えは否だ。現代の魔族よ。魔王アノスが強いからと与(くみ)している場合ではない。我らは一丸となり、彼への抑止力とならねばなるまい。世界を一つにまとめあげ、魔王アノスに対抗できる軍を作る。神々と精霊と魔族と人間、すべてが力を合わせ、それがようやく叶(かな)うであろう」

「お前の言うことも一理ある」

俺は魔導王ボミラスへ言葉を飛ばす。

「だが、理想が足りぬな。世界を一つにまとめあげ、抑止力とする？　なかなかどうして聞こえはいいが、世界中に争いの準備をさせ、平和とは笑わせる」

「だとすれば、魔王も矛盾していよう。平和を謳(うた)うあやつが、世界を滅ぼす力を持っているのだからな」

「抑止力との名目で世界がまとまることはあるまい。むしろ、争いを呼び込む結果につながるのではないか？」

「いっそ争いになった方がマシというのがわからぬか」

「話にならぬ。抑止力が欲しいのならば、二つに一つだ」

ボミラスの真意を探るように、俺は魔眼を奴に向けた。

「世界などに頼らず、お前がその抑止力となるか。あるいは、暴虐の魔王が世界を滅ぼしたくならぬよう、せいぜい機嫌を取れ。俺の目算では、後者が最も平和に近いぞ」

ヒヒヒ、と魔導王がそれを笑い飛ばした。

「魔王が癇癪を起こさぬよう機嫌を取れと申すか？　そのようなあやふやなものに、世界の命運を託そうとは、この時代の魔族らしい考えよのう」

「力には力でしか対抗できぬというお前の凝り固まった考えは、なかなかどうして二千年前の魔族らしい。だが、覚えておけ」

嘲笑う魔導王を見据え、俺は言った。

「平和を求めるならば、愛を信じよ。それこそが、唯一理想に届きうる道だ」

「多少の力があるからといって、あろうことか説教とはな。調子に乗るな、配下風情が。余は魔導王ボミラス。確かに力は劣ろうがな。この身が健在であったならば、ディルヘイドは暴虐の魔王に易々と支配させはしなかった」

確かに俺は、ボミラスと戦うことはなかったが、しかし、妙なことだな。これだけの力を持ち、ミッドヘイズを治めていた魔族の死因が、あの時代の俺の耳に届かなかったというのは。

あるいは、失った俺の記憶に関係しているのやもしれぬ。

「誰にやられたのだ？」

苛立ったように、ボミラスは炎の顔を歪めた。

「なんだと？」

「暴虐の魔王と戦う前に殺されたのだろう。誰にやられたのかと訊いている」

逆鱗に触れたか、ボミラスの全身の炎が荒れ狂ったかのように波を打つ。

「口を慎むがよい。うぬの選択肢は多くはないぞ」

火の粉を撒き散らし、纏ったローブをはためかせては、魔導王はその両腕を大きく広げた。

「余の知恵と力を認め、世界の抑止力となるか。それとも尻尾を巻いて逃げ帰り、暴虐の魔王を連れてくるか。どちらか好きな方を選ぶがよい」

ボミラスの体中に大小様々な魔法陣が浮かぶ。戦闘態勢に移行したのだ。魔力が飛び散る火の粉と化し、その全身から溢れ出す。

「では、俺も選択肢をくれてやる」

両腕を《根源死殺》に染めながらも、ボミラスが描いている魔法の深淵を覗き込む。

「無様な姿を曝し、二千年前の死因を白状したいか。それとも、ボロ雑巾のように踏みにじられ、創星エリアルについて洗いざらい吐きたいか」

魔導王ボミラスに許された選択肢を提示する。

「選べ。どちらか好きな方を、先に味わわせてやる」

§12.【魔導の神髄】

ヒヒヒヒ、と嘲笑するように魔導王ボミラスは声を発した。

「この魔導王にそんな大層な口を利く魔族は、二千年前はそうはおらなんだ」

ボォッとボミラスの全身が威嚇するかのように燃え盛る。

「うぬはまだ魔力が強いだけの魔族、才能の上にあぐらをかいているにすぎん。余は違う。この魔導王ボミラスこそ、うぬがこれから長き時を研鑽に費やしようやく辿り着く、未来の姿だ。悠久のときを経て、魔導の神髄に到達した真の魔族の力を知るがいい」

ボミラスの炎体に描かれた大小様々な魔法陣から、真紅の太陽がぬっと出現する。

「下がっていろ。迂闊に動けば死ぬぞ」

エミリアとラオスに反魔法を張り、俺は魔法陣を描いた。

「受けよ、我が至高の《獄炎殲滅砲》を」

魔導王のローブがはためく。炎の体から出現した大小無数の《獄炎殲滅砲》は、狙いを定めず、四方八方に撃ち出された。

「馬鹿の一つ覚えだぞ、ボミラス。通用しなかったのを忘れたか」

真っ向から《獄炎殲滅砲》を撃ち放ち、こちらへ向かってくる真紅の《獄炎殲滅砲》を黒く炎上させる。なおも漆黒の太陽は止まらず、まっすぐボミラスの体へと向かった。

「馬鹿の一つ覚えは、うぬだ、アノシュ」

ボミラスの纏(まと)ったローブが暗く輝く。轟々(ごうごう)と燃え盛る《獄炎殲滅砲(ジオ・グレイズ)》はそこに着弾すると、まるで暗黒に飲まれるかのように吸い込まれていった。

「《暗黒異界魔行路(デドラードネド)》」

ボミラスの右手に魔法陣が描かれれば、そこから俺が放った《獄炎殲滅砲(ジオ・グレイズ)》が出現し、こちらへ向かって撃ち出された。

「なるほど」

黒き《根源死殺(ベブズド)》の右手で、《獄炎殲滅砲(ジオ・グレイズ)》を斬り裂き、反魔法にて消火する。

「そのローブは異界そのものというわけだ」

地面を蹴り、無差別に撃ち出される紅(あか)い太陽を避けながら、魔導王に接近する。

「本気を出した余に通じる魔法などない」

炎の右腕が勢いよく振り下ろされる。《根源死殺(ベブズド)》の指先にて迎え撃った。漆黒の右手が、炎の手の平に食い込むその瞬間、奴(やつ)の手は暗黒と化す。俺の腕がそこに飲み込まれた。

「《暗黒異界魔行路(デドラードネド)》」

ボミラスの左腕が魔法陣を描く。そこから飛び出してきたのは、俺の漆黒の指先だ。首を捻(ひね)ってそれを避け、確かめるようにぐっと手を握ってみる。《暗黒異界魔行路(デドラードネド)》の魔法陣から現れた指は拳を作った。俺の指自体が操られたわけではない。

「聞いたことがあるな。《黒界(こっかい)の外套(がいとう)》か」

奴(やつ)が纏(まと)うあのローブは黒界と呼ばれる魔法空間だ。攻撃しようとも、すべてはその黒き空間に飲まれるのみ。また《暗黒異界魔行路(デドラードネド)》にて、その黒界を自由自在にねじ曲げ、一本道を作り、更に出入り口を構築できるのだろう。まっすぐ突き出した《根源死殺(ベブズド)》が、黒界を通り、奴(やつ)の描いた魔法陣からそのまま出てくるというわけだ。

「知っていようとどうにもならぬ。すべての攻撃は黒界を通り、すり抜けてゆくのみよ」

再び体中からボミラスは真紅の《獄炎殲滅砲(ジオ・グレイズ)》を放つ。威力を弱めた《獄炎殲滅砲(ジオ・グレイズ)》でそれをきっちり相殺(そうさい)し、俺は右手で魔法陣を描く。

「黒界の中はなかなか広いかもしれぬがな、出入り口の方はどうだ？」

《創造建築(アイリス)》の魔法を使う。瞬間、ドガラガシャアアアンッとけたたましい音を立て、天井と壁がぶち破られた。

「……マジ……かよ………？」

ラオスが思わずそう呟(つぶや)く。俺が創り、右手で持ち上げているのは、この室内に収まりきらぬほどの巨大な魔王城だ。

「やれやれ、要塞を壊されてはかなわん」

魔導王が魔法陣を描くと、室内は《次元牢獄(アゼイシス)》に飲まれ、広大な空間と化した。

「くはは、要塞の心配をしている場合か？」

ドガガガッと広がった室内を破壊しながら、魔王城を思いきりボミラスに叩(たた)きつける。

「ぬるいわ」

《黒界の外套》が大きく広がり、魔王城を覆っては、それを容易(たやす)く飲み込んだ。

「現代の魔族が考えそうな浅知恵というものよのう。この魔導王の魔法に、際限などないぞ」

ボミラスは右手の魔法陣を俺に向ける。

「《暗黒異界魔行路（デドラードネド）》」

巨大な魔王城の先端がぬっと姿を現す。直後、俺は蒼白き（あおじろ）《森羅万掌（イ・グネアス）》の左手でその先端を押さえていた。

「ヒヒヒ、うまく受け止めたな。だが、そこまでであろう。自らの攻撃を自ら受け止めた状態で、余の魔法は防げまい」

勝ち誇ったように魔導王は言い、これまでで一際（ひときわ）大きな多重魔法陣を描いた。

「殺すには惜しい小僧だ。余とこれだけ長い時間を戦える魔族は、二千年前でもそうそうおらなんだ。この魔導王ボミラスに忠誠を誓うならば、生かしておいてやってもよい」

「状況がわかっていないようだな、ボミラス。追い詰められているのは、貴様だぞ」

グゥウンッと魔力が迸る（ほとばし）と、魔王城が更に膨張した。

「……ぬっ…………!?」

「どうした？　《暗黒異界魔行路（デドラードネド）》を拡大しなければ、出口に突っかかるぞ」

ボミラスが《暗黒異界魔行路（デドラードネド）》の魔法陣を二倍に拡大するが、さらにグゥウンッと魔王城は膨れあがり、三倍の大きさになった。

「それが限界か。どうやら、入り口よりも出口の方が狭いようだな」

《森羅万掌（イ・グネアス）》の手を放すが、魔王城は《暗黒異界魔行路（デドラードネド）》の魔法陣から出てこない。大きすぎるため、黒界の中でつかえてしまい、それ以上外に出せないのだ。

「俺の魔王城に上限などないぞ」

バシュンッと魔力が砕け散る音がして、《暗黒異界魔行路（デドラードネド）》の魔法陣が破壊された。際限なく大きくなる魔王城に出口が耐えきれず、崩壊したのだ。

　魔王城の先端はその場から消えた。黒界の中に戻ったのだろう。

「さて、これで入り口が一つ。どこまで広がるか試してやろう」

　大きく広がった暗黒、《黒界の外套》には、俺が右手から創り出している巨大な魔王城が半分以上入り込んでいる。それを、更に拡大する。グゥウンッと城が膨れあがった瞬間、《黒界の外套》が更に広がり、俺の体を包み込もうと襲いかかってきた。

　地面を蹴って飛び退けば、その暗黒は魔王城を飲み込んでいった。

「なかなかいい線いっておったが、残念だったのう。うぬと同じ考えに至った者は二千年前にもおった。確かに、無尽蔵の広さを誇る《黒界の外套》の弱点は、その出入り口となる部分よ。うぬの考えた通り、許容量を超えて入り口を広げようとすれば、それは壊れる」

「ほう。自ら弱点を明かすとは見上げたものだ」

「深淵を覗けば、容易く知れることよ。弱点も特性も、魔法とは使い方次第。余が黙ってそれをやらせるわけもないであろう」

「そうか。だが、あいにくと、俺の狙いは弱点などではなくてな」

　俺は指を三本立てた。

「なんだ、それは？　三秒待ってくれと懇願するのならば、まあ、考えないでもない」

「三倍だ。一秒毎にお前が黒界に飲み込んだ魔王城は三倍に拡大する」

　それを想像したのか、ボミラスの表情が無と化した。

「さて、今魔王城の大きさはどのぐらいだ？」

「なにを言うかと思えば。一秒に三倍だと？　ものの数十秒でこの世界よりも遥(はる)かに大きな魔王城になるというのか。そんなハッタリが通用するわけ……」

言葉と同時、ボミラスが纏(まと)った《黒界の外套》が散り散りに引き裂かれた。

「……な……んだと……？」

ふわり、ふわりと、外套(がいとう)の布きれが床に舞い落ちる。それは本来の異界の力を失っていた。

「ぬぅ……ぐぅはぁっ……!?」

奴(やつ)が呆然(ぼうぜん)とした一瞬の隙に、護(まも)りを失ったその炎体に《根源死殺(ベブズド)》の指先を刺していた。

「どうやら黒界といえど、俺の魔王城は入りきらなかったようだな」

炎の体を貫かれながら、奴(やつ)は根源の急所だけはかろうじて避けた。そうして、距離を取るように宙に舞い上がった。

「俺の質問に洗いざらい答えるならば、滅ぼしはせぬと約束してやってもよいが？」

ヒヒヒヒ、と魔導王は嘲笑した。

「なにを勝ち誇っておる。周りを見てみよ」

俺が魔王城を振り回し、ボロボロとなった《次元牢獄(アゼイシス)》の室内には、真紅の太陽がいくつも浮かんでいる。最初に奴(やつ)が撃ち放っていた《獄炎殲滅砲(ジオ・グレイズ)》だ。

「二手、三手先を読む。これが二千年前の戦いだ」

紅(あか)い太陽から炎が走り、いくつもの《獄炎殲滅砲(ジオ・グレイズ)》が線で結ばれる。それはこの場に、燃え盛る立体魔法陣を構築していく。更に大小いくつもの《獄炎殲滅砲(ジオ・グレイズ)》から照射された熱線が、ボミラスの体に浴びせられた。炎体は益々(ますます)激しく燃え、燦々(さんさん)と輝く太陽そのものと化した。

「恐ろしいか、若き魔族よ。うぬの考えは手に取るようにわかるぞ。《獄炎殲滅砲(ジオ・グレイズ)》は、炎属性最上級魔法。その上を行く魔法があるなど、知らぬとな。なぜ、今にまでそれが伝わっておらぬのか、考えれば自明というもの」

　火の粉を撒(ま)き散らしながら、ボミラスは両腕を広げる。

「光栄に思うがよい。余がこの魔法を見せた者は皆、残らず滅びた。その内の一人として、選ばれたことをなっ‼」

　ゴオォォォォッと音を立て、ボミラスが球体に変化していき、彼自身がまさしく《獄炎殲滅砲(ジオ・グレイズ)》と化した。空間を歪(ゆが)ませるほどの陽炎(かげろう)を発し、太陽となったボミラスが、俺めがけて落ちてくる。

「魔導の神髄を知れ。《焦死焼滅燦火焚炎(アヴィアスタン・ジアラ)》」

　俺は魔法陣を一〇〇門描き、《獄炎殲滅砲(ジオ・グレイズ)》を乱れ撃つ。ボミラスに向かっていった漆黒の太陽は、悉(ことごと)く《焦死焼滅燦火焚炎(アヴィアスタン・ジアラ)》と化したその炎体に燃やし尽くされ、虚空(こくう)に消える。

「ヒヒヒヒ、震えて狙いが外れているぞ、アノシュ・ポルティコーロ」

　まっすぐ突っ込んできたボミラスに対し、俺は右腕の《根源死殺(ベブズド)》を突き刺した。紅(あか)く輝く炎がまとわりつき、黒き指先を焦がしていく。《根源死殺(ベブズド)》の魔法が燃えていくのだ。

「無駄なことよ。《焦死焼滅燦火焚炎(アヴィアスタン・ジアラ)》と化した余は無敵。いかなる魔法でも対抗できはせん」

「ふむ。では、これでどうだ？」

　撃ち放った漆黒の太陽が魔法陣を描き、熱線が俺の右手に集う。

「ヒヒヒヒヒッ！　なにかと思えば。そこまで術式を構築したのは見事なものだが、もっとよく深淵を見るのだったな。《焦死焼滅燦火焚炎》は、この炎体だからこそ使える魔法。生身の体では、炎を制御できはせんのだ」

「お前こそ、もっとよく深淵を覗くがよい」

ぐっと指先に魔力を込め、漆黒の太陽が右手に宿る。

「《焦死焼滅燦火焚炎》」

ゴオオオオオオォォォッと激しい炎に貫かれ、ボミラスの炎体が黒く燃え始めた。

「な……………な……こんな……なんだ、これはぁっ……‼」

《焦死焼滅燦火焚炎》の力を凝縮させた右腕が、ボミラスの燃える球体を抉る。燦々と煌めく漆黒の炎に、奴の体はみるみる焼けていく。

「……ばぁっ、馬鹿な……！　こんな、こんなことが、こんなはずがあああああああああああああああああああぁぁぁぁぁぁぁぁぁあっっっ！！！」

黒き《焦死焼滅燦火焚炎》により炎上し、ボミラスの炎の体がみるみる灰へと変わっていく。

「なかなかどうして、さすがは魔導王ボミラスのとっておきだ。《獄炎殲滅砲》より上というのは、本当のようだ」

腕を引き抜いてやれば、ボミラスの炎体が人型に戻り、がくんと膝をつく。頭を垂れながら、奴は言った。

「……あり……えぬ……なぜ……なぜ生身の体で……《焦死焼滅燦火焚炎》を……」

不可解でならぬといった風であった。

「なに、少々術式にあった欠点を改良したまでだ。炎の体にせねば使えぬという条件が消え、威力が上がった。その反面、起源魔法となったがな」

ボミラスの体が纏っていた真紅の輝きが消える。奴の《焦死焼滅燦火焚炎》が、この黒炎の手に燃やし尽くされたのだ。

「……改……良……だと……？　余が、転生を繰り返し、数千年の時を経て、辿り着いた魔導の神髄を……今見たうぬがか……？」

「古より魔族たちが積み上げてきたものの上に、今この魔法の時代がある。魔導王然り、暴虐の魔王然り、先祖が築いた数多の死と数多の研鑽の果てに、俺たちは更に深淵に辿り着く」

なおも炎上は止まらず、ボミラスはその根源ごと燃えていく。《焦死焼滅燦火焚炎》の火は消えぬ。その対象を燃やし尽くすまで。

「それが現代の魔族、魔王学院が歩む道だ」

§13．【行動開始】

魔導王ボミラスの炎体がみるみる灰と化し、ボロボロと崩れ落ちていく。半身が焼けてなお火勢は増す一方で、《焦死焼滅燦火焚炎》の炎はとうとう奴の根源に燃え移った。

「さて、ボミラス。このままならば、貴様は滅ぶ」

奴の目の前に、《契約》の魔法陣を突きつける。

「調印せよ。二千年前、お前が誰に殺されたか。あるいは創星エリアルについて知っていることを吐けば、その火を半分消してやろう」

火をすべて消すには、両方話さねばならぬということだ。滅びかけのボミラスは、しかし、ヒヒヒヒ、と口から火の粉を撒き散らしながら笑った。

「余を殺した者の名を知りたいか。それは、魔王の命か？」

「さてな」

「転生に失敗し、記憶を失うとは、存外に暴虐の魔王も情けないものよのう」

ボミラスが《契約》に調印したのを見て、「おめぇほどじゃねえだろ……」とラオスが呟く。

「魔王に伝えるがよい。二千年前、余に転生を余儀なくさせたのは、セリス・ヴォルディゴード。それを差し向けたのは、お前だとな」

不可解なことを言う。しかし、《契約》がある以上、嘘ではない。

「幻名騎士団が、魔王の配下だったということか？」

「魔王が聖人君子だとでも思うておったか？　魔王と奴らはその目的が一致していたのだ」

論うようにボミラスは言った。

「名もなき騎士どもは、亡霊の如く、魔王に敵対する者を闇から闇へと葬り去った。その事実を、魔王の腹心にさえ知らせず、悟らせずな。短期間に、ディルヘイドの支配者に上り詰めた魔王アノスの暗部であろう」

覚えておらぬ。が、これもまた嘘ではない。

「平和を口にするには、奴の手は汚れすぎておる。なあ、現代の魔族よ。そうは思わぬか？」

「ふむ。魔王への疑心の種でも植えつけたいか？」

そう問いつつも、《契約（ゼクト）》通り、《焦死焼滅燦火焚炎（アヴィアスタン・ジアラ）》の火を半分消してやる。

「余が言いたいのは、一度味方につけた者さえ、用がなくなれば簡単に葬（ほうむ）る男だということだ。果たして王として、信用に足るかどうか」

「平和のために味方につけ、平和のために葬（ほうむ）った。なにか問題か？」

ボミラスはその炎の顔を歪（ゆが）める。よもや平和慣れした現代の魔族に、そう言われるとは思ってもみなかったのだろう。

「情に流され、配下を滅ぼせぬようならば、それこそ平和を口にする資格などあるまい」

「滅びを撒（ま）き散（ち）らすだけの血族の末裔（まつえい）が、分不相応なものを求めたものだ。ヴォルディゴードの中でも魔王アノスは、忌（い）むべき存在。滅びとともに生まれ落ちた、破滅の申し子よ。魔族の枠に収まらぬ、災厄に他ならぬわ」

弱まった《焦死焼滅燦火焚炎（アヴィアスタン・ジアラ）》に、それでも全身を焼かれ、魔導王の顔がボロボロと崩れ落ちていく。

「重々伝えておくがよいわ。この世を滅ぼす力を持った暴虐の魔王。どんな理想を謳（うた）おうと、その事実からは逃れられぬ」

もう一つの質問には答えようとせず、ボミラスはそのまま焼けていく。

「奴（やつ）が真（まこと）に平和を求めるならば、やがて自らを滅ぼすしかないと気がつくであろう」

その言葉とともに、最後の一片が燃え尽き、灰に変わる。《次元牢獄（アゼイシス）》が解除され、俺たちは元の室内に戻ってきた。

「……し、死んだんですか……？」

エミリアが、恐る恐るといった風に尋ねた。

「滅びた。もう動いて構わぬぞ」

反魔法を解除すると、エミリアがこちらへ歩いてきて、ボミラスの灰に視線を向ける。

「……二千年前の魔族をこんなに簡単に滅ぼすなんて……アノシュ君は本当に、天才なんですね……」

「なに、向こうから自らを焼き尽くせる魔法を教えてくれたからな。そうでなければ、あの炎体を滅ぼすのは手こずっただろう」

魔導王と言われるだけのことはある。俺が暴虐の魔王だとわかっていれば、もう少し慎重にやっただろうがな。いや……それを考慮しても、少々あっけないか。

滅びたは滅びたが、こいつが本物とも限らぬ。敵の力も計らず、いきなり襲ってくるというのも軽率だ。それも、これまで行動も起こさずに潜んでいたような奴がな。

これで終わりとは思わぬ方がいいだろう。

「露払いは済んだ。来い」

そう《思念通信》を飛ばせば、次々とこの場に魔法陣が描かれる。次の瞬間、魔王学院の生徒たちがここに転移してきた。レイやミーシャ、アルカナたちの姿もある。

「エミリア先生」

レイが、エミリアとラオスのもとへ歩み寄る。

「アノスから、勇議会に協力するように言われています。僕らの目的は主に三つ。一つは勇議会を救出すること。それから、インズエル軍を制圧し、この事件の首謀者を突き止めること」

「……今アノシュ君が滅ぼした魔導王が、首謀者ではないんですか？」

「首謀者の一人だとは思います。ただ他にいないとは限りません。インズエルの皇帝も、そうでしょう」

神妙な顔でうなずき、エミリアは尋ねた。

「もう一つはなんですか？」

「創造神ミリティアが、この遺跡都市に残したとされる創星エリアルを探すことです。エリアルは五つ。そこにアノスが失った記憶が封じられています。恐らく、インズエル軍もそれを探しているか、すでに見つけているはずです」

エミリアは考え込み、そして言った。

「……インズエル第一皇女のロナ様が、なにか知っているかもしれません……。あっちの部屋で待っているのですが」

ドアは消え、壁になったままだ。レイが霊神人剣エヴァンスマナを呼び寄せると、それを一閃（いっせん）した。ゴゴォ、と音を立て、四角形に斬り裂かれた壁が内側へ倒れる。視線をやれば、驚いたようにこちらを見つめる少女、ロナがいた。

「安心してください、ロナ様。救援を呼ぶことに成功しました」

エミリアはくり抜かれた壁をくぐった。そのとき、元の部屋に魔力の粒子が溢（あふ）れた。警戒するように、エミリアや魔王学院の生徒たちが魔眼（めに）を凝らす。

「《封域結界聖（ロ・メイシス）》が強くなった」

ミーシャが呟（つぶや）く。サーシャは嫌な予感がするといった風に視線を鋭くした。

「ねえ……それって、もしかして？」

「もうこの場所では《転移(ガトム)》が使えぬ」

「帰れないじゃない……」

新しく救援を呼ぶこともできぬ。転移してきた者たちを孤立無援にする二重の罠(わな)か。

「まだ敵には余力がありそうだな」

わかっている限りでは、ボミラス以外の敵は、インズエル軍と勇者カシムだが、その他に二千年前の魔族がいても不思議はあるまい。

「まあ、俺たちだけで事は済む。創星エリアルについてだが？」

俺がエミリアに視線を向けると、彼女は第一皇女ロナに尋ねた。

「シャプス皇帝は、創星エリアルという魔法具についてなにか話していませんでしたか？　あるいは、最近、遺跡で探し物をしているといったようなことは？」

ロナは僅かに俯(うつむ)き、考える。

「最古の遺跡バージーナに、兵士たちが入っていくのを見た覚えがあります。遺跡を調べるにしては大人数だったので、不思議に思ったのですが……」

怪しいな。

「最古の遺跡は、どこにある？」

「エティルトヘーヴェの遺跡は、地下へ行けば行くほど古いものが見つかります。城下町に設けられた四七の縦穴から入れるようになっていますが、最古の遺跡とつながっているのは、七番目の縦穴です」

するとサーシャが言った。

「でも、創星は五つあるんでしょ？　その最古の遺跡にぜんぶあるのかしら？」

ミーシャがぱちぱちと瞬きをする。

「五つに分けた意味がない」

「その他の場所にもあると考えるのが妥当だろうな」

「すみません。それ以外は記憶がなくて……」

ロナは申し訳なさそうに言った。まあ、一つありそうな場所が見つかったことだ。

「二手に分かれるか」

「僕とミサは、エミリア先生と一緒にカシムを追う。勇議会を救出して、インズエル軍を制圧するよ。シャプス皇帝もね」

レイが言った。その他の生徒もエミリアと行動を共にするよう伝えてある。インズエル軍は人間の兵士だ。今の彼らならば、造作もない相手だろう。

「じゃ、わたしたちで残りの創星を探せばいいのね」

サーシャが言った。創星エリアルの探索を行うのは、彼女の他、ミーシャ、エレオノール、ゼシア、アルカナ、そして俺だ。

「ロナ。七番目の縦穴はどれだ？」

エミリアが隣で「言葉遣いっ」と苦言を呈する。軽く聞き流し、エティルトヘーヴェの街路図を魔力で描き、ロナに見せる。街の地図については一般にも公開されているものだが、あいにく縦穴の番号までは載っていない。

「ここです」

魔導要塞から一番遠い縦穴だ。そこに俺は魔力でマーキングした。

「エミリア。魔王学院の生徒たちの指揮権はお前に預けると魔王に言われている。彼らの力を借り、見事、この窮地を脱してみせよ」

「わかってます。アノシュ君こそ、慢心しないでくださいね。そういうところ、魔王に似てますよ。今に足をすくわれるんですからね。それと礼儀、ちょっと偉そうですよ。アゼシオンじゃ損しますから。わたしはもういいですけど、他の人の前では気をつけてくださいね。いいですか？」

そうエミリアは小言を言う。彼女には学院に通い始めたときから、ああだこうだとうるさく言われたものだが、不思議と今は悪い気がせぬ。

「頭の片隅に留(とど)めておこう」

そう口にすると、思ってもみなかったといった風にエミリアは目を丸くする。彼女は嬉(うれ)しそうに、僅かに微笑(ほほえ)んだ。

「約束ですよ？」

そんな彼女を尻目に、俺は部屋の扉を開いた。辺りに兵士の姿はない。《封域結界聖(ロ・メイシス)》が自動で強化される術式だとしても、これだけ騒いだのだから、俺たちがここへ来たことはとうに知れているはずだ。生半可な戦力では太刀打ちできぬと思い、どこかで待ち伏せでもしているか？

まあ、それならそれで動きやすくてなによりだがな。

「二千年前のやり残しは、これで最後だといいんだけどね」

俺の隣に並び、レイが小声で言った。

「お互いな」

俺たちはその場で別れ、別々の方角へ向かった。

§14.【ガングランドの絶壁】

シンの魔眼に俺は視界を移した。地底世界だ。天蓋より連なる絶壁が大地まで続いており、一望に収まらぬほど巨大な岩の塊がそこにあった。ガングランドの絶壁である。その地に舞い降りたシンとエールドメードが、そびえ立つような壁を見上げていた。

「カッカッカッ、まったく不思議極まりないではないか。あの災厄の日に、不滅の神体と化した天蓋が落ちてきたというのに、こんな壁が残っているというのはっ！」

あわや地底が押し潰される寸前まで天蓋は落ちた。仮にガデイシオラが地底の一番高い場所にあったとしても、ガングランドの絶壁は半分以上が破壊されているのが自然だろう。

「この直上だけ、天蓋がないということでしょうか」

シンが言う。

「なるほどなるほど。つまり、このガングランドの絶壁はすでに落ちた天蓋ということか」

天蓋の一部が、震雨(しんう)として落下し、積み重なり、そうして、ここにガングランドの絶壁を築き上げた。上が空洞であるならば、災厄の日に天蓋が落下しようと潰されることはない。

「遺跡都市エティルトへーヴェの一部が、ここにあるのかもしれませんね。我が君の探し物と一緒に」

シンの視線が、絶壁の中腹に設けられた穴に向けられる。ディードリッヒが未来に見た洞窟の入り口だろう。

「鬼が出るか、蛇が出るか。カカカカッ、胸が躍るではないかっ！　創造神ミリティアが残した魔王の記憶。いやいや、そこにいったいなにが隠されているのか？　そもそもだ」

くるくると杖を回転させ、エールドメードはそれを地面に突く。

「あの魔王アノスが、あの暴虐の限りを尽くし、なにもかもを思うがままに蹂躙したあの男がだっ！　記憶を失ったのだぞっ。いったい、誰がっ？　いや、いかにして、魔王の記憶を奪ったのかっ⁉」

熾死王の言葉には取り合わず、シンは《飛行》にて洞窟の入り口へ飛んでいく。

「カカカカッ、あの男の前に立ちはだかる、そう、それは敵、敵ではないかねっ？　きな臭い、きな臭いぞ、きな臭いではないか。危険な香りがぷんぷんするぞっ‼」

シンを追いかけるように飛んでいきながらも、エールドメードは愉快でたまらないといった風に声を上げた。

「魔王の敵の匂いがする」

洞窟の入り口に二人は着地した。魔眼を向ければ、その先はどこまでも深く続いている。

「新しい足跡がありますね」

　シンが洞窟の地面に視線をやった。魔眼を通せば、魔力の足跡が残っているのがわかる。

「大方、幻名騎士団ではないか」

　迷わずエールドメードとシンはその洞窟の中を進んでいく。中は暗く、明かりはない。幻名騎士たちがどこかに潜んでいる可能性があるが、気にせず二人は周囲を探索するように歩いていった。

「熾死王。あなたは幻名騎士団のことを知っていますか？」

「二千年前にいた幻名騎士団のことかね？」

「ええ」

　エールドメードはなにかを調べるように杖で地面を叩きながら、歩いていく。

「幻名騎士団という名は知らなかったが、名もなき騎士たちがいるという噂は聞いたことがあった。魔族の実力者たちの何人かは、ソイツらにやられたともな。しかし、証拠を残さない連中だ。魔王の配下にも、名を明かさぬ魔族たちがいたことまでは、わかっていたのだが」

「同一の者どもだと？」

「あくまで可能性と噂だ。しかし、よく考えてみたまえ。知っていたとしても、セリスとの《契約》があるために、洗いざらい喋るというわけにもいかないではないか」

　たとえ術者が滅びても、《契約》の効力は続く。エールドメードの言うことは、話半分に聞いておくしかあるまい。

　しばらく二人は洞窟の中を進み、やがて、分かれ道に辿り着いた。

「ところで、魔王の右腕。静かにコツコツ探るか、派手に探るか、オマエはどちらが好みだ？」

「ここが敵の拠点なら、今更大人しくしても仕方ないでしょう。すでにあちらには、私たちが潜入したことがわかっているはず」

ニヤリ、とエールドメードは笑い、くるくると杖を回転させた。そこから紙吹雪のような魔力の粒子が溢れると、洞窟内をキラキラと照らし始めた。すでに彼は手を放しているが、杖はひとりでに回転している。シャカシャカシャカシャカ、と派手で賑やかな音が鳴っていた。

そこに熾死王が両手をかざし、引き延ばすように左右にぐっと広げれば、回転する杖が五本に増えた。

「《杖探査悪目立知》」

エールドメードが手を叩く。すると、光を放ちながら回転する杖が一〇本に増えた。

「魔法生物ですか。二千年前に見かけた記憶もありますが」

シンが、熾死王のものだったのか、といった視線を彼に送った。

「この《杖探査悪目立知》は、探査に優れている。悪目立ちする分だけ、情報収集力は抜群だ。その代わりといってはなんだか、手元に戻ってくるまではコイツらが得た情報は得られない」

「しかしだ。手を叩けば、倍に増える」

探査目的には、非常に使い勝手の悪そうな魔法だ。堂々と探ろうというのだからな。

エールドメードが手を叩く。すると、回転する杖が倍の二〇本に増え、キラキラと輝く紙吹雪を撒き散らす。

「行きたまえ」

シャカシャカシャカシャカ、と音を立てながら、《杖探査悪目立知》は半分ずつ、左右の分かれ道へ分かれて飛んでいった。エールドメードは適当に右を選び、パンパンと定期的に手を叩きながら、進んでいく。シンはその隣を歩いた。辺りは回転する杖の派手な明かりと、シャカシャカシャカシャカという音で騒々しいことこの上なかった。

「カカカ、もう五〇本やられた。幻名騎士団は優秀ではないか」

手元に戻ってきた一本の《杖探査悪目立知》をつかみ、エールドメードはそこに地図を描く。ガングランドの絶壁の内部構造が、僅かに判明した。地図には赤い点がいくつかある。

「この光点が、杖がやられた場所。敵が潜んでいたところだ。まあ、もう移動しているだろう」

「こちらへ向かってくる気配はありませんね」

「罠を仕掛けているのではないか。魔王の右腕とこの熾死王を、まんまとハメて滅ぼそうと企んでいるに違いない」

奴らが真っ向勝負で勝てぬと踏んだなら、冥王と詛王はここにはいないのかもしれぬ。

「カッカッカ、朗報だぞ」

また一本、戻ってきた《杖探査悪目立知》をつかみ、熾死王が言った。

「妙な部屋を見つけた。《杖探査悪目立知》では調べられぬ結界が張られている。強い魔力の匂いだ。そこに創星エリアルがあるかもしれないが、いやいや罠かもしれない」

「構いません。罠であれば、早々に斬って捨てれば、それで方がつくでしょう」

さらりとシンは言った。

「いい、いいぞ、実に素晴らしい。それでこそ魔王の右腕だ、シン・レグリア。そうこなくては、面白くない」

シンを褒め称えるように拍手するエールドメード。どこかで、《杖探査悪目立知》が増える音がした。

「ついてきたまえ」

《飛行》の魔法でエールドメードは浮かび上がり、その洞窟を低空飛行で飛んでいく。シンはその横にぴたりと並んで、風の如く駆けていた。やがて、大きな縦穴が彼らの前に現れた。

見上げても、終わりがないほどそれは続いている。あるいは、地上につながっているのかもしれぬ。迷いなくエールドメードが縦穴を上昇していくと、壁を蹴り、跳ね返るようにシンは上っていく。

いくつも空いた横穴から、熾死王は一つを選び、中へ入っていった。やがて、狭い通路の先が広がっている場所に辿り着く。

「これだ」

入り口に結界が張られており、中を見通せない。エールドメードがくるくると回転していた《杖探査悪目立知》をつかみ、それで突くと、瞬く間にその杖は焼き切れた。

「危ないですよ」

言葉と同時、すでにシンは断絶剣を抜いていた。一歩、彼は踏み込み、底冷えするほど冷たい輝きを発する剣を振り下ろす。バシュンッと音を立てて、結界は脆くも砕け散る。

「行きましょう」

彼らはその先へ足を踏み出す。シャカシャカシャカ、と音を立てながら、《杖探査悪日立知（ヘイヘイ・ド・ヘイ）》が何本も入ってきて、辺りを照らす。浮かび上がったのは、大量の柱。そしてそこに磔（はりつけ）にされた、無数の遺体だった。

「どれも神族ですね」

神が標本のように、そこにくくりつけられていた。

「番神クラスが殆（ほとん）どのようだが？」

エールドメードはその中の一体に歩み寄り、魔眼を向ける。かけられた布を杖（つえ）ではだければ、その腹には妙な傷痕が残っていた。魔法陣を描いた傷痕だ。

「なんでしょうか？」

「カカカカ、頭の狂った者の所業だ。神の腹を切り開き、改造するとはな。なんの術式かわからぬが、ひょっとしてここにつながるのではないか。二千年前、ツェイロンの集落で、セリス・ヴォルディゴードが発見したあの遺体と」

ツェイロンの集落に並べられていた首なしの遺体。それらも腹を斬り裂かれた跡があった。

「その日から、魔法研究を続けてきた者がいたというわけだ。あそこの遺体は人間と魔族だったか。そして今日においては、とうとう神が実験材料だ。カカカカッ、いったい、どんな恐ろしい力を持った者がいかなる禁忌の研究をしていたのか、考えるだけでも胸が躍るっ!!」

愉快痛快とばかりに、エールドメードは唇を吊（つ）り上（あ）げ、そして杖（つえ）の先端を奥へ向けた。

「出てきたまえ、そこな魔族」

鋭く、エールドメードが言う。シンもすでに、そちらに視線を向けていた。

「魔王の敵となる資格があるか、この燼死王が確かめてやろうではないか」

ピカッと杖の先端が輝き、明かりが照射される。その奥にうっすらと人影が映った。

フフフ……と声が響く。燼死王は、まだ見ぬ強敵を前に、魔王の敵となる者の存在を想像したか、歓喜に満ちた表情を浮かべる。

「これはこれは」

二人の前に姿を現したのは、派手な法衣と大きな帽子を被った魔族である。そいつの体はジェル状になっており、顔も殆どのっぺらぼうであった。足のつま先から、頭の天辺まで、ひどく見覚えがある。かつて大精霊の森アハルトヘルンにて、魔法の浅瀬に沈んだ男。四邪王族が一人、緋碑王ギリシリス・デッロである。

「魔王の配下が来るとは思っていたが、汝らとはねぇ」

ジェル状の顔をぐにゅぐにゅと歪ませながら、ギリシリスは得意気に言う。その全身からは傲慢な自信が満ち溢れていた。

「今の吾輩にとっては、誰であろうと同じことだがねぇ。たとえ、魔王が相手だとしても」

ひどく冷めた魔眼でエールドメードは、その男を見た。

「……がっかりだ……」

かつてないほど落胆した顔を、燼死王は見せたのだった。

§15.【道化師の魔法】

「熾死王。汝は相変わらずだねぇ」

ジェル状の顔を傲慢に歪め、ギリシリスは言った。はあ、とエールドメードは大げさにため息をつく。彼はギリシリスに背を向け、シンの方を向いた。

「なんとも狡猾な恐るべき罠ではないかっ！　こんな期待ハズレをつかまされるとは、いやいや、この脚本を書いた奴がいるのなら、大したものだ」

ぐにゃり、とジェル状の顔を変形させ、緋碑王は魔眼を憤怒に染めた。

「吾輩を取るに足らぬと見下すその軽率な油断が、相変わらずだと言っているのだよっ‼」

ギリシリスの全身に魔力が満ちたかと思うと、部屋中にぎっしりと描かれた古文文字があらわになり、蒼白く光を放つ。

「《殲黒雷滅牙》」

アハルトヘルンで緋碑王自らが敗北を喫した魔法だ。黒き雷の牙が雷鳴を上げながら、獰猛にエールドメードへと襲いかかり、その肩口に食らいついた。

「魔王が開発した古文魔法の味はどうかね？　今の吾輩にとっては、奴の魔法を真似ることなど造作もないのだよ」

バチバチと黒雷を撒き散らしながら、その牙が熾死王の体に突き立てられる。攻撃を受けながらも、彼はなんでもないような顔でそれを見つめた。

「《殲黒雷滅牙》は効率の良い魔法だからねぇ。食らいついたが最後、敵を滅ぼすまで離れることはない。吾輩もそれから逃れるのには苦労したものだよ」

ご満悦といった様子で、ギリシリスは語る。

「知っているぞ、熾死王。汝は天父神の力を得たのだったねぇ。さあ、見せたまえ。今の吾輩は、神すら凌駕する存在だということを教えてやるのだよ」

両手を広げ、緋碑王は碑石に魔力を込める。《殲黒雷滅牙》がエールドメードの反魔法を食い破り、奴の体を貫いた。

「フフフ、どうした？　早くしなければ、根源に食らいついてしまうねぇ」

エールドメードは、頭のシルクハットに手をやる。

「そうは言うが、オマエは油断以前の問題ではないか、緋碑王」

熾死王はシルクハットを魔力で投げ飛ばし、宙に旋回させた。《熾死の砂時計》がポトポトとギリシリスの周囲に落ち、死の呪縛を構築していく。

「砂が落ちきらなければ効力を発揮しない不便な呪いなど、無意味というものなのだよ」

ぐにゃりとギリシリスがジェル状の顔を歪めた瞬間、ポンッとマヌケな音が鳴り、熾死王を煙が覆った。まるで手品のように、煙の中からハトがばさばさと飛んでいき、アヒルがてくてくと歩いていく。

「《煙似巻苦鳥》か。汝は、変わり映えのしない魔法を使うものだねぇ」

動じず、ギリシリスは腕を振るい、《殲黒雷滅牙》を歩いているアヒルに食いつかせた。

「歩くアヒルと空を飛ぶハト。当然、誰しも逃げ足の速いハトになって飛んで逃げたと思うが、人を食った汝(なんじ)のことだ。正解はアヒルだねぇ」

　バチバチと黒き雷の牙がアヒルを食い破ると、再びポンッと音を立てて煙が立ち上った。

「所詮、汝(なんじ)の魔法は、こけおどしの手品にすぎないのだよ。魔法と呼ぶことさえおこがましい。遥(はる)か深淵(しんえん)へとひた進む、吾輩(わがはい)の敵ではないねぇ」

　ギリシリスがそう言った瞬間、立ち上った煙からまたしても、ハトが飛んでいき、アヒルが歩き出した。

「何度やっても同じだねぇ」

《殲黒雷滅牙(ジ・ノ・ファヴス)》がアヒルに食らいつく。すると飛んでいったハトが消える。アヒルがいた場所ではポンッと音が鳴り、再び煙が上がった。《煙似巻苦鳥(ポン・ポラポ)》により、またしてもアヒルとハトが出現する。

「その魔法は二千年前に見たのだよ、熾死王。何度攻撃しても意味がないと思わせ、攻撃をやめさせようという魂胆なのだろう？　だが、その低俗な隠蔽魔法はダメージを食らっておきながら、食らっていないように見せかけているだけだ。汝(なんじ)らしいこけおどしだねぇ」

　次々とギリシリスは出現するアヒルを攻撃しては、再び《煙似巻苦鳥(ポン・ポラポ)》を使わせている。

「時間を稼げば、《熾死の砂時計》の砂が落ちきる。そう思わせたいのだろうが、残念だったねぇ。《煙似巻苦鳥(ポン・ポラポ)》で化けている間は、魔法具は使えない。そうとも知らずに、発動するわけもない呪いに対処すれば、その隙をつくということだねぇ」

　ぐにゅぐにゅとジェル状の顔を歪(ゆが)め、ギリシリスは魔眼を光らせる。

「吾輩(わがはい)の魔眼(め)には見えているのだよ。未熟な魔法術式、なにからなにまで、汝(なんじ)はこけおどしだらけだ」

すべてお見通しだと笑いながら、ギリシリスはその魔眼をシンへ向けた。

「見ているだけでいいのかね、シン・レグリア。燼死王が神体を現し、汝と二人がかりでかかってくれれば、今の吾輩にも勝てるかもしれないのだがねぇ？」

「結構。燼死王が防戦一方だと思っているなら、あなたは長くありません」

ギリシリスは不愉快そうにジェル状の顔を歪ませた。

「わかっているのだよ、奴の手口は。以前に煮え湯を飲まされたことがあるものでねぇ。そうやって、ありもしないものをあるように見せかける。一度は騙されたが、そんなものは魔法とは言えない。ありもしないものを生み出してこその魔法なのだよっ！」

そう言って、ギリシリスはアヒルを黒き雷牙にて食い破る。だが、今度は煙は立たず、ただアヒルが消えただけだ。

「たまらず、ハトに変えたかね？　つまり、もうそろそろ限界というわけだねぇ」

勝ち誇ったように緋碑王が《殲黒雷滅牙》をハトに食らいつかせる。ギチギチと黒き雷の牙がハトを食い破れば、それは魔力の粒子となって消滅した。燼死王の姿はどこにもない。

「……なるほど。裏の裏をかいたというわけだねぇ。最初に《煙似巻苦鳥》を使ったとき、そのときだけはアヒルを始末しても、ハトは消えなかった……」

ギリシリスは天井に視線を向ける。

「それが囮ではなく、本体だったということだねぇ」

奴の視線の先に、一羽のハトが止まっていた。

「正攻法で当たれば、汝など恐るるに足らないのだよ。大した魔法も開発できず、かといって魔剣や魔法具に精通しているわけでもない。せいぜいが育てた配下の力を借りるのが上手いぐらいときた。小賢しく立ち回っては、魔王を褒め称えるだけの道化師――」

ギリシリスの両腕に、それぞれ二つの《殲黒雷滅牙》が現れる。

「汝は、四邪王族の恥さらしなのだからねぇっ!!」

黒き四つの雷牙が、ジジジジジジッと凄まじい雷鳴を轟かせ、天井のハトを食らい、ズタズタに引き裂いた。しかし、熾死王は現れない。ハトは魔力の粒子となって消えただけだ。

「…………なに……？」

緋碑王は不可解そうに、その魔眼を周囲に向けた。ハトもアヒルもいない。そして、エールドメードの姿は、どこにもなかった。

「そうかそうか」

緋碑王は、シンに鋭い視線を向けた。

「神隠しの精霊ジェンヌル……だったねぇ。手を出さないフリをしながら、汝が熾死王を匿ったというわけだ、シン・レグリア」

断絶剣をだらりと下げたまま、シンは構えずに、ただギリシリスを見返している。

「まあ、構わないがねぇ。それならそれで、汝を先に始末するだけなのだよ」

両腕を大きく広げ、緋碑王は左右に《殲黒雷滅牙》を構える。

「あなたの魔眼には、魔力と魔法術式しか映らないようですね」

静かにシンが言う。ギリシリスはつまらぬことだと一笑に付した。

「それだけ映れば、十分だからねぇ。魔法の深淵(しんえん)に迫るためには、それ以外のものに魔眼(め)を向けている時間などありはしないのだよ」

「魔法工房にでも引きこもっていることでしたね。戦いの場に出ることなどなく」

「怖じ気(おけ)づいたのかね、魔王の――」

一瞬声が出なくなったといったように、ギリシリスが口をぱくぱくと動かした。その両膝ががくんと折れ、奴(やつ)は床に両手をついた。

「……な……に……!? これ、は…………?」

緋碑王は、周囲にあった《熾死の砂時計》に視線を向ける。砂が落ちきり、呪いが発動していた。

「……そんなはずはないのだよ……術者が別空間にいる状態で、《熾死の砂時計》が使えるはずがない……吾輩(わがはい)の術式理解が、間違っているはずが…………?」

「カッカッカ。そこまでわかっているなら、答え合わせは済んだようなものではないか」

エールドメードの声が響いた。最初に立ち上った《煙似巻苦鳥(ボン・ボラボ)》の煙の中からだ。ふっとその煙が風に流されると、杖(つえ)を回転させた熾死王がそこにいた。彼はタン、と杖(つえ)をつく。

「……な…………………？　いったい、いつのまに……？　どのタイミングだ……いや、なんの魔法を使ったのだ……？　《転移(ガトム)》？　違うねぇ。《幻影擬態(ライネル)》と《秘匿魔力(ナジラ)》？　いや、見逃してなどいないのだよ。ジェンヌルは論外。だとすれば、吾輩(わがはい)の魔眼(め)を盗むほどの新魔法を、この二千年で開発して――」

「彼なら、初めからずっとそこにいましたよ」

「……初め……か、ら…………？」

　こともなげにシンが言うと、ギリシリスは呆然とした表情を浮かべる。

「カカカ、そうとも知らず、オマエは、オレがアヒルになっただの、ハトになっただの勘違いし、自ら《殲黒雷滅牙》を見当違いの方向へ向けていたのだ」

　ようやく気がついたといったように、ギリシリスはその表情を屈辱に染めた。つまり、最初に食らいつかせた《殲黒雷滅牙》を、奴は自ら放してしまったのだ。

　砂が落ちきるまでは呪いが発動しないという条件も、《煙似巻苦鳥》で化けている間は魔法具が使えないという制限も、エールドメードがあえて曝している誘いである。敵がその対策を講じ、安心しているところを、様々な手段で騙し討つために。

「しかし、緋碑王。オレが道化師ならば、オマエは良い客ではないか。新しい手品を見せれば、何度でも騙されてくれるのだから」

§16.【魔の深淵に最も近き者】

　床に手をつくギリシリスを見ながら、エールドメードは僅かに唇の端を持ち上げた。

　異変を見つけたのだ。

「理解できないかねぇ？　《熾死の砂時計》の砂は落ちきった。なのになぜ吾輩が死んでいないのか」

緋碑王は床に魔法陣を描く。すると、黒いオーロラが彼の周囲を覆い、魔法障壁と化した。《四界牆壁》だ。エールドメードが興味深そうに、その魔法を見つめる。

「ありえないと思ったかね？　吾輩の根源では、膨大な魔力を必要とするこの魔王の魔法は使えないはずだと」

ゆっくりとギリシリスは身を起こし、立ち上がった。張り巡らせた《四界牆壁》が、《熾死の砂時計》の呪いを完全に封殺していた。

「言ったはずなのだがねぇ。熾死王、汝の魔法はこけおどしの手品にすぎない。そんなものでは、魔法の深淵に迫る吾輩を殺すことなど到底できないのだよ」

ギリシリスのジェル状の体にみるみる魔力が満ちていき、灰みがかった毒々しい緑色へと変化する。魔眼でその深淵を覗き、エールドメードは、カッカッカと愉快そうに笑った。

「僥倖だ、僥倖、不幸中の僥倖ではないかっ！　見たか、魔王の右腕。あのギリシリスが、根源の矮小さにかけては他の追随を許さないほど平凡極まりない男が、《四界牆壁》だっ！」

興奮の色を隠せないエールドメードに対して、シンは冷静に述べた。

「アハルトヘルンにいたときよりも、魔力が格段に増していますね」

「そう、そうだ、その通りだ。しかし、奴の根源は、二千年前の時点でもうこれ以上ないというほど完成されていた。伸びしろがまったくといっていいほどなかったのだ。それがどうだ？　あの魔力。さてさて、いったいなにをした？」

ギリシリスが得意気にジェル状の顔を歪める。

「聞きたいかね？」

「カッカッカ、オマエに聞いてどうするのだ、緋碑王？　せいぜい返ってくるのは、他人の手柄を、自分の魔法研究の成果とする自慢話ではないか？　ん？」

熾死王の安い挑発に、ギリシリスが苛立ったように魔眼を剝いた。

「いやいや、ギリシリス。いやいやいやいや。なにもオマエを小馬鹿にしているわけではないぞ。無論、聞かせてもらいたいところだが、オマエが正直に話す保証はないではないか」

更にギリシリスの神経を逆なでするように、エールドメードは言う。

「今日一日、嘘をつかないと契約するのなら、信じてやってもいいのだが――」

熾死王は《契約》の魔法をちらりと見せる。

「――まあ、無理な話だ。いかに、こけおどしやハッタリを揶揄したところで、正面切っての魔法戦を戦い抜く力はオマエにはない。どんな不利な《契約》だろうと真っ向からねじ伏せる、暴虐の魔王とは、違うのだからっ‼」

奴が《契約》の魔法を引っ込めようとしたそのとき、緋碑王が魔力を飛ばして調印した。

「甘く見てもらっては困るのだよ。汝と違い、吾輩は嘘など必要ないのでねぇ」

ギリシリスは自信をありありと覗かせる。エールドメードは満足そうに笑った。

「聞かせたまえ。緋碑王、オマエはなぜそれほどの根源を手に入れることができたのだ？」

「汝らは、この部屋に置かれていた神族の遺体を見たはずだねぇ」

意気揚々と緋碑王は語り始めた。

「これは、セリス・ヴォルディゴードの研究だ。あの男は、《転生》の更に深淵に踏み込んでいた。力を引き継ぐだけではなく、根源の持つ魔力を更に高め、進化させる。あれらの遺体は、そのための母胎なのだよ」

　転生するための母胎か。二千年より前、ツェイロンの集落にあった母胎も恐らくはそうだろう。あそこでセリスは、この研究を手に入れたのか？　それとも、あれは改竄された過去か？

「《母胎転生》。これは母胎の根源を使うことによって、進化を促す魔法でねぇ。汝らに話してもわからないとは思うが、母胎の力を引き継ぎ、あるいは母胎との干渉によって、根源の突然変異を引き起こす根源魔法だ」

　魔法研究の成果を発表するように、ギリシリスは饒舌に語る。

「だが、セリスの研究していた《母胎転生》はまだ未完成だった。人間や魔族を母胎にすることは可能だったが、神族については課題が多くてねぇ。あの男は、それを完成させてくれないかと吾輩に頼みに来たということだよ」

《母胎転生》の研究を知り、ギリシリスは飛びついたというわけだ。根源の弱さを克服したかった奴には、まさに渡りに船だっただろう。無論、セリスはそれを見越していたに違いない。戦闘にはまるで不向きな緋碑王だが、魔法研究に関しては大量の知識を持っている。独創性はないが、堅実だ。すでに土台がある研究においては、役に立つと見込んだのだろう。

「そして、とうとう吾輩は深淵の底へ至る魔法、《母胎転生》を完成させたというわけだ」

　ぐにゅぐにゅとジェル状の体を歪め、ギリシリスは魔力の粒子を撒き散らす。そこには、確かに神の秩序のような力が伴っていた。

「わかるかね？　吾輩は自らの根源に相応しい母胎を探した。そうして、その神の腹を改造し、生まれ変わったのだよ。魔族の力と神の秩序を掛け合わせた、最も魔法の深淵に近き存在。それが、この緋碑王――いいや、あえて言わせてもらおうかねぇ」

高らかにギリシリスは声を上げた。

「暴虐の魔王を超えし、魔の深淵に最も近き者。深淵王ギリシリス・デッロと！」

指先をシンとエールドメードに向け、奴は魔法陣を描く。

「魔王の配下に収まっている汝らでは、到底相手にはならないねぇ」

ギリシリスの体が発光したかと思うと、彼は言った。

「秩序魔法《輝光閃弾》」

奴の指先から、目映い光線が発射される。光速で迫るそれを、シンは見切ってかわしたが、エールドメードはまともに食らった。

「……ぐふぅっ……」

と、嬉しそうな悲鳴が上がる。

「見たかね？　輝光神ジオッセリアの秩序すら、今の吾輩は魔法として使える。つまり、こんなこともできるということだねぇ」

全身に魔法陣を描き、奴は得意気に言った。

「秩序魔法《輝光加速》！」

瞬間、奴の体が光の速度で動き始めた。

「フフフ、見えるかね？　光速で動く吾輩の姿が。言っておくが、こんなチャチな魔法を見せたいわけではないのだよ。あくまでこれは、これから披露する究極の魔法のお膳立てにすぎないのだからねぇ」

ギリシリスが光速で動き回りながら、《輝光閃弾（ジオツセロム）》を全身から放出し、部屋中に光の魔法文字を刻みつけていく。

「滅ぼすだけの魔王の魔法とはわけが違う。これは、世界の秩序を塗り替える魔法。あらゆる魔力が、あらゆる魔法が、吾輩（わがはい）に隷属し、付き従う。深淵（しんえん）に最も近い秩序魔法。その名は、《魔支配隷属服従（エンペルム・デイデイヤ）》‼」

《輝光閃弾（ジオツセロム）》が描いた魔法陣が、その効力を発揮すると、徐々に空気中の微量な魔力が、緋碑王に集い始めた。

「見たまえ。すべての魔が、あらゆる魔法が、吾輩（わがはい）にかしずく瞬間を。それはやがて、汝（なんじ）らの根源にまで及び、この吾輩に頭を垂れるのだ。魔王ではなく、この深淵王ギリシリス・デッロに絶対なる服従を誓うことに――ごびょおおぉぉぉっっ！！！」

光速で動き回るギリシリスが、光速で吹っ飛んでいった。シンの足払いによってすっころび、壁に衝突した緋碑王は身を起こそうとした瞬間、断絶剣デルトロズによって串刺しにされた。

「がぎゃぁあっ……‼」

「他に訊（き）いておくことはありますか？」

軽くギリシリスの動きを封じ、シンは熾死王を振り返った。彼の怒りを察したか、エールドメードは好きにしても構わないといった風に肩をすくめる。

「ギリシリス・デッロ」

冷めた瞳で、シンは緋碑王を見つめた。

「我が君を超えたなどという不敬な発言、万死に値します」

一閃。シンはギリシリスの根源を斬り裂いた。瞬間、彼は《根源再生》で蘇る。

「ぬぐぅ……」

蘇ったそばからシンはその根源を切断し、再びギリシリスが蘇る。

「がぁあっ……」

根源を七つに分割にしているギリシリスは、一瞬でそのすべてが滅びぬ限り、《根源再生》にて何度でも蘇る。

だが、シンは構わず、魔剣を振り続けた。その速度は光速を遙かに超え、みるみる加速していく。一呼吸に千を数え、次の瞬間には倍に加速し、今はもう五千を超えた。

彼の魔力が無と化していた。

「断絶剣、秘奥が肆――」

瞬きの間に、一万回、断絶の刃が振るわれる。

「《万死》」

「がばばばばばばばばばばばばばばばばばばっっっ！！！」

《根源再生》の再生速度を超え、シンはギリシリスの根源を滅多斬りにし、その場に霧散させた。瞬間、彼は険しい視線を横に向けた。

神々しい魔力を発する、巨大な石の瞳がそこにあった。魔眼である。それはギロリとシンを睨みつける。深淵を覗くまでもなく、明らかに神族だった。

「《神座天門選定召喚》」

ギリシリスの声が響き、その石の瞳の中から、ジェル状の体が現れた。指には、選定の盟珠が輝いている。神を召喚し、寸前のところで自らを救出させたのだろう。

「カッカッカ、なんだ、緋碑王。オマエが最後の八神選定者か？」

エールドメードの問いに、自慢するかの如く緋碑王は答えた。

「魔王が選ばれたのだから、当然のことだねぇ。吾輩は八神選定者の一人。この魔眼神ジャネルドフォックに選ばれし、探求者なのだよ」

§17.【三神に選ばれし者】

魔剣が煌めく。緋碑王が得意気に語った頃には、シンはすでに間合いを詰めていた。その巨大な石の瞳、魔眼神ジャネルドフォックに、断絶剣デルトロズを振り下ろす。

「断絶剣、秘奥が弐――《斬》」

ガギィイイッと甲高い金属音が鳴り響く。あらゆるものを断つ魔剣、断絶剣デルトロズ。その秘奥が、魔眼神ジャネルドフォックの前に突如現れた荘厳な剣に防がれていた。

美しい刃文が浮かぶ魔剣。それは辺りに静寂をもたらすほどの神秘を醸す。キラリ、と刃文が揺らめけば、それだけで夥しいほどの魔力が溢れた。神の秩序が。

「フフフ。魔王と違い、吾輩を選んだ神は一人ではなくてねぇ」

勝ち誇るかのように、緋碑王ギリシリスが声を上げた。いつのまにか、彼の指には二つの選定の盟珠がつけられている。

「魔剣神ヘイルジエンド」

　ギリシリスの言葉とともに、その荘厳なる魔剣に輝く手が添えられる。魔剣から明かりが滲むが如く、そこに顕現したのは、光で作られた人形の姿だ。剣を握るその構えには、一分の隙とて存在しない。

「ヘイルジエンドは魔剣を統べる剣技の神でねぇ。手にしている魔剣は、流崩剣アルトコルアスタ。千本のなまくら魔剣を集めたところで、到底太刀打ちできない真の魔剣なのだよ」

　論うようにギリシリスは言う。

「そうですか」

　断絶剣デルトロズを、流崩剣アルトコルアスタは真っ向から受け止めている。直後、光の人形――魔剣神ヘイルジエンドの剣を打ち払い、シンはその首筋に断絶剣デルトロズを一閃した。しかし、剣はなにかに引っかかったようにぴたりと止められ、ヘイルジエンドの流崩剣が逆にシンの首を斬り裂く。

　鮮血が散るも、彼は身を引き、紙一重で致命傷を避けた。シンの魔眼が、断絶剣を受け止めた結界を睨む。

「フフフ、魔王と違い、吾輩を選んだ神は一人ではないと言ったはずだねぇ」

　ギリシリスの指にもう一つ、三つめの選定の盟珠が現れている。

「結界神リーノローロス」

　シンの剣を阻んだのは、結界神の秩序。神々しくも透明な布が、断絶剣デルトロズに巻きついている。そしてその先には、布を裸体に巻きつけた淑女がいた。

「やりたまえ。リーノローロス、ヘイルジエンド。たかだかディルヘイド一の剣の使い手に、神の剣技を見せてやることだねぇ」

緋碑王が選定の盟珠を光らせ、命令を発する。すると、結界神リーノローロスの体が透明な布へと変わっていき、まるで蜘蛛の巣のように、それを四方八方へと伸ばす。シンと魔剣神を、その結界の内側に閉じ込めた。

「リーノローロスの結界布は、外からも内からも決して破れなくてねぇ。味方には世界の滅びにさえ耐える加護を、敵には動きを封じる呪縛を与えるのだよ」

ギリシリスがぐにゅぐにゅと表情を歪めながら解説する中、シンは、断絶剣の秘奥が弐《斬》にて、魔剣に絡みついていた結界布を斬り裂いた。彼は魔剣神ヘイルジエンドに肉薄し、剣を振り下ろす。一呼吸の間に、断絶剣と流崩剣が幾度となく衝突し、無数の火花を散らした。

「剣技の神というのは、伊達ではないようですね」

みるみる加速していくシンの連撃に、しかし、剣技を司る神は難なくついていく。魔剣神ヘイルジエンド。その姿は輝く人形。声も発さず、表情すらない。だが、その剣は雄弁になにかを語っていた。

「断絶剣、秘奥が肆――」

刹那の間に、一万回、断絶の刃が閃いた。

「《万死》」

秘奥を放ったシンに対して、ヘイルジエンドは素の力で《万死》の刃を悉く打ち払う。リーノローロスの結界布により、シンの速力が妨げられているからだ。互いに刃と刃を交換し、その体を斬り裂くも、結界により魔剣神は無傷。反対にシンは打ち合う毎に傷を増やす。

秘奥の終わり際、ゆらりとヘイルジエンドの体が揺れる。人形が手にした流崩剣から、微かにせせらぎが聞こえた。彼とその神との間に、薄い水鏡が現れる。

シンを映したその水面から、再びせせらぎが聞こえた。水鏡に一粒の水滴が落ちるが如く、小さな波紋が一つ、彼が手にした断絶剣デルトロズの切っ先に立つ。直後、水鏡を貫き、流崩剣アルトコルアスタが突き出される。それをシンはデルトロズにて打ち払ったが、しかし、魔剣神の放ったその突きは、寸分の狂いなく先程波紋が立った切っ先を貫く。

パリンッ、と音がした。薄氷が割れるようにシンが手にしていた断絶剣が砕け散り、破片も残らず手からこぼれ落ちた。その根源もろとも斬り裂かれ、最早時間を置き、魔力を与えようと再生は不可能だろう。魔剣は、滅びたのだ。

「……流崩剣の秘奥……ですか……」

シンが魔法陣を開けば、そこから斬神剣グネオドロスの柄が現れる。再びせせらぎが聞こえたかと思うと、彼の前に一枚の水鏡ができた。それが波紋を立てた直後、流崩剣アルトコルアスタが収納魔法陣を斬り裂いていた。

同時に斬り裂かれたシンの手は血を流しているものの、まだ動く。咄嗟に飛び退き、彼は険しい視線をアルトコルアスタに向けた。デルトロズを滅ぼした一撃にしては弱い。恐らくは、波紋が立ったその一点のみを滅ぼす秘奥なのだろう。

「フフフ。あちらは決着がついたも同然だねぇ」

と、嬉しそうな声が響き渡った。

「魔王の配下と吾輩（わがはい）の配下、同じ剣使いでもどちらが有能か、わかってしまったのだよ」

石の瞳、魔眼神ジャネルドフォックの上に立ちながら、緋碑王ギリシリスは言った。

「カッカッカ、早とちりではないか、ギリシリス。オマエは、取るに足らん自分の力に自惚（うぬぼ）れ、相手を見ようとしない。だから、いつも負けるのだ」

エールドメードの髪が黄金に変化し、その魔眼（め）が燃えるような赤い輝きを発する。背中には魔力の粒子が集い、光の翼を象（かたど）った。彼が手の平から、黄金の炎を立ち上らせると、神剣ロードユイエがそこに創造される。

「行きたまえ」

シンに向かって勢いよく射出されたロードユイエは、しかし、リーノローロスの結界に触れる前に、ぴたりと宙に静止した。

「遅かったねぇ。《魔支配隷属服従（エンベルム・ディデイヤ）》は、殆（ほとん）ど完成したのだよ」

緋碑王が手を伸ばせば、ロードユイエがくるりと反転し、エールドメードへ刃を向けた。

「神の魔力、神剣とて、《魔支配隷属服従（エンベルム・ディデイヤ）》の前には服従あるのみでねぇ」

「なるほどなるほど。さすがは魔眼神ジャネルドフォック。これほど複雑な魔法術式を構築できるのは、その神の魔眼（め）を借りているからというわけだ」

エールドメードの指摘に対して、ギリシリスは不快そうにジェル状の顔を歪（ゆが）めた。

「頭では理解できようとも、オマエの魔眼（め）では、その術式を見ることはできまい」

「負け惜しみはみっともないねぇ。汝（なんじ）の助けは来ないのだよ。《魔支配隷属服従（エンベルム・ディデイヤ）》が完成すれば、汝（なんじ）は吾輩（わがはい）の犬だ。ワンとしか言えぬようにしてやろうかねぇ」

奴(やつ)はその隷属魔法にてロードユイエを飛ばす。熾死王は寸前でそれをかわしたが、くるりと刃が返り、後ろから胸を貫いた。

「それまでは、せいぜい嬲(なぶ)ってやるのだよ」

剣を胸に刺しながらも、熾死王は笑う。

「まだ完成してないかね？」

「それがどうかしたかのかねぇ」

苛立(いらだ)ったように、緋碑王は言う。

「いやいや、オマエの魔法は、実戦向きではないというだけのことだ。こんな大規模な魔法陣を壁に描き、その上、時間がかかるときた。更に言えば、魔法陣に冗長性がない。ほんの少しでも壊してやれば、それで《魔支配隷属服従(エンベルム・ディディヤ)》の発動は止まるではないか」

「また負け惜しみかね？　止められるというのならば、やってみたまえ」

カッカッカ、とエールドメードは笑った。

「どこを見ている？　もうやったではないか」

ギリシリスは不可解そうな反応を見せ、視線を険しくした。

「さあ。さあさあさあ！　ご自慢の魔眼神で、この熾死王の体をくまなく見たまえっ‼」

そう、確かにおかしいのだ。ロードユイエがエールドメードの体に突き刺さったにもかかわらず、彼は血を流していない。ただの一滴も。

「《熾死王遊戯答推理(エルドメドラン)》」

まるでショーのように大仰に手を広げると、エールドメードは自らに刺さった神剣ロードユイエを抜き放った。その胸にも、剣にも、やはり、一滴の血もついていない。

「遊戯のルールを説明しようではないかっ！」

大げさな身振りで言い、熾死王は杖でギリシリスを指す。

「オレの質問にオマエが答える。解答時間は一〇秒。解答した場合に限り、オマエの攻撃はオレに通用する。オマエの答えを、オレはこのカードに予想して書いておく」

シルクハットから、エールドメードは黒いカードを取り出す。

「一言一句違わず当てたならば、オマエの攻撃は反転し、オマエ自身に襲いかかる。質問は三回まで。一回も答えを当てられなければ、オレは罰ゲームとして死ぬ」

エールドメードがくるりとカードを手元に隠して、再び現す。黒いカードが三枚に増えた。

「天父神の秩序をもちて、熾死王エールドメードが定める」

唇を吊り上げ、愉快そうに奴は言った。

「神の遊戯は絶対だ」

人を食ったような熾死王の遊戯魔法。強い力を持つ天父神の言葉を利用することで、その術式を実現しているのだろう。

「つまらん魔法だねぇ。吾輩の答えを当てる？　《契約》で嘘をつけないからといって、一言一句当てることができるかねぇ。三回外せば死ぬなど、汝のそれこそ欠陥魔法なのだよ」

「早速、始めようではないかっ！　最初の質問だ、ギリシリス」

ギリシリスの言葉を完全に無視し、エールドメードは言った。

「オマエが、本当は憧れを抱き、嫉妬してやまず、だからこそ超えたいと思っている、偉大なる魔族の名前をフルネームで述べよ」

ギリシリスは絶句し、その魔眼でエールドメードを睨みつける。

「いないのならば、いないと答えればいいぞ。ああ、勿論、一言一句だ。『アノス・ヴォルディゴードなのだよ』と『アノス・ヴォルディゴードだねぇ』は別物と見なされる。この熾死王とて、さすがにそれは悩みどころだが」

くつくつと喉を鳴らして笑いながら、熾死王は黒いカードに魔力を送り文字を書いた。

「実のところ、未来神ナフタと預言者ディードリッヒにすでに答えは聞いてきた。まあ、あの二人の予知もなかなか難しくなっているが、この状況では九九パーセント、オマエの答えは決まっている――」

一瞬、動揺をあらわにしたようにギリシリスの魔力が揺れる。

「――というのは、嘘だあ！　さあ、さあさあさあ。残り三秒。時間切れは、罰ゲームだ！」

「答えは――」

口を開きながら、ギリシリスは全身から魔力を放出する。

「――こんなくだらん遊びには、つき合っていられないのだよっ!!」

《熾死王遊戯答推理》へ向けて、ギリシリスは《魔支配隷属服従》を発動する。熾死王の遊戯魔法を隷属させれば、その遊戯自体が成り立たない。解答を当てられる前ならば、どうとでもできると見抜いたのだろう。部屋中の魔法陣が光を放ち、《魔支配隷属服従》が、熾死王の描いた《熾死王遊戯答推理》の魔法陣に干渉していく。

「フフフ、残念だったねぇ。何度も言ったように所詮、汝の魔法はこけおどしとハッタリにすて隷属される。勝ち誇ったようにギリシリスはジェル状の顔をぐにゃぐにゃと歪めては嘲笑う。
今まさに《熾死王遊戯答推理》にギリシリスの魔力が入り込み、《魔支配隷属服従》によっ
ぎないのだよっ。吾輩の魔法は、そんな遊びにつき合う必要すらないのだからねぇ」

だがその直後だ。《魔支配隷属服従》の発動がぴたりと止まった。部屋中に描かれた魔法の文字が、ふうっと消えていく。

「……な……なぜだ……？」

緋碑王が呆然と声をこぼした。

「術式は完璧だったはず……！　なぜ？　なぜ発動しないっ⁉　いったい、なにを間違えた……？　吾輩の構築した理論と術式に、不備があったなど……」

「おいおい、オマエ。まだそんなことを言っているのか」

熾死王は歩き出し、壁付近でくるくると回転している杖、《杖探査悪目立知》を手にした。その光を消せば、投射されていた壁の魔法文字がなくなった。

「……書き換え……られて…………⁉　いや……ありえない……魔眼神の魔眼を持つこの吾輩が、そんな単純な見落としをするわけが……‼」

「魔眼神の魔眼があるから、気がつかないはずがない。その慢心が、魔王の名を出されたときに盲信に変わったのだ。なぜならば！」

ダンッと杖をつき、エールドメードは高らかに言った。

「オマエはあの恐るべき魔王に憧れ、妬み、そねみ、真っ暗な欲望を抱いていたからだ」

エールドメードは杖の先端で、緋碑王を指す。

「必然だ、必然、まったくただの必然ではないかっ！　あの魔王の前では、誰であろうと心乱されぬ者はいない。オマエはオレが質問した瞬間、その答えだけは口にしたくなかったのだ。口にさえすれば、遊戯はオマエの勝ちだ。この熾死王には難なく勝利することができる。ああ、だが、しかし、しかし、しかしだ、緋碑王」

ニヤリ、と笑い、熾死王は言葉を突きつける。

「オマエは魔王に心の底から負けを認めることになってしまう」

黒いカードを三枚取り出し、それを増やしたり、減らしたりしながら、エールドメードは手遊びをする。

「オマエは、それだけはしたくなかった。そう思うあまり、魔王のことで頭がいっぱいになるあまりに、一瞬、術式から魔眼を離してしまった。その隙にオレは魔法文字を書き換えた。魔王を認められず、嘘をつけないオマエの出す答えは一つしかない」

エールドメードはカードをひっくり返した。そこに書いてある文字は――

「『無回答』。質問に答えないことでぎりぎりプライドを保ったつもりかもしれないが、緋碑王。アノス・ヴォルディゴードと簡単に答えられないオマエは、誰よりもあの魔王を称え、嫉妬しているとは思わないかね？」

「……なにを……戯けたことを………」

熾死王は書き換えた壁の魔法陣を、杖で元に戻す。

「オマエの攻撃は、オマエに返る」

《熾死王遊戯真偽》に向けた《魔支配隷属服従》は、緋碑王自身に跳ね返る。すなわち、エールドメードに、ギリシリスが隷属する。

「なあ、ギリシリス。《魔支配隷属服従》はどのぐらいで効いてくるのだ？」

血相を変えて、顔をぐちゃぐちゃに乱しながら、ギリシリスは叫んだ。

「へっ……ヘイルジエンド、リーノローロスッ！　一分以内に、こいつをやりたまえっ!!」

ギリシリスが、その神の方へ視線を向け、次の瞬間言葉を失った。魔剣神ヘイルジエンドとシンの間には、一枚の薄い水鏡ができている。シンの右胸に波紋が立ち、刹那の間に閃いた流崩剣アルトコルアスタに対して、シンは丸腰のまま前進し、その柄をつかんだのだ。まるで、魔剣神の刃がどう振るわれるか、知っていたかのように。

「水鏡に立つは、滅びの波紋」

ぐっと柄を握り締め、シンは流崩剣に全魔力を注ぎ込む。退こうとしたヘイルジエンドから、彼はその魔剣をいとも容易く奪い取った。水の流れに従うが如く。

「あなたは使い手を求め、彷徨う剣の神。その魂を、引き受けましょう」

シンの魔力が研ぎ澄まされ、流崩剣アルトコルアスタをねじ伏せる。彼はその魔剣を屈服させ、それを示すように思いきり振るってみせた。

そのときだ。光の人形——魔剣神ヘイルジエンドは輝きを失い、がくんとその場に崩れ落ちる。人形の体から外に溢れ出たその光は、まるで元の住処に帰るように流崩剣アルトコルアスタに吸い込まれていく。魔剣の放つ魔力が途方もなく跳ね上がった。

「……馬鹿、な……なにを……なにをしているのかねっ、ヘイルジエンドっ!?　汝は吾輩と盟約を交わした神、魔王の配下如きに下るつもりかっ!!」

「いかに盟約があろうとも、剣も使えぬ主に仕える魔剣がどこにいますか？」

その言葉に、ギリシリスは困惑の表情を見せた。

「まして魔剣の秩序。相応しい担い手を選ぶのは、当然のことでしょう」

魔剣神へイルジエンドの本体は、あの光る人形ではなく、流崩剣アルトコルアスタだったというわけだ。剣で語り合い、シンはそれを察した。魔剣神は言葉が使えぬ。ギリシリスには、かの神がなにを求めていたのか、ついぞわからなかったのだろう。

「え、えぇいっ！　この役立たずめがっ！　まったく使い物にならないねぇっ！　リーノローロス、ジャネルドフォック、こいつらを皆殺しにしたまえっ!!」

「魔王の右腕が、たかだか神の剣技に劣るとお考えのようでしたが」

水鏡が一瞬シンの前に現れたかと思うと、僅かに、せせらぎが響く。静かに立てられた二つの波紋を、その手の魔剣が斬り裂いた。リーノローロスが変化した透明の布が脆くも砕け散り、彼に突進した魔眼神ジャネルドフォックは薄氷が割れるように崩れ落ちる。二人の神は、流崩剣アルトコルアスタの前に、滅び去っていた。

「な…………」

シンはギリシリスのもとへ歩いていき、流崩剣アルトコルアスタをその顔に向けた。

「万死では足りないようですね」

水鏡が二人の間に現れる。ギリシリスは恐怖に染まったようにジェル状の体をぶるぶると震わせた。

「カカカカ、脅しはそれぐらいにしておけ、シン・レグリア」

シンが振り向くと、ニヤリと熾死王は笑う。

「もう時間ではないか」

「うぐぅぅっ……!!」

ギリシリスが膝を折り、頭痛に耐えるように頭を押さえた。

「……が……あぁ…………う、あぁ………」

《魔支配隷属服従(エンペルム・ディディヤ)》が発動し、ギリシリスとエールドメードの間に隷属の鎖が結ばれる。最早(もはや)、抗(あらが)うことは叶(かな)うまい。

「オマエは犬だ、ギリシリス」

そう口にすると、緋碑王のジェル状の体がみるみる四つ足に変わっていき、尻尾が生える。立派な犬がそこにいた。

「返事はなんだったか?」

ワン、とギリシリスは吠(ほ)え、尻尾を振ったのだった。

§18. 【協力者】

魔導要塞を出た俺たちは、エティルトヘーヴェの遺跡都市を南下していた。

『オマエのことだから見ていたと思うが、どうやら緋碑王は《母胎転生(ギジェリカ)》の魔法のこと以外は、殆(ほとん)どなにも知らされていないようだ』

《思念通信》にて、エールドメードの声が響く。ギリシリスを隷属させた後、熾死王は奴から知っている情報を引き出していた。

「ふむ。予想通りか。セリスに良いように使われていたな」

『だがしかし、だっ！　《母胎転生》の魔法は興味深いぞ。あのギリシリスでさえ、あれほどの魔力を得たのだっ！　果たして、セリス・ヴォルディゴードがなにを企み、どう魔王の敵を生み出そうとしていたのかっ⁉　考えるだけで――うぐぅっ‼』

熾死王が呼吸困難になった呻き声が聞こえたが、めげずに奴は言う。

『あるいは、あるいはだ。もう生まれている、ということも考えられるのではないかっ⁉』

面倒な話だな。主を失った化け物に、そこらをうろつかれても迷惑だ。

「ヴィアフレアは、暴食神ガルヴァドリオンを腹の中で転生させ、覇竜にしたと言っていた」

『ああ、待て。今、確認しよう。まったくコイツはワンとしか答えないのだから、困りものだ。少しは口が利けるようにしておいてやるべきか』

自分でやっておきながら、熾死王はそんな風にぼやく。

『……なるほど、なるほどぉ』

直接ギリシリスの記憶を探っているのだろう。エールドメードはすぐに説明を始めた。

『睨んだ通り、《母胎転生》とのことだ。ヴィアフレアは腹を改造され、覇竜を生んだ。母胎と子の組み合わせによって、転生時に与えられる特性が違うようだ』

ヴィアフレアは、暴食神を覇竜へと生まれ変わらせる母胎だったわけか。

しかし――

「それだけとは思えぬな」

『確かに、確かに。冥王イージェス、詛王カイヒラムは、ヴィアフレアをさらっていった。オマエの考えはこうだな、魔王。彼女はなにかを生むための母胎。《母胎転生》で暴食神を覇竜へ転生させたのは、彼女をより良い母胎に改造する副産物にすぎないのだとっ!!』

興奮した口調でエールドメードが声を上げる。まだ見ぬ敵が生まれてくれと言わんばかりだ。

『匂う、危険な匂いが、漂ってきたではないカーッカッカッカッ!!』

「その前にヴィアフレアを捕らえよ。ガングランドの絶壁にいる可能性は高い。創星エリアルとともに捜せ」

『……その前にかぁ。なるほど、なるほどぉぉ……』

口惜しそうにエールドメードが返事を渋っていると、シンは短く言った。

『承知しました。幻名騎士団の残党は?』

「任せる」

『御意』

《思念通信》を切断する。前方を行き交う人々の合間に、黒い靄のようなものが見えた。

「止まれ」

俺の声に、ミーシャやサーシャたちが立ち止まる。黒い靄が、六本角の魔族に変わった。

「カイヒラムだわ……」

サーシャはぐっと身構え、その魔眼を奴に向ける。

「待って!」

奴はそう言った。周囲の人間たちが、一瞬何事かと振り返った。ゆっくりとその魔族はこちらへ歩いてくる。

「話がしたいの。魔王様と。会わせてくれる？」

「……ジステ？」

呟いたのはミーシャだ。彼女の言う通り、今の根源はジステのものだ。人格が切り替わったのだろう。

「お願い。カイヒラム様を助けて欲しいのよ。嘘じゃないわ。《契約》をしてもいいから。創星エリアルの在処も教えるからっ。だから、話だけでも聞いて」

切実な声でジステは訴える。ミーシャは彼女をじっと見つめ、俺の袖をそっとつかむ。

「……悲しい気持ち……」

ジステの感情を読み取ったように、彼女は言った。

「……大切な人が、いなくなってしまう……」

まあ、ジステの人格ならば、さほど警戒することもあるまい。

「来るがいい」

そう言って、俺たちは人気のない路地へ移動した。ジステは大人しくついてくる。

「カイヒラムはどうした？」

言いながら、俺は《契約》を使う。嘘をつかないといった内容だ。

「今は、寝ているわ。でも、いつ起きるか、わからないから」

迷わずジステは俺の《契約》に調印した。

「あの……魔王様は？」

「俺だ」

《成長》の魔法を使い、一六歳相当にまで体を戻す。ジステは驚いたように目を丸くしていた。

「それで、カイヒラムがどうした？」

「……あ、うん。その、冥王様がディルヘイドの名前のない騎士団にいたのは知ってる？」

うなずき、肯定を示せば、彼女は続けて説明した。

「亡霊は、亡霊として闇に葬らなければならないって、冥王様が言ってるのを聞いたわ。名前のない騎士団の亡霊が、今もこの時代を彷徨っていて、それがどうしても許せないんだって」

「セリス・ヴォルディゴードが生きているということか？」

「わからないわ。セリス・ヴォルディゴードのことかって聞いてみたら、冥王様は違うって言ってたけど。詳しくは教えてくれないから、その亡霊のことは、よくはわからないの。でもね、冥王様はずっと、二千年前からその亡霊を捜してたんだって。そのために、セリスにも手を貸していたって」

亡霊を闇に葬るために、意に沿わぬ相手に手を貸した、か。

「アハルトヘルンにいたのも、その亡霊を捜していたんだと思う」

「それをようやく地底で見つけたか？」

「たぶん、そうなんだと思う」

幻名騎士団の亡霊。ならば、セリス・ヴォルディゴードが関わっているのは間違いない。

「……冥王様は負けるって、カイヒラム様は言っていたわ……」

「その亡霊とやらにか？」

ジステはうなずく。イージェスとて並の魔族ではない。格上の相手に挑むとしても、勝算なく戦うような愚か者ではないはずだ。それでも、詛王が負けると言い切るほどの相手か。

「冥王様は刺し違えても倒す覚悟だから、そのとき、自分の出番だって」

「カイヒラムが、冥王の身代わりになるという意味か？」

「そう」

カイヒラムの呪詛（じゅそ）魔法ならば、敵の攻撃をその身に引きつけることができる。

「カイヒラム様は、冥王様に借りがあるんだって言ってたわ。命に代えても、返さなければならない借りがあるって」

「二人の仲が良かったとは初耳だ」

ジステが苦笑する。その笑みには温かいものを感じた。

「カイヒラム様はわがままで、傍若無人で、素直じゃない人だから。でも、困ったところも沢山あるけど、本当はとっても義理堅いの」

命を捨てる決意をさせるほどの恩か。気になるところだな。

「要は冥王と詛王よりも先にその亡霊を捜し出し、滅ぼしてやればいいのだろう？」

こくりとジステはうなずく。

「きっと魔王様なら、できると思って」

「なぜその冥王という魔族の子は、お兄ちゃんに頼らないのだろう？」

アルカナが問う。

「セリスや幻名騎士団は平和を妨げる。お兄ちゃんにとっても、障害のはず」

「うーん、そういえばそうよね。目的が一致してれば、冥王っていつも協力してくれるのに、なんでそれに限ってはアノスの助けを借りないのかしら？」

サーシャが不思議そうに首を捻った。

「冥王様は、魔王様の助けだけは借りられないって言ってたわ」

「それって、アノス君以外だといいってことかな？」

エレオノールが訊く。

「対抗意識……ですかっ……！」

ゼシアがよくわからないながらも、強引に会話に入ってきた。

「自分が引き継いだ役目なんだって言ってたわ。二千年前も、今も、魔王の行く道と、亡霊の行く道は、交わることはないんだって」

まどろっこしい物言いだな。ジステを煙に巻いただけかもしれぬが。

「本当はこんなことを魔王様に伝えたら、カイヒラム様に怒られちゃうんだけど……でも、このままじゃ、二人とも本当に死んじゃうような気がして」

心配そうな表情でジステが言う。

「心配するな。二人とも助けてやる」

「本当？」

うなずいてやれば、ジステは笑った。

「ありがとう、魔王様っ。いつもいつも、ごめんね」

「どうやって捜す？」

ミーシャが問う。亡霊を、ということだろう。

「幻名騎士団のことは、二千年前に手がかりがありそうだ。俺の誕生を、奴らは見届けていた。ボミラスが言っていたこともある。少なくとも、俺と奴らにはなにかしらの関わりがあったのだ。それを思い出せれば、亡霊に辿り着く可能性は高い」

「じゃ、やることは結局同じで、まず創星エリアルを見つけるってことでいいのかしら？」

サーシャが確認するように訊いてくる。

「ああ」

ジステの方を向くと、彼女は口を開いた。

「創星エリアルは、遺跡の各箇所に埋まっているわ。掘り出すのに時間がかかっているみたい。詛王様や冥王様はそれを守るように言われているの」

「誰にだ？」

「魔導王様よ。ボミラス様はセリスと協力していて、彼がいなくなってからも、幻名騎士団は変わらず、協力しているみたい」

冥王の指示か？　ボミラスへの協力が、亡霊を倒すことにつながるといったところか。

「でも、魔導王はアノス君がぶっ飛ばしちゃったぞ」

エレオノールが人差し指を立てると、ゼシアは得意気な表情を浮かべる。

「エリアルは……ゼシアたちのものです……！」

すると、ジステは首を左右に振った。

「たぶん、魔導王様は滅んでいないと思うわ。彼は炎の体を分離させた分体を持っているの。分体が滅んだら、別の分体に魔導王様の根源が転写されるから、すべての分体を滅ぼさないと、完全に滅ぶことはないって」

「滅んだら転写されるって……それって、もう別人なんじゃ？」

サーシャが言う。

「ふむ。まあ、同じ人格、同じ魔力ならば、こちらにとっては同じことだがな」

案の定、滅びの対策をとっていたか。二千年前、魔導王と呼ばれただけのことはある。

「創星エリアルの場所は？」

「カイヒラム様が守るように言われていたのが、エティルトヘーヴェにある一二番の縦穴。そこは今、警備が手薄だと思うわ」

カイヒラムがいないわけだからな。

「それとイージェス様がいる三〇番の縦穴。あとは、お城の最奥にある遺跡の壁画に、創星が埋められているって聞いたわ」

第一皇女ロナから聞いた七番目の縦穴。カイヒラムが守護する一二番目の縦穴。イージェスが守護する三〇番目の縦穴。エティルトヘーヴェ城最奥の壁画。シンたちがいるガングランドの絶壁にも一つあるとすれば、これで合計五つか。

「城へはレイたちが近い。まずは先に他を押さえる」

俺が魔力で地図を描くと、そこにジステが縦穴の場所を記した。

「エレオノール、ゼシア、アルカナは、一二番目の縦穴へ。ミーシャとサーシャは七番目の縦穴へ向かえ」

各々がうなずき、行動を開始する。

「アルカナちゃん、一緒に元気出して頑張るぞっ！」

「……頑張ってみよう……」

「……創星……一番乗り……です……！」

エレオノール、アルカナ、ゼシアが去っていく。

「気をつけて」

「ていうか、わたしたちの行くところだけ、創星があるかわからないのよね」

ミーシャとサーシャは、七番目の縦穴に向かって走っていった。

「ジステ。お前は俺とともに来い」

ゆるりと歩き出し、背中越しに言った。

「イージェスのもとへ向かう」

§19．【受け継がれた呪い】

イージェスが守る三〇番目の縦穴を目指し、俺とジステは歩いていく。

街の様子を注意深く観察してきたが、特に変わった様子はない。この時代、どこにでもありふれている平和な光景だ。戦争に対し、不安を吐露するような声もまるで聞こえてこない。

インズエル軍が勇議会を捕らえ、ガイラディーテに反逆しようとしていることは、民たちは知らぬのだろう。平和な世に、誰も好きこのんで争いなどしたくはない。それでも、エティルトヘーヴェを自ら戦場と化すならば、伝えておくのが王として最低限の務めであろう。それすらしていないのならば、この戦いに民意はあるまい。

「ジステ。カイヒラムの借りというのは、心当たりはあるか?」

「たぶん、カイヒラム様のお師匠様のことだと思うわ。ノール・ドルフモンド様。知ってる?」

「呪詛魔法に精通したドルフモンドの長か。魔法老師の二つ名を持っていた。一度会ったが、その頃には己の身に呪いをかけすぎ、もう寿命が尽きかけていたな」

そのためか、ドルフモンドの血族たちは大戦の最中も、あまり派手な動きを見せることはなかった。人間にも、魔族にも関わることなく、ひたすらに己の魔法の深淵を見つめていた。そういう学者肌の魔族も、希にだが存在する。

「カイヒラム様は、ドルフモンドの末裔なの。血族の中では変わり者でね。ドルフモンドの力をディルヘイドに知らしめるって言ってきかないものだから、ノール様に絶縁されたの。カイヒラム様は、一生ドルフモンドを名乗ることが許されない呪いを受け入れ、ディルヘイドの争いに身を投じたわ」

そしてカイヒラム・ジステを名乗り、四邪王族の一人、詛王にまで上り詰めたというわけだ。

まあ、いつジステの人格が現れたのかは知らぬが。

「大戦が終わった後、魔王様が転生した後ね。ドルフモンドの城に、突然沢山の呪詛が溢れ出して、彼らを滅ぼし始めたの。ノール様の寿命が尽きかけたことで、抑えられていた呪いが根源の外に溢れ出したのよ」

ノール・ドルフモンドは、魔法の研究のため自らに呪いかけては試していた。代々受け継がれてきたその根源は、生まれながらに呪詛を孕んでいる。呪いに対しては強い抵抗力を持つが、滅びを前にして、とうとう抑えきれなくなったのだろう。

「ノール様は生前、お弟子さんに言ってらしたの。自分の寿命が尽きるとき、その呪いがディルヘイドの民に迷惑をかけないよう、いよいよとなれば、誰かに呪い殺してほしい。それと生涯をかけて、自分が深淵を覗いてきた呪詛を引き継いでほしいって」

ひたすらに深淵を目指した老師らしい台詞だ。

「でもね。ノール様のお弟子さんは沢山いたけれど、城にいた誰もその呪いを止めることはできなかったの。予想以上にノール様を蝕んでいた呪詛は強くて、あっという間にドルフモンドの城を飲み込んでしまった。彼らはただ逃げるしか術はなかったわ」

無理もあるまい。ノール・ドルフモンドが、一生涯をかけて積み上げてきた呪詛だ。生半可な力と覚悟では止められぬ。

「カイヒラム様はそれを知り、ドルフモンドの城に戻ろうとしたわ。でも、迷っていたの。自分は絶縁された身だから、ノール様の遺言を果たすことはできないって。正式にドルフモンドの名と魔法を継ぐことができる者が、ノール様を止めてあげなければいけないから」

「しかし、正式な弟子たちは皆、その呪詛の前に歯が立たなかった。さぞ、もどかしかったに違いあるまい」

ジステはうなずく。

「カイヒラム様はノール様のお弟子さんを訪ねて、遺言を果たすように焚きつけたわ。だけど、みんな、ノール様の呪詛に脅えきっていて、城の近くに近寄ろうともしなかった。長兄にあたるお弟子さんは、カイヒラム様に言ったわ。お前が名声なんかを求めなければ、こんなことにはならなかったって」

ジステは悲しげな表情を浮かべる。

「カイヒラム様は、ただノール様の魔法を世に知らしめて、自慢したかったの。子供みたいな人だから、隠居生活を送るノール様のことが、よく理解できなかったのね。本当は、俺様の師匠はすごいんだって、ただそれが言いたかっただけ」

そんな理由で四邪王族にまでなるとは、なんとも魔族らしい男だな。

「カイヒラム様は口には出さなかったけど、すごく後悔してたわ。呪いが進むドルフモンドの城を、ただ遠巻きに見ることしかできないでいた。そんなときだわ。冥王様が訪ねてきたのは」

薄く微笑みながら、ジステは言った。

「呪いを撒き散らす城があったら迷惑だから、滅ぼすのに力を貸せって言ったの」

冥王らしいことだ。

「勿論、カイヒラム様がすぐに承諾するわけはないわ。二人は《契約》を交わして、決闘した。冥王様が勝てばカイヒラム様はドルフモンド城の呪いを滅ぼすのに協力する。カイヒラム様が勝てば、冥王様は配下になるって」

「冥王が勝ったというわけだ」

「そう。それで渋々カイヒラム様は、一緒にドルフモンド城へ向かった。本当はね、口実ができて嬉しかったのよ。絶縁されたから、弟子としてはその呪いを止めることはできない。でも、勝負に負けたんだから仕方ないって」

誰かが、背中を押してくれるのを待っていたのかもしれぬな。

「ドルフモンド城に溢れる呪詛を片っ端から魔槍で異次元に飛ばした後、一番強い呪いをなんとかしろって冥王様はカイヒラム様に言ったの。それはノール様の遺体から発せられていた。カイヒラム様はその呪いを自らの根源に受け入れ、そしてノール様の根源を自らの呪いで滅ぼした。そうしたら、最後の呪いが発動したわ。ノール様が囁いたの。『見事なり、我が弟子よ。我が魔法は生涯、お前を呪い続けるだろう』って」

呪詛魔法の深淵を目指した師が、弟子に送ったこの上ない賛辞であっただろう。

「なるほどな。冥王の槍でも、次元の果てに飛ばすだけなら可能だっただろう」

ジステは、微笑みながらうなずいた。

「そうね。冥王様は、本当は一人でもドルフモンドの呪城を、葬ることができたんだと思うわ。だけど、わざわざカイヒラム様に声をかけたの。そのことに気がついたカイヒラム様は、冥王様になぜ恩を売るような真似をしたのか尋ねたわ」

「なんと答えた？」

穏やかな表情を浮かべ、ジステは言った。

「『ただの成り行きだ』って言ったわ」

いつもの冥王だな。

「でも、その後ね。『ノール・ドルフモンドは、今際の際にそなたが来ることを願っていたようだ』ってディヒッドアテムを見せてくれたわ。そこに呪い文字が浮かび上がっていたの」

ジステは言った。

「『カイヒラム・ドルフモンド』って書いてあったのよ」

ノール・ドルフモンドは、自分を止められる弟子が誰なのか、知っていたのだ。最期を迎える寸前、彼はカイヒラムを許し、一人ドルフモンド城に向かってね。城から放たれる呪いを受け止めたときに浮かび上がったその文字を見て、引き返したんだわ」

それでカイヒラムを誘ったというわけか。イージェスもイージェスで、詛王のためにと言いたくはなかったのだろうな。

「呪いを受け継いだカイヒラム様は、それでもやっぱり落ち込んでいてね。そんなカイヒラム様に、冥王様は一言だけ言ったの。『戦乱の時代を生き抜いた師の心など、未熟な弟子にはわからぬものよ』って」

「それが、カイヒラムの借りというわけだ」

「たぶんだけど、でも、それしかないと思うわ。ノール様のことは、カイヒラム様にはとても大切なことだったの。きっと、冥王様は、そのときのカイヒラム様と同じぐらい大切なことを抱えている。どうしても、やらなきゃいけないことがあるんだと思うわ」

それが亡霊を葬るということか。ただ葬るのが目的なのか、その先になにかあるのか？

『お兄ちゃん』

『創星エリアルっぽいのがあったぞ』

アルカナとエレオノールから《思念通信》が届く。すぐに、アルカナの魔眼に視界を移した。

そこは、遺跡の縦穴を潜った場所。地下に設けられた神殿のようであった。立ち並ぶのはアーチを描く石造りの門。門の先にはすぐ門があり、それが等間隔で延々と続いている。すべての門をくぐった先に、古い壁画があった。

夜の空だ。絵が描かれているのではなく、その壁画が夜空そのものなのである。中心には蒼く輝く一つ星があり、その周囲にちりばめられた星々が瞬く。その星々は、蒼き星を守る神々しい結界を創り出している。

「んー、たぶん、この蒼いのが創星エリアルで、ここでそれをなんとか掘り出そうとしていたのかな？」

エレオノールが壁画近くにあった固定魔法陣に視線をやる。比較的、新しく描かれたものだ。魔法陣には、壁画の結界を壊さず、解除するための術式が組まれていた。魔眼で結界の術式を見てみれば、力尽くで壊すことにより、創星エリアルがどこかへ飛んでいく仕組みのようだ。そのため、強力な結界を、時間をかけて解除しなければならない、といったところか。

『ミリティアの秩序を使えば、結界は解除できよう』

すると、アルカナが言った。

「《創造の月》アーティエルトノアを使えば解除できるが、魔導王にも知れてしまうだろう」

『構わぬ』

「言う通りにしよう」

アルカナは頭上に手を掲げた。

「夜が来たりて、昼は過ぎ去り、月は昇りて、日は沈む」

エティルトヘーヴェの遺跡都市に、神の秩序が働く。太陽がゆっくりと沈んでいき、昼が夜へと変わり始めた。外が暗闇に閉ざされれば、《創造の月》が空に浮かび、その月光が目映く遺跡の縦穴に差し込んだ。すると、壁画の夜空に、《創造の月》が出現する。それが優しい光を放ったかと思うと、ちりばめられた星々の明かりが消え、蒼い星だけがそこに残った。

アルカナが手を伸ばすと、その蒼い星、創星エリアルが壁画から飛び出してきて、彼女の手の平に収まる。

「記憶が封じられている」

『覗いてみよ』

こくりとうなずき、アルカナは言った。

「星の記憶は瞬いて、過去の光が地上に届く」

創星を覗き込むアルカナの魔眼に、過去の光景が映り出す——

§20. 【裏切りと理不尽の支配する世界】

二千年か、それよりも前のディルヘイドだった。

ゴアネル山のふもとにテントが張られ、たき火が燃えている。野営をしているのは、外套(がいとう)を纏(まと)った魔族たちだ。幻名騎士団である。彼らの魔法ならば、《創造建築(アイリス)》でそこに快適な住居を用意することは容易(たやす)かったが、あえて殆(ほとん)ど魔力を使わずにいた。その存在を、徹底して隠すためである。魔力さえ使わなければ、強者の魔眼(め)にさえ殆(ほとん)ど映る心配はない。

そこへ、また一人、外套(がいとう)を纏(まと)った男が歩いてきた。団長(イシス)と呼ばれる彼らの長、セリス・ヴォルディゴードだ。

「報告しろ」

幻名騎士団たちは、かしこまることなく、だらだらと野営の準備を続けている。統率が取れていないように振る舞っているのだ。

「ゴアネル領を統治する冥王イージェス・コードの姿は影も形も」

たき火の上に鍋を置き、煮炊きしながら、二番(エッド)が言った。

「配下はかなりの練度。街は治安もよく、入り込む隙はない。ただ妙なことがあります」

「なんだ？」

セリスの問いに、三番(ゼノ)が答えた。

「亡霊のやり口を知っている者がいる。我らに尻尾をつかませないのは、そのためでしょう」

幻名騎士たちはゴアネル領に潜入し、そこを支配する冥王イージェスを調べ上げた。だが、その正体は依然として不明だ。冥王が用意した偽(にせ)の情報ばかりをつかまされ、実体は蜃気楼(しんきろう)のように消えてしまう。

「我々の中に、禁を破った者がいます」

　四番（ゼット）が言った。

「亡霊になりきれぬ、裏切り者が」

　セリスは冷めた表情でその場にいる幻名騎士たちを見つめた。ザッと草花をかき分ける音が響き、また名もなき騎士がそこへやってきた。

「遅いぞ、一番（ジェフ）」

　二番（エッド）が言った。しかし、一番（ジェフ）は訝（いぶか）しげな表情を浮かべている。

「一番（ジェフ）は今回調査から外した。まともに仕事をできぬだろうからな」

　セリスが言うと、彼はそちらに顔を向けた。

「どういうことです？　なんの調査を？」

　一番（ジェフ）が、セリスに詰め寄っていく。

「ゴアネル領を治める冥王イージェス。ディルヘイド随一の魔槍の使い手、との噂（うわさ）だ」

　セリスの言葉に、一番（ジェフ）は真顔で応じる。

「お前もよく知っているだろう？」

「……ええ」

「冥王イージェスは領土の統治を配下に任せ、滅多なことでは表に姿を現さぬ。二番（エッド）たちにさえ正体をつかませぬほどの徹底ぶりと、こちらの手口を知っているかのような振る舞い。どうやら我々の中に、亡霊になりきれぬ愚か者がいるようだが」

　表情を崩さず、一番（ジェフ）は黙って聞いている。脅すようにセリスは言った。

「心当たりはないか、一番（ジェフ）？」

心中を見透かすような魔眼を向けられるが、一番は淡々と答えた。

「いいえ」

「ゴアネル領に来て、お前はまもなく街へ行ったな。なにをしていた？」

彼が答えずにいると、続けてセリスは言った。

「あの小僧が、どこに消えたか気になるか？」

すると、一番は初めて動揺を見せた。

「アノスの居場所を知っているのですかっ？　団長、まさかあなたがなにかをっ!?」

「一番」

冷たく言い、セリスは《根源死殺》の指先で一番の喉をつかみ上げる。

「……うぐぅっ…………！」

「何度言えばわかる？　何度言えばわかるのだ？　お前は亡霊ぞ。あの小僧には関わるなと言ったはずだ。俺の目を盗み、何度会いにいった？」

喉を絞められ、苦しみながらも一番は言葉を絞り出した。

「……縁もゆかりもない街に我が子を捨て、たまたまゴアネルの兵団に拾われたからよかったものを……。あのような後ろ盾も、力もない魔族たちのもとにいれば、アノスはいずれ死にます……」

「死ぬのならば、それまでだ」

セリスの腕をぐっとつかみ、一番は言った。

「力ない魔族は、自らの息子でも必要ないというのですかっ？」

「力ない？　情に流され、深淵も覗けぬとは愚かな。貴様が思うよりも、あの小僧は遙かに強いぞ」

一番の喉から、手を放すと、セリスは踵を返す。戸惑ったような表情を見せる彼に、セリスは言った。

「ついて来い」

《幻影擬態》と《秘匿魔力》で身を隠し、セリスは歩き出す。同じく《幻影擬態》と《秘匿魔力》を使って、一番はその後を追っていった。彼らはゴアネル山をひたすら登っていく。やがて、ゴロゴロと雷鳴が轟き始め、燃えたぎる赤い溶岩が流れる光景が見えた。

そこは、別名、雷雲火山と呼ばれている。魔力に満ちた火口から噴き上げる噴煙は、空に雷雲を作り出し、山頂一帯を赤い雷で覆いつくす。これらが自然の結界を作り出し、周囲の魔力場をかき乱す。この山頂では魔法の行使が困難となり、魔眼の働きすら阻害されるのだ。

二人はその中を突き進み、火口にまでやってきた。中心にはぐつぐつと煮えたぎり、魔力の充満したマグマが溢れている。

「団長……どこまで……？」

一番が尋ねたそのときだ。ザッパァァァァンッとマグマが噴水のように噴き上がると、それに突き上げられたのは、マグマを泳ぐ魔物、魔鯨ディィラへミルである。

「もらったぞ」

幼い声が響く。溶岩の中から勢いよく飛び出してきた六歳児は、アノス・ヴォルディゴードだった。彼はその手に魔力を込め、宙に舞った魔鯨ディィラへミルの体を軽々と貫く。そうして、魔物の体内に《灼熱炎黒》を放つ。マグマの海を住処とする魔鯨を瞬く間に焼き焦がした。

「……これは…………」

驚いたように、一番は目を見張った。

「幼子といえど、賢しい者には自分の置かれた環境がわかるものだ。小僧はお前に見られていることを知り、力を隠し、こうして牙を研いでおったのだ」

二千年前のディルヘイドでは、弱き者はいつどんな理不尽に襲われ、殺されても不思議ではない。強く、賢くあることが、生き延びる最善の道だ。幻名騎士団がそうであるように、力を隠さなければ、強者とてたちまち狩られる時代だった。アノスはそのことに、子供ながらに気がついていたのだろう。それゆえ、自分の力を悟られないよう魔眼が乱されるこの雷雲火山で、牙を研いでいたのだ。

「生まれ持ったその滅びの根源の力を、あの小僧は徐々に使いこなしつつある」

セリスがそう口にし、アノスに視線を向ける。

「末恐ろしいほどにな。あと数年もすれば、こうして隠れ見ることすらできぬ手練れとなるだろう」

その直後、セリスは僅かに視線を険しくした。アノスが振り向いたのだ。その魔眼がはっきりと、名もなき騎士を捉える。《幻影擬態》と《秘匿魔力》を使っているにもかかわらずだ。

「そこにいるのは誰だ？」

アノスが問う。一番はおろか、セリスでさえも驚きを隠せなかった。姿を隠し、魔力を秘匿するのは、彼ら幻名騎士団が最も得意とする魔法だ。二千年前の強者とて、警戒し備えをしていなければ、とても気がつくものではない。それを年端(としは)もいかぬ子供が勘づいたのだ。セリスの目算さえ軽く凌駕(りょうが)し、数年どころか、すでに彼はその域に達している。並大抵の才ではなかった。

「一番(ジェフ)」

セリスが小さく言う。

「確信したぞ。あの小僧は王の器だ。必ずや、このディルヘイドの支配者になるだろう……」

それが喜ばしいことではないといった風に、セリスは暗い表情を覗(のぞ)かせた。

「貴様はそこにいろ。まだ人数は判別できていまい」

そう一番(ジェフ)に釘(くぎ)を刺し、セリスは、アノスのいる火口へ下りていく。《幻影擬態(ライネル)》と《秘匿魔力(ナジラ)》を解除し、姿を現す。セリスをじっと見つめ、彼は幼い声で堂々と言った。

「名を名乗れ」

「彷徨(さまよ)うだけの亡霊だ。名は不要」

「俺になんの用だ？」

数メートル離れた位置で立ち止まり、セリスはアノスと対峙(たいじ)した。

「小僧。貴様を教育してやる」

「いらぬ」

アノスは一蹴するが、セリスは続けた。

「先程貴様が見抜いた魔法は、《幻影擬態(ライネル)》と《秘匿魔力(ナジラ)》。泣こうが喚(わめ)こうが、今からそれを、その体に叩(たた)き込んでくれるぞ。貴様は力を隠さねばならぬ。この魔族の国には、その才能を、その根源を、求めてやまぬ亡者共が蔓延っている」

「お前もその一人か、亡霊？」

返事代わりにセリスは《拘束魔鎖》の魔法を放ち、たちまちアノスの体を縛りつける。

「黙って従え。それだけの魔眼があれば、俺に勝てぬことは承知していよう」

ゴオォォッと《灼熱炎黒》の火が魔力の鎖を焼く。脆くなった《拘束魔鎖》を、アノスはその手で引きちぎった。

「断る」

地面を蹴り、接近したアノスはその指先を思いきりセリスに突き出した。漆黒の指先が幼き指をつかみ、ぐしゃりと潰す。アノスの指から鮮血が散った。

「従えと言っている」

「断ると答えた」

アノスは左手を突き出すが、それもセリスの《根源死殺》につかまれ、潰される。いかに強くとも、戦も知らぬ子供ならば、それで音を上げるだろう。しかし、アノスはまるで怯まず、その魔眼でセリスを睨みつけた。

「小僧。親のことを知りたくはないか？」

僅かに、アノスが興味を示した。

「貴様の母と父のことを」

「知っているのか？」

「亡者共に狙われる理由の一つだ」

「言え」

「貴様がディルヘイドの支配者となった暁に、教えてやろう」

両者は視線の火花を散らせながらも、睨み合う。やがて、アノスは静かにその手を引いた。回復魔法で傷を癒しながら、彼は言った。

「亡霊。一つ教えろ」

セリスは黙って、アノスの顔を見つめている。

「俺をいつも見ているのはお前か？」

「言葉は平気で嘘をつく」

突き放すようにセリスは言う。

「なにも信じず、その魔眼でひたすら深淵を覗くがいい。そうして、この世界は、裏切りと、理不尽が支配していると知れ」

彼は父であることを明かそうともせず、冷たい表情でアノスを見つめていた。

§21. 【過去の門番】

創星の映像に魔眼を向けながらも、俺はジステとともに歩いていく。エティルトヘーヴェの細い道を抜ければ、人通りが少なくなった辺りで遺跡神殿が見えた。円形に組まれた石は、太古の魔力を宿しており、厳かな柱が並んでいる。そのいくつかは崩れ、あるいは折れて横たわっていた。屋根はない。元々なかったのか、それとも長い年月で風化してしまったのかはわからぬ。遺跡神殿の中央に足を向ければ、そこに縦穴が空いていた。

螺旋を描く石の階段が、延々と下層に続いている。イージェスが待ち受ける遺跡都市三〇番目の縦穴だ。俺とジステはその石段をゆるりと下りていく。《思念通信》が頭に響いた。

『んー、創星の記憶は今ので終わりなのかな？』

『まだわからない。調べてみる』

エレオノールとアルカナが話している。

『アノシュが……いました……！』

ゼシアが言うと、『うんうん』とエレオノールが同意する。

『セリスも出てきたけど、やっぱり言葉遣いと性格が、この間と全然違うみたいだぞ』

『……改竄……されてますか……？』

『んー、どうなのかな？　口は悪いけど、アノス君に魔法を教えてくれてたみたいだよね？』

すると、アルカナが言った。

『創星が記憶を映し出すとき、創造神以外の秩序が見えた。痕跡の書のときと同じ。狂乱神のものかもしれない』

『じゃ、やっぱり改竄されちゃったんだ』

「そう容易くできるとは思えぬがな。ミリティアの結界はまだ生きていた。改竄できるようなら、とっとと創星を奪い去っていればよかったはずだ」

『改竄したように見せかけたのだろうか？』

アルカナが言う。

「そう考えるのが妥当か。創星エリアルの中身には手を出せずとも、その記憶が映し出されたとき、別の秩序が同時に働いたように見せかけることぐらいはできたのやもしれぬ」

『改竄……されてませんっ……！』

ゼシアが意気揚々と声を上げた。

「しかし、セリスが関わっていることだ。断言はできぬ。過去は改竄された。そして、それを本物の過去だと俺に信じさせるため、あえてそうしたといったことも考えられよう」

『難しいのは……嫌い……です……！』

ゼシアは音を上げた。十中八九、改竄はされていまい。あくまで万が一の話だ。それが頭にちらつくのは、あの男の置き土産だからか。

「結論を急ぐことはない。残りの創星を確認してから、判断するとしよう」

『改竄の痕跡が残っていないか、探してみようと思う』

アルカナがそう提案した。

「任せた」

「そういえば、魔王様。言ってなかったんだけど」

後ろからついてくるジステが口を開く。

「冥王様は八神選定者の一人、求道者よ。水葬神アフラシアータに選ばれたの。選定の盟珠を持っているところも見たわ」

「……それは妙なことだな」

予想外の返事だったか、一拍遅れてジステが訊いた。

「どうして？」

「八神選定者は、名が表す通り八人。アヒデ、ガゼル、ゴルロアナ、ディードリッヒ、ヴィアフレア、セリス、俺を含めれば、これだけでもう七人」

「最後の一人が冥王様じゃないの？」

「つい先程、シンが地底でギリシリスを見つけた。奴も選定者だ。魔眼神ジャネルドフォックに選ばれた、な」

これまでの選定者については、ほぼ疑いようがない。唯一セリスの神と選定の盟珠は確認できていないが、仮にセリスが口にしたことが嘘で、代わりに冥王が選定者だとすれば、狂乱神アガンゾンと盟約を交わしたのは誰だ？　無論、選定神としてではなくとも、神が人に力を貸すことはある。二千年前、魔族と人間が争った大戦でもそうだった。あるいは、狂乱神が天父神のように自らの秩序に従い、行動を起こしているといったことも考えられよう。

だが、どうも腑に落ちぬ。あのとき、セリスに自分が選定者だと嘘をつく意味があったか？　ゴルロアナも、はっきりとは覚えていなかったとはいえ、痕跡神の力でセリスを選定者だと確認したはずだ。最初に提示された事実が、後から塗り替えられているような、そんな居心地の悪さを覚える。

「……どういうことなのかしら？」

「わからぬ。一つずつ確かめていけば自ずと答えは出よう」

しばらく下った後、螺旋階段の途中で横へ入る通路を見つけた。ジステはそちらに視線をやり、こくりとうなずく。魔眼を凝らしてみれば、強い魔力がそこから溢れ出していた。まるでこちらを威嚇するかのように。

「気がついているようだな」

俺はゆるりと足を踏み出し、その通路を進んで行く。やがて、ぱっと視界が開けた場所に辿り着いた。周囲には様々な壁画があり、高い天井まで、びっしりと描き込まれている。中央には広い石の階段があり、その上に遺跡神殿があった。そして、階段の途中で、大きな眼帯をつけた魔族が槍を携え、立っていた。冥王イージェスである。

「カイヒラムが寝ている隙に魔王を呼んでくるとはな。呆れた女よ」

その隻眼を、奴はジステへ向けた。

「お願い。話を聞いて、冥王様っ。どんな理由があるのか知らないけど、意地を張らなくてもいいでしょ。冥王様が滅ぼしたい亡霊だって、きっと魔王様がなんとかしてくれるわ」

「亡霊を屠るのは亡霊の役目よ。生者の出る幕ではない」

イージェスは俺に、鋭い視線を飛ばす。

「ここから先は、甘いそなたには立ち入りできぬ領域ぞ」

「イージェス」

まっすぐ俺は奴のいる石段へ向かった。

「なぜヴィアフレアをさらった？」

「知れたこと。余の目的に必要だったまでよ」

「亡霊を滅ぼすためにか？」

「答える義務はなかろう」

とりつく島もなく、奴は言う。

「亡霊とは、誰のことだ？」

「そなたには関係のないことよ。これは余の問題だ。帰ってディルヘイドの平和でも案じておればよい。ときが来れば、勇議会の者はガイラディーテへ帰そう」

「俺に関係ない？」

足を止め、石段の一番下で俺はイージェスを見上げた。

「ならば、なぜお前は創星エリアルを守っている？」

「問えば答えが返ってくるとは思わぬことだ」

「亡霊を倒すためか？　お前は目的のためには、非情になれる。だが、俺が出会う前のお前は違った。痕跡の書で見たお前も、創星エリアルで見たお前も、情に厚く、ときに流される、あの過酷な時代において、それでもなお優しさを忘れぬ強き魔族だった」

口を閉ざしたまま、イージェスはその隻眼で俺をじっと睨みつけている。

「二千年前、お前を変えた出来事があった。そして、それは俺と関係している。つまり、創星エリアルが封じた過去に、お前と俺と、その亡霊の関係が示されているのではないか？」

俺の問いに、しかしイージェスは答えない。

「お前はそれを俺に知られぬよう、そこを守っている。目的のためでもあるのかもしれぬが、お前の信念と一致しているからこその行動だ」

目的が一致すれば、立場が違う相手とも手を結ぶ。冥王イージェスは何者の敵でも味方でもなく、ただ己の信念に従って行動する男だ。

「想像するのは勝手なことよ。だが、忠告しようぞ、魔王アノス。余がそなたの味方だという甘い考えでこの槍を越えようとするならば、ただ滅ぶのみだ」

　紅血魔槍ディヒッドアテムを、イージェスは石段の上で構えた。問答は、無用というわけだ。

「お前の槍が、俺の歩みを止められると思うか？」

「できるできぬは頭の外よ。そこにこだわるならば、魔王よ。余は生涯をかけて磨き上げたこの亡霊の槍を貫くだろう」

　刃のように研ぎ澄まされていく心が、こちらから見てもよくわかる。冥王の意識が、握った魔槍と、眼下の俺だけに集中していく。迷いも気負いもない。自らの命すら度外視し、奴はただ一本の槍と化す。さながら、それは役目を全うするだけの亡霊の如く。

　鍛錬を重ね、技を練り続けた冥王イージェスが辿り着いた境地。そこに至った魔槍は、さぞ想像を絶する冴えを見せるだろう。

「俺を前にし、末路を想像せぬとは大したものだ。だが、忘れたならば何度でも思い出させてやるぞ」

　全身から魔力を放ち、俺はイージェスを視線で貫く。

「二千年前、お前が誰に負けたのかを」

§22.【次元司る紅血の槍】

　しん、と地下遺跡が静まり返る。研ぎ澄まされたイージェスの集中に引きずられるように、この場に静寂が呼び込まれた。ごく自然に気がつけば冥王の魔力は無と化していた。

「紅血魔槍、秘奥が肆――」

　小細工はいらぬとばかりに、イージェスはその隻眼を光らせ、魔槍の秘奥を放つ。

「――《血界門》」

　突き出されたディヒッドアテムの穂先が消える。突如、イージェスの全身が斬り裂かれ、夥しい量の血が飛び散った。その魔槍にて、イージェスは自らを貫いたのだ。流れ落ちる血が生き物の如く蠢き、形をなす。イージェスの前に、高く巨大な門が作りあげられた。

　静かに血の門が開く。その後ろで冥王は槍を構えている。

「そなたの探す創星エリアルはこの門の後ろ、石段を上り切った先にある神殿の中よ。記憶が欲しくば、ここをくぐるがよかろう」

　泰然と冥王は俺を見据える。奴の魔槍に間合いはない。先手を打たぬということは、あの《血界門》はそこをくぐろうとした者にのみ影響を与える結界といったところか。

「ふむ。では通らせてもらうぞ」

　ゆるりと俺は石段を上る。ただまっすぐ進んでいくが、奴はその槍を突き出す気配すらない。《血界門》の直前まで来た俺は、迷わずそこへ踏み出した。門の内側に、足をつく。すると、俺は石段の一番下にいた。

「《血界門》を通れるは、亡霊のみよ」

「なるほど、門の内側は時空が歪んでいるというわけだ」

魔法陣を一門描き、《獄炎殲滅砲》を撃ち放つ。漆黒の太陽が《血界門》に入った瞬間、ふっと姿を消す。次の瞬間、ドゴオォォォンッと石段の下に着弾した。それを横目で確認すると、俺は再び門の前まで石段を上がり、足を止めた。

「俺の反魔法を無視して次元を超えさせるとは、なかなかどうして大した秘奥だ。代償に、そこからは、お前の時空を超える槍すら届くまい」

槍を構えるイージェスは、その体から血を流し続けている。なにもせず、このまま睨み合っていれば、血をすべて失い死ぬだろう。命懸けの秘奥は、それだけ絶大な力を発揮する。

「そうまでして、なにを守っている？」

「知れたこと。亡霊と成り果てた男が守るは、この世に残った未練だけよ」

俺は一歩、門の内側へ足を踏み出す。《血界門》がぐにゃりと空間をねじ曲げるも、それを《破滅の魔眼》で睨みつけた。内側へ俺は二歩目を踏み出す。

「時空を歪ませたぐらいで、俺の歩みを曲げられると思ったか」

「無論――」

紅い閃光が目にも止まらぬ速度で疾走した。

「――思っておらぬっ！」

紅血魔槍ディヒッドアテムがまっすぐ俺の顔面を狙う。《四界牆壁》を右手に纏い、それを受け止めた。直後、魔槍の穂先が液状になり、紅い血液が《四界牆壁》に付着する。

「紅血魔槍、秘奥が伍――《血門槍》」

右手に纏った《四界牆壁》が、遙か時空の彼方に飛ばされ、次の障壁を展開するよりも早く、再び凝固したディヒッドアテムが俺の右腕を貫いた。

「去れ」

穂先が紅い血に変わり、俺の右手にべっとりと付着する。それは俺を時空の彼方へ誘う。

「《血門槍》」

即座に俺は左手で右腕を斬り落とした。《血門槍》を浴びた右腕は、時空の彼方へと飲まれ、忽然と消える。三歩目を刻み、俺はイージェスに肉薄していた。

「《根源死殺》」

槍を引くよりも早く、その漆黒の指先を冥王の土手っ腹にぶち込む。

「紅血魔槍、秘奥が陸――」

口から血を吐きながらも、しかし冥王は怯まない。

「――《血中槍牙》」

指先に貫かれ、噴き出す冥王の血が槍と化し、俺に襲いかかる。《四界牆壁》を張り巡らせ、それを阻んだ瞬間、《血門槍》同様にそれは血液に戻り、べっとりと付着した。《四界牆壁》ごと、俺の体が歪んだ。凄まじいまでの魔力により、周囲一帯が遙か時空の彼方に飛ばされていく――その寸前で、地面を蹴り、俺は《血界門》の外側に出た。

「ふむ。睨んだ通りか」

《血中槍牙(けっちゅうそうが)》の効果は働かず、俺の体は、遠い次元の果てに飛ばされることもない。今使った秘奥(ひおう)の数々はすべて《血界門(けっかいもん)》の内側でのみ効力を発揮するもの。内側といっても、限度はあろう。石段の最上まで上り切ってしまえば、力は及ぶまい。

使用できる空間を限る技ゆえに、その力は絶大。なにもかもを容易(たやす)く時空に飛ばしてのける。

「門をくぐりたくば、この血が流れきるまでの間、そこで待つことだ」

冥王は、その隻眼にて俺を見据える。どくどくと流れ落ちる血は、奴(やつ)の魔力そのものだ。

「冥王と呼ばれたお前が、命を使い捨て、ただ時間稼ぎに徹するか。なにを待っている？」

睨(にら)みつけた俺の視線を、イージェスは真っ向から受け止める。あるいは、待ってなどいないのかもしれぬ。俺があの門をくぐろうとしない限り、この戦い方は通用しない。時間を稼ぐことでなにかあると思わせ、俺を誘っている。それは、薄氷を踏むような駆け引きだ。

危険を冒さねば、この身に届かぬ冥王の意地でもあろう。ただ勝ちたいだけならば、こうして睨(にら)み合っていればよい。しかし——すべてを蹂躙(じゅうりん)するのが魔王というものだ。

「確かに亡霊と呼ぶに相応(ふさわ)しい。明日ある生者にはできぬ戦い方だ」

《総魔完全治癒(エイシェアル)》を使い、傷を癒(いや)す。切断した右腕がそこに現れ、接合された。

「だが、それでもなお、お前は俺の足元にも及ばぬ」

ゆるりと俺は足を踏み出す。

「亡霊などに、くれてやる時間はないぞ」

《血界門(けっかいもん)》の内側に、再び歩を刻む。

「何度試そうと同じことよ」

紅(あか)い閃光(せんこう)が駆け抜ける。まっすぐ突き出されたその槍(やり)は、俺の左胸を狙った。それをくぐるようにかわし、一足飛びで間合いを詰める。

「要は槍(やり)に触れず、血に触れず、お前をどかせばいいわけだ」

右手で魔法陣を描く。

「《次元門番(バロイカ)》」

イージェスの背後に出現したのは、禍々(まがまが)しき漆黒の門。《血界門(けつかいもん)》を真似(まね)て作った魔法だ。

「無駄なことよ。次元魔法とてさすがのレベルだが、余には一歩及びはせんっ！」

《次元門番(バロイカ)》が発動し、イージェスを時空の彼方(かなた)に飛ばそうしたが、《血界門》から血煙が上がり、それを妨げる。門と門が、魔力を衝突させ、次元の歪(ゆが)みが鬩(せめ)ぎ合う。

「ぬんっ!!」

肩を当て、勢いよく俺を押し飛ばしては間合いを離し、イージェスは槍(やり)を瞬(また)かせた。

「《血門槍(ちもんそう)》」

《四界牆壁(ベノ・イエヴン)》にてその紅(あか)い穂先を受け止めると、再びべっとりと血液が付着した。

「余の槍(やり)から逃れることはできぬ」

「大したものだ」

だが、今度は《四界牆壁(ベノ・イエヴン)》が別次元に飛ばされることはない。イージェスが《次元門番(バロイカ)》を防いだのと同じ。今度は《次元門番(バロイカ)》が《血界門》に対抗し、かろうじて時空の歪(ゆが)みを元に戻しているのだ。

「次元魔法で競うか。つくづく魔王よっ！」

ディヒッドアテムが閃光（せんこう）と化し、俺の脳天と喉、腹部をほぼ同時に突いた。首を捻（ひね）ってその二撃をかわし、腹部を狙った槍（やり）の柄を、《根源死殺（ベブズド）》の指先で捕まえる。どろり、とディヒッドアテムが血液に変わり、俺の手をすり抜ける。その瞬間、《魔氷（シエイド）》でイージェスの手ごと、血液を凍結させた。

「捕まえたぞ」

槍（やり）を持ち上げようとすれば、イージェスが両手でぐっと踏みこたえる。

「さすがに力強いが」

黒き魔力の粒子を右手から撒（ま）き散（ち）らし、更に力を込めれば、イージェスの体がふわりと浮いた。俺との位置を入れ替えるように、そのまま槍（やり）を後ろへ叩（たた）きつける。ドゴオオォォッと石段が破壊されるも、寸前でイージェスは凍結した槍（やり）を血刀で切り離し、着地していた。

しかし、俺は奴（やつ）よりも石段の上にいる。最上段に俺を上げぬように、脇目も振らずにイージェスは階段を上った。そこは《血界門》の効果が及ばぬのだろう。

だが——

「……が、はぁ…………」

階段を上らず、俺は突っ込んできた奴（やつ）の心臓を《根源死殺（ベブズド）》の指先で貫いた。

「足元にも及ばぬと言ったはずだ」

「……なん、の、端からこれが狙いよっ！」

血を吐きながら、イージェスが言う。《根源死殺（ベブズド）》の手が、奴（やつ）の根源を斬り裂けば、そこから、紅（あか）い冥王の血が勢いよく噴出する。体中の血を、根源を、使い果たすほど大量に。そしてそれは、俺の背後にもう一つの《血界門》を形作った。

「紅血魔槍、秘奥が漆――」

バタン、と二つの《血界門》が閉められる。冥王の流した血が、その門と門の間に血溜まりを作っていた。否、それは最早、血の池だ。

「――《血池葬送》」

俺の体だけがゆっくりと血の池に沈んでいく。足の感覚はすでにない。別次元に飛ばされているのだ。

「次元の果てで、朽ち果てるがよい」

イージェスが手を振り上げれば、宙に舞う血がディヒッドアテムと化す。彼はそれを思いきり、血の池に突き刺した。血飛沫が激しく立ち上り、俺の体は時空に飲まれて消えた。イージェスが槍を杖にして、重たい息を吐く。二つの《血界門》が、紅い霧となって消えていった。

「……魔王様…………」

戦いの結末を見て、ジステが、心配そうに声を漏らした。

「いらぬ心配というものよ。あの男ならば、たとえ次元の果てからでも戻って来よう。その頃には、すべて終わっていようがな」

満身創痍の体で、イージェスが言った。最後の一仕事が残っているとばかりに、その目は決意を秘めていた。

「ふむ。ならば、少々早すぎたか」

投げかけた言葉に、イージェスは血相を変えて上を見上げる。石段を上りきったその場所に、俺は立っていた。

「……⁉　………なにをした……っ？」

言葉を放ちながらも、イージェスは石段を駆け上がる。魔力の源泉である血を流しきり、奴の力はもう幾許も残っていない。俺の方が創星エリアルに近い位置にいる以上、再び《血界門》を作って立ち塞がることもできぬ。

「さすがにあれほどの秘奥を防ぐことはできぬ。ゆえに、更に押してやった。《次元門番》で時空の歪みを加速させたのだ」

突き出されたディヒッドアテムを難なくよけ、奴の喉をつかみ上げる。

「ぬうっ……」

イージェスはなおも槍を突き出そうとするが、その全身を《獄炎鎖縛魔法陣》で縛り上げた。炎の鎖が、奴の体をがんじがらめに拘束していく。

「一周回って時空は元に戻り、僅かに残った歪みが、俺をここへ飛ばしたというわけだ」

《獄炎鎖縛魔法陣》が、大魔法を行使するための魔法陣を描く。

「さて、イージェス。ジステはお前が亡霊に殺されることを心配していた。カイヒラムがその身代わりになることもな」

冥王はこの状況でも諦めず、その隻眼を俺に向け、起死回生の機会を窺っている。

「今ならそれを簡単に防ぐ方法がある。なにかわかるか？」

巻きついた獄炎鎖をイージェスは力尽くで引きちぎろうとするが、消耗した奴にどうこうできる代物ではない。

「……なにをするつもりだ………？」

不敵に笑い、俺は答えを示した。

「とどめだ。俺が先に殺しておいてやる」

§23．【呪いの友情】

「《永劫死殺闇棺》」

《獄炎鎖縛魔法陣》で縛られたイージェスの背後に真っ黒な闇が漂い、棺を象っていく。

「蓋を閉じれば最後、永劫に死に続ける闇の棺だ。延々と与えられる死の苦しみから解放されるには蓋を開ける以外に術はない」

闇の棺が構築され、冥王の体を納めていた。まだ蓋だけはない。

「《永劫死殺闇棺》は、そこに納められた遺体の魔力により強度を保つ。その蓋は術者以外には開けられず、外から楽にしてやることもできぬ」

《永劫死殺闇棺》に指先で十字を描く。それに沿って、闇の粒子が棺の上を覆った。

「本来は拷問用だが、死に続ける限りは極めて安全だ」

闇の棺の中で、遺体は死を永劫に繰り返す。すなわち、常に死んだ直後の新鮮な遺体となり、滅びることはない。拷問を終わらせるため、棺を壊そうにも、遺体の納められた《永劫死殺闇棺》は、強力な魔法障壁と反魔法に守られている。死を糧にした護りは強固だ。ゆえに、いざというときは要人警護にも使える。危機が去るまで死にながらやりすごすというわけだ。

「それが嫌ならば、俺と協力し、亡霊を倒すか？」

「暴虐の魔王と呼ばれながら、誰よりも甘い男よ。そなたに亡霊を倒すことなどできはせん」

ここで軍門に降るような男ではないか。

「埋葬」

そう命じれば、闇の十字線が広がり、棺(ひつぎ)を覆う。それは瞬(またた)く間(ま)に蓋となり、イージェスを完全に収納した。ゴゴォ、と音が響き、《永劫死殺闇棺(ベヘリウス)》は石段を破壊し、埋葬されるが如(ごと)く、土に埋まっていく。しかし、途中でぴたりと止まった。闇の棺(ひつぎ)の隙間から、黒い泥がヌルヌルと染(し)み出してくる。ただの泥ではない。魔力がある。それも、イージェスの魔力ではない。

「開け」

《永劫死殺闇棺(ベヘリウス)》に命ずれば、棺(ひつぎ)の小窓が開く。中にいたのは、イージェスではない。六本の角を持つ魔族、詛王カイヒラムだ。

『――俺様を殺したな、魔王――』

カイヒラムは死んでいる。それでもなお、彼の呪いが働き、その呪詛(こえ)をぶちまけたのだ。

『俺様を殺したな、魔王』

――殺したな、俺様を。俺様を殺したな。俺様を。殺したな、魔王。俺様を。

不気味な怨嗟(えんさ)が幾重にも重なり、繰り返し響く。彼の遺体から、その根源から、呪いの魔力禍々しい呪泥が、辺りにどっと溢れ出し、闇の棺を飲み込んだ。怒濤の如く押し寄せるその呪いを、俺は飛び退いて避ける。

「ふむ。厄介なところで目覚めるものだ」

先程までジステがいた場所に視線を向ける。そこは黒い靄で覆われていた。紅い槍閃が走ったかと思えば、その中から冥王イージェスが姿を現す。《永劫死殺闇棺》の蓋を閉じた後、カイヒラムが魔法で身代わりになったのだろう。

「馬鹿なことをしたものよ」

イージェスが槍を手に、石段を駆け上がってくる。

自分の代わりに《永劫死殺闇棺》に納められたカイヒラムを助けようというのだろう。だが、それを妨げるべく、呪いの泥が壁のように石段すべてを覆いつくす。俺と冥王を完全に分断していた。

――逃げろ!!

呪いの言葉が、強く、執拗に、冥王の頭に染みをつける。それはイージェスの反魔法すら突破し、足を止めるほどの強制力を働かせた。

——俺様に構わず、構わず、構わず構わず構わず構わず構わず構わず構わず構わず構わず構わず構わず構わず構わず構わず!!

——逃げろ! イージェスイージェスイージェスイージェスイージェス!!

『逃げろ、イージェスッ!!』

されど強制の呪いを振り切るように、冥王は言った。

「叫くな。これは余の戦い。そなたが死ぬのは筋違いというものよ」

ディヒッドアテムにて、イージェスは呪いの泥を斬り裂き、遙か時空の彼方へと飛ばす。

「カイヒラムのもとまで来たいのならば、手伝ってやるぞ、イージェス」

反対側から魔法陣を一〇〇門描き、呪いの泥めがけ、《獄炎殲滅砲》を乱射した。ドゴオオオオオオォォォォッと泥は弾け飛び、黒き太陽に次々と焼かれていく。

——借りは返す。借りを、借りを。貴様に、借りを!

——返す返す返す返す返す返す返す返す返す返す返す返す返す返す!!

「ノール・ドルフモンドのことならば、単に目的が一致したまでのこと。つまらぬ恩義を感じる必要はなかろう」

『黙れ』

――黙れ黙れ黙れ黙れ黙れ黙れ黙れ黙れ黙れ黙れ黙れ黙れ黙れ黙れ黙れ黙れ！

ギギギ、ギギ、ギギギギギと気味の悪い音を立てながら、呪泥が津波の如く、イージェスに襲いかかる。紅血魔槍でそれを次元に飛ばしていくも、泥の波は勢いが強く、なにより無尽蔵に溢れ出し、イージェスは押し流された。

「……ぬぅ…………」

槍を支えにして、イージェスはその呪いを睨む。

――見えるか、冥王。これこそ、これこそは。我が師、我が魔法の師。

――ノール。ノール・ドルフモンド。

――ノール・ドルフモンドより受け継がれし呪い。根源を蝕む死の呪い！

室内に泥という泥が溢れかえっていた。それらは死の呪いを辺りに撒き散らし、壁や天井、地面、また遺跡に触れたかと思えば、すべてを同じく呪泥に変えていく。《破滅の魔眼》と反魔法を常時使っていなければ、この身さえも泥に変えられてしまうだろう。

――貴様にも。あるあるあるあるあるあるあるあるある！

――冥王、貴様にも。イージェス、あるはずだ！　イージェス、冥王、貴様にも！

『貴様にも、受け継がれたものがあるだろうっ!!』

呪いに交じり、カイヒラムの強い想いが声となって木霊する。泥の飛礫が雨あられの如く、俺めがけて襲いかかった。それらを《獄炎殲滅砲》で焼き尽くすと、周囲にバラまいた漆黒の太陽が、炎の手をつなぎ、立体魔法陣を構築した。宙に漂ういくつもの《獄炎殲滅砲》から俺の右手に熱線が集う。

――行け。これは、呪いだ。貴様にかける。

――呪いだ、逃れられぬ、逃さぬ。俺様の呪い。許さぬ。

――俺様に受け継がれてきたドルフモンドの魂。やり遂げろ。

――行け！

「《焦死焼滅燦火焚炎》」

右手が黒き輝きを発しながら、煌々と燃える。それを軽く振れば、呪いの泥に火がつき、瞬く間に燃え広がった。

――根源滅びようと、呪いは滅びず。行け。

――許さぬ許さぬ許さぬ！　俺様の屍を越え、我が呪いを浴びろ！

——行け、己が目標へ。この呪いを受けよ。

——許さぬ、許さぬ、決して、立ち止まることは許さぬ！

『行けっ、友よっ！！！』

永劫の死を与え続けられるカイヒラムの呪いは、ときが経つ毎に勢いを増す。

《焦死焼滅燦火焚炎》にて焼き滅ぼそうとも、泥の池のどこかに沈んだ棺から、呪泥が染み出し、室内に溢れかえる。泥は少しずつ、この場に城を作りあげていく。その呪詛は自らの根源をも蝕み、やがて蘇生すらも不可能とするだろう。それでもなお、呪いの言葉は響く。

——行け！

——行け行け、行け、イージェス！

『俺様に構わず、目的を果たせ、イージェスッ!!』

——行け！

——この屍を乗り越えろ。これは呪いだ。

——避けられぬ、俺様と貴様の、決して避けられぬ呪い！

――行け、イージェス！

「……なんと口うるさく、お節介な男よ……」

冥王はぐっと槍(やり)の柄を握り締める。

「そなたの呪(おも)いは受け取った」

イージェスが一転して踵(きびす)を返(かえ)し、この室内から逃走する。溢(あふ)れかえる泥の壁を《焦死焼滅燦火焚炎(アヴィアスタン・ジアラ)》の手で焼き尽くし、俺は一足飛びにイージェスへと迫った。

「《神座天門選定召喚(グアラ・ナーテ・フォルテオス)》」

イージェスの右手に選定の盟珠が現れる。俺の前に立ちはだかったのは、水の体を持つ、性別不詳の武人。突き出した《焦死焼滅燦火焚炎(アヴィアスタン・ジアラ)》の右手を、そいつは手にした水の槍(やり)にて打ち払った。水葬神(すいそうしん)アフラシアータか。

――逃がさぬ。逃がさぬ、魔王。逃がさぬ逃がさぬ！

――俺様の呪いを受けろ、魔王！

――逃がさぬ逃がさぬ逃がさぬ逃がさぬ逃がさぬ逃がさぬ逃がさぬ逃がさぬ逃がさぬ逃がさぬ逃がさぬ逃がさぬ逃がさぬ逃がさぬ逃がさぬ！

背後から、大量の呪泥が俺に降りかかる。《焦死焼滅燦火焚炎(アヴィアスタン・ジアラ)》でそれを焼くと、水葬神アフラシアータが槍(やり)を伸ばす。それは水の如(ごと)く変幻自在に変化し、顔面に迫ったかと思えば直前にかくんと進路を変え、俺の足元に突き刺さる。ザパパァァアンッと噴水が立ち上り、目の前が大量の水と魔力で覆われた。

イージェスは紅血魔槍にて、次元の割れ目を作ると、そこへ飛び込んでいく。今ならば、追うのは容易い。だが――

「ふむ」

なにもかもを泥に変えていく《死死怨恨詛殺呪泥城》と、石段を上がった先にある壁画に視線を向ける。

「放置するわけにはいかぬか」

棺の中のカイヒラムに視線を向ける。

「詛王に感謝するのだな、イージェス」

奴が作った次元の割れ目が閉じれば、再び召喚されたか、冥王の選定神アフラシアータが、転移していった。最早、役目は終えたはずだが、呪いの泥は四方八方から俺に襲いかかる。

カイヒラムはすでに死んでおり、その直前に発動した怨念にしたがって呪いは働き続ける。この場に誰もいなくなれば、地上へ向かい、人々を蝕み始めるだろう。まずは沈んだ棺を捜さねばなるまい。俺は最低限の反魔法を身に纏い、襲いかかる泥にあえて飲み込まれた。

呪泥の水流に身を任せれば、体が底へ底へと沈んでいく。落ちれば落ちるほどに、泥の呪いは強くなり、体を、そして根源を蝕もうとする。反魔法が破られ、俺の体に泥が触れる。これを防げば、目的の場所へは辿り着けぬ。

「俺の根源を呪え」

体の代わりに根源を差し出し、呪いの泥をその内に取り込む。吐き気を催す苦痛が身を襲い、気が狂いそうになるほどの呪詛（じゅそ）が耳に粘りついて離れない。なおも俺の体は沈み、呪いはますます強くなる。カイヒラムが死を迎える際に味わった痛み、それらが何倍にもなって俺の身に跳ね返ってきた。その苦痛と、呪詛（じゅそ）の声に耐え、じっと待てば、目の前に呪いの大本、カイヒラムが納められた闇の棺（ひつぎ）が見えた。

「《焦死焼滅燦火焚炎（アヴィアスタン・ジアラ）》」

輝く黒炎の手にて俺は即座に呪いを焼き払う。《破滅の魔眼》で泥を見据え、それを滅ぼせば、カイヒラムが納められた《永劫死殺闇棺（ベヘリウス）》までの道ができた。泥が再びそこを覆うより早く、下へ向かって飛び抜けて、闇の棺（ひつぎ）に手を触れる。

「開け」

血を一滴棺（ひつぎ）に垂らせば、ガゴンッと蓋がズレて、魔力の粒子となって消えていった。

「《蘇生（インガル）》」

カイヒラムを蘇生（そせい）し、呪いの発動条件を止める。同時にもう一つ魔法陣を描いた。

「《呪詛解滅（ベネリスク）》」

カイヒラムの体に残った呪詛（じゅそ）の魔力とその魔法術式を解き、滅ぼしていく。泥が背後から俺に迫り、再び体が呪われる。それでも構わず、俺は棺（ひつぎ）へ魔法を集中した。少しずつ呪詛（じゅそ）は引いていき、泥が風化し、消え去っていく。数分かけて《呪詛解滅（ベネリスク）》を完了させれば、満ちていた泥は綺麗（きれい）になくなっていた。

「さて」

カイヒラムは気を失っている。蘇生したとはいえ、相当な消耗だ。しばらくは目を覚まさぬだろう。イージェスは今から追っても、見つかるまい。見上げれば、俺はここへ入ってきた場所よりも、遥か地中に沈んでいた。

えぐり取られたようなその場から飛び上がり、遺跡の石段に舞い戻る。トン、と足音を立てて着地し、俺は奥にある神殿へと向かった。しばらく中へ進んでいけば、夜空の壁画がそこにあった。ちりばめられた星々が結界を構築し、中心では蒼い星が輝いている。エレオノールたちが向かった縦穴にあったものと同じだ。

「アルカナ、創星エリアルを見つけた」

《思念通信》を飛ばす。

『わかった』

返事があった後、壁を透過し、《創造の月》アーティエルトノアから、白銀の光が降り注ぐ。壁画の夜空に、《創造の月》が浮かび上がった。優しい光が放たれ、ちりばめられた星の明かりが一つずつ消えていく。やがて、そこには、蒼い星だけが残った。俺が手を伸ばせば、創星エリアルは壁画から抜け出て、手の平の上に収まった。

『星の記憶は瞬いて、過去の光が地上に届く』

アルカナの声とともに、彼女の魔力が月光となりて降り注ぐ。創星エリアルは、俺の魔眼に過去を映し出していた――

§24.【亡霊が得た名】

二千年前。ミッドヘイズ城、玉座の間。

二人の魔族が対峙している。魔導王ボミラスとセリス・ヴォルディゴードだ。戦いはすでに大詰めか、強力な反魔法と魔法障壁の張られた室内は、しかしボロボロに破壊され、紅い炎に燃やされている。ドド、と音が響いたかと思えば、炎に炙られた柱が倒れてくる。二人の間を割るように柱が床に叩きつけられ、周囲に破片を撒き散らした。

視界が遮られた一瞬の隙をつき、セリスが地面を蹴る。瞬く間に魔導王へと接近し、万雷剣ガウドゲィモンを突き出した。その剣身にボミラスの纏ったローブが絡みつき、みるみる覆いつくす。異界とつながる《黒界の外套》が、ガウドゲィモンを飲み込んでいく。反射的に、セリスは魔剣から手を放した。

「もらったぞ」

魔導王ボミラスが、火の粉となって大きく後退する。

「《焦死焼滅燦火焚炎》」

周囲に構築された《獄炎殲滅砲》の立体魔法陣から、ボミラスの炎体に熱線が集中する。輝く真紅の太陽と化したボミラスは一直線にセリスへと突撃する。しかしそれは、彼の誘いだった。セリスは球体魔法陣に右手を突っ込み、ぐっと拳を握り締める。手の平に魔法陣が圧縮され、凝縮された紫電がバチバチと周囲に雷光を撒き散らす。描かれた魔法陣は一〇。そのすべてから紫電が走る。魔法陣と魔法陣が繋(つな)ぎ合(あ)わされ、一つの巨大な魔法陣が構築された。

「《灰燼紫滅雷火電界(ラヴィア・ギーグ・ガヴエリズド)》」

連なった紫電の魔法陣が、撃ち出される。その魔法はボミラスが作り出した《獄炎殲滅砲(ジオ・グレイズ)》を、そして《焦死焼滅燦火焚炎(アヴィアスタン・ジアラ)》を覆いつくす。世界が、紫に染まる。魔眼さえも眩(くら)むほどの圧倒的な光とともに、激しい雷鳴が轟(とどろ)いた。炎という炎が、その滅びの雷によって無残に引き裂かれ、屠(ほふ)られていく。城が激しく揺れていた。

やがて雷鳴が収まり、そこに残されたのは黒い灰燼(かいじん)だけだった。セリスは床に落ちていた《黒界の外套》に手を伸ばし、異界の中から万雷剣を引っぱりあげる。

「隙を見せおったな！」

たった今灰燼(かいじん)と化したはずの魔導王の声が響く。ゴオォォォッと玉座の後ろから、紅(あか)い炎が現れ、それがセリスへ突進する。ボミラスの体は、すでに一度滅びた。それを引き金として、新たな炎の分体に根源が転写されたのだ。

「ともに逝(ゆ)こうぞ、団長(イシス)」

炎体の中に、セリスを飲み込んだ魔導王は、ある魔法陣を描いた。《根源光滅爆(ガヴエル)》。根源が有する未来の可能性すら爆発させ、敵を屠(ほふ)る自爆魔法だ。

「もっとも、余は滅びようと、何度でも蘇(よみがえ)るがのう」

勝ち誇ったように笑みを浮かべるボミラス。セリスは淡々と告げた。

「一番(ジエフ)」

閃光(せんこう)が走った。

「う、ごぉっ……!!」

長く伸びた魔槍が、ボミラスの根源を貫く。姿を現したのは、幻名騎士団の一番。彼が魔槍を縮めれば、それに従い、ボミラスの体が引き寄せられていく。

「……部下を身代わりにするとはのう。うぬらしいことだ……」

「お前の分体はすべて片付けた」

セリスの言葉に、ボミラスはその炎の顔を青ざめさせた。彼は、自らの分体を確かめるが、しかし、魔法線の先にはなにもない。

ボミラスは、通常活動させている以外の分体を自らの領土であるミッドヘイズに隠していた。一つの分体が滅びれば、別の分体に根源を転写し、それを活動させる。端から見れば魔導王は不死身のように感じられただろう。その分体のストックを、幻名騎士団によって残らず滅ぼされていたのだ。

「……それしきで余が、屈すると思うたか？」

「本体も見つけた」

一番が魔法陣を描き、そこから取り出したのは、古めかしいロウソクだった。紅い火が灯っている。そのロウソクこそ、ボミラスの本体だ。奴は本体をロウソクの中に眠らせ、姿を隠し、魔力を隠蔽していた。眠っている間は無力だが、魔力がないため、見つけ出すことは困難となる。本体を安全な場所に隠し、自らの根源を転写した分体にのみ活動させていたのだ。

「……なぜ……？」

「ミッドヘイズから一度も出たことがない魔導王。平和主義と言えば聞こえはいいが、無力な本体を残していくのが不安だったからにすぎぬ」

　ミッドヘイズ領のどこかに本体を隠した、とセリスは当たりをつけた。それも、偶然誰かの手が届いてしまうような場所とは考えがたい。突きつめていけば、自ずと隠し場所は限られる。

「……血に飢えた亡霊ども め……余の秘密に気がついておったか……」

　ボミラスの残る分体は一つ。本体は眠っており、滅ぼすことは造作もないだろう。

「滅ぶ前に吐け」

　セリスはゆるりと歩いていき、ボミラスの分体の前に立つ。

「奴をどこへやった？」

「……奴とは？」

　無言でセリスはボミラスを睨みつける。その殺気に、魔導王は気圧された。

「よく知っているはずだ。ツェイロンの集落にいた奴を」

「……なんのことか、わからぬのう……うぬは、勘違いをしているのではないか？」

　セリスは《契約》の魔法陣を描いた。

「喋れば、この場で本体だけは滅ぼしはせぬ」

　熟考するように黙り込んだ後、魔導王は口を開く。

「……あれには手を出さぬ方がよい」

「居場所を吐くか、滅びるか。選べ」

　聞く耳持たぬとばかりにセリスは選択を突きつける。

「……暴虐の魔王。アノスといったか」

ふいに、ボミラスはその名を出した。

「ただ滅ぼして歩くだけの名もなき亡霊であるうぬが、手を結んでいる若造は」

セリスはただじっとボミラスを睨みつけている。

「ようやく辿り着いてのう。あやつは、ヴォルディゴードの血統であろう?」

セリスは答えない。ボミラスは更に続けた。

「うぬはずっと隠してきた。その力を、魔族を統一することのできる支配者を。余に知られぬように、成長するまでその存在を気づかせなんだ」

窮地に立たされながらも、ボミラスは言う。

「なにを企んでおる? 魔王の力ならば、荒くれどもが闊歩するディルへイドを今よりもマシな国にすることができるであろう。それを望ましく思わぬか? 争う場がなくなっては、亡霊がいる意味などないのだからのう」

セリスは耳を貸さず、冷たい視線を魔導王に向けるばかりだ。

「あの魔王が、ヴォルディゴードの血統ならばだ。野放図に育てれば、行き着く先はうぬと同じく亡霊ぞ。余を滅ぼすのは、今のうち平和の芽を摘んでおこうということか?」

「気が済むまで囀ったか」

万雷剣に紫電を走らせ、セリスはそれをボミラスに突きつける。

「選べ」

諦めたように、ボミラスはため息をつく。そうして、《契約》に調印した。

「奴はゴアネル領、雷雲火山におる」

「やれ、一番」

ボミラスが険しい表情を覗かせた。《契約》を交わしたのはセリスのみ、確かに一番ならば、魔導王を滅ぼすことができる。だが、彼は躊躇したように、すぐに槍を振るわなかった。

「なにをしている？　さっさとしろ、一番」

一番は苦々しい顔を魔導王に向けた後、俯き、そして言った。

「……滅ぼす必要は、ないのではありませんか」

「なに……？」

「魔導王の言う通り、魔王による新しい時代が来るのかもしれません。魔族が争う時代が終わるのなら、なぜ滅ぼす必要があるのですか？」

「言いたいことがそれだけなら、滅ぼしてから考えろ」

「……師よ。あなたは、新しい時代を望んではいないということですか？」

「やれ」

ヒヒヒヒ、とボミラスが笑う。

「無駄よ、無駄。一番。変われぬ者はおるものだ。今この時代が素晴らしいと思う者はいるものだ。平和を憎み、滅びに歓喜する。それがヴォルディゴードの血であるがゆえに」

ボミラスがその炎の手を、本体のロウソクへと伸ばし、つかみとった。

「こんな男に義理立てする必要はないぞ。のう、一番。いや、冥王イージェス」

冥王、そう呼ばれたことで一瞬、一番に動揺が走る。彼は自分の師に視線をやった。

「うぬも時代を変えたくて、亡霊とは違う生き方を目指したのであろう？　ならば、さっさと袂を分かつがよい。この男は、どこまで行ってもただの狂気にまみれた亡霊ぞ」

ボミラスの炎体がロウソクに燃え移る。ゴオォォオォッとその火が激しく燃え盛り、溢れ出した膨大な魔力が、火の粉となって立ち上った。

「ではのう、団長。うぬの時代もそろそろ終わ——がぁっ……!!」

逃げようとしたボミラスの分体に万雷剣が突き刺さり、セリスは紫電にて滅ぼした。分体に限っては、《契約》の範疇の外だ。

「死ね」

一閃。ロウソクを切断し、紫電にて灰にすると、ボミラスの本体は死んだ。だが、《契約》に従い滅びてはいない。

「……おのれ……覚えているがよい……」

紫電がまとわりつき、《蘇生》を封じられたボミラスは《転生》の魔法を使い転生した。

決着は、ついた。しかし、本来ならば、滅ぼす手筈のはずが、一番はそうしなかった。

セリスが、一番に視線を向けると、彼は気まずそうに視線を逸らす。そのまま二人は、無言で立ちつくした。どのぐらいそうしていたか、やがて、諦めたように一番は口を開く。

「……事実です……ボミラスの言ったことは……」

自らが冥王イージェスだと、彼は白状した。

「知っていた」

一番は驚いたような表情を向けた。冷たく、セリスは言葉を続ける。

「亡霊になりきれぬ愚か者め。俺のために滅びろと言ったが、最早、使い物にならぬ」

　セリスは万雷剣を魔法陣に収納し、踵を返した。

「せいぜい新しい名とともに生きていけ」

　彼は去っていき、後には一番だけが残された。

§25.【勇者失格】

　薄暗い一室だった。カチャ、と室内のドアが開き、明かりが差し込む。入ってきたのは、短いアッシュブロンドの男、勇者カシムである。彼は室内に視線を巡らせる。武器庫だ。様々な魔法具、剣や槍、弓が置いてある。中には聖剣もあった。

「問題ない。各自、自分の武器を回収するがいい」

　カシムがそう口にすると、武器庫には勇議会の者たちが入ってくる。すでにもう一つの牢獄を破ったのだろう。彼らの中には、勇議会の会長を務めるロイド・エゲリエスもいた。

　エミリアとラオスを除けば、勇議会の全員がそこに揃っているようだ。彼らは、奪われた武器や魔法具を回収していく。

「おいで、ぼくの聖剣」

　大聖土剣ゼレオと大聖地剣ゼーレが飛んでいき、ハイネの手に収まった。彼はすぐそばに立てかけられていた聖炎熾剣ガリュフォードに視線をやる。ハイネはさりげなくそれを回収すると、魔法陣に収納した。

「レドリアーノ。ベイラメンテはあった？」

ハイネがレドリアーノのもとへ歩み寄ると、彼はまっすぐ武器庫の奥を見つめていた。壁にかけられたランプの上にハヤブサがとまっている。ハイネがレドリアーノを振り向くと、彼はこくりとうなずいた。

「それは念のため、処分しておいた方がいいだろう」

カシムがやってきて、腰に下げた剣を抜く。

「ご安心を」

レドリアーノが眼鏡を人差し指でくいっと上げる。すると、ハヤブサが飛び立ち、レドリアーノの腕に止まった。

「私の使い魔です」

「そうか」

カシムは武器庫の奥に移動し、そのまま壁を剣で斬り裂いた。足で蹴り飛ばせば、くり抜かれた壁が外側に倒れていく。空が見え、壁が落下していった。

「急げ。すぐに気がつかれるだろう」

勇議会を先に逃がすようにカシムは促す。まずは会長のロイドから《飛行（フレス）》で飛び上がり、要職から順に次々と魔導要塞を脱出していく。最後に残ったのは、カシム、レドリアーノ、ハイネである。

「さあ、そなたたちも」

ハイネが先に、次にレドリアーノが外へ飛んでいくと、僅かに遅れてカシムが《飛行（フレス）》で追いかけてきた。《創造建築（アイリス）》の魔法で、壁を元に戻していたのだ。彼らは魔導要塞の敷地から出ると、すぐに着地して、目立たぬよう魔法を使わず走っていく。

　エティルトヘーヴェの遺跡都市をしばらく進んだ後、人気のない広場で立ち止まった。

「皆聞いてほしい」

　勇議会の者たちへ、カシムが堂々と声を発した。

「ここにいる半数の者が目撃した通り、勇者学院の学院長エミリア・ルードウェルはアゼシオンに弓を引く反逆者だった」

　勇議会は皆、表情を険しくした。ハイネとレドリアーノだけは冷静にそれを聞いている。

「魔族がすべて悪とは言わないが、彼女はディルヘイドの暴虐の魔王、アノス・ヴォルディゴードの取り計らいによって、勇者学院の学院長に収まっていた魔族だ。あの裏切りが、魔王の指示であることは明白であろう」

　辺りがざわつく。その場を収めるように、勇議会会長ロイドが言った。

「……しかし、あのエミリア学院長が、そんなことをするとはとても。彼女はアゼシオンのために、日々身を粉にするような努力を続けてくれた。学院での評判も高く、生徒たちにも慕われている。なにかの間違いではないかね？」

「そなたたちの困惑もわかる。なぜなら裏切るのが得意な者というのは、なによりも信用させるのが得意だからだ。彼ら魔族はその術に長けている。残念ながら、エミリア学院長は……」

　心苦しそうにカシムは言った。

「すべては魔導王に会えば、はっきりすることだ。恐らくは、奴も魔王と通じている。魔導王を倒さなければ、ガイラディーテへ帰ることさえままならないだろう」

毅然（きぜん）とした態度で彼は、勇議会へ訴える。

「現代の勇者たちよ！　どうか力を貸してほしい。時代の変化についていくことのできない、二千年前の魔族たちをこの手で討つ。この勇者カシムが。そのためには、今、そなたたちの力が必要だ」

勇議会の面々は戸惑ったような様子だ。会長のロイドが言った。

「助けてくれたことには礼を言うが、すべてを信じることはできない。不作法だとは思うが」

ロイドは《契約（ゼクト）》の魔法陣を描く。虚言を禁じ、ガイラディーテに戻るまでは全面的に勇議会に味方するといった内容だ。もしもそれを破れば、魔法によって自らが拘束される。

「無論、当然の疑念だ」

迷わず、カシムはそれに調印した。

「今言ったことはすべて真実だ。私は勇者として、正しき正義の名のもとに戦うことをここに誓おう。この身が果てるまで、勇者カシムは正義の味方であり続ける」

今の言葉が嘘（うそ）ならば、《契約（ゼクト）》に反しているとして、カシムは魔力で拘束されるはずだ。彼になんの力も働かないのを見て、勇議会の面々はほっと胸を撫（な）で下ろした。

反面、彼らは複雑そうな表情を浮かべている。エミリアを思ってのことだろう。

「どうか？」

ロイドは迷うような素振りを見せる。すると、レドリアーノが彼に近寄り、耳打ちをした。

「……信じがたいが、信じざるを得ない。なにはともあれ、その魔導王という者を退け、ともに協力してここから出よう」

「ありがたい。だが、その前に確かめておかなければならないことがある」

カシムは《契約(ゼクト)》の魔法陣を描いた。

「この中に、魔王と手を結んだ裏切り者がいる」

勇議会の者たちがいっそうざわつく。

「まさか……」

「魔族はエミリア学院長だけ。彼女の裏切りさえも、なにかの間違いではないかと思うのに、他に魔王と共謀しそうな者など……」

「我々勇議会は皆、アゼシオンのために立った者ばかり。ここで裏切ることに、なんの利があるというのか」

信じられないといった顔で、彼らは互いに視線を向ける。その瞳には、ほんの僅かに疑心の種が植えつけられていた。

「いないのならば、それで構わない。だが、念のためだ。お互い安心するために、この《契約(ゼクト)》に調印してくれ。裏切り者でなければ害はない」

その《契約(ゼクト)》の内容は、調印した者が裏切り者だった場合、誰の依頼でなにをしようとしているかを洗いざらい白状する、といったものだ。

「まずは、そうだな。レドリアーノと言ったか。そなたから調印してくれ」

レドリアーノが眼鏡の奥から《契約(ゼクト)》の魔法陣を睨(にら)む。怪しいとは思っているのだろう。牢(ろう)獄(ごく)でのエミリアの行動は、彼にとってはおよそ信じがたいことだ。レドリアーノたちを救出しようとしていたエミリアが、途中でカシムと出会い、互いに信用のために《契約(ゼクト)》を交わした、というのは想像がつく。ならば、その《契約(ゼクト)》になにかある、と疑うのが当然と言えよう。

そんな魔法に心当たりがなくとも、二千年前が自らの常識を遙(はる)かに超えた世界だというのを、身をもって味わっているのだから。しかし、彼の魔眼では、どれだけ凝視しても、カシムの《契約(ゼクト)》に問題を見つけることはできなかった。

「どうした？　調印できない理由でもあるのか？」

カシムが疑うようにレドリアーノを見る。周囲にいた勇議会の者たちが、疑惑の目を彼に向けた。

「あるわけないじゃん」

レドリアーノが口を開こうとすると、先にハイネが言った。

「ただ二千年前の勇者だからって、いきなり現れて仕切られるのが気に入らないだけだよ」

「それは礼を失した。だが、これだけは済ませておきたくてな。そなたから先に調印してくれるか？」

「いいけどさ。あんたも一緒に調印してくれる？」

カシムが訝(いぶか)しげな表情を浮かべる。

「私はすでに味方であることを証明したはずだが？」

「じゃ、いいじゃん。念のためだよ、念のため。二千年前の勇者様だからさ。もしかしたら、僕たちの魔眼(め）を欺く魔法も使えるかもしれないと思ってさ」

カマをかけるようにハイネは言った。

「そういうことなら、構わない」

「じゃ、同時だよ。せーの」

二人は同時に、その《契約》に調印した。勇議会の者たちが息を呑む。

そして――ハイネは言った。

「あーあ、勘が鋭くてやんなっちゃうなぁ。確かに僕は魔王の手先だよ。人間を支配するために、勇議会を一網打尽にしようとしたのさ」

ハイネが二本の聖剣を魔法陣から抜く。見えない魔法に操られているかのように。

「な……なんと……!?　勇者学院の生徒が、魔王の手先だったとは……」

ロイドが驚きの表情を見せる。同時に調印したカシムに影響がないことにより、尚更、ハイネが魔王の手先だというのは信憑性が高まった。ロイドを庇うようにカシムが、その前に立つ。

「下がれ。この者は私が片付ける」

「勇者カシム。厄介な奴め。暴虐の魔王に仇なすお前には、死んでもらうよ」

ハイネが一歩前へ踏み出した瞬間、突如、彼の全身から血が溢れ出た。がくん、と膝をつき、ハイネはその場に倒れる。

カシムは剣を抜いていない。それどころか、戸惑ったようにその姿を見ていた。

「……ばーか……」

ハイネが言う。カシムの首筋に、聖海護剣ベイラメンテが突きつけられていた。

「どなたが裏切り者か、これではっきりしたようですね」

レドリアーノが言う。

「……そなたも魔王の手先か？」

「まだおわかりになりませんか？　ハイネが倒れたのは、わたしの《契約》の効果です」

カシムがはっとした表情を浮かべる。

「あなたの《契約》になんらかの仕掛けがあると睨みましてね。しかし、エミリアが見抜けなかったほどです。わたしにも、そのタネを暴くことはできないでしょう。だから、もしもハイネが体を操られた場合には、魔力を暴走させ、ああやって動けなくなるように《契約》を交わしておいたのです」

レドリアーノが魔法陣を描き、その《契約》の内容をカシムと勇議会の者たちに見せる。

「私ではない。魔導王が私の《契約》に合わせ、罠を仕掛けたのだろう。私を裏切り者に見せるために」

毅然とカシムは言った。

「どちらも可能性があります。ですので、念のため、あなたを拘束させていただきます。あなたが本当に勇者だというのならば、従ってくださいますね？」

「……承知した」

「彼を拘束してください。すぐに勇者カノンが来ます」

瞬間、ガギンッと剣と剣がぶつかり合う音がした。聖海護剣ベイラメンテが、宙に舞う。カシムは目にも止まらぬほどの早業で剣を抜き、それを払い飛ばしたのだ。

「騙されていれば、死なずに済んだものを」

カシムの剣がまっすぐ、レドリアーノの胸を貫く。

「……ぐぅっ……！」

血が溢れ、聖痕が浮かぶも、構わずレドリアーノはカシムの腕をつかんだ。

「逃げてくださいっ！　早くっ！」

レドリアーノの声に従い、勇議会の者たちはすぐさま駆け出した。

「勇者のフリが得意なことだ。己を犠牲にし、人々を助ける正義を演じるとは」

更に深く剣を押し込み、カシムはぐりぐりとレドリアーノの胸を抉る。

「がはぁっ……!!」

大きな聖痕がその傷に浮かび、激痛が彼を襲う。それでも、仲間を逃がすため、レドリアーノは手を放さなかった。

「その虚飾にまみれた行為をなんというか知っているか？」

手を振り払い、剣を抜いて、カシムはレドリアーノを滅多斬りにした。全身から血が噴き出し、夥しい数の聖痕が浮かぶ。

「無駄死にだ」

力尽き、レドリアーノはその場に倒れた。

「そなたの勇気は報われない。なぜなら、それは欺瞞に満ちているからだ」

カシムは剣先で魔法陣を三〇門描く。聖なる火の玉がそこから現れた。《大覇聖炎》。ラオスのものとは比べものにならないほどの聖炎が、駆けていく勇議会の者たちを、後ろから狙い撃った。広場が爆発し、瞬く間に火の海と化した。

「守れなかったな。そなたたちも、勇者失格だ」

「残念だけど――」

声の方向へカシムは視線をやった。《大覇聖炎(サイフィオ)》があっという間に消え去ったかと思えば、黒いオーロラが、勇議会の者たちを守っていた。誰一人とて、死んではいない。

二人の男女の姿があった。レイと真体を現したミサだ。

「君に認められなくても、彼らは勇者だよ、カシム。君よりもずっと」

かつての兄弟子に向かって歩きながら、レイは言った。

「彼らの勇気と絆(きずな)が、君の奸計(かんけい)を見抜き、ここにいる全員を守ったんだからね」

§26.【選ばなかったのは】

レイの視線がカシムを貫く。それを受け流すように、彼は空を旋回しているハヤブサを睨(にら)む。

「あのハヤブサは、そなたものだったか」

カシムは魔導王を倒す、と言っていた。それが事実かはさておき、そう振る舞うのならば、勇議会全員を救出した後、次は奪われた武器を回収しに行くはずだ。それを予想し、レイは先回りして、武器庫にハヤブサを潜り込ませておいた。自分自身が待ち伏せしなかったのは、敵地の真っ直中である魔導要塞で、事を起こすわけにはいかなかったからだ。

レイの思惑通り、勇議会は無事に要塞から脱出できた。その後、使い魔であるハヤブサの目を通して居場所を確認し、この場に追いついたというわけだ。

「君は、どうしてそんなに勇者を貶めようとするんだい？」

レイは真剣な表情で、カシムに問うた。

「貶める？　そなたはおかしなことを言う」

生真面目な表情を崩さず、カシムは言葉を返した。

「そなたこそ、よく知っているだろう。虚飾の栄光、実体なき英雄。人間が作りあげた偶像、それが勇者だ。私はただその真実を暴くまで」

「確かに作りあげられた部分もあったかもしれない。だけど、それは人々を守り、勇気づけるためだ。二千年前、魔族の侵攻に苦しんでいた民には嘘でも勇者というお伽噺が必要だった」

カシムの言葉に、レイは真っ向から反論した。

「いつか人々に平和をもたらす英雄が、必要だったんだよ。それで、助かる命もあった」

「嘘は嘘だ。間違ったやり方で助かる命に、なんの意味があろうか」

カシムはそう一蹴し、更に言葉を続けた。

「死ぬべきであった。嘘で助かるぐらいならば、真実を抱いて死ぬのが人の道。嘘にすがってまで生きるなど、人間として恥ずべきことだ」

怒りと悲しみをない交ぜにした瞳で、レイはカシムを見つめる。

「命はそんなに軽くはないよ。なにをしてでも、どんな手段を使ってでも、人を助けたいと思うのが、そんなに間違っていることかい？」

「そうまでして生きて、罪悪感を覚えないなら人間失格だ。甘やかされて生きるならば家畜同然。我々人間は強く厳しく、なにより正しく生きるべきだ」

「君がもしも霊神人剣に選ばれていたなら、同じことを口にしたかい？」

「そなたは誤解している。霊神人剣が私を選ばなかったのではない。私が霊神人剣を選ばなかったのだ」

誇らしく、堂々と、自らの正義を示すようにカシムは言った。

「勇者も、霊神人剣も間違っているからだ」

「……なにが間違っているんだい？」

「今口にした通りだ。虚飾にまみれた吐き気のするほどの巨悪。人々を、嘘に堕落させた勇者と霊神人剣を、私は討つ。勇者ではなく、ただカシムという名の正義のもとに」

レイは倒れたハイネとレドリアーノに視線を向ける。

「たとえ、勇者が間違っているとしても、君がやろうとしていることに正義はないよ。人の心を欺き、ねじ曲げ、傷つけて、それで満足かい？　正義を謳いながら、君は同じように嘘をついている」

「私は調整しているにすぎない。勇者が世界を歪ませた。美化された勇者の名を、本来のものにしているだけのこと。勇者が嘘にまみれた生を演出するならば、同じく嘘にまみれた死をそこに突きつける」

「罪もない人を傷つけることの、なにが調整だって？」

語気を強めてレイは言い、続けて問い質した。

「誰かを傷つけてまで、それはしなければならないものかい？　どうでもいいことじゃないか」

「罪はある。霊神人剣とそなたが犯した罪が」

　さらり、とカシムは言ってのけた。

「先祖の因果が子孫に報いたのだ。これがそなたたちの暴挙の結果だ。狂ったものをただ戻しているにすぎない。本来は崇拝に値する存在ではないのだ、勇者というものは。虚飾の英雄を目指し、尊敬することほど、見ていて哀れなものはない」

　大真面目な顔で、揺るぎのない口調で、彼は高らかに謳う。

「カノン。他人のせいにしているつもりかもしれないが、これはそなたたちが犯した罪だ。現代の勇者たる彼らがここで伏した。私が悪いと断罪していれば、気は楽だろう。だが、そなたが真に勇者だというなら目を背けてもらっては困るな」

　カシムは正義は我にありと言わんばかりだった。

「それが、どうでもいいだと？　自らの罪を消したい者が吐く都合のいい台詞だな、カノン」

「……カシム。戦いは終わったんだ。霊神人剣に選ばれることに今はもうなんの意味もない。たとえ選ばれなくとも、君は確かに勇者として沢山の命を救っていた。だから、もう」

「何度も言わせるな」

　鋭い口調で、カシムは言葉を放つ。

「私が選ばなかったのだ！　あの聖剣が虚飾に満ちていることを、私が見抜いたのだっ！」

　カシムが手を上げると、辺りには火矢をつがえた人間たちが現れた。兵士ではない。その魔力の弱さ、服装からして、無関係の街の住人といったところか。《契約強制》にて、操られているのだろう。

「暴いてやるぞ、カノン。そなたの嘘を。霊神人剣の誤った選定を」

一斉に火矢がレイに向かって放たれる。住民たちは剣を抜き、レイに向かって特攻をしかけてきた。

「無関係の人間を傷つければ、勇者失格とでも言いたいんですの？」

ミサが言い、魔法障壁にて火矢を阻む。漆黒の鎖が特攻してきた数十人を縛り上げ、続いて火矢を放った人間たちに巻きつき、あっという間に無傷で拘束した。だが、その一瞬の隙をつき、カシムは逃げの一手を打った。彼らの前から、姿を消していたのだ。

「逃げ足の速いことですわ」

ミサはハイネとレドリアーノに魔法陣を描くと、聖痕を消し、《総魔完全治癒》をかける。

「ハイネ君っ、レドリアーノ君っ」

エミリアが血相を変えて、ここまで走ってくる。後ろには勇議会の者たちと、魔王学院の生徒がいた。

「心配いりませんわ」

エミリアはほっとした後、鋭い口調でレイに訊いた。

「勇者カシムはどうしました？」

「逃げられました。ですが、まだ追いつけます」

ミサがふっと微笑し、空を指した。

「使い魔に追わせていますわ」

「ここからは別行動を。僕たちはカシムを追います。エミリア先生はシャプス皇帝を」

「わかりました」

レドリアーノとハイネの傷が完全に癒え、二人が目を覚ます。彼らは呆然とエミリアたちに視線を向けた。レイが差し出した手をつかみ、二人は起き上がった。

「レドリアーノ君、ハイネ君。ラオス君と一緒に、できるだけ安全な場所に移動して、勇議会の方々を守ってください。詳しいことはラオス君から聞くように。わたしは魔王学院とともに、シャプス皇帝を押さえます」

「わかりました」

レドリアーノが答えた。ハイネは魔法陣から、聖炎熾剣ガリュフォードを引き抜き、ラオスに差し出す。

「ほら、拾っておいてあげたよ」

「ありがとよ」

エミリアが振り向けば、遠巻きに様子を窺っていた魔王学院の生徒たちが、集まってきた。第一皇女のロナも一緒だ。

「ロナ様、王宮へ案内してくれますか？　できるだけ最短距離で。途中にいる兵士は、すべてわたしたちが片付けます。危険を伴うかもしれませんが……」

「……大丈夫です。きっと、父を説得してみせます……」

エミリアはうなずく。彼女とて、それがうまくいくとは思っていないだろう。無論、説得できるに越したことはないが。

「行きましょう」

ロナの案内に従い、彼女たちは王宮の方向へ向かう。

「レイ君、ミサさん。あなたたちなら、なにも心配いらないと思いますが、無理はしないでくださいね」

レイは笑顔でうなずいた。

「はい」

「先生こそ、気をつけた方がいいですわ。敵は人間だけとは限りませんもの」

エミリアは真剣な表情で応じた。

「ええ、わかっています」

レイとミサは、《飛行(フレス)》を使い、空へ舞い上がった。目立つことは間違いないが、悠長にしていれば、逃げられてしまう。二人は使い魔で監視しているカシムを追って飛んでいく。

「どこに行きそうかな?」

「遺跡都市の縦穴の中へ入っていきましたわ。四一番目です」

「罠(わな)だろうね」

「そうですわね」

その縦穴になにかを仕掛けているのは、想像に難(かた)くない。

「ミサ。頼みがあるんだけど、いいかな?」

「手は出しませんわ。あなたが決着をつけられるように、ただ見守ります。嫉妬で歪(ゆが)んでしまわれたあの愚かな男に、現実を突きつけてきてやってくださいませ」

レイは悲しげに微笑む。高速で空を行く彼らの前に、遺跡の縦穴が見えてきた。その中へ二人は突っ込み、みるみると下りていく。

「カシムのことを考えると、いつも思うんだよね」

レイが静かに言葉を発する。

「もしも、霊神人剣に選ばれたのがカシムだったら、僕はどうなっていたんだろうって」

「あら、そんなことを考えますの？」

下りれば下りるほど細くなる縦穴を落下しながら、二人は身を寄せ合い、手を握る。

「気になってね。なにが彼を変えてしまったのか。理解したいんだ。もしかしたら僕も、ただ運がよかっただけなのかもしれないって」

「二千年前、霊神人剣にレイが選ばれなかったら、どうなっていたか。そんなの、答えは簡単ですわ」

驚いたように目を丸くし、レイは彼女の顔を覗く。ふっとミサは微笑し、当たり前のように言った。

「それでもあなたは魔王と戦い、わたくしと恋をしましたわ」

§27. 【魔王学院の成長】

エティルトヘーヴェ王宮内。

　レイとミサがカシムを追い、縦穴を進んでいる頃、エミリア以下魔王学院の生徒たちは第一皇女ロナの案内に従って、順調にシャプス皇帝のいる部屋へと進んでいた。

「おかしいですね……」

　足を進ませながらも、エミリアが訝しげに呟く。彼女は周囲をくまなく警戒するように、視線を忙しなく移動させている。

「えと……どうしたんですか？」

　そう尋ねたのは、小さな竜トモグイを肩に乗せた少女、ナーヤである。

「入り口もそうでしたが、警備の兵がまったくいません。いくらなんでも、これだけ静かなのは異常です」

　ナーヤは、僅かに脅えたような表情を覗かせる。

「……罠があるってことでしょうか……？」

「恐らくそうだと思います。どこかで待ち伏せでもしているのかもしれません……」

　一本道の通路に、やがて曲がり角が現れる。エミリアたちは、一旦足を止めて警戒しながらも、慎重にその角を曲がった。そのときだった。ガシャンッと音がして、天井から巨大な鉄の檻が降ってくる。エミリアたちを閉じ込めようというのだろう。

「あれを破壊してくださいっ！　《魔炎》ッ！」

　エミリアの指示で、生徒たちは一斉に空へ魔法砲撃を放つ。威力よりも速射重視で《魔炎》を集中砲火すれば、落ちてきた鉄の檻は、地面に着く前に炎上し、原形を留めないほどにどろりと溶けた。《魔炎》の流れ弾によって、天井にはいくつかの穴が空く。

『かかったな、魔族めっ!!』

どこからともなく、人間の声が響く。穴が空いた天井からは、大量の水が降り注いできていた。それも、ただの水ではない。魔族の弱点である聖水だ。

「退避してくださいっ！」

エミリアが素早く命令を発する。しかし、聖水は上からだけではなく、通路の前からも、後ろからも、勢いよく流されてきていた。その水流の上にイカダを浮かべ、大勢の人間の兵士たちがやってきた。

「シャプス皇帝に弓引く愚かな魔族たちよ。ここが、貴様らの墓場だっ！」

「我々を甘く見て、のこのことやってきたことを後悔させてくれるっ！」

聖水の魔力を使い、人間たちは地、水、火、風の魔法陣にて、魔王学院の生徒たちを結界の中に閉じ込める。

「《四属結界封(デ・イジエリア)》ですっ！　この結界の中では、わたしたち魔族の力は半分以下になりますっ!!　敵の攻撃に耐えつつ、先に風の魔法陣を破ってくださいっ！」

「させるかぁぁっ。撃てぇぇっ!!」

人間の兵士たちが、《聖炎(サイファ)》を一斉放射する。威力は弱いものの、それらは豪雨のように弾幕となった。エミリアは一番前に立ちはだかり、反魔法を張り巡らせる。次々と聖なる炎が着弾しては、激しい衝撃が彼女を揺する。

「わたしがもちこたえている間に、《四属結界封(デ・イジエリア)》の魔法陣を――え……？」

ゴオオオオオオオオォォォォッと魔王学院の生徒たちが放った《魔炎(グレスデ)》が、《聖炎(サイファ)》をいとも容易く飲み込み、更には兵士たちをも炎上させた。

「「「ぐああああああああああぁぁぁぁぁっ!!」」」

「「「ぎゃあああああああああああぁぁぁぁぁっ!!」」」

一〇〇名以上が炎に飲み込まれ、すでにそこは阿鼻叫喚が木霊する地獄絵図だ。

「だっ、だめですっ！　こちらの反魔法はまるで歯が立ちませんっ！　つ、強すぎますっ！」

「なんだとっ!?　馬鹿な、《四属結界封》の中だぞっ！　奴らの魔力は、半分にも満たないはず……!!」

「救援に来たのは魔王学院の生徒ではなかったのかっ!?　二千年前の魔族はいないという情報を得ている。たかだか学生が、なぜこれほどの力をっ……!?」

「生徒であることは間違いありませんっ！」

次々となすすべなく、人間の兵士たちは焼かれていく。それは赤子の手を捻るような一方的な蹂躙だった。

「……まっ、魔王学院は化け物かっ……？　いったい、どんな教育をすれば、こんな」

「はあぁ？　俺たちが化け物？　馬鹿言ってんじゃねえよ」

ラモンが《灼熱炎黒》を両手に纏わせ、言った。

「一回生二組にゃ、正真正銘、化け物みてえな奴らがわんさかいるぜぇっ。俺らはそん中じゃ劣等生もいいところだ。単純に、おめえらが弱すぎんだよぉおっ!!」

黒き火炎が、兵士たちを一掃する。悲鳴を上げながら、奴らはその場に伏していく。

「エミリア先生っ！　こいつら、時間稼ぎの雑魚みたいだぜっ！　本命のおっかねえのがくる前に、とっととやっちまおうぜっ。命令してくれよっ！」

「ええと……ラモン君の……双子のお兄さん、ですか？」

「っなんっでだよっ⁉　ラモンだよ、ラモン。勇者学院に行ったからって簡単に忘れんなよぉっ。大体、双子の兄貴なんていねぇしっ」

エミリアはラモンの顔をマジマジと見る。こんなに強かったかと言いたげである。

「いいから、早く命令してくれって。それとも、なにか考えでもあんのか？」

「いえ……。各自、魔法陣の破壊を優先しつつ、可能な者は敵の殲滅をっ！」

すると、ファンユニオンの生徒たちが、槍を手に突っ込んでいく。

「みんなっ、いっくよぉぉっ‼」

「得意の突きだけは鍛えあげたんだからっ！」

「昇天させてあげるっ！」

「「なんちゃってベブズドォォッ‼」」

いつぞやとは見違えるほどの動きで、彼女たちは剣を手にした兵士たちを貫く。

「ぎゃあっ‼」「ぐふぅっ……‼」「ご、ごはぁぁっ……‼」

バッタバッタと兵士たちは薙ぎ倒されていく。生徒たちによって、《四属結界封》の魔法陣はあっという間に破壊され、彼らは結界から解き放たれる。そうして、一分足らずの間に《拘束魔鎖》の魔法で、敵兵全員を縛り上げた。

まさしく圧勝だ。それでもなお、誰も油断一つしていない。むしろ、圧勝であったことを訝しみ、警戒心をあらわにしていた。

「油断するな。油断するなよぉ。こんな簡単に終わるわけねえ……！」

「……ああ。この前は空は落ちるわ、岩の雨が降るわで、散々だったからな……」

「紫色のすっげぇ雷で、もう世界が滅んだと思ったしなぁ。ぜってぇ、こんなもんじゃねぇだろ。次はなんだ……？」

まがりなりにも死線をくぐり抜けた彼らは、一端の戦士の顔に近づきつつある。今回の戦闘については及第点をやってもいいだろう。

「と、とりあえず、全然大したことなくてよかったですね」

安堵した表情でナーヤが言う。

「……大したこと……ない、ですか？」

エミリアは一番の劣等生だったナーヤを見て、訝しげだ。

「あ、すみません。き、気を引き締めないといけませんよね。そうですすよね。大魔王教練よりも、ずっと危険な実戦ですからね」

「大魔王教練……」

周囲を警戒するナーヤの様子を見ながら、エミリアは一人呟く。

「…………あの魔王……いったい、どういう授業をしたんですか……」

「先生？」

「なんでもありません。急ぎましょう」

再び彼女たちは、通路を進み始める。この罠のために、ほぼ全兵力を投入したのか、それともまた別の場所で罠を構えているのか、すぐには新手が現れる気配もない。やがて、通路の途中に大きな両開きの扉が見えた。

「ロナ様、ここは、なんですか？」

「王宮の最奥にある遺跡に続いています。エティルトヘーヴェの建物はどれも遺跡をそのまま残す形で建てられてますから。皇帝がいるのとは、また別の場所です」

「そうですか。じゃ、関係なさそうですね」

エミリアがそう言って、先へ進もうとする。

「あ、エミリア先生待ってください」

エレンがなにかに気がついたように声を上げた。

「……どうしました？」

ほんの少し、気まずそうにエミリアが尋ねる。それもそうだろう。かつて彼女はファンユニオンの少女たちを傷つけ、殺そうとさえした。気に病んでいるのだろうが、しかし、今この敵地で話すことでもない。エミリアは、平静を装いつつ、エレンの顔を見つめていた。

「たぶん、この奥の遺跡にある壁画に、創星エリアルがあると思いますっ。アノシュ君が《思念通信》で言ってました」

一方のエレンは過去のことなどすっかり忘れたといった調子でエミリアに接している。

「魔王の記憶ですよね……わかりました。回収していきましょう」

エミリアが、両開きの扉に手をやる。ぎぃ、と古めかしい音を立ててそれは開いた。奥は広大な中庭のようになっており、空が見える。古い遺跡のような階段や柱があった。

「行きますよ」

エミリアを先頭に、魔王学院の生徒たちは慎重に、その遺跡を歩いていく。魔眼を周囲に巡らせているが、人や罠の気配は特になかった。

『きな臭い、きな臭いではないか』

その声に、エミリアは目を丸くしてナーヤを振り向いた。

「ち、違います違いますっ。これです」

ナーヤは魔法陣を描くと、そこから一本の杖を取り出す。手元にドクロがついているのだが、それがカクカクと顎を震わせて声を発した。

『きな臭い、きな臭いではないか』

エミリアが、視線を険しくしてそれを見る。

「……なんですか？」

「熾死王先生からもらった《知識の杖》なんですけど。先生の知恵と知識が入っていて、聞くと色々教えてくれるんです。聞かなくても今みたいに勝手に喋り出すんですけど」

「……勝手に喋り出すんですか」

エミリアは意味のわからない魔法具だ、と言いたげだった。

「ちょっと熾死王先生みたいですよね。声もそっくりですし」

『きな臭い、きな臭いではないか』

「でも、勝手に喋り出すときは大体意味があるんです」

そう言って、ナーヤは杖に魔力を込めて、話しかけた。

「なにがきな臭いんですか、杖先生？」

『カカカ、竜だ。竜がいるではないか。デカい奴が』

「竜？」

ナーヤは小首をかしげて、肩に止まっている小さな竜、トモグイを見た。すると、トモグイはクルゥウッと小さな声で鳴いた。彼女は、はっとした。

「み、みんな止まってっ！」

大きな声でナーヤが言うと、魔王学院の生徒たちが足を止めた。

「どうしたの、ナーヤちゃん？」

ノノが訊く。

「その先、たぶん、地中に竜がいるから」

すると、誰かが迷いなくラモンの肩を叩いた。

「出番だ、ラモン」

「はぁっ⁉　なんで俺がっ⁉」

もう一人の生徒もラモンの肩を叩く。

「行ってこい。得意だろ」

生徒全員の目がラモンに突き刺さり、渋々とばかりに彼は一人、前方に走った。

「死んだら、すぐ蘇生してくれよっ‼　三秒以内だぞっ！」

あえて足音を鳴らしながらラモンが走っていくと、ドゴォォオンッと地面が割れ、そこから巨大な竜が姿を現した。蒼い鱗と皮膚を持った異竜である。

「うっぎゃあああぁぁぁぁぁぁぁぁぁぁぁあっっっ！！！」

ラモンは寸前でダイブして、地中からの異竜の突進を、かろうじてかわしていた。

「先生っ、《竜縛結界封》をっ！」

「わかっていますっ‼」

すぐさまエミリアは魔法陣を描き、蒼き異竜を縛りつける魔法の糸を張り巡らせた。

呻き声を上げながら、《竜縛結界封》に異竜は絡め取られる。ギィイイン、ギィイインッと音が発せられ、その力を削いでいく。だが、その蒼き異竜は並ではなかった。絡みついた《竜縛結界封》の糸が、竜に触れているだけで、たちまち凍りついていく。すべての糸が凍ってしまえば音は発せず、結界の力は弱まるだろう。引きちぎられるのは時間の問題だ。

「長くはもちません……。創星エリアルだけでも回収できればいいんですが……」

「大丈夫です。あれは食べていいよ、トモッ」

クゥルルルッと小さな竜トモグイが一鳴きすると、ザザッと奇妙な音が響く。音の竜である神竜を食べたときに得た能力で、トモグイは異竜の体をみるみる縮めていく。瞬く間にその巨体は、手の平に乗るぐらいのサイズになった。

「え……？」

エミリアの疑問をよそに、トモグイが異竜をパクリと食べる。満足げなその口からは、ふーと蒼い冷気が漏れていた。

「あ、この子。竜なら、大体なんでも食べちゃうんです。あれぐらいの大きさだったら、ちょうどいい量みたいで」

唖然としていたエミリアに、ナーヤが説明した。

「…………そうですか……」

なにがなんだかわからないといった表情を浮かべながらも、エミリアは気を取り直し、先へ進んだ。長い階段を上れば、突き当たりの壁一面に巨大な壁画が描かれていた。夜空を描いたものだ。

「……あれ、ない……？」

エレンが言うと、ジェシカが同意した。

「うん。魔力の残滓（ざんし）はあるみたいだけど……」

ミリティアの魔力は微（かす）かに見えるものの、そこにあるのはただの絵だ。魔法で創られた夜空も、ちりばめられた星々の結界も、創星エリアルもそこにはない。

すでに誰かが持ち去った後であった。

§28．【奪われた創星】

イージェスのいた三〇番目の縦穴から出た後、俺は遺跡都市エティルトヘーヴェに建てられた物見櫓（やぐら）の上に立ち、街を一望していた。

『アノス』

ミーシャから《思念通信（リークス）》が響く。

『縦穴の最下層についた』

『たぶん、ここが最古の遺跡バージーナだわ』

サーシャが言う。

「エリアルはあったか？」

『壁画はあるんだけど……』

ミーシャの魔眼に視界を移せば、辺りは古い魔石で作られた神殿だった。目の前には夜空を描いた壁画があるが、魔力の伴わないただの絵だ。すでに創星エリアルが持ち出された後なのだろう。

「兵士が沢山ここに入っていったのを見たって第一皇女が言ってたから、ここのエリアルは先に掘り出したのかしら？」

『ふむ。王宮の壁画のエリアルも持ち出されていた。少なくとも、これで二つはすでに何者かの手に落ちているということか』

「うーん。アノスに知られたくないんだったら、もうとっくに壊してるわよね？」

『まだわからぬ』

俺に記憶を取り戻させたくなかったのはセリスだ。しかし、奴が単純にエリアルを壊すだけで満足するとは思えぬ。セリスの手に落ちたとも限らぬしな。たとえば魔導王ならば、俺との交渉に使うといったことも考えられよう。

『エリアルを掘り出したなら、どこかに隠しておくよりも、強者の手元に置いておくのが最も安全だ。持っているとすれば勇者カシムか、魔導王ボミラスの可能性が高い』

「カシムはレイがなんとかするだろうから、ボミラスを見つければいいのかしら？」

『創星エリアルが映した過去にあった通り、奴は分体の他に本体を持っている。普段は根源を転写した分体を活動させ、本体は安全な場所に隠してあるはずだ。魔力をゼロにしてな』

　いくら分体を滅ぼそうとも、本体を見つけ出さぬ限りは埒が明かぬ。

『この街のどこかにいるはずだ』

「うーん。でも、魔力を消してるんじゃ捜すのも一苦労よね」

　サーシャは唸った後に、くるりと踵を返した。

「とりあえず、ここにいても仕方ないし、行こっか。ボミラスの本体を探す方法を考えましょ」

　最古の遺跡を後にしようとして、サーシャはふと立ち止まった。ミーシャがじっと壁画を見たままだった。

「どうしたの、ミーシャ？」

「なにかある」

　彼女は壁画のそばまで歩いていき、顔を近づける。その魔眼で壁と描かれた絵を睨んだ。

「この後ろ」

「本当に？　全然魔力なんて感じないけど？」

　サーシャは首を捻りながらも、ミーシャ同様壁に魔眼を向ける。確かに魔力は見えぬ。

『ならば、余計に可能性はあろう。わざわざ本体の魔力を消しているのだからな。あからさまに怪しい場所には、隠れていまい』

　ミーシャは振り返り、すっと両手を差し出す。こくりとうなずき、サーシャはその手を取った。互いに半円を描く魔法陣をつなぎ合わせ、その上からもう一つの魔法陣を描く。

「『《分離融合転生》』」

光とともに二人の体が一つになり、銀髪の少女アイシャに変わった。

「いくわよっ！」『透明な氷』

アイシャの瞳に浮かんだ《創滅の魔眼》は、その広大な神殿をみるみる氷に変えていく。壁画だけではなく、天井も、壁も、柱も、地面や地中、そこに埋まっている石ですら冷たい氷に変わった。それらは完全に透き通っており、内部まではっきりと見通せる。壁画の方向、かなり下に沈んだ位置に、一つだけ氷に変わっていない物体があった。火のついたロウソクだ。

「あれって……？」『魔導王の本体』

過去で見た物と同じく、そのロウソクは古めかしい。また形や装飾なども同じだった。

アイシャはその方角を一睨みして、氷を一部水に変えた。

「おいで」

ミーシャの声とともに、水が壁画から溢れ出し、その水流に乗ってロウソクが流れてくる。水の中に浸されているというのに、ロウソクの火が消える気配はない。やがて、壁画から飛び出したロウソクをアイシャが手にする。

「あっけないわね……魔導王って、目覚める前は抵抗できないんでしょ？」『どうする？』

『二千年前、ボミラスは本体の在処を幻名騎士団に突き止められ、実力を出す前にあわや滅ぼされかけた。同じ轍を踏むとは思えぬ』

「あ……言われてみれば、そうよね。ってことは、滅ぼしたら、なにか起こるのかしら？」

『魔導王が馬鹿でなければな』

「氷の結晶に変える？」

あのロウソクは、分体の炎を移すことにより、本体の根源が目覚める仕組みだ。《創滅の魔眼》でロウソクを完全に別物に変え、根源を封じてしまえば、なにもできなくなるだろう。滅ぼされる対策をしていようと無駄だ。

『それでいくか。やってみよ』

アイシャはこくりとうなずき、その魔眼を手にしたロウソクへ向けた。

「できれば、これで終わってよね……」『氷の結晶』

ロウソクは罠が仕掛けられているということもなく、あっさり氷の結晶に変化した。

「……いなくなった……」

ミーシャの声が響く。ロウソクの中にあった根源が消えている。氷の結晶に変化した瞬間に、どこかへ転移したのだ。

『なるほど。本体に僅かでも異変が起きた際の転移先を設けたか』

滅ぼそうとも、結界で封じようとも結果は同じだっただろう。

「でも、一瞬見えたわよね……」『あっち』

アイシャが振り向き、壁を指さす。頭の中で地図と照合させてみれば、その延長線にあるのは四一番の縦穴。勇者カシムを追い、ミサとレイが入っていった場所だ。

「俺が向かおう」

視界を元に戻し、物見櫓の上から四一番の縦穴を睨む。障害物はない。ここからは一直線だ。

ぐっと足場に力を入れ、両足を蹴った。ドガァアッと物見櫓の上部がへこみ、俺の体は彗星の如く縦穴に突っ込んでいく。

「お前たちはロウソクが他にないか探せ。奴の転移場所をすべて潰せば、逃げ場はあるまい」

『任せてっ』『一度見たから、見つけやすい』

魔導王のロウソクを、奴が転移可能な場所と仮定する。つまり、本体がいるロウソクになにかあった場合、別のロウソクに根源の火が移るというわけだ。それは十中八九、奴のテリトリーにあると見て間違いあるまい。根源が滅びる直前に転移できるように仕掛けを作ったならば、見知らぬ場所にそれを置くにはリスクがある。過去にセリスは、本体のロウソクを残していくのが不安だったため、魔導王はミッドヘイズから一度も出たことがないと言っていた。

臆病で慎重な性格が、そうそう変わるとも思えぬ。それに、あのロウソク自体には、殆どなんの魔力もない。このエティルトヘーヴェの遺跡から溢れる魔力を利用して、ロウソクから別の場所へ転移する術式を組んでいるのだろう。

縦穴をぐんぐん降下しながらも、俺はその先にいるミサの魔眼に視界を移した。

「もう逃げる場所はないよ、カシム」

二人の男が対峙していた。一方はレイ、もう一方はカシム。辺りは他の縦穴とよく似た神殿――だったのだろう。なにかがそこで暴れたのか、遺跡がボロボロに破壊され、殆ど原形を留めていない。カシムはレイとミサに追い詰められ、逃げ場をなくしていた。

「決着をつけよう」

まっすぐカシムを見据え、レイは言う。

「あの頃は、僕の方が弱かった。だから、君も僕が魔王と戦う勇者に相応(ふさわ)しいとは認められなかったんだろう。それが、虚飾に思えたのかもしれない。理不尽に感じたのかもしれない」

レイは強い視線をカシムへ向け、はっきりと断言する。

「だけど、今は違うよ」

「……なにが違うというのだ？」

「僕は君よりも強い。霊神人剣は今ではなく、僕の未来を見ていた。そのことを証明しよう」

「面白いことを言うものだ。そなたらは二人、私は一人。しかも、その女は紛(まが)い物(もの)とはいえ、魔王の力を持っている。それで私よりも強いことを証明するというのか？」

カシムは吐き気がすると言わんばかりの表情を浮かべた。

「そのような卑劣な手口を、重ねてきたのがそなたたち勇者だっ！」

「わたくしは手を出しませんわ」

ふっとミサは微笑する。

「ただ見届けるだけですの」

彼女は《飛行(フレス)》で二人から離れた。

「僕は君に勝つ。ただ倒すだけじゃない。君の剣と、君の心を折る。一対一じゃなきゃ意味がない」

レイは霊神人剣を呼び寄せ、それを地面に突き刺した。次に彼は自らの胸に手をかざす。淡く光る球が六つ取り出され、それらは霊神人剣のそばに浮かんだ。七つの根源の内、六つを体から分離したのだ。

「エヴァンスマナは使わない。根源も一つだけだ。僕は魔族だけど、君も竜人になった。条件は同じはずだよ」

「いいだろう」

ようやく逃げるのをやめ、カシムは油断のない視線を飛ばした。

「本気ならば、来るがいい。そなたの未熟な剣が、私の身に触れることはない」

「どうだろうね」

微笑みを携えたまま、レイがカシムのもとへ歩いていく。二人の距離が縮まり、残り数歩で剣の間合いに入る——地面が割れ、紅蓮の炎が噴水のように立ち上った。

ゴオオオオオオオオオオオォォォォォッと激しい炎に巻かれ、レイは纏った反魔法ごとその身を焼かれていく。

「卑劣な勇者は、卑劣な罠の報いを受けた。霊神人剣の加護がなければ、死んでいたそなたに対する、これは調整だっ！」

すかさず追撃を仕掛けようとカシムは剣を抜き、地面を蹴った。レイが一意剣を抜こうと収納魔法陣を開く。だが、炎は意志を持ったかの如く、収納魔法陣の術式を燃やし尽くした。

レイが視線を険しくし、その紅蓮の炎の深淵を覗く。魔導王ボミラスだった。

分体よりも、魔力が強い。

「ヒヒヒヒヒッ！　一対一と思うて、油断したかのう、勇者カノン？　余の体内で自由にはさせん。紅蓮の炎に焼かれながら、同胞の剣にてこのまま滅びるが——がぼおおおおおおおおおおぉぉぉぉっっ！！！」

立ち上った紅蓮の炎が、黒き《根源死殺》の手に貫かれ、わしづかみにされては、レイから引き剝がされていた。ミサは動いていない。彼方から勢いよく飛んできた俺が、魔導王の炎体をかっさらったのだ。

「ちょうどこいつを捜していてな。もらっていくぞ。存分にやれ、レイ」

遠ざかっていく俺を一瞥し、カシムが忌々しそうな表情を浮かべる。

「……一対一と言いながら、魔王を忍ばせておくとは、そなたは大した勇者だ、カノンッ！」

丸腰のレイに向かって、まっすぐ突き出されたカシムの剣が、しかし、次の瞬間には、くるくると宙を舞っていた。

「なにっ……!?」

刹那の間に引き抜かれた一意剣が、それを打ち払った後、ぴたりとカシムの喉もとに突きつけられた。

「負けを認めるかい？」

一拍おき、カシムは項垂れる。

「……ああ、わかった……そなたには、勝てそうもない」

カシムが無造作に一意剣を握る。聖なる布がそこに現れ、シグシェスタの剣身をぐるぐる巻きにした。

「――などと言うはずがないだろう。誘いだ。手加減にも気づかぬ力量か」

《布縛結界封》にて、シグシェスタを縛りつけ、カシムはそのままレイに蹴りを繰り出した。

シグシェスタから手を放し、勢いよく迫ったカシムの足をレイは身を低くして避けた。

「剣から簡単に手を放すな」

《布縛結界封（ジエ・ネロウ）》を引き、カシムはシグシェスタに手を伸ばす。武器を奪う目算だったのだろう。しかし、その聖なる布はバラバラになり、宙に舞った。すでに、シグシェスタによって切れ込みが入れてあったのだ。

「なっ……」

ちょうど落ちてきた一意剣をつかみ、レイはカシムの胴を斬り裂いた。

「ぐぅっ……！」

「まだ手加減してるのかい？」

後退したカシムを追撃することなく、レイは言った。奴（やつ）はピクリと眉を動かした。

「誘ってばかりいないで、そろそろ本気を出した方がいいよ。僕を昔のままだと思ってるなら、次はない」

§29. 【調整者の正義】

《治癒（エント）》で傷を癒（いや）しながら、カシムは言った。

「次はない？　かすり傷一つつけただけで、私より上手だと言いたいか？」

「そう聞こえなかったかい？」

即答したレイを、カシムは睨（にら）む。

「自惚（うぬぼ）れるな。そなたが私に勝ったことは一度もない。剣でも、魔法でも。これまでも、これからもだ」

カシムは右手を見せる。人差し指に輝くのは、見覚えのある指輪――選定の盟珠だ。

「……本物かい？」

レイがそう問うたのも無理はない。八神選定者は、すでに八人全員出揃（でそろ）っている。

「とくと見ろ。《神座天門選定召喚（グアラ・ナーテ・フォルテオス）》」

選定の盟珠に魔力が込められ、その内部に立体魔法陣が積層されていく。神々（こうごう）しい光とともに、遺跡神殿が激しく震撼（しんかん）する。そこに姿を現したのは、厳かな門である。その門からは手足が生え、不気味な顔が浮かんでいた。僅かに開いた扉の奥から、神の魔力が溢（あふ）れ出（だ）す。

「私は選定の神、天門神（てんもんしん）カテナアミラに選ばれし、八神選定者が一人。調整者カシムだ」

選定の盟珠は本物。《神座天門選定召喚（グアラ・ナーテ・フォルテオス）》も、神も本物だ。それだけに、腑（ふ）に落ちぬ。

八神選定者が、九人いる。いや、あるいはセリスもその一人で、一〇人いるのか？

「行くぞ。過ぎた勇者の正義を、私は正しく調整する」

丸腰のまま、カシムは走った。ぎぃ、と音を立てて、彼の前にいる天門神カテナアミラが、その扉を開く。神々（こうごう）しい光が奥から溢（あふ）れ出（だ）し、魔眼（め）を眩（くら）ませる。カテナアミラの門の向こう側に、ちらりと街並みが覗（のぞ）いた。ガイラディーテだ。そのままの勢いでカシムがカテナアミラの門の中へ飛び込む。

「残念だ、カノン。そなたは間に合わなかった。インズエルは《封域結界聖（ロ・メイシス）》に覆われ、《転移（ガトム）》が使えない。私の目的はそなたをここに誘（おび）き寄せること」

勝利を宣言するが如く、門の中からカシムは言った。

「狙いは最初から勇者学院アルクランイスカだ」

カテナアミラの門が閉ざされていく。

「急いで追って来い。そなたが勇者として与えた偽りの救済の分だけ、そこに絶望を横たわらせておく。ガイラディーテの正しい姿を見ることだ。そして、思い知れ」

バタンッとその門は閉ざされた。

「霊神人剣がそなたを選んだのは間違いだったと」

そんな言葉を言い残し――数秒後、再びカテナアミラの門は開き、中からカシムが姿を現す。

「さあ、これでようやく――な、に……？」

目の前にいるレイに、カシムは驚きの表情を浮かべる。

「手を出さないとは言いましたけれど、逃げるのを黙って見過ごすとは言ってませんわ」

二人から離れた位置で見守っていたミサが、そう言葉を放つ。彼女は魔法陣を展開しており、発動した魔法がこの場をドーム状に包み込む闇の結界を構築していた。

「《封域結界聖》の中でもそのカテナアミラの門を使えば、転移できるのかもしれませんけど、わたくしの《闇域》の中では不可能ですわ」

アヴォス・ディルヘヴィアがかつてミッドヘイズ一帯に張り巡らしていた結界魔法だ。その範囲を狭め、対象を天門神に限定することにより、神の転移を防いだ。門を開けば、ガイラディーテに現れるはずのカシムは、魔法が働かず、そのままここへ戻ってきたというわけだ。

「逃げられはしないよ、カシム」

隙のない歩法でレイはカシムへ向かい、歩いていく。

「君を完膚無きまで打ち負かし、つまらない勇者の呪縛から解き放つ」

「逃げる？　私が？　そなたからか？」

「現実からだよ。君はずっと逃げ続けている。耳を塞ぎ、目を背けて。そんなことをしたって、どうにもならないことはもうとっくに知っているはずだ」

剣の間合いの一歩外で、レイは立ち止まった。

「逃げたことなどない。私は今も戦っている。勇者の行き過ぎた正義を正すために」

「なら、僕と直接戦えばいい。それとも、認めるのが恐いのかい？」

レイは一意剣シグシェスタの切っ先をまっすぐカシムへ向けた。

「君はもう僕に勝てないということを」

「己の力ではなく、聖剣と七つの根源に助けられただけの男が、そこまで自惚れたか。そなたを見ていると、勇者が虚飾にまみれていることがよくわかる」

カシムは手を伸ばし、そこに魔力を込めた。目映い光が手の平に集い、朧気に剣が見えた。

「来い、聖想重剣エクスネイシス」

その声に応じ、呼び寄せられたのは、普通の剣の二倍の長さはあろうかという聖剣だった。

カシムはエクスネイシスを天に掲げ、今度は選定の盟珠に魔力を込めた。

「《神座天門選定召喚》」

神々しい光が、聖剣の切っ先に宿る。途方もない魔力を発しながら、新たな神がそこに顕現しようとしていた。

「《神具召喚(プレセズ)》・《選定神(アウスラビア)》」

聖想重剣エクスネイシスから神々(こうごう)しい光が発せられる。アウスラビアという神が、その聖剣に宿り、強化されたのだ。

「これで終わりと思うな」

更にカシムの体に、魔力が迸(ほとばし)る。

「《憑依召喚(アゼプト)》・《選定神(カテナアミラ)》」

天門神カテナアミラの門が完全に開け放たれ、カシムの体へと迫っていく。そのまま、彼をくぐらせれば、すぅっとカテナアミラの姿は消えた。カシムの体に、天門神が憑依(ひょうい)したのだ。

「そなたに教えよう」

エクスネイシスの長い剣身をひゅんひゅんと音を立てながら自在に操り、カシムはそれを担(かつ)ぐように構えた。

「敗北の味を」

レイは悲しげに微笑(ほほえ)んだ。

「もう嫌と言うほど知っているよ。僕は何度も負け続けたからね」

レイは一意剣を構え、カシムの動きに視線を配る。

「本当の敗北は死だ。負けて生きているのは卑怯(ひきょう)というものだろう。そなたは潔(いさぎよ)く滅びるべきだった。弱いそなたは、霊神人剣を次の所有者に譲るべきだった」

「それで人々が救えたなら……潔(いさぎよ)さで誰かを助けられたなら、そうしたよ」

一歩、レイは自らの剣の間合いへ足を踏み込む。それを見越したようにカシムは一歩退いた。

同時に聖想重剣エクスネイシスを横薙ぎに振るう。間合いの外から、その長い剣は難なく届く。

「ふっ……！」

一意剣シグシェスタを一閃し、長い刃を打ち払う。なおも前進するレイに対して、やはりカシムは後退した。そうして、左手を突き出し、魔法陣を描く。

「《聖域熾光砲》」

光の砲弾が撃ち出され、レイは咄嗟に伏せてかわした。背後にあった柱が撃ち抜かれ、壁がいとも容易く破壊される。どこまで抉ったか、果てが見えないほどの威力であった。

「エクスネイシスは、想いを重ねる聖剣。《聖域》の効果を高めるけれど、それ自体が生み出す想いは一つだけ」

つまり、エクスネイシスだけでは想いが足りず、《聖域熾光砲》はおろか、《聖域》も使えない。にもかかわらず、再びカシムは《聖域熾光砲》を撃ち出した。

レイは一意剣でその光の砲弾を受け流す。ドゴォォンッと壁を破壊する音を耳にしながら、彼は素早く前進した。

「それは、アウスラビアという神を聖剣に降ろした効果かい？」

後退を続けながらも、カシムはエクスネイシスを横薙ぎに振るう。それをシグシェスタで受け止め、力を逃がさず、レイはぐっと鍔迫り合いに持ち込んだ。

「複製神アウスラビアは、聖剣の想いを複製し、複製された想いを聖剣が重ねる」

レイの力に力で対抗しながら、カシムは言った。

「他者に頼らなければ使えぬそなたの不完全な《聖域》とは違い――」

想いが複製神アウスラビアの秩序によって増していき、カシムは目映い光をその身に纏う。

《聖域》によって強化された膂力にて、彼はレイのシグシェスタを押し込んだ。

「――私の《聖域》に隙はないっ！」

《聖域》のないレイに対して、神の力にて《聖域》の恩恵を受けるカシム。力での激突では少々分が悪かったか、レイの足が地面にめり込み、僅かに膝が折れた。

「……ふっ……!!」

真っ向から押し合うのはやめ、レイは力を受け流しながらも、カシムの長剣を辿るように前に踏み込む。技でもって容易くその長剣を封じ込め、彼は自らの剣の間合いにカシムを捉えた。

「それも誘いだ」

カシムは更に間合いを詰めて、レイの剣さえも振れないほどの至近距離に接近する。不自由な体勢ながら、しかしそれでも一意剣の刃が走った。その初動を見切ってはレイの腕を押さえ、カシムは難なく剣を封じる。

「何度やろうと、そなたは私には勝てない。剣でも、魔法でも」

二人の体が前進する勢いのまま交錯する。レイを自らの後ろにはね飛ばすように肘で背中を押しやり、カシムはそのままの勢いで彼とすれ違った。互いに背中を向ける格好で二人の距離が離れていき、再びカシムの剣の間合いとなる。

「隙だらけだ」

くるりと反転し、奴は遠心力を利用してエクスネイシスで斬りつける。レイは体勢を崩され、後ろを向いたままだ。

「……はっ……！」

ガギィイッ、と金属音が鳴った。振り返りもせず、レイが背後から迫る長剣をシグシェスタで受け止めたのだ。

「……な……に…………？」

押される力を利用し、回転しながら、レイは懐に飛び込み、カシムの心臓を一突きにした。

「……がふぅっ…………!!」

シグシェスタを伝い、血がどばどばと地面に滴り落ちる。

「君は確かに、昔の僕よりも剣の腕が立つけどね」

《蘇生》の魔法を使うカシムに、レイは冷たく微笑んだ。

「魔王の右腕に比べれば、まるで子供のお遊びのようだよ」

§30．【慈愛の剣】

ぎりっと奥歯を噛み、カシムはレイを睨めつける。

「一本取った程度で、力の底を見抜いたと言いたげだな、カノン」

「剣を交えたからね」

即答したレイを見て、カシムは険しい表情を浮かべた。

「よくわかったよ、君のことは」

その台詞を、カシムは一笑に付した。

「どれだけ魔眼を鍛え、深淵を覗けるようになろうとも、勝負は見かけの魔力や剣技だけに左右されない。立ち塞がる険しい困難の壁を打破する想いの力、それが勇気だ」

「勇気を持てば、どんな戦況も覆せると思うかい？」

カシムの心臓を貫いたまま、レイは問いかける。その刃を抜かぬ限り、彼は《蘇生》を使い続けなければならない。

「勇敢に挑み、仲間のために立ち上がれば、劣勢を退けられると思うかい？」

「勇者と呼ばれたお前が、今更そのような問いかけをするとは、嘆かわしいことだ」

「僕たちの敵も、勇気を持ち、誰かのために戦っていたよ。それは僕たちだけの力じゃない。敵に勇気がないと決めつける君が、忠義の剣を振るう彼に勝つ姿はまるで想像できないよ」

眉をぴくりと動かすカシムへ、レイは強く言葉を投げた。

「君はなにも知らない。戦いから逃げたからだ」

「なにも知らないのはそなただ、カノンッ！　私に一対一の戦いを挑んだ時点で、そなたの敗北は見えているっ！」

長大な剣、エクスネイシスをカシムは横薙ぎに振るう。その腕をレイは難なく押さえた。

「この距離じゃ、エクスネイシスは役に立たないよ」

「かつての私ならばな」

カシムの体から魔力の粒子が迸り、神の秩序が溢れ出た。

「《天門》」

レイの背後から、長い剣が突き出される。首を捻(ひね)ってそれをかわせば、追撃とばかりに更に二本の剣が、今度はレイの足元と胴を狙った。カシムから剣を抜き、レイは横に飛(と)び退(の)いて、それを避ける。背後に視線を向ければ、三つの小さな門が浮かんでおり、そこから三本のエクスネイシスが突き出されていた。天門神を憑依(ひょうい)させたカシムの魔法、《天門(アムス)》の効果だろう。

「複製神アウスラビアで複製した聖剣を使い、その《天門(アムス)》から、斬撃を放っているってところかな？」

「ただの次元魔法と思うな」

カシムとレイの間に魔法陣が描かれ、そこに《天門(アムス)》が現れる。

「ぜあぁっ!!」

突き出されたエクスネイシスは天門をくぐった瞬間、光を纏(まと)い、疾風の如(ごと)く加速した。

「ふっ……！」

一意剣にて、レイはそれを打ち払う。魔力と魔力が衝突し、激しい火花が散った。

「《天門(アムス)》」

レイの死角に三つの《天門(アムス)》が現れ、そこからエクスネイシスの刃が突き出される。彼は飛(と)び退(の)いてかわすも、更に三つ《天門(アムス)》が出現し、レイを追うようにズドドドッと地面に刃を突き刺していく。転がりながらもレイはそれを回避し続け、くるりとまた立ち上がる。カシムは《聖域(アスク)》を集中した左手を《天門(アムス)》に向けていた。

「《天門聖域熾光砲(アムス・テオ・トライアス)》」

放たれた光の砲弾が《天門(アムス)》をくぐった瞬間、室内を目映(まばゆ)く染め上げるほどの極太の光線と化し、長剣を避け続けるレイに向かって照射される。《天門(アムス)》は魔法を強化するための、魔力増幅門でもあるのだろう。《天門聖域熾光砲(アムス・テオ・トライアス)》は、通常の《聖域熾光砲(テオ・トライアス)》の数倍にまで膨らんでいる。

「一意剣、秘奥(ひおう)が弐――」

レイは一意剣を構える。一意専心。その刃を、光を斬るものに変化させた。

「――《万魔両断(ばんまりょうだん)》」

剣で海を割るが如(ごと)く、押し寄せる光をシグシェスタは真っ二つに両断した。

「そなたの力はすべてが借り物、人間に作りあげられた虚飾の勇者だ」

カシムは、レイの周囲に、次々と《天門(アムス)》を作り出し、ドーム状に彼を包囲していく。

「霊神人剣がなければ、宿命を断ちきることができず、七つの根源がなければ不死身ですらない。仲間の想(おも)いを《聖域(アスク)》に変えなければ、満足な魔法を使うこともできない」

「そういう君も、天門神と複製神の力がなければ、ろくに戦えない」

険しい表情を浮かべるカシムに、レイは微笑(ほほえ)んでみせた。

「――とは言わないよ。僕がかつてあらゆる力を借りて優遇されていた分を、今君は神の力を借りることで調整している。ようやくこれで公平になった、と君はそう言いたいんだろう?」

「とうとう開き直ったか。そこまで落ちるとは。見苦しいぞ、カノン」

「どうせなら、もっと言い訳ができないようにしてほしいな」

カシムは、ぴくりとこめかみを痙攣(けいれん)させる。

「なに?」

「君が言い訳できないぐらい、調整してほしい。後でやっぱり、公平じゃなかったって言わないようにね」

カシムの瞳の奥に現れたのは、怒りだ。

「……そなたは、私を軽んじているのか？」

「わかってきたんだよ、君のことが。いくら勝負に勝っても、君は認めない。認めようとしない。なぜなら、君は最初から勝負の場には立っていないんだ。安全なところで、ああだこうだと他人を糾弾しているだけの臆病者。それが君だ」

眉根を寄せ、カシムは苛立ちを見せた。

「だから、どんな手を使ってでも、優位に立ってほしい。君が勝負の場に立てるぐらいね。なにをしようと、どれだけ不利があろうと、僕はそのすべてを真っ向から斬り裂いて、君に教えてあげるよ」

増え続ける《天門》を漫然と眺め、レイは静かに一意剣を構える。

「魔王と戦わなかった君は、その時点で敗北者なんだってことを」

「敵味方に分かれたといえど、仮にも年長者、それも兄弟子をそこまで論えるとは、見下げた男だ、カノン。同じ師のもとで学んだとは思いたくもない」

カシムはそう吐き捨てる。

「カシム。僕は、二千年前の悲惨な大戦で、それでも学んだことがある」

瞬間、カシムは聖想重剣エクスネイシスに魔力を込めた。包囲する無数の《天門》から、複製された刃がぬっと姿を現す。剣身が伸び、門から剣が一斉に突き出された。上下左右、どこにも逃げ場はない。刃の壁がレイを包囲しながら、瞬(またた)く間に押し迫っては無数の刺突を放つ。

「徹底的にねじ伏せてでもわからせてやらなきゃいけない人が、この世にはいるってことを」

全方位から突き出された無数のエクスネイシスを、しかし、レイは一呼吸の間に、斬り裂いてのけた。幾本もの聖想重剣が悉(ことごと)く弾(はじ)かれ、折れ、あるいは砕かれ、その場に転がっていく。

「《聖域熾光砲(テオ・トライアス)》」

カシムが左手を突き出す。その手から光の砲弾は発射されない。《聖域熾光砲(テオ・トライアス)》はレイを包囲する《天門(アムス)》から撃ち出された。ダダダダダダダダダッと豪雨の如(ごと)く、光の砲弾がレイに降り注ぐ。《万魔両断》にてそれを斬り裂き、あるいは避けて、レイはまっすぐカシムへと向かっていく。地面に着弾した《聖域熾光砲(テオ・トライアス)》で砂埃(すなぼこり)が巻き上がり、視界を覆いつくしていた。

「目に見えぬ刃。先程と同じ真似(まね)ができるか」

《天門(アムス)》から、再びエクスネイシスの刃が現れ、突き出された。無数の刃は、今度は直接レイを狙わず、彼の剣の間合いのぎりぎり外へ、次々と突き刺さっていく。

レイの前進を止めるとともに、その動きを制限しようというのだろう。更に《天門(アムス)》が一〇〇門開き、そこから光の砲弾が発射された。狭い空間の中で、レイはそれを弾き、斬り裂き、受け流す。ただの一発さえも、被弾することはない。

「戦いは先の先を読め。その場凌(しの)ぎで避けるばかりでは、私には勝てない」

カシムが、エクスネイシスを大上段に振りかぶり、そこに《聖域(アスク)》を纏(まと)わせる。彼の目の前には、その長大な剣よりも遥(はる)かに高い《天門(アムス)》が、三つ構築されていた。

「《天門聖域大熾光剣(アムス・テオ・トルガトロン)》ッ!!!」

思いきり振り下ろされたエクスネイシスの斬撃が、第一の《天門》にて長く伸ばされ、その勢いが加速する。続く第二の《天門》にて、更に勢いは増し、《聖域》が膨れあがった。最後の第三の《天門》で、斬撃は目映い閃光と化した。

ズガアアアアアアアアアアンッとレイの周囲にあった《天門》という《天門》が、斬撃の余波だけで砕け散る。遺跡の地面を大きく削り取るほどの《天門聖域大熾光剣》の一撃を、しかし、レイは寸前で避けていた。

斬撃の余波にて、動きを封じていたエクスネイシスの刃も吹き飛ばされた。焦ることなく、それに合わせ、彼は冷静に身をかわしたのだ。

「当たらないよ、それぐらいならね」

「先の先を読めと言った」

すると、頭上から《天門》が次々と降ってきて、レイとカシムの間にズドンッと落ちた。

彼らを挟み、合計九つの《天門》がそこにあった。

カシムは聖剣を捨て、蒼く輝く小さな星を取り出してみせた。

「王宮の壁画にあった創星エリアルだ。そなたにこれが守れるか」

カシムは、創星エリアルをレイに向かってまっすぐ放り投げた。九つの《天門》をくぐっていき、エリアルはレイのもとへ、なだらかな放物線を描く。

「《天門聖域熾光砲》」

創星エリアルを追いかけるように光の砲弾が放たれ、《天門》をくぐる度に、その瞬きを数倍に膨張させていく。《万魔両断》にて、それを斬り裂こうとすれば、創星エリアルの魔力さえも両断してしまうだろう。中に封じ込められた過去も、無事には済むまい。

それを悟ったレイは、剣は振るわず、自らの手元に飛び込んできたエリアルをその手で優しく受け止める。直後、光の洪水が、レイの体を飲み込んでいった。九つの《天門（アムス）》さえも崩れ落ち、背後の壁に果てのない風穴が空いた。

「勘違いしてくれるな、これはそなたが望んだ通りの手を使ったまでのこと」

勝利を確信したかの如（ごと）く、カシムは踵（きびす）を返（かえ）す。

「こんなことをするまでもなく、私の勝ちは揺るがなかった」

「それを聞いて安心したよ」

「……なに？」

カシムが足を止め、振り返った。光の洪水が徐々に収まり、やがて消える。そこに立っていたのは、光を纏（まと）ったレイだ。《聖愛域（テオ・アスク）》を防護壁のように張り巡らせ、カシムの《天門聖域熾光砲（アムス・テオ・トライアス）》からエリアルと自分の身を守ったのである。

「結局はそれか」

聖想重剣エクスネイシスに《聖域（アスク）》を纏（まと）わせ、カシムは思いきりそれを振り下ろした。

対抗するが如（ごと）く、《聖愛域（テオ・アスク）》を一意剣に纏（まと）わせ、レイはそれを真正面から受け止める。魔剣と聖剣にて、両者は力勝負の鍔迫（つばぜ）り合（あ）いを演じる。

「失望したぞ、カノン。結局は誰かの手を借りねば、勇者でいられないということをそなたは証明してしまった」

「嬉（うれ）しそうだね」

饒舌に喋っていたカシムが、その一言で押し黙った。

「失望したかった、の間違いじゃないかな？」

「そこまで他人を貶めたいか。なにを言おうと、そなたが《聖愛域》を使ったのは揺るぎようのない事実。それとも想いだけなら、助けを借りていないと詭弁を弄するか」

《聖域》の光を身に纏い、カシムはレイの魔剣をぐぅっと押しやる。

「僕は、ただ君を理解しようとしているだけだ」

「理解？　虚飾にまみれた、そなたには一生かかっても不可能だろう。たった今、あの女の助けを借りたことで、そなたの言葉は死んだも同然だ。そのような薄っぺらい心の持ち主が、勇者であったことが、どれほど私を失望させたか。そなたにはわかるまいっ!!」

レイを魔剣ごと弾き飛ばし、追撃とばかりにカシムはその長い聖剣を突き出す。一直線に心臓を狙ったエクスネイシスを、レイはシグシェスタにて迎え撃つ。

「そなたが勇者であったなら、本物の勇者であったなら、と私がどれだけ思ったか!!　希望を託せる男であったならとっ!!」

刃と刃が交わり、レイはその長い聖剣を、いとも容易く斬り裂いた。

「わかるよ、君の気持ちは」

切断された剣先がくるくると宙を舞い、地面に突き刺さる。ぎりっとカシムは奥歯を噛む。

「……いくら剣でねじ伏せようと、わかるはずがない。これ以上戦うまでもなく、すでに答えは出た。剣と魔法以前に、なにより、そなたには決定的なものが欠けているっ！」

カシムは切断された聖剣を捨て、右手に魔力を込める。すると、そこに再び聖想重剣エクスネイシスが出現した。複製されたのだろう。

「他人の気持ちを理解できないそなたは、勇者失格だ！」

「ふっ！」

思いきり振り下ろされたエクスネイシスが、再び弾き飛ばされ、宙を舞った。丸腰になったカシムに、レイは魔剣を突きつける。

「ただ敵を倒すのが、勇者の役目か？　私の想いを理解せぬまま、ただ斬り伏せれば、それで満足か？　蹂躙するだけならば、悪しき魔王となにも変わらないっ!!」

「理解したよ」

「……そこまで見栄を張るとは……」

落胆したかのようにカシムはため息をつく。

「もっとよく深淵を覗くといい。僕の《聖愛域》のね」

「見たところで」

カシムはレイの言葉に従うように魔眼を彼に向けつつも、後ろ手で再びエクスネイシスを複製していく。起死回生の一撃を狙っているのだろう。

「……この想いは…………？」

カシムの顔色が変わった。

「あの女のものでは、ない……？」

「そう」

レイの《聖愛域》は、ミサの想いを使ってはいない。カシムは視線を巡らせた。

「……ならば、どこから……？」

「君も勇者なら、これがどんな愛魔法なのか、わかっているはずだよ、カシム。この《聖愛域》は君の愛だ。僕に向ける君の歪んだ愛情を僕は心から理解し、慈愛を持って受け止めた」

　ありえない、といった表情でカシムはレイを見た。

「《慈愛世界》」

《聖愛域》の光が、白い葉牡丹に変わり、花吹雪が舞い上がる。

「勇者として研鑽を重ねた君は、だけど霊神人剣に選ばれなかった。これまで君を持て囃していた多くの人間が手の平を返すのを見て、傷ついたんだね。君は誰も自分を必要としていない錯覚に囚われた。勇者であることだけが君の誇りであり、そして、すべてだったからだ」

「言ったはずだ！　霊神人剣が私を選ばなかったのではない。私が霊神人剣を選ばなかったのだ！」

　レイの言葉をはね除けるように、カシムは叫んだ。

「たとえ、力があろうとも、不公正ならばそんなものは必要ないっ！」

　複製が完了したエクスネイシスをつかみ、カシムはそれを横薙ぎに払った。レイが一意剣にてそれを受け止めると、葉牡丹の花びらが無数に舞う。

「それが君の過ちの始まりだった。自らが霊神人剣を選ばなかったと思い込むことでしか、君は心の均衡を保てなくなった」

「邪推がすぎるな。それでも勇者か」

　カシムが繰り出す連撃を、まるで心を読んだようにレイは一意剣で受け止める。

「たとえ言葉は嘘をついても、君の剣から心が伝わってくる。この一意剣にはね、そういうことがわかるんだ」

シンとの戦いを経て、剣で語り合うことを覚え、そして今彼は更に一意剣の深淵に潜ったのだ。今のレイには、剣を通して相手の思いを敏感に感じとることができるのだろう。

その剣が繰り出す想いを。隠されていた、本当の気持ちを。

「霊神人剣を選ばなかった。そう思い込むことで、君は自分の正義を歪めていったんだ。正しいのは自分で、間違っているのは霊神人剣と勇者たち。聖剣なしに魔王を倒して証明したかった。だけど、君は逆立ちしてもアノスには勝てない。だから、勇者を貶めることで、自らが勇者の上に立てると思った」

「戯れ言をぉっ！　とうとう狂ったか、カノンッ！」

ガギィイッと一意剣と聖想重剣が衝突する。

「君はその事実に気がつかないフリをした。気がついてしまえば、君は心の平穏を保てない。だから、君は自分の行いから目を背け、勇者を貶めるだけの醜い化け物に成り果てた。それで一時は溜飲を下げていたかもしれないけれど、君はそのことで自分自身をも貶めていることに気がつかなかった」

「妄想はそこまでにするのだな！　狂ったように戯れ言を繰り返すそなたは、最早、見るに堪えない。引導を渡してやるっ!!」

繰り出される連撃を、レイは悉く打ち落とす。その度に、葉牡丹の花びらが散った。

「君は認めるわけにはいかないんだ。わかるよ、その気持ちは」

慈愛を込めて、レイは言う。

「だけど、この葉牡丹の花びらが、どうしようもなく君の心を表している。カシム、僕が君を理解しなければ、《慈愛世界》は成立しない」

「わかるはずがないっ！　ほしいときに助けがあったそなたに、私の気持ちがわかるはずがない。それをさもわかった風な顔で言うとは、失望だ！」

剣と剣が衝突し、葉牡丹が――理解の花びらが無数に舞う。

「失望される前に、失望したいんだ。どれだけ気がつかないフリをしても、君は本当は自分がろくでもない男になってしまったと、心のどこかでわかっているからだ」

舞い散る花びらを見つめ、カシムは一瞬、脅えた表情を浮かべた。すぐにそこから目を逸らし、まっすぐただレイだけに彼は憎悪の瞳を向けた。

「君は誰にも受け入れられない愚かな人間だということに気がついている。だから、先に相手に失望してしまえば、自分が失望されないと思ってるんだ」

剣戟の音が響く。花びらが舞った。これまでもよりも、ずっと多く。

「カノン。もう黙れ。聞くに堪えないっ!!」

「言ったはずだよ、君をねじ伏せると。君の歪んだ心を、僕はこの慈愛の剣でねじ伏せる。君の体も、君の心も、どこにも逃げ場はない」

レイが攻撃に転じ、慈愛の剣を振るう。後退しながらもそれをはね除けたカシムは、また僅かに表情を歪めた。大量の花びらが、宙に舞っていた。

「君は調整者なんかじゃない。そんなことはどうでもいいんだ。憧れに手が届かなかった君は、その憧れを引きずり下ろして、同じ存在だと安心したいだけだ。だけど、それでも本当は気がついている。いくら引きずり下ろしたって、君自身はなにも変わりやしない」

カシムの長剣をすり抜け、レイの一意剣が肩口を突く。噴き出す血さえも、葉牡丹の花に変わった。

「憧れにはほど遠く、何者でもない、器のちっぽけな、平凡な人間だってことに」

「聞くに堪えないと言っているっ！！！」

力任せに、カシムはエクスネイシスを振るう。一意剣が軽くそれを受け止め、花びらが舞う。

「戯れ言をっ！」

レイはカシムの剣を受け止める。葉牡丹の花びらが舞い、彼の足元を埋め尽くしていく。

「そなたに、なにがっ……!!」

レイは、もうなにも言わない。獰猛なその剣が、容赦なく襲いかかる。

「私の、なにがっ!!」

剣を振るいながら、カシムは頭上に《天門》を三つ作った。冷静にカシムはその剣技でもって、レイを巧みに追い詰めていく。三度、振るわれた剣を受け止めれば、彼はその場所に立っていた。いや、あえてカシムの望み通りに誘導されたといった方が正しいか。

ズドンッと、地響きを立て、三つの《天門》が一列に並んだ。その向こう側にはレイがいる。

――《天門聖域大熾光剣》。神の門をくぐり、振り下ろされた斬撃は、恐るべき威力を発揮する。

「これで」

すでにカシムは聖剣を大上段に振りかぶっている。

「終わり――」

刃を振り下ろそうとした、そのときだった。ひらひらと舞い散る白い花びらが、カシムの視界をよぎる。一瞬、その花が飛んできた方向を見た彼が、青ざめた。

彼の足は埋もれていた。一面の葉牡丹の花畑に。虚飾の心が作り出した、花びらの海に。

時間にすれば、一秒にも満たない。そのときが、彼には途方もなく感じられただろう。カシムの指から、まるでこぼれ落ちるように、エクスネイシスが離れていった。それは、音も立てず、花びらの海に沈み込む。

「……やめて……くれ……」

逃げ続けてきた。目を背け続けてきた。

「……もう……やめてくれ………」

理想とは違う、現実から目を逸らし、ただ空想にすがっていた。歪んだ愛情を抱き続けながらも。だが――もう逃げられない。彼がどんなに逃げようと、彼の罪は、葉牡丹の花としてそこにある。目を背けたくとも、その理解の花びらが、一面に突きつけられている。

「……私を……憐れむな……」

がっくりカシムは両膝をついた。

「もうやめてくれぇぇっっっ‼‼」

両手をつき、戦意を喪失したように彼は叫ぶ。

「……私は……選ばれたかった……！」

二千年前を思い出すように、彼は言う。そうすれば、もう止まらなかった。堰き止められていた想いが、堤防を決壊させたかのようにどっと溢れ出す。

「……私が、この私が、選ばれるはずだったのだ……！！！　霊神人剣さえあれば、私が魔王と戦った！　あの栄光も、あの称賛も、この平和な時代を作ったのも！　すべては私のものだったのだっ!!」

頭を垂れるカシムの前に、レイが立つ。彼は言った。

「君は選ばれなかった。選ばれなかったのが、君なんだ、カシム。最初から、君のものなんかじゃなかったんだよ」

閉口し、彼は虚ろな瞳で、目の前にある葉牡丹を見つめる。

「……めろ……やめろぉっ……」

絞り出すように、カシムは言った。

「……私の…………負けだ……だから、この……！」

葉牡丹の花を、つかみ、ぐしゃりと潰す。

「この葉牡丹の花を消してくれぇっ!!」

花に埋もれ、カシムは脅える子供のように震えている。最早、戦う気力も完全に萎えていた。最後の砦だったのだ。勇者カノンは本物ゆえに、弱者の嫉妬や羨望を理解することはできない。それがわからず、なにが勇者かと彼はちっぽけなプライドを守ってきた。

そうして、歴然と突きつけられた哀れみの花が、彼になによりも敗北をもたらした。

§31．【魔導王の真価】

「……ぐむぅ…………！」

呻き声を上げながら、魔導王ボミラスは激しく炎を撒き散らす。俺をふりほどこうとしているのだ。炎体を黒き指先で押さえつけながら、《飛行》で縦穴を降下していく。炎体に定型はないが、根源ごとつかみ上げているため、炎はそれを追ってついてこざるを得ない。

「ふむ。先刻の分体よりも魔力が強いな。どうやら、お前が本体か」

「……先刻……？」

どういう魔法か知らぬが、あのロウソクからこちらへ転移してきたというわけだ。

「……なるほどのう。そうであったか」

忌々しそうに、けれども納得がいったというように奴は呟いた。

「おかしいとは思っていたが、理解したぞ、暴虐の魔王アノス・ヴォルディゴード」

その炎の魔眼が俺を鋭く睨む。

「配下に紛れ、エティルトヘーヴェに侵入しておったとはな。余と戦ったアノシュとかいう現代の魔族、あれはうぬだな？」

「くはは。ようやく気がついたか。魔導王と呼ばれるわりに、勘の鈍い奴だ」

ゴオォォォとボミラスの炎体が変形し、魔力が増す。勢いよく膨れあがった炎が、俺を包み込み始めた。

「ほう」

「分体と同じと思わぬことよのう。転写した根源は劣化し、本体の魔力には遠く及ばぬ。余が真価を発揮できておれば、セリス・ヴォルディゴードに殺されることもなかった」

俺を包み込んだボミラスの炎体が更に膨張し、拡散していき、遺跡の縦穴を炎の海で満たし始める。

「このエティルトヘーヴェは、かつてのミッドヘイズ同様、余のテリトリー。他の場所ならばいざ知らず、この地で敗れる魔導王ではない」

至るところに描かれた固定魔法陣から、ボォッと火の粉が溢れ出す。それらがボミラスを強化する結界を構築し始めた。

「我が体内で永久に眠れ、暴虐の魔王。《魔火陽炎地獄》」

ボミラスの魔法行使と同時に、視界が紅蓮一色に染まった。炎が揺らめき、空間が歪む。突如、眼下に地面が出現していた。そこに着地すれば、周囲から炎の柱がいくつも立ち上り、魔導王ボミラスの姿が眼前に現れた。

「ヒヒヒヒ、ここがそなたの墓場よ。魔導王の体内で、余に勝てると思うでない」

「大した自信だ」

地面を蹴り、ボミラスへ向かう。

「不用意であろう、魔王」

言葉と同時、立ち上った火柱から、ボミラスの炎体に向かって熱線が照射される。奴の体が輝く炎へと変わっていく。凄まじい魔力が、そこに集中していた。

「《魔火陽炎地獄》の中では、余計な仕込みは不要。受けよ、至高なる魔導王の魔法。これが真の《焦死焼滅燦火焚炎》だ」

輝く紅蓮の炎球と化し、ボミラスが俺に突っ込んでくる。

「炎体を持たぬそなたには、決して不可能な魔導の極地よのうっ！」

「《波身蓋然顕現》」

可能性の《獄炎殲滅砲》が無数に現れ、それが可能性の魔法陣を描く。目に見えぬ熱線が俺の右手に照射され、漆黒に輝く炎が宿った。

「《焦死焼滅燦火焚炎》」

「…………なぁっ、ん……だと……!?」

紅蓮の炎球を、黒き《焦死焼滅燦火焚炎》の手で貫き、燃やし尽くす。

「炎体がなくとも、可能性一つで十分だ」

ボミラスの中の根源をつかみ、焼き払った。

「がぼおおおおおおおおおおおおおおおおおああぁぁぁぁぁぁぁぁぁぁっっ！！！」

断末魔の叫びとともにボミラスの根源が焼失し、その場に散る。

「本体にしては、あっけなさすぎるか」

視線を巡らせたそのとき、ヒヒヒヒ、と火の粉を撒き散らし、滅ぼしたはずのボミラスの炎体が再び現れる。それも一体だけではない。ヒヒヒヒ、ヒヒヒヒ、と不気味な笑い声を木霊させながら、三〇体以上ものボミラスが、俺の前後左右、頭上を包囲するように出現した。

「ふむ。偽者(にせもの)とは思えなかったがな」

周囲を漂うボミラスの体に魔眼(め)を向ける。だが、奴(やつ)の根源は確かにそこにある。

「隠蔽魔法は、名もなき騎士どもの専売特許ではないぞ。うぬの魔眼(め)すら欺くほどの陽炎(かげろう)、これこそが《魔火陽炎地獄(ボルグ・ヴェグム)》の真骨頂」

高らかに笑い声を上げながら、ボミラスは言う。

「この中のいずれかが本物の余だ。はてさてうぬの魔眼(め)で、見抜くことができるかのう？」

確かに、俺を包囲する三〇体以上ものボミラスは、どれも本物と同じ根源を持っているように見える。魔眼(め)を凝らしてみても、見分けはつかぬ。隠蔽魔法だとすれば、大したものだ。

「最早(もはや)、うぬに勝ち目はない。セリス・ヴォルディゴードさえ《魔火陽炎地獄(ボルグ・ヴェグム)》を恐れ、余の本体が目覚めぬうちに殺した。この紅蓮(ぐれん)の陽炎(かげろう)と戦い続け、もがき苦しみ、焼かれて滅びよ」

ふむ。これを蹴散らしたとて、その瞬間、再びボミラスが何処(どこ)かへ転移せぬとも限らぬ。

奴(やつ)を倒すならば、過去で幻名騎士団がそうしたように、その備えを先に潰すのが先決か。

となれば――

『アノス』

レイからの《思念通信(リークス)》が届く。《魔火陽炎地獄(ボルグ・ヴェグム)》に飲み込まれたとはいえ、魔法線はつながっているようだな。

「どうした？」

「ヒヒヒッ、《思念通信(リークス)》などしている余裕があるのか？」

無数のボミラスが俺に向かって、魔法陣を描く。

「受けよ、我が紅蓮の《獄炎殲滅砲》を」

巨大な《獄炎殲滅砲》が、ボミラスから射出され、紅蓮の尾を引きながら、俺へ向かって突っ込んでくる。それらを《破滅の魔眼》で滅ぼし、《四界牆壁》で弾き飛ばすと、近くにいたボミラスに接近し、《焦死焼滅燦火焚炎》を食らわせた。

『立て込み中かい？』

「なに、そうでもない」

ボロボロとボミラスが灰に変わっていったかと思うと、陽炎のように消えた。偽者か。先程もそうだったが、まるで偽者とは思えぬ手応えだ。

「どうした？」

『カシムとの決着がついたよ。王宮の壁画にあった創星エリアルは、彼が持っていた。過去を見ようかと思ったけど、後にした方がよさそうだね』

「いや、ちょうどいい。そのまま見せてくれるか？」

『ボミラスと交戦中じゃないのかい？』

「力の底はとうに見えた。片手間で十分だ」

炎の柱から、更に大きく炎が立ち上った。周囲にいるすべてのボミラスが、憤怒の形相を浮かべていた。

「ディルヘイドの支配者とて、図に乗るなよ、若造が」

挑発に乗るように、ボミラスが全身から炎を撒き散らす。

「うぬよりも遙かに悠久のときを生きた余を侮ればどういうことになるか、思い知ることになるであろう」

「生きた年数を誇りたければ、そこに跪き、忠誠を誓え」

大地を指さし、俺は言った。

「褒美にご自慢の長生きをくれてやる」

火の粉を立ち上らせ、ボミラスが俺に魔眼を向ける。一人一人表情こそ違うものの、確かに憤怒をあらわにしている。魔力だけでなく、感情も作り出している、か。本体を模倣しているわけでもない。やはり、陽炎とは思えぬ出来映えだ。となれば——答えは一つか。

「地獄の責め苦を味わわせてやるぞ、暴虐の魔王」

三〇体ほどのボミラスに、火柱から熱線が照射され、すべてが輝く紅蓮の炎球と化した。

「これだけの数の《焦死焼滅燦火焚炎》から、逃れる術などありはせん」

ゴオオオオオオオオォォォッとけたたましい音を立てながら、四方八方から、《焦死焼滅燦火焚炎》と化したボミラスが突撃してくる。両手を《焦死焼滅燦火焚炎》と化し、俺はゆるりと構えた。

「アルカナ。レイの創星を」

すぐに彼女から《思念通信》が返ってくる。

『星の記憶は瞬いて、過去の光が地上に届く』

レイのいる場所へ、《創造の月》の光が差し込む。

「さて。次はどんな過去が見えることか？」

レイの視界では、創星エリアルが目映く輝いている。迫りくるボミラスを片手間で見据え、

《焦死焼滅燦火焚炎》で屠りながらも、俺はその過去の光景を覗き込む――

§32.【一七回目の来訪】

二千年前――

ボミラスなき後、ミッドヘイズ領は強き魔族たちの間で争奪戦となった。魔力に溢れた肥沃な大地。穏やかで過ごしやすい魔力環境と気候。土地に眠る資源や広大な領土、ボミラスの残した遺産は魔族たちにとって魅力的だった。

各地からミッドヘイズへ向けて、名だたる魔族が兵を挙げた。ミッドヘイズ領の住民たちは、それに脅え、自らの末路を憂う。そこは戦場となるだろう。多くの魔族たちが激突する、かつてない規模の戦いが始まろうとしていた。

逃げられるものなら、とうに逃げている。彼らは戦火に呑まれることを覚悟した。だが、ミッドヘイズ領の住民たちが悲観した未来は訪れることはなかった。魔王アノスがいち早くミッドヘイズにやってきて、そこに恐怖の象徴たる魔王城デルゾゲードを建てた。

そうして、進軍してくる名だたる強豪たちを迎え撃ち、滅ぼしたのだ。僅か一日にも満たないほど圧倒的な蹂躙。ただ一人の敵とて、ミッドヘイズの大地を踏ませることはなかった。

アノス率いる魔王軍は、ディルヘイドに並ぶ者のないということを、まざまざと見せつけ、すでに知れ渡っていたその恐怖の名を、再び国中へ轟かせたのだった。

戦いが終結したその日のこと。玉座の間にて、アノスはただ立ちつくしていた。あるいはそれは、死んでいった者たちへ、黙禱を捧げていたのかもしれない。

どのぐらい経ったか。魔王は口を開いた。

「シン」

彼の後ろに、魔王の右腕たる剣士が跪いている。

「ここに来るまでに、多くの者が命を落とした。転生すら叶わぬ配下は、一人や二人ではない」

彼はただ生きてきただけだった。我が道をひた進み、その生き方に惹かれた者たちを、分け隔てなく配下に迎え入れた。気に入らぬ魔族を倒し、襲ってくる人間を退けては、己の意を通し続けた。守る者が増えるにつれ、アノスは冷酷に、そして残虐になっていく。気がつけば、暴虐の魔王と恐れられ、ディルヘイド中に名が知れ渡っていた。

それでいいと彼は思う。悪名が轟けば、敵対する者は減り、配下を守れる。だが、台頭した若き王者に敵対する魔族、魔王をディルヘイドの支配者にせぬよう奸計を企てる人間、それに協力する精霊、秩序を乱すアノスを排除しようとする神族。敵はまだ数多く残っていた。

「破壊神アベルニユーは堕ちた。最早、《破滅の太陽》が空に輝くことはない。彼女の願い通り、破壊の秩序は失われた」

主の言葉に、シンは跪いたまま、黙って耳を傾けている。

「ミッドヘイズを制圧したことで、今やディルヘイドの半分が我が領土だ。これ以上は望むまいと思っていたがな」

元々、彼が欲しいと思って手に入れたものではない。ある者は魔王の庇護に入るべく自ら領土を差し出し、ある者は彼の逆鱗に触れ、すべてを奪われた。そこに住む者たちを捨ておくことはできぬと、アノスは彼らの王となった。群雄割拠のディルヘイドにおいて、凡そ半分もの領土を持つというのは、ほぼ国を支配しているに等しい。今や誰も彼もが、魔王アノスを敬い、そして恐れていた。

「気が変わった。まずは四邪王族を落とす。次いで、残る有力な魔族どもを軍門に降し、このディルヘイドのすべてを俺の支配下におく」

「仰せのままに」

頭を垂れながらも、シンは言った。

「私は我が君の右腕となり、剣となりて、立ちはだかる障害のすべてを斬り伏せましょう」

アノスは振り返り、また口を開いた。

「ディルヘイドを統一した後、機を見て、創造神ミリティア、大精霊レノ、勇者カノンに話を持ちかける」

それは意外な提案だっただろう。しかし、シンは表情を崩さず、黙って耳を傾けている。

「この大戦を終わらせよう、と」

まだまだ道は長い。しかし、アノスはそこへ向かって歩き出すことを、このとき、決意したのだ。

「当面はなにも変わらぬがな。これだけ長く続いた争いだ。終わらせるといっても、いつになることやら、予想もつかぬ」

「我が君ならば、必ずやその大望に手が届くでしょう」

シンの絶大な信頼に、アノスは僅かに笑みを覗かせた。

「シン。しばらく外せ。誰も入れるな」

「御意」

そう答えると、彼は《転移》で去っていった。見送った後、アノスは振り向き、虚空を見据えた。

「人払いをした。入ってきて構わぬ」

目の前の空間が僅かに揺らめく。転移してきたその男は、《幻影擬態》で透明化し、《秘匿魔力》で魔力を隠している。セリスだった。

「破壊神を堕とし、城に変えたか」

彼はそう切り出した。

「小僧。創造神となにを話した？」

「相も変わらず、現れたと思ったら用件だけを勝手に話し始める男だな。俺が幼きときから、なにも変わらぬ」

アノスは《幻影擬態》と《秘匿魔力》にて身を隠す彼にはっきりと魔眼を向けている。

「魔導王ボミラスが何者かにやられたようだが、あれはお前の仕業か？」

「答える必要はない」

セリスはそっけなく言った。

「亡霊。お前が俺に会いに来るのは、これで一七回目か」

「それがどうした？」

「なに、薄々とお前の正体がつかめてきてな。なぜお前が、亡霊と成り果てたのか。初めて会ったときはまるで見当もつかなかったが、今ではお前の考えも少しは読める」

アノスの目を、セリスは黙って見返している。

「世界は変わるぞ」

アノスが言った。数秒間、睨み合った後、セリスは答えた。

「変わりはせぬ。これまでも、ずっと変わらなかった。ゆえに、亡霊が生まれる。我らは、いつの世も、このディルヘイドを彷徨い続ける」

「ならば、滅ぼしてやる」

意味ありげに、アノスは言う。

「亡霊など滅ぼし、この荒んだ世界を俺が変えてやる。二度とそんな愚か者が生まれぬようにな」

彼はセリスの顔をすっと指さす。

「お前を、滅ぼしてやる」

「小僧。貴様にそんな大それたことができると思うか？」

「それを大それたことと思うのは、お前の力不足にすぎぬ。これまでずっと世界は変わらなかった？　当然だ。これまでの世界に、俺はいなかったのだからな」

自分のいる世界と、いない世界は違う。傲慢なまでの自負を持って、アノスはそう言い切った。二人はまた、己の意をぶつけ合うかのように視線の火花を散らす。長く、長く、睨み合い、端から見ていれば、時間が止まったかと錯覚しそうになる頃だった。

「――ヴォルディゴード」

ぽつり、とセリスが呟いた。アノスは険しい視線を緩め、問いかけるように彼を見た。

「お前はヴォルディゴードの末裔だ。母の名は、ルナ・ヴォルディゴード」

興味深そうに、魔王は僅かな笑みを覗かせた。

「まだディルヘイドを支配してはいないぞ」

「明かしたのは半分だけだ」

魔王アノスは、ディルヘイドの半分を領土に収めた。ゆえに、両親の名の内、母だけを明かした。そう言いたいのだろう。

「お前がディルヘイドの支配者となったならば、もう半分も教えてやる」

セリスは《転移》の魔法陣を描いた。

「用件はどうした？」

「愚か者に忠告してやろうと思ったが、思った以上に愚かだったのでな。なにを忠告しようと最早手遅れというものだ」

セリスの姿が消える。アノスは彼の魔力痕跡を追い、魔眼を飛ばした。そこは、デルゾゲード魔王城の裏側にある魔樹の森だ。

《転移》の魔法陣が現れたかと思うと、セリスが転移してきた。彼が視線を向ければ、幻名騎士団が待っていた。

二番、三番、四番の三人である。セリスが現れても、彼らは木の根や岩に腰かけたままだ。

「魔王はなんと？」

二番（エッド）が訊（き）く。

「亡霊を滅ぼし、世界を変えるそうだ」

それを聞き、彼らは笑った。

「できるものなら、やってみてもらいたいですね」

三番（ゼノ）が言う。

「亡霊は所詮、亡霊。変わるものではないというに」

そう、四番（ゼット）が続いた。

「残ったのは三人か？」

彼らはうなずく。

「行くぞ。これまでで最大の獲物だ。魔族も人間も、我々はどこまでも血を求める。それが摂理であることを、あの甘ったれの小僧に教えてやるとしよう」

ゆっくりと、幻名騎士団の三人は立ち上がる。セリスを先頭にして、彼らは魔樹の森を立ち去っていった。

§33．【魔導王の交渉】

景色が溶ける――視界から、創星エリアルが映し出す過去が消えていく。

一七回、それが俺と二千年前のセリスが会った回数だ。父親と呼ぶには、あまりにも少ない。自らの名や、親であることを明かそうとしないあの男にとっては、息子の存在さえ、ただ目的のために使う道具だったか？　ならば、なにがしたくて来訪したのか。奴(やつ)を滅ぼす、と俺は言った。亡霊を滅ぼす、と。その言葉で、セリスはなにかを理解したようにも見えた。あのときの俺はなにかを悟っていたようにも思える。

奴(やつ)と会った一七回の内に、その心の深淵(しんえん)に迫っていたか？　交わした言葉の裏には、別の意味が隠されているのかもしれぬ。二千年前は、安全な時代ではなかった。デルゾゲードの玉座の間とて、いつ誰がそこに潜み、盗み聞きをしているかわからぬ。いかに魔眼を鍛えようとも、心の隙をつかれるときはあるものだ。

俺がそうしていたように、あらゆる魔眼(め)や、耳が、敵の内情を探ろうとしていた。言葉にしたくとも迂闊(うかつ)にはできぬことを言外に含ませたものだが、あれはその類の会話に思えた。

しかし、わからぬ。俺はあのとき、セリスのなにに気がついていたのか？

「さて」

周囲に視線を向ければ、そこは炎の柱が立ち並ぶボミラスの体内、《魔火陽炎地獄(ボルグ・ヴェグム)》の中だ。陽炎(かげろう)のように現れていた三〇体ほどのボミラスは、過去を見るついでにすでに焼き滅ぼし、その殆(ほとん)どが黒き灰へと変わっている。残ったのは一体だけ。

今、俺が《焦死焼滅燦火焚炎(アヴィアスタン・ジアラ)》の右手で貫いているボミラスだけだ。

「極めて精巧に作った幻の体。陽炎(かげろう)と貴様は称したが、ボミラス、なかなかどうして、精巧なはずだ。隠蔽魔法でもなんでもない。現れたのはすべて貴様の分体だ。根源を転写した、な」

ぐぐぅと輝く黒炎の手を押し込み、炎の分体を焼きながら、その根源を握り潰す。

「……ご……がぁ……！」

炎の顔を苦痛に歪ませ、ボミラスは息も絶え絶えに言う。

「……ま、さ、か……最初から知っておったのか……？　セリス・ヴォルディゴードに余の秘密を聞いていたな……？」

「知っていた？　なんのことだ、ボミラス。片手間で十分だと言ったはずだ」

ボロボロとボミラスの炎体は崩れ、黒き灰に変わる。途端に炎の柱が消えていき、空間がぐにゃりと歪む。景色が元の縦穴に戻った。火の粉と化し、上方へ逃げていくボミラスの姿が見えた。奴は仕掛けておいた《四界牆壁》に引っかかり、それ以上進むことができない。

「……ぬがぁぁぁ……！　馬鹿な……こんなことが……!!　片手間で余を……この魔導王ボミラスをあしらうなどとぉ……」

火の粉が一箇所に集まり、炎体を形作る。奴が魔法陣を描くよりも先に、飛び上がっては接近し、その顔面を《焦死焼滅燦火焚炎》の手でわしづかみにした。

「分体に根源を転写できるのは一体のみ。本体が目覚めれば、分体は動かない。敵にそう思い込ませれば、《魔火陽炎地獄》に飲み込んだとき、複数の分体の存在を隠しながら、優位に戦いを進めることができる、といったところか」

分体は、奴の護りであり、生命線だ。慎重なボミラスが、それを惜しげもなく投入するとは、そう読めることではない。分体を無限に作り出せる魔力があるわけではないからな。

すべて滅ぼされれば、奴の本体を護るものがなくなる。それを逆手に取り、一気に勝負を決める大博打(ばくち)が、《魔火陽炎地獄(ボルグ・ヴェグム)》なのだろう。

「……うぐ……があっ……」

ゴオオォォォッとボミラスの本体を《焦死焼滅燦火焚炎(アヴィアスタン・ジアラ)》で焼き、灰に変えていく。奴(やつ)は炎の顔を歪(ゆが)ませながら、忌々(いまいま)しそうにこちらを睨(にら)む。

「過去によそ見をしていたからといって、見抜けぬ俺と思ったか？」

「……ヴォルディゴードの血統め……やはり、貴様はあの亡霊の末裔(まつえい)よ……」

灰に変えられながらも、ボミラスの炎が一際(ひときわ)勢いを増した。まるで燃え尽きる前のロウソクの火の如(ごと)く。灯滅せんとして光を増し、その光を持ちて灯滅を克す。滅びに近づく奴(やつ)の根源は、今まさにこれまでの魔力の限界を超え、輝いている。

「それだけの力を持ち、魔導王たるこの余を軽くあしらうだけの滅びの魔力をその身に宿し、平和だと？　よくもまあぬけぬけと抜かしたものよのうっ！」

ボミラスは体中に大小無数の魔法陣を描き、そこから《獄炎殲滅砲(ジオ・グレイズ)》を撒(ま)き散(ち)らした。

「うぬの存在こそが、争いの種。世界を滅ぼし尽くしても、まだ足りぬほどの力を持つ者がいることこそが、平和を願う者たちのなによりの不安要素ではないかっ」

散らばった《獄炎殲滅砲(ジオ・グレイズ)》を魔法陣と化し、奴(やつ)は《焦死焼滅燦火焚炎(アヴィアスタン・ジアラ)》を使う。紅蓮(ぐれん)の炎体と化したボミラスは俺の手からかろうじて逃れ、地面に足をつく。追って俺も着地した。

「お前の言い分もわからないではないが、嘆くばかりではなにも変わらぬぞ。良(い)い提案でもあるなら、申してみよ」

「うぬが応じるとは、とても思えぬがのう」

魔導王は、自らの体に描いた魔法陣に手を突っ込み、小瓶を取り出した。中に入っている液体は黒く、魔力によって山のような形を保っている。

「受け取るがよいわ」

それをボミラスは俺に放り投げた。受け取ってみれば、《黒界の外套》に似た魔力を感じる。

「余が長きに渡り、研究した《魔導の分水嶺》と呼ばれる魔法具でのう。それを飲めば、根源から溢れる魔力が分水嶺にて分かれるが如く、流れ落ちていく。一部はいつも通り、自らの体へと。そして一部は黒界へと流れる」

「魔力を分け弱体化させる、か」

「うぬが真に平和を目指すならば、それほどの力はいらぬであろう。余が繰り返し言っておるように、暴虐の魔王がいない方が平和に近い」

《魔導の分水嶺》を手に、俺はそれをじっと睨む。

「《契約》でないのはなぜだ？」

「ヒヒヒヒ、《契約》など滅びる覚悟があれば破棄できよう。うぬの力ならば、その滅びさえも克服してしまうかもしれぬ」

一理あるといえば、あるか。

「平和を求めるのならば、これを飲めと？」

「飲まぬであろう。うぬは平和を求めながら、力を手放さぬ。平和な世界に不要なその力をな。そこに矛盾が一つある」

ボミラスは炎の指で俺の顔を指す。

「うぬさえいなければ、余がこのような実力行使に出る必要もなかったというにな。誰も気がついておらぬようだがのう。その矛盾は、結局うぬの本心よ。平和など、己の力を振るいたいがための方便にすぎぬわい」

まるで俺の心を見透かしたと言わんばかりに、ボミラスは炎の口を歪ませる。

「のう、弱い者いじめは楽しかろう、暴虐の魔王や。平和という正義を振りかざし、他者を蹂躙するのは、さぞ気持ちいいだろうな。うぬはそれがやめられぬだけ。それを余が、ここで証明してやろう」

「ほう」

ボミラスは《遠隔透視》の魔法を使った。そこに映ったのは、エミリアたちと王宮内を移動している第一皇女ロナである。

「彼女は余の分体だ」

ふむ。そういうことか。

「シャプス皇帝の娘として、生まれたことにしたのだ」

「なるほど。シャプス皇帝を説得したい、というロナの言葉は真っ赤な嘘だったわけだ」

「左様。シャプスなど、とうの昔に牢獄へ放り込んだ。このインズエルは、すでに余が支配している」

必要なときは、ボミラスが皇帝に成りすましているといったところか。事実ならば、魔導王を倒せば、すべての決着はつく。

「ロナが案内しておるのは墓場よ。うぬの配下に手練れが揃っておったので、迂闊に行動を起こせなんだが、カシムの奴がうまく引きつけてくれた。今ロナと一緒にいるうぬの配下に、二千年前の魔族は一人もいまい？」

レイたちと別れたため、あそこにいるのはエミリアと二組の生徒たちだけだ。

「そして、余の本体であるこの根源は、分体へ自由に渡ることができる。どういうことかわかるかのう？」

「今すぐロナに転移して、俺の配下を皆殺しにできると言いたいわけか」

ヒヒヒヒ、とボミラスは勝ち誇ったように火の粉を撒き散らした。

「転移の利かぬここで、うぬが駆けつけるまでに少なく見積もって数秒だったとしよう。それだけの時間があれば、余があやつらを滅ぼすことは容易い」

「させると思ったか？」

「無論、分体へ渡る前に、うぬは余を滅ぼせるかもしれぬのう。しかし、余がその備えをしていないわけがないであろう？」

奴の根源に魔眼を向ければ、それが魔法陣を描いている。

「この根源が滅びゆくとき、魔導王最期の魔法が発動する。滅びが近づき、強力になった根源が、分体に転写されるのだ。本体以上の力を持ったロナがうぬの配下たちを襲うだろう」

滅びを克服する、魔導王の魔法。正確には魔導王の本体は滅びるが、より強い偽者が分体へ転写される。そうして、偽者が本物に成り代わり、魔導王として生きるわけか。あるいは奴はそうやって強くなり続けた、何番目かの偽者の一人なのかもしれぬ。

奴を完全に滅ぼすには、分体を先に片付けた後に、本体を滅ぼさねばならぬ。

「うぬは余を滅ぼせる。だが、それには配下を犠牲にするしかない。もしも、うぬが真に平和を求めるというのならば、《魔導の分水嶺》を飲むがいい」

ボミラスは《契約》の魔法陣を描いた。

「そうすれば、うぬの配下を滅ぼさぬと約束しよう」

俺の力が弱まれば、ボミラスはここから逃げることができる。暴虐の魔王への抑止力を求めているのならば、それで目的は十分に果たせるというわけか。だが――

「やってみるがいい」

「なに？」

「お前の分体で俺の配下を殺せるというのならば、やってみるがいい」

「ヒヒヒヒ！　やはりのう。やはり、うぬはそういう男だ。配下を見殺しにしてまで、力を手放さぬ。血を求める、ヴォルディゴードの血統よ。いいのか？　それをうぬの配下に伝えても？　これまでの嘘が水の泡になろう。この場は痛み分けで済ませてはどうだ？」

魔導王は交渉を持ちかけるように言った。

「なにを勘違いしている？」

ボミラスは不可解そうに、炎の顔を歪めた。

「お前の分体ごときに俺の配下は殺せぬと言っているのだ」

《焦死焼滅燦火焚炎》の右手に魔力を込めれば、魔導王の魔眼がそこへ最大限の警戒を向けた。

その死角を突き、魔法陣を描く。炎の鎖が大地を走った。

「……ぬぅっ……!?」

俺の右手に気をとられた隙に、《獄炎鎖縛魔法陣》は魔導王の体を縛りつけていた。

「……後悔することになるぞ、魔王。現代の脆弱な魔族など、余の分体にかかれば、数秒かからず灰に変わる。そんな単純な理屈が、わからぬわけではあるまい……」

「さてな。わかっているのは、あそこにいるお前の分体がやられたとき、お前の逃げ場はなくなるということだ」

ゆるりと歩いていき、《獄炎鎖縛魔法陣》に縛られたボミラスを睨む。

「俺がなぜ力を手放さぬか。それを説明する前に、一つお前に教えてやらねばならぬ」

分体に渡ろうとすれば、その瞬間に俺に滅ぼされる。たとえ本体の根源が転写されようとも、それは同じ考えを持つだけの偽者にすぎぬ。生き返ったわけでも、転生したわけでもない。奴としては、生き延びたいだろう。ゆえに、この場はまだ動くわけにはいくまい。

「この時代の魔族の力を。魔王学院を甘く見るなよ、魔導王」

§34.【魔王学院　対　魔導王】

エミリアの魔眼に視界を移せば、そこは巨大な門の前だった。

彼女の後ろにいた第一皇女のロナが言う。

「ここが父の、シャプス皇帝のいる皇務の間です。普段はここで仕事をしていますし、緊急時には司令室にもなりますから……」

エミリアたちが王宮に侵入したとなれば、そこで指揮をとると考えるのが妥当だろう。他の場所より備えも多く、堅牢な作りのはずだ。シャプス皇帝が健在だったならば、の話だが。

「もしかしたら、もうここを放棄しているかもしれませんね」

エミリアが言う。最初の襲撃以降、兵士たちが襲ってこなかったからだろう。

「……行きましょう」

エミリアが扉に手をやった。しかし、鍵がかかっているようで開かなかった。

「たぶん、私なら、開けられると思います」

ロナが扉の魔法陣に手を当てる。魔力を送れば、それを感知して鍵の外れる音がした。ゆっくりと大きな扉が開いていく。

「ずいぶん、広いですね」

遺跡の上に作ったからか、皇務の間は妙にだだっ広い。古い石像や台座、なにかを象徴するような石の盾や剣などが置かれている。広い部屋の奥には、また扉があった。

「皆さん、警戒してください」

周囲に視線を配りながら、エミリアたちは進んでいく。彼女たちは古い石像などに魔眼を凝らす。僅かに魔力を残してはいるが、魔法効果を発揮しそうなものはなにもない。

「シャプス皇帝は、奥ですか？」

「たぶん、そうだと思います……」

短く会話を交わし、彼女たちはまた歩を進めた。

　ここまで敵地深くまで来ておきながら、警備の兵が現れる気配はない。そのことが逆にエミリア以下魔王学院の生徒たちの緊張を更に高めていた。やがて、その部屋の中央辺りに差し掛かる。エレンが足を踏み出すと、ガゴンッと音がして、石の床の一部がへこんだ。

「あ……？」

「どうしたの、エレン？」

「ごめんっ！　なにか踏んだっ！　みんな気をつけ――」

　ガガガガガガッ！　と、エレンの声を途中でかき消すほどの振動音が鳴り響き、室内が激しく揺れ出した。見れば、古い石像や台座、石の剣などが次々と姿を消している。いや、落ちているのだ。ガタガタと音を立てながら、皇務の間の床という床、足場という足場が崩れ、次々と地下へ落下している。付近に大きく空いた穴を見て、エレンは叫んだ。

「この下、空洞だよっ！　アノス様みたいっ‼」

「底が見えないってことっ⁉」

「んな、こんなときに紛らわしい言い方してんじゃねえっ……‼」

「飛んでくださいっ！　《飛行(フレス)》ッ！」

　エミリアが飛び上がろうとする。しかし、うまく飛行できず、バランスを崩した。

「なんですか、これっ……⁉」

　魔眼を通して見れば、魔力場が乱気流のように激しく乱されており、《飛行(フレス)》を妨げているのがわかる。ここで飛ぶのは、二千年前の魔族とて、至難の業だ。皆《飛行(フレス)》で飛ぼうとすれば、あさっての方向へ体が向かい、互いに衝突したり、壁にぶつかったりしている。

「落下の衝撃に備えてくださいっ！　飛ぼうとすれば陣形が崩され、自滅しますっ！」

ズゴゴゴゴゴォォッと床は完全に崩落し、エミリアたちは宙に体を投げ出された。エレンが言った通り、下は空洞であり、底が見えないほど深い。元々は遺跡の縦穴だったのかもしれぬ。エミリアたちは落下の衝撃と、そこに待ち受ける罠に備え、反魔法と魔法障壁を張り巡らせる。

「ロナ様……手を……！」

落下しながらも、なんとか微弱な《飛行》を使って、エミリアはロナに手を伸ばす。だが、ロナは虚ろな瞳をしたまま、エミリアの手をつかもうとしない。

「……ロナ様？　大丈夫ですか？」

エミリアが更にロナに近寄るため、《飛行》にてじりじりと宙を移動していく。

『逃げたまえ』

ドクロの口がカタカタと動き、落下している《知識の杖》が喋る。

『脇目も振らずに逃げたまえ』

その声を聞き、ナーヤがはっとした。

「エミリア先生、だめですっ！　トモッ、お願いっ！」

落下する生徒たちの目の前に紅い炎が大きく広がった。エミリアがそれに飲まれる寸前で、乱れた魔力場をゆうゆうと飛び、トモグイが彼女の服を咥えて引っぱった。

「なっ……あ……」

間一髪、激しい炎に焼かれる前に、エミリアはトモグイに引き戻された。だが、その表情は驚愕(きょうがく)に染まっている。ロナの体が裏返るように、その姿が炎体に変わっていくのだ。心構えをしてきた生徒たちも、思わず息を呑(の)む。

「……マジ……かよ……」

「……ただじゃすまねえとは思ってたが、よりによって……」

「魔導王じゃねぇか……！」

ヒヒヒ、と火の粉を撒(ま)き散(ち)らしながら、その分体――魔導王ボミラスは言った。

「この程度の魔力場の乱れで《飛行(フレス)》も使えんとは情けない魔族たちよのう」

ボミラスは、自らの体に大小様々な魔法陣を描いていく。紅(あか)い太陽が、その砲門からちらついた。《獄炎殲滅砲(ジオ・グレイズ)》だ。生徒たちの反魔法では骨も残らず滅び去るだろう。

『カカカ、危機だ、危機だぞ、危機ではないかっ！』

《知識の杖》が愉快そうに声を上げる。

『さあさあ、命懸けの問題だ、居残り！　乱れた魔力場と、音韻ブレス、いくつもの縦穴と横穴がつながったこの地下遺跡の構造から、回避と逃走を同時に行う手段を導き出したまえ。正解者には、ほんの少し生きながらえる猶予が与えられる！』

「このような雑魚(ざこ)どもを甘く見るなとは。力はあれど、見る魔眼(め)はないようだのう、魔王は」

ボミラスの魔眼が光り、奴(やつ)は言った。

「うぬらにはもったいないが、冥土の土産に受けるがよい。我が至高の《獄炎殲滅砲(ジオ・グレイズ)》を」

魔法陣の砲塔から、紅(あか)い太陽がぬっと出現し、エミリアたちへ一斉に撃ち出された。

「全力で相殺(そうさい)してくださいっ!!」

エミリアが《灼熱炎黒》を放つと、生徒全員も同じ箇所に炎属性の魔法を集中砲火する。相乗効果により膨れあがったエミリアと生徒たちの炎球は、しかし、ボミラスの《獄炎殲滅砲》にいとも容易く飲み込まれた。彼女の目に、一瞬、絶望がよぎる。

「トモッ、音韻ブレス、魔力場を思いっきり乱してっ!!」

クゥルルルーっ!! と鳴き声を上げ、トモグイが大きく口を開く。ギィイイイイイイインッと耳を劈くような音が響いたかと思えば、ボミラスの体が一瞬ふらついた。

彼でさえも《飛行》の制御が困難なほどに、更に魔力場が荒れ狂ったのだ。音韻ブレスと、荒れ狂う魔力場に乱され、まっすぐ迫っていた《獄炎殲滅砲》が途中でぐにゃりと曲がる。それらは狙いを外し、縦穴の壁に悉く着弾していく。炎上し、弾け飛んだ壁に、風穴が空いた。先が見えないほど深い。恐らくは隣り合う縦穴に通じている。

「みんな、あそこにっ！　トモッ、飛ばしてっ！」

クゥルルルーッと声を発して、再び音韻ブレスにて、トモグイは生徒たちを空いた穴に吹き飛ばしていく。彼らの体には裂傷ができていくが、気にしている場合ではない。壁を蹴り、あるいは剣や槍を突き刺して、かろうじて、生徒たちとエミリアは、穴の中に飛び込んだ。

「トモッ、戻っておいで」

ナーヤが言う。トモグイは魔力場の乱れる宙を、その翼を広げてすいすいと飛ぶ。だが、その直上に魔導王が迫っていた。

「小癪な竜めが、滅べ」

「……キイイッ……」

放たれた《獄炎殲滅砲(ジオ・グレイズ)》がトモグイを飲み込み、そのまま縦穴の下へと押し潰していった。

「トモッ!!」

「ナーヤさん、いけませんっ」

魔導王のいる縦穴に戻ろうとしたナーヤの手を、エミリアがつかんだ。

「放してくださいっ！　トモを助けにいかないとっ！」

そのとき、遠くから、『クゥル……』と小さな鳴き声が聞こえた。どこからともなく音韻ブレスがナーヤの目の前で巻き起こり、彼女を奥へ押し飛ばした。

「あっ……！」

主を守ろうとしたのだろう。エミリアは彼女の手を強く握り、厳しい表情で言い聞かせる。

「……行きましょう。今は逃げないと、あの小さな竜の行動も無駄になります」

「…………………はい……」

エミリアとナーヤは全速力で逃げていく。魔力場が乱れた場所を抜け、《飛行(フレス)》が使えるようになったため、極力ボミラスから離れるように、入り組んだ地下遺跡内を飛んでいく。

《知識の杖》が説明した通り、ここは大きく深い縦穴がいくつも隣り合っており、それらを小さな横穴がつないでいるようだ。十数分ほど逃げ、彼女たちは、最初の縦穴から隣へ九つほど移動していた。

「全員いますか？」

エミリアが生徒たちを確認する。皆、疲労困憊(ひろうこんぱい)で、少なからず負傷しているが、全員無事だった。

「地上に出た方がよさそうですね。ナーヤさん、その《知識の杖》はなにか知りませんか？」

　ナーヤは杖を握り、魔力を込める。

「杖先生、お願いします」

『無論、無理だっ！　オマエたちが地上へ逃げようと考えるのは百も承知ではないか。ならば、出口には常に奴の魔眼があると考えるべきだ。外へ出ようとすれば、十中八九見つかるだろう。ここでオマエらを逃がすようならば、奴は魔導王と呼ばれてはいないぞ』

　その言葉に、重たい沈黙が訪れる。

「……んじゃ、助けがくるまで待つしかないよな……」

「アノシュかレイかサーシャ様か、誰でもいいから気がつけば助けてくれるんじゃねえか？」

「けどよ、それまで、あいつから逃げられんのか？」

「いざとなったら、この縦穴中に火をつけられて、終わりだろ」

　すると、再び《知識の杖》が口を開く。

『正解、正解だ、百点満点だっ！　最初の罠を回避した以上、炙り出すのが次の奴の手だろう。こうしている間にも、オマエたちの逃げ場はどんどんなくなっている。炎に焼かれて死ぬか、それとも、出口へ逃げようとして魔導王に直接やられるか。二つに一つだ！』

「……こんなに嬉しくねえ百点は初めてだぜ………」

　再び静寂が彼らの間をよぎる。エミリアも、名案が思い浮かばないといったように、じっと黙り込んでいた。二千年前の魔族が相手だ。まさに八方塞がりに感じられたことだろう。

　刻一刻と時間は過ぎていき、そうしている間にも縦穴に炎は広がり、魔導王は彼らを滅ぼすための準備を着々と進めているだろう。

「あの」

思いきったように口を開いたのは、ナーヤだった。

「……勝てませんか……？」

生徒たちは皆、驚きの表情を浮かべた。

「勝つって、ナーヤちゃん、ボミラスに？」

「でも、あの炎の人、二千年前の魔族だよ？」

ジェシカとノノが言った。

「だって、逃げたら、トモを助けられない……」

目に涙を浮かべながら、ナーヤは言う。

「きっと、まだ生きてるからっ。私が助けにくるのを、待ってるはずから」

「気持ちはわかりますが、こちらから打って出たからといって、どうにかなる相手では……」

エミリアが言う。涙をごしごしと拭い、ナーヤは覚悟を決めた表情を浮かべ、盟珠の指輪を見せた。

「召喚魔法が使えます。まだうまく使いこなせませんけど……でも、今やらなきゃ……」

それに、と彼女は続けた。

「たぶん、アノス様は私たちに、魔導王を倒せって言ってるんだと思います」

「……それは、どうしてそう思うんですか？」

「だって、そうじゃなかったら、こんな状況に私たちが陥るわけがありません。アノス様のお考えより、ボミラスの計略が一枚上手だったなんて、そんなことありますか？」

　誰もがそこではっと気がついたような顔をした。

「……まあ、ねえわな……んなわきゃねえ……」

「だよな。ってことは、なにか？　俺らにやれっていうのか？　あの魔導王を？」

「ちきしょうが……。相変わらず無茶ばかり言いやがって……二千年前の魔族だぞ、二千年前の。それも大物じゃねえか……」

「……でも……できるってことだよな。やり方次第で……」

　すると、エレンが言った。

「ナーヤちゃんの言う通りだと思う！　アノシュ君が言ってたでしょ。古より魔族たちが積み上げてきたものの上に、今この魔法の時代があるって」

　訝しげな表情を浮かべる生徒たちに、明るい声で彼女は続けた。

「魔導王然り、暴虐の魔王然り、先祖が築いた数多の死と数多の研鑽の果てに、あたしたちは更に深淵に辿り着くんだって」

「……アノシュはまあ、あいつは天才がすぎるからよ……」

「うぅん。きっと、アノシュ君はアノス様の想いに一番早く気がついたんだよ」

　ナーヤが疑問の目を向ける。

「アノス様の想い？」

「いつまでも、二千年前の魔族に負けてちゃいけないってことだと思う。あたしたちは二千年前の魔族を超えなきゃいけないんだよっ。それがアノス様の願いなんだよ」

　ジェシカが尋ねる。

「どうして、そんな願いを？」

「知らないけど」

「知らないのっ⁉」

「じゃなくて、なにか深いお考えがあってのことだと思うからっ！　深いお考え。あたしたちには知る由もない感じの」

　白々とした視線をジェシカはエレンに向けた。

「で、でねっ。それはおいといて、大事なのはアノス様は期待してるってこと。あたしたちに。だから、自ら教鞭をとって、あたしたちを鍛えてくれたんだと思う」

　ノノが考えるような表情で俯く。

「それはそうかも」

「だから、期待に応えようよ。大丈夫っ！　アノス様がなにも言ってこないんだったら、あたしたちで十分ってことだもんっ。きっと勝てるよっ！」

　生徒全員がうーんと考え込む。

「皆さんの言うことも一理ありますが、勝算のない戦いにあなたたちを向かわせるわけにはいきません」

　エミリアが言った。

「ですけど、一度考えてみましょう。先生が知っているより、皆さんはずっと成長していました。力を合わせれば、この事態を乗り切る方法がなにか思いつくかもしれません」

エレンの楽観的な考えが、硬直したエミリアの思考を解きほぐしたか、彼女の表情が前向きになっていた。勝算があるかもしれない。そう思ったのだろう。

「みんなのできることを、先生に教えてください」

生徒たちはうなずき、そうして、自らが習得した魔法や特技をエミリアに話し始めた。

§35. 【魔王学院の秘策】

エティルトヘーヴェの縦穴――

石の台座や、石版がぎっしりと並べられた場所だった。端の方には大量の瓦礫が積み上がり、山ができている。台座の上にあるのは石造りの剣や竪琴、帽子、靴など様々だ。その殆どが破損しており、原形を留めていないものもあった。もの悲しさを感じるその石の彫刻は、墓標だろう。縦穴の中に設けられたここは、二千年よりも更に昔の人々が眠る、古代の墓地なのだ。

ファンユニオンの少女たちは、それらを一望しながら、ぐっと身構える。辺りは広い。縦穴の中で一番広い場所を捜して、彼女たちはここへやってきた。

「焦げ臭いね」

ジェシカが言った。なにかが燃える匂いが、遠くから漂ってくる。

「ナーヤちゃんの《知識の杖》が言ってた通り、魔導王が火を放ったんじゃない」

「だよね……」

王宮地下の遺跡は、複数の縦穴がそれぞれ隣り合っており、それらが、細い横穴でつながっている。全体としてみれば、かなりの広さだ。隠れる場所も十分にある。人数の多い魔王学院の生徒たちを追いかけ回すのは面倒と判断し、《獄炎殲滅砲》にて、縦穴を丸ごと焼き尽くすつもりなのだろう。黒い煙は時間を追うごとに増えていく。

地上へ続く道はとっくに火の海と化しているはずだ。ここから生きて戻るには、魔導王ボミラスを倒すほかない。ファンユニオンの少女たちは互いに背中合わせになり、全方位を警戒する。縦穴の上部の方から、紅い炎がちらついた。

ゴオオオオオオオオオオオオオオォォとけたたましい音を立てながら、真紅の太陽が遙か頭上を燃やしていく。ヒヒヒヒ、と火の粉を撒き散らし、笑い声を上げる炎体が姿を現す。

「ここに隠れておったか。墓地とはのう。うぬらの死に場所にはちょうどよかろう」

ゆらゆらと体の炎を揺らめかせながら、魔導王ボミラスは地面に降り立った。奴は、槍を手に身構える少女たちにその魔眼を光らせる。

「他の者どもはどこへ逃げた？　ん？」

その場には、ファンユニオンの少女八人しかいない。広大な墓地のどこを見ても、他の生徒たちの姿はなかった。

「どこだと思うっ？」

「今頃、地上に脱出してたりしててっ？」

「すぐに助けを呼んでくるかもっ？」

「捜しにいかなくていいのかなっ？」

少女たちが口々に言う。しかし、ボミラスは泰然と構えたままだ。

「うぬらが余から逃げ切るなど天地がひっくり返ってもありえぬことよのう。二千年前の魔族ならば、誰もが知っていたものだ。余のテリトリーに土足で踏み込んだが最後、滅びるか忠誠を誓うか、二つに一つだということを」

ボミラスが炎の指先を少女たちへ向ける。

「他の者どもの居場所を吐くがいい。一〇秒待とう。先に吐いた者一人だけ、命を助けてやる」

ボミラスがエレンに視線を向ける。二千年前の大戦をくぐり抜けてきたボミラスはまさに百戦錬磨。心胆を凍えさせるほどの殺気が、その魔眼に込められている。

「どうだ？」

「おことわりっ」

ボミラスの殺気をいとも容易くはね除け、エレンは即答した。

「ほう。仲間が裏切らぬと思っておるのか。だが、信頼というのは脆く崩れやすい。特にこの魔導王の前ではのう」

ボミラスがジェシカに視線を向ける。その問いは、死を孕んでいる。緊迫した空気が、奴の炎体を中心に広がり、この場をどんよりと飲み込んでいく。

「おことわり二っ」

即答だった。死の気配だろうとなんだろうと、空気を読まぬのが彼女たちだ。

「その強がり、どこまで続くものやら」

魔導王は今度、ノノに視線をやった。

「うぬはどうだ？」

上から押さえつけるような問いだ。生きるも死ぬもボミラス次第、そのことを奴はよく理解しているのだろう。この場の支配者は紛れもなく自分である、と。

二千年前、ミッドヘイズを支配し、多くの魔族たちを恐れさせた魔導王は、そのときと同じように覇者としての姿を彼女たちへ示す。

「じゃ、おことわり四」

「飛ばさないでよっ、三でしょ、三っ」

「ていうか、どうせおことわりなんだから、全員で言えばよくない？」

「だって、わざわざ一人ずつ聞いてくれるんだし」

「そうそう、それなら時間稼いだ方がいいじゃん」

「あたし、おことわり八とっぴ」

「なによ、とっぴって」

ボミラスがため息をつき、呆れたような表情を浮かべた。その瞳には、自らを軽視する者たちへの怒りが滲む。

「まったく呆れかえる。うぬらが立っているのは死地ぞ。命のかかったこの場において、緊張感もなければ、その有り様。まさに油断の極地というもの」

ボミラスは目を閉じ、ため息の火の粉を散らしながら、首を左右に振った。

「二千年前ならば、うぬらの命などとうにな――」

「「「おことわりベブズドォォォっ！！！」」」

ファンユニオンの少女たちが一転して素早く突っ込み、槍を突き出した。

「ぐぼぅぅっ……‼」

ボミラスの口に八本の槍が突き刺さっていた。

「二千年前だったら、死んでたよね？」

「そうそう。今のが本物の《根源死殺》だったら、完全にアノス様されちゃってるから」

「二千年前の魔族って、ふざけるとすぐ油断するよね。現代のノリに慣れてないんじゃない？」

瞬間、ゴォォォォォォッとボミラスの体から八本の手が生え、槍の柄をわしづかみにした。

そうして、ぐしゃり、と八本の槍をへし折ってみせた。

「「「きゃあああああああああぁぁぁぁぁぁあっっっ！！！」」」

同時に、その炎が少女たちに襲い、体を燃やす。勢いよく弾け飛んだ彼女たちは、バタバタとその場に崩れ落ちた。

「余はこれでも温厚な方だ。ゆえに、もう一度だけ問おう。他の者をどこへやった？ 吐かぬなら、生きながら焼かれ続ける苦痛を味わわせ、惨たらしく殺してやろうぞ。ん？」

「……甘く……見ないでよね……」

ボミラスの前に倒れた八人の少女たち。その一人が、よろよろと立ち上がる。エレンだ。

「あたしたちだって、そう簡単にやられないからっ……！」

エレンが強い視線を放つ。七人の少女たちも、体こそ起こせないものの、顔を上げ、戦う意志を瞳に浮かべた。

「行くよっ、みんなっ！」

「「「うんっ！」」」

少女たちが魔法陣を描き、その中心に手を入れた。次なる武器が、姿を現す。二千年前の魔族らしく、ボミラスはすぐさま魔眼を向け、その得物の深淵を覗く。だが、二度は油断せぬと思ったであろうボミラスが、さすがに侮りを隠せなかった。なにせ、それはただの棒だ。

ディルヘイドのとある街で売られている、なんの変哲もない木の棒——アノッス棒である。

「ひ、ヒヒヒ、ヒハハハハハ！！！」

侮りは、すぐさま怒りへと変わり、暗い笑みがボミラスからこぼれ落ちる。

「うぬらは、つくづく人を食った者どもよのう。なんのつもりかしらぬが、この魔導王、これほどの屈辱を受けたのは初めてだ」

魔剣でも、魔法具でもなければ、刃物ですらない。そんな武器で挑まれたことは、奴の生涯において、初めてのことだっただろう。それを侮辱と受け取るのは、至極当然だ。

「もうよい。全員を捕らえてからにしようと思ったが、うぬらは魔王聖歌隊。暴虐の魔王の寵愛を受けし者たちだ。一人ずつ滅ぼしてやれば、魔王と良い交渉ができるであろう」

炎体から炎を撒き散らし、ボミラスの体が倍に膨れあがった。

「五人も滅ぼす頃には、あの男とて、余の話に応じる気になっているというもの」

奴の視線が、唯一立っていたエレンを捉える。

「まずはうぬからだ」

ボミラスの炎の手が勢いよく燃え盛り、三倍に膨れあがった。手にした木の棒など意にも介さず、奴は諸共焼き尽くす勢いで、その炎腕を振るった。

「……アノス様の足を引っぱるもんか……！」

エレンがアノッス棒を、その炎の手の中心に突き出す。途端に激しく炎の柱が立ち上った。

「真紅の炎に焼かれながら、この魔導王を侮辱したことを後悔するが――」

勝ち誇った魔導王が、しかし途中で絶句した。立ち上る真紅の炎に黒い染みができ、ボロリと腐り落ちる。

「…………な、に……？」

炎の柱が完全に腐食したかと思えば、そこにアノッス棒を構えたエレンが立っていた。彼女は火傷一つ負わず、粘つく黒い光をその棒に纏わせている。

「なぜだ？　こんな棒如き、へし折って――」

ボミラスの炎の手が、アノッス棒をわしづかみにし、ぐっと力を入れる。

「へし折る？　そんなの、絶対にあり得ないよっ！」

「「「絶対にありえないっ!!」」」

少女たちが想いを一つにして叫ぶ。凄まじいまでの膂力でそれをへし折ろうとしたボミラスだったが、しかし、黒き光に侵され、反対にその手がボロボロと腐り落ちる。

「……なん……だとっ……!?　馬鹿なっ!!　こやつら如きの魔力で、余の炎体に傷をつけるなど……!?」

咄嗟の判断でボミラスはアノッス棒から手を放し、退いた。そうして、その魔眼にて、彼女

たちの深淵(しんえん)を覗(のぞ)く。

「……これは、勇者どもの……《聖域(アスク)》……？」

「魔族だからといって、愛魔法が使えぬと思ったか」

エレンがアノッス棒に粘つく黒い光を纏(まと)わせ、突っ込んでいく。

「なんちゃってベブズドォオォッ!!」

「ぬうぅっ……!!」

さすがに直撃は受けられぬと思ったか、ボミラスは炎の体に空洞を作ってそれをかわし、炎の右手を振るう。しかし、エレンはアノッス棒で受け止め、炎を腐食させた。

「おのれ……雑魚(ざこ)の分際で、小賢(こざか)しい真似(まね)をしおって……」

ボミラスは《飛行(フレス)》にて飛び上がり、アノッス棒の間合いの外へ逃れた。

「だが、これまでだ」

魔導王の目の前に巨大な魔法陣が描かれる。その照準はエレンたち八人の少女へ向いた。

「滅びよ、《獄炎殲滅砲(ジオ・グレイズ)》」

巨大な紅(あか)い太陽が勢いよく射出され、まっすぐエレンに突っ込んでくる。

「みんなっ……まだ想(おも)いが足りないよっ！　アノッス棒をアノス様と思って……もっとっ！」

《理創像(エドニカ)》の特訓は、ファンユニオンの少女たちに、独力での《狂愛域(ガルド・アスク)》を身につける契機となった。その魔法を、地底から戻った後も研鑽(けんさん)してきたのだ。彼女たちの想(おも)いの源泉は、狂おしいほどの忠義。魔王アノスを対象に《狂愛域(ガルド・アスク)》を使ったときは、忠義の対象と魔法の対象が同じなため、その効果が最大限発揮できる。

しかし、エレンに《狂愛域》を集中するとなると、勝手が違う。忠義の対象が魔王アノス、魔法の対象がエレンでは、ひどく効率が悪いのだ。本来ならば、まともな威力にならないはずが、しかし、彼女たちは驚くべき発想でそれを乗り越えた。

それが、あのアノッス棒だ。魔王アノスと名前の似ているあの棒をエレンが手にし、さながら偶像崇拝の如く、エレンと棒、そして、その先にいる主へ忠義を届ける。エレンを経由してだ。間接的な想いは弱い。その常識を彼女たちは塗り替えた。

まさに、離れ業と言えよう。なにより驚くべきは、ただ名前が似ている、それだけで、あの棒を魔王アノスと見立てることができる、類い希な想像力であろう。二千年前の魔族にはないなにかが、彼女たちにはある。

「間接《狂愛域》で――」

エレンがアノッス棒を掲げると、同じようにして七人の少女がアノッス棒を掲げる。迫りくる《獄炎殲滅砲》に少女たちはその先端を向けた。

「「「なんちゃって、ジオグレエエエッ！！！」」」

粘つく黒き光は、太陽を模して、紅い《獄炎殲滅砲》と衝突する。激しく炎が撒き散らされ、腐食した錆が周囲に飛び散る。《獄炎殲滅砲》と《狂愛域》の衝突はほぼ互角、いや、僅かにファンユニオンが押している。

「……いけるっ、いけるよっ……！　あたしたちでも、魔導王と戦えるっ……！」

「……この……まま……」

「……あと、一息っ……」

彼女たちの想（おも）いが増すと、ボロボロと紅（あか）い《獄炎殲滅砲（ジオ・グレイズ）》が腐食していく。

「……おのれ……うぬら如（ごと）きに……」

縦穴の遙（はる）か上方から、紅（あか）い熱線がボミラスに集中する。退路を断つように炎を広げていた大小無数の《獄炎殲滅砲（ジオ・グレイズ）》。それらが魔法陣を構築し、ボミラスに魔力の熱を降り注がせた。

《狂愛域（ガルド・アスク）》の太陽は、《獄炎殲滅砲（ジオ・グレイズ）》を完全に腐食させ、そのままボミラスへと押し迫る。

その瞬間――

「《焦死焼滅燦火焚炎（アヴィアスタン・ジアラ）》」

魔導王が輝く真紅の体に染まる。放たれた《狂愛域（ガルド・アスク）》の粘つく光も、それに触れた途端、瞬（またた）く間（ま）に焼き滅んだ。

「これで、お仕舞いよのう。どうやら、うぬらを侮（あなど）っていたようだ。その詫（わ）びといってはなんだが――」

魔導王の炎体が太陽の如（ごと）く球体と化していく。

「――苦しむ暇がないほど一瞬で灰にしてやろう」

ドッゴォオオオオオオンッと積み重なった瓦礫（がれき）が飛び散った。ボミラスが球体から普通の体へと戻り、その方向へと素早く視線を向ける。

山のように積まれた瓦礫（がれき）の下から、巨大な石の手が現れていた。ゴ、ゴゴ、ドゴゴゴゴゴゴゴォオと瓦礫（がれき）が崩れ落ち、更に飛び散る。中から姿を現したのは、《創造建築（アイリス）》で作られた魔王城である。それが手足を生やし、立ち上がっていた。

ガゴンッと魔王城は巨体を揺らし、一歩を刻む。

「いきますよ、ボミラス――」

エミリアの声が響く。《魔王軍》の魔法にて、魔王学院の生徒全員で創った巨人兵だった。

§36. 【総力戦】

ズゴンッ、ズゴォンッと足音を立て、巨人が歩く。ボミラスは、動く魔王城に魔眼を向け、その深淵を覗いた。

「……即席の城ではないのう。これだけの《創造建築》を使う魔力を積みながら、どうやって隠れておった？」

瓦礫に埋もれていたとはいえ、それだけでボミラスの魔眼を欺けるものでもない。エミリアや生徒たちは、魔力をその魔王城に注ぎながらも、奴に悟られぬようにずっとその場所に潜んでいたのだ。

「どうやってだぁ？　くだらねえこと訊くんじゃねえよ。こちとら、端から化け物と戦うことになるってわかってんだ。逃げるための魔法を重点的に鍛えるに決まってんだろうがっ」

堂々と生徒の一人が言った。

「アノス様の《理創像》に教えてもらった俺の得意魔法《幻影擬態》。放課後、八時間みっちり特訓したからよ」

「俺は《秘匿魔力》を八時間だ。地底から帰って以来、俺のカリキュラムは、朝《秘匿魔力》、昼《秘匿魔力》、夜《秘匿魔力》よ」

「アノシュみたいに透明にゃなれねえし、魔力も完全に消せねえけど、魔石の瓦礫ん中に隠れてりゃ、なんとかやりすごすぐらいはできるってことよ」

「なんたって俺たちは、元の魔力が少ないからよっ！　魔石の魔力と混ざってよくわかんねえってことだ」

「「はっはっはーっ！」」

やけくそに近い笑い声だった。《秘匿魔力》は魔力が乏しい者にほど、より効果を発揮する。彼らは魔力の少なさを逆手に取り、魔導王にバレないように少しずつ魔王城を建築していたのだ。おまけに魔石の瓦礫に埋もれていたため、ますます彼らの存在は希薄となった。

まだまだ未熟とはいえ、《秘匿魔力》が使えると思わなかった奴は、自分の魔眼を過信し、それを見過ごしたというわけだ。

「その木偶の坊でなにができる？　忘れてくれるな？　余は魔導王ボミラス、二千年前、ミッドヘイズを支配した男ぞ」

魔法陣を一門描き、ボミラスは《獄炎殲滅砲》を射出した。紅い太陽が彗星の如く、炎の尾を引き、巨人兵へと押し迫る。

「魔法障壁を展開してくださいっ！」

エミリアの指示が飛ぶと、すぐさま生徒たちは魔法を行使する。

「了解、第一層展開します」

「展開完了」

巨人兵の目の前に、巨大な黒鉛の板が現れる。

「第二層展開します」

その後ろ側に、黒鉛の正六角柱が無数に現れ、それが隙間なく敷きつめられる。まるで、ハチの巣のような構造だった。

「第三層展開」「展開完了」

最後に後ろ側にも巨大な一枚の黒鉛板を当て、蓋をする。

「真空層展開」「展開完了」

構築された黒鉛の板の中身、ハチの巣構造の空洞に真空の反魔法を展開する。

「「《黒鉛蜂巣魔壁(カニアム・トルテ)》ッ‼」」

それぞれが各術式の部分部分を担当し、結果、一連の魔法行使が瞬時に行われる。二千年前の魔族並の術式形成速度であった。構築されたのは多重構造の魔法障壁、《黒鉛蜂巣魔壁(カニアム・トルテ)》だ。

ゴオオオォォォと勢いよく迫る紅(あか)い太陽が、その黒鉛の魔壁に衝突する。魔導王が至高と自負する《獄炎殲滅砲(ジオ・グレイズ)》は、しかし《黒鉛蜂巣魔壁(カニアム・トルテ)》を燃やすことも、破壊することもできず、阻(はば)まれた。

多重構造のその魔法障壁は、耐火、耐衝撃に優れている。すなわち、魔導王の攻撃手段に特化させた盾だ。しかし、防いだだけでは《獄炎殲滅砲(ジオ・グレイズ)》の勢いは収まらない。じりじりと《黒鉛蜂巣魔壁(カニアム・トルテ)》は押し込まれていく。

「ずらしてくださいっ！」

エミリアの指示で、《黒鉛蜂巣魔壁(カニアム・トルテ)》が斜めにずれる。その障壁面に沿い、紅(あか)い太陽は進路を逸らされ、巨人兵の後ろの壁に着弾した。派手な爆発が巻き起こった。

「……小賢しい真似を……」

宙に浮かぶ魔導王が、眼下にいるファンユニオンの少女たちに視線をやった。魔王学院の生徒ら三人が駆けつけ、彼女たちに回復魔法をかけている。

「おい、気がつかれたぞ」

「行け、ラモン」

二人に肩を叩かれ、やけくそとばかりにラモンは猛ダッシュした。

「はっーはーっ、魔導王ボミラス様も情けねぇもんだぜぇっ！　魔王城の大きさにびびっちまって、中にいない俺たちを見過ごすんだからよぉぉっ！」

「ヒヒヒ、愚かなものよのう。そのような挑発に乗る余と思うてか」

戦力的にはファンユニオンの少女たちを片付けるのが先決だろう。軍勢魔法《魔王軍》は、集団での魔法効果を底上げする。彼女たちがあの魔王城の中に入れば、ボミラスにとってまた一段と手強い敵と化す。ラモンには取り合わず、奴は少女たちめがけ、魔法陣を描く。

「見ろよ、この首輪？　俺は魔王の犬、駄犬だぜぇぇっ！　犬畜生に出し抜かれた気分はどうよ？　ほーら、魔導王、お尻ぺんぺん！」

ラモンは走りながらも器用に尻を出し、手で叩く。ボミラスの顔色が変わった。その形相は、まるで逆鱗に触れたと言わんばかりだ。

「滅びよ、ゴミが」

標的を変え、《獄炎殲滅砲》がラモンへ向かって撃ち出された。

「……頼むぞぉぉ、ネドネリィイイッ……!!」

ラモンは《契約(ゼクト)》の魔法を使った。内容は、この攻撃を避けられなければ、再びレジスタンスとして皇族派の復活に取り組む。自身への契約だ。ラモンの首についた《羈束首輪夢現(ネドネリアズ)》から魔力が溢(あふ)れ、奴(やつ)は一瞬、夢の世界へ誘われる。

あの《羈束首輪夢現(ネドネリアズ)》は、レジスタンスだったラモンにつけたもの。皇族派を改心させるにあたって、誤った道を歩もうとしたときに、その効力を発動し、夢を見せる。正しき道を選ばぬ限り、目覚めることはない。ラモンが《契約(ゼクト)》を使った今、《羈束首輪夢現(ネドネリアズ)》が見せるのは、この状況とまったく同じ、ボミラスが《獄炎殲滅砲(ジオ・グレイズ)》を放つ夢だ。

現実を完全に再現した夢の中で、《獄炎殲滅砲(ジオ・グレイズ)》を避けるという正しき道を選ばぬ限り、ラモンは何度でも夢を見る。一瞬の間に、無数の死を繰り返し、ラモンは目を覚ました。

「うっぎゃあぁぁぁぁぁぁっ!!」

《獄炎殲滅砲(ジオ・グレイズ)》をラモンはかろうじて回避した。それは数百回に一回の出来事だっただろう。しかし、夢の中で完璧に予習を済ませたラモンは、その数百回に一回を見事につかんだ。

「……なんだと……？　ゴミ屑(くず)の分際で……！」

ボミラスは続いて《獄炎殲滅砲(ジオ・グレイズ)》を撃ち放つも、ラモンは悲鳴を上げながらも、それを回避し続ける。

「おのれ……なぜ、当たらぬ……!!」

「へっへー、お尻ぺんぺんっ！」

ボミラスが怒り狂ったように、体中に大小無数の魔法陣を描き、《獄炎殲滅砲(ジオ・グレイズ)》を乱射した。

さすがに、逃げ場はない。

「「《黒鉛蜂巣魔壁(カニアム・トルテ)》ッッッ！！！」」

魔法障壁が張り巡らされ、ラモンを狙った《獄炎殲滅砲(ジオ・グレイズ)》を阻(はば)む。彼はやられる寸前のところで、かろうじて魔王城の中へ入っていった。

「だめだめっ」

エレンの声が響く。ラモンが囮(おとり)になった隙に回復したファンユニオンの少女たちが、巨人兵の肩の辺りに乗っていた。

「この魔王巨兵(まおうきょへい)アノゲードは、そんなんじゃ倒せないよっ！」

「あたしたち魔王学院の力を結集した、軍勢魔法だからねっ」

「受けだけじゃなくて、攻めも得意なところを見せてあげるよっ！」

少女たちは近くにあった扉を開け、魔王巨兵アノゲードの中に入っていく。

「「《狂愛域(ガルド・アスク)》」」

粘つく黒い光が、魔王巨兵の前に現れ、それは一本の槍(やり)と化した。

「いきますよっ！」

エミリアが声を発すると、魔王巨兵が《狂愛域(ガルド・アスク)》の槍(やり)をつかむ。その巨人の足が地響きを立てながら、ボミラスへ向かっていった。

「エミリア先生っ、かけ声は、『なんちゃってベブズド』ですよっ」

エレンが言う。

「……わたしは、《狂愛域(ガルド・アスク)》に関係ないはずですけどっ……」

「そうだけど、一応想いを一つにしないとっ」

「《狂愛域》は思い込みが大事だから」

「……わかりませんけど、わかりましたっ。言えばいいんですよね、言えばっ！」

《狂愛域》の槍が思いきり突き出された。

「な……なんちゃって──」

「「「──ベブズドォォォォッ！！！」」」

ズゴォォォォッと黒き巨大な槍が、空を裂く。寸前のところでそれをかわしたボミラスは、再び炎体に大小様々な魔法陣を浮かべた。

「暴虐の魔王が開発した小癪な軍勢魔法めが。弱者は力を合わせるなどとほざくが、矮小な者どもが束になってかかろうと、この魔導王の足元にも及びはせん」

無数の《獄炎殲滅砲》が炎体から四方八方に撃ち出される。第一層展開、第二層展開、第三層展開……と魔王巨兵の中で声が飛び交った。

「「「《黒鉛蜂巣魔壁》ッ!!」」」

アノゲードの前に現れた魔法障壁がやはり、その《獄炎殲滅砲》を悉く受け流した。

「無駄無駄っ」

「馬鹿の一つ覚えよのう。余が何度も同じ手を使うと思うたか？」

四方八方に撃ち出された《獄炎殲滅砲》が弧を描き、ボミラスの元へ戻ってくる。その紅い太陽は次々と奴に着弾していく。

「《火加延焼獄炎体》」

紅(あか)い太陽が着弾する毎(ごと)に、魔導王の体がそれを飲み込み、膨張する。それはさながら、炎が燃え広がるが如(ごと)く、いくつもの《獄炎殲滅砲(ジオ・グレイズ)》を浴びたボミラスはみるみる巨大に膨張し、魔王巨兵より一回り大きくなった。

「ヒヒヒヒ、図体(ずうたい)がでかいのが取り柄のようだがのう。それぐらいで粋がっているとは、所詮は脆弱(ぜいじゃく)な現代の魔族よ」

「このっ……!!」

エミリアが叫ぶ。槍(やり)を振るおうとする魔王巨兵アノゲードの腕を、巨大化したボミラスの手が押さえつける。ボミラスは反対の手を伸ばし、アノゲードを襲った。それを防ぐため、魔王学院は《黒鉛蜂巣魔壁(カニアム・トルテ)》を展開する。

「《焦死焼滅燦火焚炎(アヴィアスタン・ジアラ)》」

頭上から熱線が降り注ぎ、ボミラスの巨体が輝く紅(あか)い炎と化す。その右腕が《黒鉛蜂巣魔壁(カニアム・トルテ)》を燃やしては貫き、魔王巨兵の肩口をつかんだ。ゴオオオオォォォォッと真紅の炎がアノゲードを焼く。中にいる築城主(ガーディアン)の生徒たちが必死で焼けた部分を再構築し、魔導士(メイジ)が反魔法にて消火を試みるも、その炎は広がる一方だ。ボロボロと、魔王巨兵の外壁が焼け落ちていく。

「ヒヒヒヒ、これで終わりよのう」

「先生、今っ！」

「わかってます」

エミリアの声とともに、魔王巨兵アノゲードはそのままボミラスに突っ込んだ。その巨体に纏(まと)っているのは、粘つく黒い光、《狂愛域(ガルド・アスク)》である。

「このおおおおぉぉぉぉぉぉぉぉっっっ！！！」

アノゲードの両腕が焼けて、ドゴォオンと音を立てて崩れ落ちた。構わず、エミリアは魔王巨兵を体ごと突進させた。《狂愛域(ガルド・アスク)》の粘光(ねんこう)が、《焦死焼滅燦火焚炎(アヴィアスタン・ジアラ)》と化したボミラスと衝突し、ザアアアアアアアアァァァッと魔力の火花を散らした。

「みんな、全力でぇぇっ!!」

「「「うああああああああああああぁぁぁっっっ！！！」」」

最後の力を振り絞るかのように、アノゲードはボミラスをそのまま押しやり、ドゴォォオンと壁にめり込ませた。瞬(また)く間(ま)にその壁は、ボミラスの炎体によって溶かされていく。

「それが全力か。決死の特攻も空(むな)しく、余には毛ほどの傷もつけることはできんようだ。その《狂愛域(ガルド・アスク)》も長くは続くまい。魔法が途切れたときが、うぬらの最後よ」

ボミラスの言う通り、《狂愛域(ガルド・アスク)》が僅かに弱まり、紅(あか)く輝く炎に飲み込まれ始める。

「ナーヤちゃんっ、お願いっ！」

ボミラスが訝(いぶか)しげに炎の顔を歪(ゆが)ませる。魔王巨兵の頭に、生身の魔王学院の生徒、ナーヤが姿を現した。

『のるか、そるか、そるか、そるかだ。どうする、居残り？』

ドクロがカタカタと顎を鳴らし、《知識の杖》がそんなことを口にした。

「私は、トモを助けたい」

彼女は盟珠の指輪を掲げ、言った。

「《使役召喚(リテルデ)》」

パッと神々(こうごう)しい光が辺りを照らし、そこに現れたのは四体の番神。

二本の杖(つえ)を手にした異様に長い髪の幼女。再生の番神ヌテラ・ド・ヒアナ。

翼を持つ人馬の淑女。空の番神レーズ・ナ・イール。

巨大な盾を背中に背負う屈強な大男。守護の番神ゼオ・ラ・オプト。

槍(やり)、斧(おの)、剣、矢、鎌など十数種類の刃を持った黒い影。死の番神アトロ・ゼ・シスターヴァ。

「なにかと思えば、地底の竜人たちが使う《使役召喚(リテルデ)》か」

魔導王がヒヒヒ、と火の粉を撒(ま)き散(ち)らして笑った。

「しかし、制御できておらぬようだ。その番神たちを見れば、うぬに従う気がないのはよくわかる。よしんば従ったところで、四体の番神程度ならば、造作もない。そんなものが切り札とは、この魔導王も甘く見られたものだ」

先に魔王巨兵を片付けようと、ボミラスは《焦死焼滅燦火焚炎(アヴィアスタン・ジアラ)》の手を伸ばす。《狂愛域(ガルド・アスク)》が一瞬それを食いとめるも、しかし、黒き光は炎に焼かれていき、アノゲードの土手っ腹に火がついた。

「うぬらの負けだ。一人ずつあの世へ送ってやろう。魔王が交渉に応じるまでのう」

ガグンッと魔王巨兵が膝をつき、外壁がバラバラと崩れ落ちる。魔導王が生徒たちを交渉に使う気がなければ、とうに、まとめて全員焼き滅ぼしている頃だろう。

「……助けるんだ……トモを……助ける……」

ナーヤが呟(つぶや)く。

「みんなを、助けるっ……！　助けるんだっ!!」

『では、命をかけたまえ、居残り』

盟珠を左手で包み込み、ナーヤは祈るように言った。

「《憑依召喚(アゼプト)》・《再生ノ番神(ヌテラ・ド・ヒアナ)》！」

再生の番神が光と化し、ナーヤに憑依(ひょうい)する。

「ヒヒヒ、《憑依召喚(アゼプト)》はできるようだが、それでどうする？　再生する間もなく滅ぼしてくれるぞ」

「《憑依召喚(アゼプト)》・《守護ノ番神(ゼオ・ラ・オプト)》！」

一瞬、魔導王が絶句する。

「……な…………？」

その炎の顔が、唖然(あぜん)とする。理解を超えたといった表情だった。

「……なん……だ、と……？　神を二つ同時に降ろすなど、できるわけ――」

「《憑依召喚(アゼプト)》・《空ノ番神(レーズ・ナ・イール)》！」

ボミラスの炎の顔が更に驚愕(きょうがく)に染まる。

「……三体……同時憑依(ひょうい)……？　馬鹿な……なにをしているのだ……？　神を憑依(ひょうい)させるというのは、自らの根源を器として水を注(そそ)ぎ込(こ)むようなもの……いかに番神とはいえ、この世の秩序と呼ばれるほどの力が、三つも入るわけが……」

「《憑依召喚(アゼプト)》・《死ノ番神(アトロ・ゼ・シスターヴァ)》!!」

「……ぬあぁあっ……!?!?　な、な……な……四体、同時……だと………!?」

ボミラスの驚きとともに、《知識の杖》がカタカタと笑う。

『カッカッカ！　そうそう、その通りっ！　普通の者ならば神を憑依させるのは一体が限度だ。それだけの器があるだけでも、驚嘆に値する才能ではないか。しかしだ！　居残りのナーヤは、そんなちっぽけな器など比べものにならないっ！　彼女の根源は、カカカカーッ!!』

愉快そうにドクロはカタカタと笑う。

『空っぽだ、空っぽ、空っぽだ――っ！！！』

ナーヤが足場を蹴り、宙を飛んだ。

「得体の知れぬ奴め。うぬも二千年前の魔族だったかっ!?」

「……私は、この時代の、ちっぽけで、弱くて、なんの役にも立たない落ちこぼれ……」

《焦死焼滅燦火焚炎》の手を、ナーヤは宙を歩くようにしながら、容易くかいくぐる。

「だけど、友達ぐらいは助けたいからっ！」

まっすぐナーヤはボミラスの体に突撃していく。

「馬鹿めっ！」

その炎体の胸から炎の手が生えて、飛び込んできたナーヤをわしづかみにした。

「神を四体憑依させようと、戦い方も知れぬようで、は――？」

ボミラスの体がなにかに押しつけられるように、頭が下がった。

「……な、なんだ……？　体――ごおおおおおおおおおおぉぉぉぉっ！！！」

途方もない力にぺしゃんと潰され、ボミラスは膝を折り、その炎の頭を地面に擦りつける。

「……なんだ……この魔法は……この秩序は……？」

混乱するようにボミラスが言う。

「……憑依させたどの番神も、こんな権能を持ってはいないはず、それも余を力尽くで押し潰すほどのぉぉぉぉっ……ごほぉっ……こ、こ、ん、な力がぁぁ……」

『カッカッカ、魔導王。オマエが自分で言ったではないか。神を憑依させるというのは、根源を器として水を注ぐようなもの。同じ器に違う色の水をそれぞれ入れたとしよう。答えは』

更にぐしゃり、とボミラスが小さくなり、その体が見えない力に折り畳まれるように小さくなっていく。

『コ・レ・だぁ！』

カタカタカタ、とドクロは上機嫌に笑う。

「馬鹿、な……馬鹿なぁぁぁっ‼　余は魔導王ボミラス……二千年前ミッドヘイズを支配した、魔族の王ぞ……！」

最早、石ころ程度の大きさに潰されたボミラスの上に、ナーヤが立っていた。奴は、屈辱と絶望に染まった表情を浮かべた。

「この時代の、それも戦い方もろくに知らぬ、落ちこぼれなんぞにぃ……」

「……みんなを……助ける……」

虚ろな瞳で、ナーヤはボミラスを見た。しかし、それが限界だった。力を使い果たしたか、彼女の体がふらりと揺れる。そうして、音を立てて、前のめりに倒れた。

地面に伏し、動く気配のないナーヤを見て、魔導王は恐怖の表情を緩ませた。

「……ヒ、ヒヒヒ……そうだ、余は魔導王。どれ、今とどめ……を……？」

ある影が魔導王を覆った。錆びついた魔法人形のように、ぎこちなく、ボミラスは後ろを振り向く。そこに、火傷を負い、ボロボロになったトモグイがいた。小さな竜だが、しかし、今のボミラスにとっては十分に大きい。その竜が、あんぐりと口を開ける。

「まっ……待――ぐじゅ……っ!!」

パクッ、パクンッとトモグイは魔導王を食べた。すると、火傷が癒えていき、口から紅い炎を、息のように吐き出した。トモグイがクゥルルー、と鳴き、ナーヤの頬を舐める。

うっすらと彼女は目を開いている。

「……トモ……よかった……やっぱり……無事だったんだ……」

よろよろとその手を伸ばし、ナーヤはトモグイに触れる。

「……竜以外は……食わず嫌いだったの…………?」

クゥルルー、とトモグイは鳴いた。

§37. 【魔王学院の目指す道】

「……あ……あ……り、えぬ…………」

縦穴の中、呆然とした呟きが空しく響く。

「……余の分体がぁ……この魔導王ボミラスがぁ、脆弱な現代の魔族如きに……っ!!」

《獄炎鎖縛魔法陣》に縛られたまま、ボミラスは炎の顔を歪める。憤怒と汚辱、驚愕が入り交じった、まさに屈服というに相応しい表情であった。

「お前の言う通り、この力は平和な時代にそぐわぬ」

右手を数度握り、魔力の粒子で手遊びをしながら、奴へ言葉を投げかける。

「抑止力が必要だ。ゆえに、俺は魔王学院に通っている」

ボミラスに魔眼を向ければ、奴は怯んだ。最早、その命は俺の手の内にある。

「彼らはお前の分体を滅ぼすまでに成長した。レイやミサ、ミーシャ、サーシャ、アルカナ、エレオノール、ゼシア。彼女たちも各々の得意分野で俺に迫るだけの力を身につけつつある」

たった一人で魔王に比肩しろとまでは言わぬ。だが、力を合わせれば、手が届くところまでは否が応でも来てもらう。

「魔王の抑止力となること。それが魔王学院の目指すところだ」

ボミラスはじっと口を噤み、何事かを考えている。数秒後、奴は言った。

「……方便にすぎぬのう。所詮は貴様の配下どもではないか。ならば、脅威がますます増えるだけのこと、力を手放さぬ言い訳を作っているだけだ」

「言い訳、か」

撫でるように《破滅の魔眼》でボミラスを見れば、その炎体が徐々に消し飛んでいく。

「ぐ、ぬ、ぐ、ぐむぅぅ……」

「いいだろう。お前の言うことも一理ある」

俺は《魔導の分水嶺》の蓋を開け、それを口元につける。瓶を傾け、一気に飲み干した。カラン、と空になった瓶が地面に落ちる。

「これで満足か」

《獄炎鎖縛魔法陣》を解除し、ボミラスの拘束を解く。奴に向けて、俺は手を差し出した。

「俺が力を手放せば、最早争う理由はあるまい。平和な時代、互いに思うところはあるだろうが、落としどころを見つければよい。雌雄を決することなく」

ボミラスは、戸惑ったように俺の顔を見つめる。そうして、穏やかな表情を浮かべた。

「……ようやく、これで余も肩の荷が下りたわい……」

その顔に僅かな笑みが刻まれる。ヒヒヒヒ、と火の粉を撒き散らして魔導王は笑った。

「平和主義者というわずらわしい荷物を、ようやく捨てられるわ」

俺に魔眼を向け、ボミラスは「馬鹿め」と嘲った。それまでの鬱憤を晴らそうとでもいうように、奴は殴りつけるような言葉を放つ。

「馬鹿め。馬鹿め馬鹿め馬鹿め馬鹿め馬鹿め、この大馬鹿めがぁぁっっっ!!!!　まんまと騙されおったわ!!」

ボミラスの炎の手に光が集い、指輪が現れた。選定の盟珠だ。

「余は、征服神ゲヘドビッチに選ばれし、八神選定者が一人、王者ボミラスッ！　うぬが飲み込んだ《魔導の分水嶺》には、征服神ゲヘドビッチそのものが溶けてあったのよ」

勝ち誇るように、ボミラスが笑う。それが《契約》ではだめだった本当の理由か。

「征服神は、その根源を征服し、王者である余に捧げる。うぬ本来の力ではそれも叶わぬが、《魔導の分水嶺》により、黒界に流れていった魔力ならば征服するのは容易い。そして、その力があれば、うぬの根源さえも征服することができる」

饒舌にボミラスは語る。その言葉に反応し、どくん、と俺の根源の内でなにかが脈打った。

「……なるほどな。征服神の力を借りたとはいえ、俺の根源を奪うだけの魔法だ。一朝一夕で開発したものではあるまい」

ニヤリ、とボミラスは笑った。

「今更隠すこともあるまい。冥土の土産に教えてやろう」

俺を見下ろすようにしながら、魔導王は嬉々として語り始めた。

「余はずっと待っておったのだ。強きヴォルディゴードの血統の、その恐るべき根源を手に入れる機会を。二千年前から、うぬが生まれる前から、ずっとのう」

「つまり、最初の狙いはセリスか？」

「ヒヒヒヒ、いかにもそうだ。平和主義者を演じて近づき、機会を虎視眈々と窺った。あいにくとあの男には見透かされておったが、イージェスの馬鹿はうぬと同じく騙されおった。そのおかげで、こうして生き延びたというわけよのう」

過去で見たあの出来事だろう。イージェスがまだ一番と呼ばれていた頃、セリスとともに魔導王を追い詰めた。だが、奴の台詞を信じ、とどめを刺すことはなかった。

あの場限りのことではないだろうから、仕方あるまいがな。魔導王は常に温厚であり、治世を行う王のフリを続けていたのだ。それは最早、本心から温厚な者とさして変わらなかっただろう。少なくとも、周りから見れば。

過酷な二千年前は、強いだけでは生き延びられぬ。我を通そうとすれば、その分だけ滅びに近づく。あの時代、誰もが悲劇の舞台の上で役者となり、生きるためになにかを演じていた。

魔導王と呼ばれた男とて、例外ではなかったということだ。

「それで？　俺の根源を手に入れ、どうするつもりだ？」

「知れたことよのう。他人が持っているとなれば危険極まりない力ではあるが、自分のものになるのならば話は別だ。魔族の国を支配し、神々さえも滅ぼすその暴虐の魔王の力で、余はこの世界に君臨する王者となる」

　両腕を広げ、ボミラスは大声で言った。

「暴虐の魔導王にっ‼」

「抑止力はどうした？」

「ヒヒヒヒ、まだわかっておらぬか？　そんなものはむしろ邪魔というものよのう。余に刃向かう可能性のあるものは、予め滅ぼしておくわ。最早、小賢しい策を弄する必要も、媚びをうるように演じる必要もない」

　ボミラスは、まさに増長極まったとばかりに声を上げた。

「この世界を、余が思うがままに支配する！　魔族も、人間も、精霊も、竜人も、神々ですら、なにもかもが余の指先一つ、胸三寸で、思い通りになる。これほど胸のすくことはないっ！　それこそが平和っ！　余だけにもたらされる真に平和な世界だっ！」

　ボミラスは俺の胸にその炎の手を伸ばす。魔法陣を描き、中心に腕を突っ込んだ。

「さあ。もう限界であろう、暴虐の魔王。いや、ただのアノスよ。滅びとともに生まれ落ちた、うぬの至高の根源、余がもらいうける」

《魔導の分水嶺》の魔力と征服神の秩序を強く働かせ、魔導王は俺の根源をつかみ、そこに直接、魔法陣を描いた。ボミラスが、ぐっと腕を引き抜く。

　下卑た本性を顔に貼りつける奴に、俺は落胆を隠すことができなかった。

「お前のような輩がいるから、力を手放せぬのだ」

「ぐっぎゃああぁぁぁぁっっっ！！！」

　引き抜かれたボミラスの手が、腐り落ちていた。

「《魔導の分水嶺》？　征服神？　そんなおもちゃで、俺の根源を征服できると思ったか」

　困惑したように、ボミラスが炎の顔を歪ませる。

「……………馬、鹿、な………………」

　驚愕の呟きが、こぼれ落ちる。

「……そ、ん、な……馬鹿……な…………。お前の父でさえも余を警戒していた……ヴォルディゴードの根源を奪うための、余の魔法は完璧だったはずだ……！」

「完璧程度のことで、失敗せぬと思ったか？」

　わなわなと脅え、僅かに後ずさるボミラスへ、俺はゆるりと歩いていく。

「この力はおいそれと捨てるわけにはいかぬ。手放せば、どこに隠しておこうとお前のような輩が求めるだろう。かといって、俺が滅ぶまで消えはせぬ。いや」

　ボミラスの顔面を優しくつかむ。

「俺が滅んだところで、消える保証もない」

　カイヒラムの根源が呪いを秘め、イージェスの根源が血の力を秘めるように、俺の根源は滅びを秘める。滅びが近づくほどに、力を増す根源。ならば、実際に滅んでしまえばどうなるか。無限に膨れあがった魔力だけが、そこに残るのではないか。そんな予感が頭をよぎる。

「《根源死殺（ベブズド）》」

ボミラスの頭部をつかんだ手が漆黒に染まる。

「ひ、ヒヒヒヒ……滅ぼすがよい。どうやら今回は、余の負けのようだのう……」

と、脅（おび）えながらも、ボミラスは虚勢を張るように笑った。まるで次があるかのように。

「ボミラス。俺がなぜ時間をかけて、お前と遊んでいたと思う？」

炎の顔が怪訝（けげん）に染まる。

「ミーシャ、サーシャ、聞かせてやれ」

すると、その場に《思念通信（リークス）》が届けられた。

『魔導王のロウソクはぜんぶ見つけたわ』

『氷の結晶に変えた』

サーシャとミーシャの声を聞き、魔導王がまさかといった表情を浮かべた。

「……この短期間に、すべてを見つけるなど……」

「賭けてみるか？　すべて見つけていれば俺の勝ち、一本でも見落としがあればお前の勝ち。チップは、お前の命だ」

ボミラスは絶望的な表情を浮かべる。

「そんな顔をするな。すべてのロウソクが発見されたと認めているようなものだぞ」

僅かに手に力を込めれば、炎体の顔面に《根源死殺（ベブズド）》の爪が食い込む。

「……まっ、待てっ！　わかった。過去の、二千年前のセリス・ヴォルディゴードのことを話そう。それが気になっておるのだろう？　洗いざらい白状する。だから、命だけは……」

　ボミラスが《契約》を描く。二千年前のセリス・ヴォルディゴードのことを白状すれば、この場では奴を見逃すという内容だ。

「いいだろう。話せば、助けてやる」

　奴の《契約》に調印した。

「セリス・ヴォルディゴード、奴は――」

　ぐしゃり、とボミラスの顔面をその根源ごと潰す。跡形もなく、奴は消滅した。

「話せば、な」

　調印したところで、奴は大したことを話すまい。ここにきて、白状する事柄を二千年前のセリス・ヴォルディゴードに限定したのが良い証拠だ。

　最後の最後まで、奴は駆け引きを持ちかけた。自らの命をチップにし、大きな賭けに出たのだ。屈服するぐらいならば滅ぶ、それが奴の選んだ道ということだろう。

「さて」

　ボミラスが消えたその場所に、俺は魔法陣を描く。奴が遺した収納魔法陣とつなげれば、そこに創星エリアルが現れた。恐らくは、ミーシャとサーシャが向かった縦穴にあったものだ。

「アルカナ。エリアルだ」

『わかった』

　アルカナの声が響いた後、別の《思念通信》が俺に届いた。

『我が君。創星エリアルを見つけました』

シンからだ。睨んだ通り、ガングランドの絶壁にも隠されていたようだな。

「二つだ、アルカナ」

『星の記憶は瞬いて、過去の光が地上に届く』

創星エリアルが、俺の魔眼に過去の光景を映し出す――

§38．【二千年前の真実】

二千年前。ゴアネル領、雷雲火山――

暗雲が立ち込め、ゴロゴロと雷が鳴り響くその火山に、セリス率いる幻名騎士団はいた。彼らの目の前にあるのは火口だ。ぐつぐつと魔力溢れるマグマが煮えたぎっている。

「ここか」

セリスは魔法陣を描き、その中心に手を入れる。万雷剣ガウドゲィモンを引き抜いて、天に掲げた。ジジジジ、と膨大な紫電が剣身に集ったかと思えば、それが火口めがけて振り下ろされる。激しい雷鳴が轟き、紫電が煮えたぎるマグマに落雷した。赤い噴水が勢いよく立ち上り、稲妻に打たれたマグマが滅尽していく。あっという間に火口は空になった。

中を覗けば、かなりの深さだ。火口の底へ視線を向ければ、そこに固定魔法陣が描かれている。セリスたちは、火口に飛び降り、固定魔法陣の上に着地した。魔力を働かせれば、体はすうっと地面に沈んでいく。

火口の下には、空洞があった。洞窟のようだ。薄暗く、照明はない。嫌な臭いが鼻につく。血だ。彼らが、いつかどこかで嗅いだのと同じ、不快な臭いだった。暗闇に視線を配りながら、セリスたちは奥へ進んでいく。やがて、僅かに明かりが見えた。

洞窟の壁に張りついた光る苔が照明代わりになっている。魔眼を凝らしてみれば、そこにずらりと遺体が並べられていた。人間、魔族、精霊、神族。四種族の遺体がある。殆どの遺体には、腹が破られた跡があった。首こそついてはいるものの、ツェイロンの集落にあったのとほぼ同じだ。何者かが、そこで魔法研究をしていたのだろう。

「出てこい」

セリスが、洞窟の奥へ言葉を飛ばした。闇の向こう側から、足音が響く。やってきたのは、魔槍を携えた男だ。

「一番……」

二番が呟く。彼を見て、セリスは一瞬眉根を寄せた。

「なにをしている？」

「ここは、いったいなんですか？」

「質問しているのは俺だ。貴様は最早、亡霊ではない。ここでなにをしていると訊いている」

眼光鋭く、セリスは一番を睨めつける。

「……それでも、私はあなたに拾われた恩があります……あなたを理解しがたくとも……それだけは、確かなこと……」

セリスを真っ向から見返し、一番（ジェフ）は言った。

「……見捨てることはできません。たとえ不本意な亡霊として生きることになろうとも……」

「己の信念に、反する道を歩むか？」

鋭く問われ、一番（ジェフ）は押し黙った。

「……それは……わかりません……」

「覚悟もできぬ小童（こわっぱ）が。そんな考えでよくも、のこのこと現れたものだ」

一番（ジェフ）に構わず、セリスは洞窟内に視線を巡らしていく。魔法研究をしていた術者の痕跡を探しているのだろう。

「団長（イシス）――」

一番（ジェフ）が追及しようとすると、二番（エッド）が彼の肩を叩（たた）いた。

「お前が戻ってくるとは思わなかった」

それだけ言い、二番（エッド）もまた洞窟内の探索を始めた。しばらくその様子を見ていた一番（ジェフ）だったが、気を取り直したように幻名騎士たちの作業に加わる。彼は問うた。

「ここは、奴（やつ）の研究所ですか？」

「そうだろう」

三番（ゼノ）が答える。

「……なんの魔法を研究して？」

「《転生（シリカ）》の魔法だろうな。滅びたはずの奴（やつ）が生き延びたカラクリだ」

「どうやって？」

わからないといった風に三番が首を振り、セリスに視線をやった。彼は洞窟内にあった固定魔法陣に、じっと魔眼を向けたまま口を開く。

「首を刎ね、紫電にて呪詛を結んだ。奴に使ったのは斬首の呪い。それで滅びたはずだったが、中には効かない者もいる」

考えた後に、一番は問うた。

「……首を持たない魔族、ですか？」

「そうだ。中でも一見して首はあるが、通用せんのがツェイロンの血族だ。その首はすげ替えの利く借り物にすぎぬからな」

「しかし、奴はツェイロンの血族どころか、魔族ですら……？」

「転生したのだろう。母胎を使った転生魔法でな」

セリスは、腹に魔法陣が描かれた遺体を睨む。

「《転生》の魔法は、転生後の体については曖昧さが残る。それを進化させ、母胎を使うことで、任意の存在に生まれ変われるようにしたのだ。まだ未完成ではあったのだろうが、奴はツェイロンの集落を襲い、彼女たちを母胎として、ツェイロンの血族として生まれ変わった――」

一瞬険しい表情を浮かべ、セリスはまた口を開く。

「否、ツェイロンの血を取り込み、その首なしの力を得ながらも、別種の存在へと生まれ変わった。魔族とすら呼べぬ化け物に」

ゆえにセリスが首を刎ね、斬首の呪いを発動させても滅びることはなかった。

「恐らくは、俺が斬首の呪いを発動させると同時に、奴はその転生魔法を使ったのだ。根源はその場から消え去り、予め用意されていた母胎へと転移した。カラクリを知らねば、滅びたようにしか見えぬ」

《母胎転生》の魔法に違いなかった。それは通常の《転生》に比べ、生まれ変わるのも早い。

「そんな魔法は……魔族にも使える者は一人としていないはず……人間がその深淵に辿り着いたと……」

「侮るな。奴はただの人間ではない。ツェイロンの血族の力を使い、人間の皮を被っているに過ぎぬ。その裏側にある根源を隠すために」

パチパチ、と手を叩く音が聞こえた。まるでセリスを褒めるような拍手の音が、洞窟の暗闇から響き渡る。

「さすがは、ディルヘイドの名もなき騎士団の長、セリス・ヴォルディゴード」

人の良さそうな声とともに、その場へ歩いてくる足音が聞こえる。神話の時代、戦場では大抵の者が足音を殺す。そうでなくとも、慎重さや、覚悟が滲むものだ。しかしその足音は、戦いの場にそぐわないほど、ひどく軽々しい。そいつは、セリスたちがやってきた方向から歩いてきた。かつて、ディルヘイドに潜伏していた人間。アゼシオン軍第一七部隊を率いる勇者グラハムだった。

「素晴らしい推理だよ」

現れた男の深淵を覗くようにしながら、セリスは鋭く問うた。

「貴様は、何者だ？」

「勇者グラハムだよ、今はね」

セリスが険しい視線をグラハムに向ける。

「首の名は聞いていない。正体を現せ、化け物」

ふっとグラハムは微笑んだ。

「正体と言われてもね、もう昔の名は忘れてしまったんだ。グラハムで構わないよ。それに、確か、僕は元々人間だったよ。由緒正しい賢者の家系に生まれてね、人よりもほんの少し魔法が得意だった。いつだったかな、他人と少し違うと思ったのは」

他愛ない雑談に応じるような表情だった。けれども、その顔からは、どこか頭のねじが狂っているような気持ち悪さが滲み出ている。

「そう、他人は滅ぶんだって気がついた。僕は滅ぶことはない。なんでだろうね？　ずっと答えを探しているけど、まだなにも見つからない」

セリスの眼光を、グラハムは軽く受け止めた。

「最近、ようやく仲間を見つけたよ。ああ、けれど、そのおかげで、君には悪いことをしたかもしれないね」

「なんのことだ？」

「忘れたかい？　これだよ」

グラハムが指を鳴らせば、洞窟内の水晶に魔法陣が描かれる。そこに、映像が映った。ツェイロンの集落だった。

『……赤ん坊だ……』

それは魔王が生まれる直前の光景だ。

『今、炎が見える前に、胎動が聞こえた……女とは別の魔力が見えた……！　腹の中にいる魔族が、魔法を使っているんだ……』

『な……んだと………？』

『……もし、本当にそうなら、成長すれば、どれほどの……』

そこにいた戦士たちの目が据わった。

『決して産ませてはならん。あの女の腹にいるのは、世界を戦火に飲み込む邪悪の化身……』

『世界の平和のため、命に代えてもここで滅ぼすっ!!』

『行くぞぉぉおっ!!　殺せぇぇっ!!　世界のためにっ!!　正義のためにっ!!』

一斉に襲いかかる人間の兵は、手にした聖なる刃を目映く煌めかせた。

次の瞬間——どくん、と胎動が響く。彼らは皆漆黒の炎に飲まれた。

『なんだ、この炎は、消せぬっ……馬鹿なっ、魔族の力を封じる結界が……!?』

『このっ……この禍々しい力は、いった——っ!?』

『『『ぐああああああああああああああああああぁぁぁぁ……っっっ！！！』』』

瞬く間に、その場にいた人間たちは皆、灰へと変わっていく。

『素晴らしいね』

飄々とした声で、男が言う。

『ヴォルディゴードの血統、滅びの力。まるで世界の理から外れているようだよ』

　そこにいたのは、少女の姿をした破壊神アベルニユーではない。グラハムだ。

『母胎の滅びが近くなったことで、魔力が増したといったところかな？』

　彼の魔眼がルナへと向けられる。すると、彼女の前に漆黒の炎が現れ、壁のように立ち塞がる。まるで母を守るかのように。

『……アノス……』

　ルナが呟く。

『いいのよ……いいの……あなたは産まれることだけに力を使って……お母さんが必ず、産んであげるから……』

『美しいね。子を守る母の愛情。命を賭して、君は彼を産むんだろう』

　グラハムは言った。

『母胎が滅びることで、彼は生を得ることができる。滅びの宿命を背負って』

　漆黒の炎がすべて消えた瞬間、ルナはグラハムへ向かって駆けた。彼は笑い、舞台のカーテンコールのように丁寧にお辞儀をした。

『ありがとう』

　その周囲に暗闇が広がり始める。

『《真闇墓地》』

　光の一切届かない暗黒がそこに訪れる。

『困ったね。なにも見えないじゃないか』

　グジュ、と命の終わる音がした。グラハムの手がルナの腹を斬り裂いたのだ。

『……あ…………』

がっくり、と膝をつき、彼女は倒れる。それでもお腹(なか)を守るように手をやって。

『あなた……後は……』

瞬間、暗雲から雷が落ちるが如(ごと)く、紫電が疾走し、ガウドゲィモンがグラハムの心臓を貫いていた。ジジジ、と激しい紫電がグラハムの体内で荒れ狂う。その根源めがけて、セリスはありったけの滅びの魔法をぶつけた。

『《滅尽十紫電界雷剣(ラヴィア・ネオルド・ガルヴァリィズエン)》』

膨大な紫電がグラハムの体を、その根源を消滅させていく。

『じゃ、また』

家にでも帰るような気軽さで言い、次の瞬間、グラハムは跡形もなく滅尽した。否、滅びる前に、《母胎転生(ギジエリカ)》で転生したのだろう。構わず、セリスは倒れているルナの方へゆるりと視線を向ける。そこで映像は止まった。

「ところで」

グラハムはにこやかに言った。

「この後、彼女の最期(さいご)の言葉を、君は覚えているかな?」

その問いに、セリスは答えない。ただグラハムをじっと睨(にら)んでいる。

「『わたしは幸せだった』。感動的だね。そこまで早送りしようか?」

瞬間、紫電が走った。映像を映していた水晶は粉々に砕け散る。

「興味はない」

冷たく言い放ち、セリスは万雷剣を下段に構える。

「貴様は亡霊に相応しい相手だ。滅びぬと言ったが、本当に滅びぬものか試してくれよう」

「わかってるよ、セリス・ヴォルディゴード。君が本当は亡霊なんかじゃないということは」

セリスの心を見透かしたように、グラハムは微笑む。

「亡霊を演じ、心を殺し、そうして君は他者の理解の届かぬ場所で孤独な戦いに身を投じてきた。数少ない仲間たちとともに。ああ、なんて美しいんだろう？」

グラハムは両手で魔法陣を描きながら、言った。

「それを踏みにじってやれば、君は本当の顔を見せてくれるのかな？」

§39．【名もなき騎士たちの戦い】

グラハムの左右に描かれた魔法陣から、槍の柄のようなものが現れる。

「乱竄神鎌ベフェヌグズドグマ」

左右から柄と柄が合わさり、それが一本の棒となる。回転させ、魔法陣を斬り裂くように、膨大な魔力を発する大鎌が、グラハムの手に現れていた。

「気をつけろ」

万雷剣を構えながら、セリスが一番たちに言う。

「神の権能だ」

グラハムは親切そうな表情を顔に貼りつけ、軽々しく言葉を発す。

「彼の言う通り、気をつけた方がいい——」

大鎌を真横に構え、グラハムは幻名騎士団たちに視線を向けた。

「——でないと、一秒で終わってしまうよ」

一番(ジェフ)に向かって、乱竄神鎌ベフェヌグズドグマが振るわれる。それは、まさに死の一閃(いっせん)。静寂が押し迫るように、音もなく、光もなく、ただ切断の刃が疾走した。四邪王族が一人、冥王とまで呼ばれた一番(ジェフ)にして、反応すらできぬほどの一撃を、しかし、セリスは万雷剣でもって受け止めていた。

「さすがだね。乱竄神鎌の初撃を受け止めたのは、君が初めてだよ。だけど——」

血飛沫(ちしぶき)が、セリスに浴びせられる。大鎌が振るわれた方向とは、まるで違う場所にいた三番(ゼノ)の首が飛び、床を転がった。

「この神鎌(しんれん)は、狂乱神アガンゾンの権能だよ。狂い、乱される秩序は、因果さえも暴走させる。これは無秩序の大鎌だ。ベフェヌグズドグマが振るわれたが最後、どんな結果になるか誰にもわからな——」

言葉の途中で、グラハムが血を吐き、口元を濡(ぬ)らす。存在を完全に消すほどの《幻影擬態(ライネル)》と《秘匿魔力(ナジラ)》で、二番(エッド)と四番(ゼット)が迫り、正面と背後から挟み撃ちにした。グラハムの腹部と胸が、根源殺しの魔剣で貫かれていた。

「お喋(しゃべ)りが過ぎたな」

「滅べ」

二人が魔剣にてグラハムの根源を抉る。反撃とばかりに、奴がベフェヌグズドグマを振り下ろすが、二番はそれを難なくかわした。瞬間、グラハムの首が刎ねられたかのように飛んだ。

二番と四番が怪訝な視線をその首へと向けた。

「因果が暴走すると言ったはずだよ。振り下ろした乱竄神鎌が、外れた。だから、僕の首が刎ねられたんだ」

グラハムの首がそう喋り、地面を転がった。すると、再び血飛沫が上がり、今度は四番の首が刎ねられていた。ベフェヌグズドグマの力なのだろう。因果が完全に狂っており、予測がまるで成り立たない。まさに無秩序の大鎌であった。

奴が口にした通り、神鎌を振るうグラハムにさえ結果が読めていないだろう。幻名騎士団に、それがわかるはずもなかった。

「さあ」

首のないグラハムの体が動き、自らに突き刺さった二番の魔剣を無造作につかむ。ぐっと力を入れ、それを素手でへし折った。乱竄神鎌を振り下ろせば、二番の全身が斬り裂かれ、血が溢れ出す。その傷にさえ無秩序が働くのか、回復魔法が効かず、彼はその場に膝を折った。

「ぬんっ!!」

神鎌を振り下ろした直後の隙をつき、一番が魔槍を突き出す。その穂先が伸び、一〇本に分かれて、グラハムの体を貫いた。

「……か、はっ……！」

「ぬあぁっ……!!」

一番(ジェフ)は魔槍を更にぐんと伸ばし、そのまま、グラハムを洞窟の壁にはりつけにした。左右の腕を縫い止め、乱竄神鎌を封じたのだ。

「やれやれ」

貫かれた腕を、それでもグラハムは動かした。血が溢(あふ)れ、肉が裂かれるが、構わず、そのまま腕を削(そ)ぐようにして、グラハムは大鎌を持ち上げていく。

「よくやった、一番(ジェフ)」

血まみれの二番(エッド)が折れた魔剣を手に、グラハムの目の前に立っていた。その剣身に、膨大な魔力が集う。彼の来世さえもかき集めた、命の輝きだ。

一瞬、その視線を、二番(エッド)はセリスへ向けた。

「団長(イシス)、私は亡霊でありましたか？」

淡々と二番(エッド)は言った。

「二番(エッド)ッ!!」

叫んだのは、一番(ジェフ)だ。彼を制止する声は、しかし、その耳には届かない。

「先に逝(ゆ)け。地獄で語り明かそうぞ、二番(エッド)」

満足そうに二番(エッド)は笑う。そうして、折れた魔剣をグラハムに突き刺した。

「《根源光滅爆(ガヴエル)》」

爆発する光が目の前を真っ白に染め上げた。それは、洞窟の中にあるすべてをあっという間に吹き飛ばし、結界そのものである雷雲火山の半分を抉(えぐ)った。根源の持つ魔力を爆発させたその威力は、並の魔法では遠く及ばない。ましてや、爆心地では滅びぬ者などないだろう。

だが――

「命を犠牲にして、敵を討つ。亡霊らしい戦い方だね」

光が収まり、そこに首のない人影が現れた。生きていた。グラハムは、その手に二番の首を持っている。《根源光滅爆》が発動する寸前で、首を落とし、その威力を軽減させたのだろう。だが、それでも《根源光滅爆》の爆心地にいたことには変わりない。直撃を食らいながらも、奴は悠々と立っている。

「だけど、彼は守ろうとしたんだろうね。小を殺して、大を生かす。いつだって君たち幻名騎士団がやってきたのは、それだった」

「滅びるがいい、化け物」

二番が《根源光滅爆》で作った隙をつき、セリスは可能性の球体魔法陣を、目の前に構築していた。彼の自爆魔法は、グラハムの反魔法をはぎ取り、なにより乱竄神鎌べフェヌグズドグマを彼の手元から弾き飛ばしている。

《根源光滅爆》でグラハムのとどめをさせるとまでは、二番とて思っていなかった。それは布石だ。彼は命懸けで、セリスの勝機を作ったのだ。

「《波身蓋然顕現》」

万雷剣を、セリスは球体魔法陣に突き刺した。同時に、九つの可能性の刃が、九つの球体魔法陣を貫く。雷鳴が耳を劈き、辺りが紫電で溢れかえる――天は轟き、地は震撼し、雷雲火山の残った結界さえも瞬く間に飲み込んでは紫電に染めた。

「そう、君は、君たちは一瞬たりとも、弱味を見せるわけにはいかなかったんだ」

セリスの大魔法を見てなお、グラハムが世間話のようにそんな言葉を口にする。

「生き馬の目を抜くようなこのディルヘイドでは、非情に徹しなければ、たちまち食いものにされる」

ジジジ、と地面に走った紫の雷撃が、《根源光滅爆》によって抉られた火口に巨大な魔法陣を描く。

「正しき剣を振るうことなど、できやしないよ。あらゆる魔眼が、あらゆる耳が、強き魔族を監視している。どこで誰が見ているか、聞いているかわかりやしない。悪しき者を一人粛清しようとすれば、多くの悪しき者たちに滅ぼされる。血に飢えた狂った亡霊であり続けなければ、君たちは自らの血族を危険に曝しただろう」

自身の魔法にて、国を滅ぼさぬための結界を構築し、セリスは万雷剣をゆるりと構える。

「結果、君たちは自らの大切な者さえ守ることはなかった。君たちがもし一人でも助けていたなら、それが弱点だとわかってしまう。すぐに他の血族が狙われただろうからね。そうして、幻名騎士団は仲間とさえ言葉で直接確かめ合うことなく、狂った亡霊を演じ続け、悪しき魔族、悪しき人間を討つ、正義の剣を振るってきた」

グラハムが、一歩を刻む。

「だけど、セリス・ヴォルディゴード――」

彼の姿は消え、そして、一番の目の前に姿を現した。一番が槍を振るうより先に、グラハムは彼の左胸を指先で貫いていた。その根源を握り締めれば、一番の体がびくんっと震える。

「――君は一度だけ、人の心を見せてしまったね」

「が……ぁ……」

一番が暴れるが、グラハムはいとも容易く、彼を押さえつける。

「君は、亡霊でなくなった彼を、滅ぼすことができなかった」

「それがどうした？」

セリスは冷たい魔眼を、グラハムに向ける。一番の命などまるで頓着しないとばかりに、彼はその剣を敵にねじ込むことだけを考えているように見える。

「君には彼を、見捨てることができないということだよ。最後まで、君の真意に気がつくことのなかった愚かな弟子を」

グラハムは、セリスに憐れみの表情を返した。

「違うかい？　自らを亡霊と呼びながら、君たちは名もなき騎士を自称した。なぜ騎士なんだろうね？　そこには正しき剣を振るうという意味が込められていたんだ。君たちの行動と、言外に込められた言葉の意味、すべてを照らし合わせれば君たちの目的にも気がつくだろう」

魔法の準備はすでに整った。しかし、セリスはその紫電の魔剣を振るわない。一番を盾にするように構えるグラハムを、じっと睨んでいるだけだ。

「気がついた者だけを君は名もなき騎士に迎え入れ、亡霊とした。すべてを救えなくとも、僅かなりともこの国が正しき方向へ進むようにと。滅ぼして、滅ぼして、滅ぼし続けてきた」

胡散臭い笑みを浮かべ、グラハムが言う。

「君たちは自分を捨てたんだね。間違っていることをしていると知りつつも、いつか、誰も間違えないでいられる時代を作るために、その亡霊の剣を振るってきたんだ。今を捨てても、未来のために」

一番（ジェフ）を持ち上げながら、グラハムが歩を進める。

「幻名騎士団の中で、唯一の例外が、拾った子供であるこの一番（ジェフ）だった。彼はなにも知らず、君たちと行動を共にしていた。君は亡霊を演じ続けるばかりで、彼に真相を話すことができなかった。悟ってくれることを願った。その負い目が、彼を滅ぼせないという過ち（あやま）を犯した」

屈託のない顔で、奴（やつ）は言う。

「当たらずとも遠からずというところかな？」

「一番（ジェフ）」

グラハムに取り合わず、セリスは言った。

「その心を変えぬのならば、亡霊らしく滅ぼしてやると言ったな」

根源をわしづかみにされ、苦しみながら、一番（ジェフ）は、声を絞り出す。

「……や、やってください……団長（イシス）……」

悟ったように、ようやく気がついたとばかりに、彼は言った。

「……今……たった今、私は亡霊になった……！」

すべての事柄が、師のこれまでの狂気に満ちた行動が、ようやく彼の中で、腑（ふ）に落ちたのだろう。

「……謝罪は、また……地獄で会ったときに……」

「よく言った」

セリスが一歩を踏み込み、万雷剣を突き出した。紫電が迸り（ほとばし）、ぐんと剣身が伸びる。それはまっすぐ一番の右目を貫通した。彼の根源からどくどくと血が溢れ出す。魔力が弾け、禍々しく渦を巻いた。その根源が、真価を発揮しようとしていた。次元を支配する、その魔法を。

「……な、にを………？」

「ほら、君は彼を見捨てることができない」

セリスの一撃は、その滅びの魔法、《滅尽十紫電界雷剣》ではなかった。グラハムが手をかざせば、そこに乱竄神鎌ベフェヌグズドグマが飛んで、戻ってくる。

「さあ、なにが斬れるかな？」

彼は思いきり神鎌を振るった。すると、セリスの左腕が切断され、ぼとりと落ちた。

「団長ッ‼」

叫ぶ一番に、セリスは初めて、穏やかな表情を向けた。

「一番。時代は変わるぞ。平和な世に、我々亡霊はいらぬ。だが、お前には王として生きる道がある」

万雷剣の魔力に呼応するように、滅びに近づく一番の根源が、その力を目覚めさせる。夥しい血が溢れ出し、それが球体となりて、彼を包み込んだ。

「時代は変わるかもしれないね。だけど、なにも変わらない」

グラハムが、ベフェヌグズドグマを振るえば、今度は彼自身の左手が落ちた。

「ハズレか」

更にもう一度、乱竄神鎌を振るうと、今度はセリスの右足が切断された。

「亡霊一番は滅びた。さらばだ、イージェス。聞き分けのない、我が愛しき弟子よ」

「団(イシ)――」

言葉は時空に飲まれ、暴走する血の球体とともに、一番(ジェフ)は消え去った。

「お前は生きろ」

「美しい師弟愛だね」

右足を失い、膝を折ったセリスの前に、ベフェヌグズドグマを掲げたグラハムが立っていた。

乱竄神鎌が振るわれると同時、万雷剣から細い紫電が天に走る。セリスは、そのまま万雷剣をグラハムの腹に突き刺した。

「……一手誤ったね、セリス・ヴォルディゴード……」

「亡霊に名は不要。滅びゆく貴様は、この名を頭に刻め。俺は幻名騎士団、団長(イシス)――」

言葉と同時に行使された大魔法は、《滅尽十紫電界雷剣(ラヴィア・ネオルド・ガルヴァアリイズエン)》。膨大な紫電が、万雷剣めがけて落ちてくる。狙いは根源ではない。グラハムの体が焼け焦げ、みるみる灰燼(かいじん)と化し、崩れていく。

「先に乱竄神鎌を使えなくしたいのかい？」

次の瞬間、轟(とどろ)く雷鳴を打ち消すように、落ちてくる紫電が斬り裂かれた。乱竄神鎌が、可能性の万雷剣を断ち切ったのである。

「運が良かったよ。直接、根源を狙うべきだったね」

万雷剣ガウドゲィモンを握り締め、ありったけの魔力を込めて、セリスは言った。

「《波身蓋然顕現(ヴェネジアラ)》」

「それでも、僕の勝ちは揺るがなかったけどね」

ベフェヌグズドグマの刃がセリスの首に直接触れ、そして刎ねていた。

「君が一番を見捨てない限り」

宙を舞ったその首は、《蘇生》を使おうとするが、しかし、魔法行使ができなかった。殆ど灰と化したそのボロボロの手で、グラハムは首をわしづかみにした。

「ああ、ようやく手に入った。君は手強いからね。滅ぼさずに首だけにするのは、骨が折れたよ」

グラハムは、セリスの首を、自らの首なしの体にぐっとくっつける。魔力の粒子が首を覆い、そして、完全につながった。

「これで僕が、セリス・ヴォルディゴードだ」

体に魔力が満ち、紫電が走る。灰と化していたグラハムの体が、少しずつ癒されていった。奴は首を左右に捻り、それが思い通りに動くのを確認する。手をかざし、紫電にて球体魔法陣を描く。僅かに、制御が不安定だった。

「馴染むまでに、少し時間がかかるかな？　これじゃ、彼に悟られそうだ」

転がっていた万雷剣と幻名騎士三つの首を回収し、グラハムは《転移》の魔法陣を描いた。

「それまで、なにをして遊ぼうか？」

グラハムは何処かへ転移していった。後に残ったのは、セリス・ヴォルディゴードの遺体だけだ。いつの間にか、辺りは夜になっていた。ついさっきまでは、太陽が空にあったにもかかわらず。夜空には、平常の月の他に、もう一つ、幻想的な月、アーティエルトノアが浮かんでいる。白銀の月光が降り注ぎ、キラキラと雪月花が火口へ舞い降りる。

それは、少女の姿に変わった。髪は足のくるぶしまで長く伸び、瞳には銀の輝きを宿し、体には純白の礼装を纏っている。創造神ミリティアであった。

彼女がセリスの遺体に手をかざせば、雪月花がひらりと舞う。白銀の光を纏いながら、切断された首が、創造の力にて復元された。うっすらとセリスは目を開く。

「……創造神……か……何用だ……？」

体を横たえたままセリスは訊いた。たとえ首が戻ろうとも、彼にはすでに立ち上がる力も残っていない。

「あなたはまもなく滅ぶ」

静謐な声で、ミリティアは言った。

「その体に残された根源は、あなたの意識だけ。他はすべて、彼が持っていってしまった。そして意識が滅べば、あなたという人は消える」

セリスは無言だった。

「この世界のために。平和のために戦い続けたあなたの願いを、最期に叶えたい」

そう、ミリティアは申し出た。

「なにを望む？」

「亡霊として滅ぶ。俺の存在を消してくれ」

セリスは即答した。

「この世界から、アノスの頭の中から」

まっすぐ、ミリティアがセリスの顔を覗き込む。

「どうして？」

「あいつは、賢しい。俺が誰なのか、もう半ば勘づいているだろう。泰然と構えてはいるが、俺が滅んだことを知れば、必ずやその正体と原因を突き止める」

「あなたの終わりを、彼は知りたいと思うだろう」

　ゆっくりとセリスは首を左右に振った。

「時代は変わる。終わりのない戦いを、あいつは終わらせる決意をした。憎しみの連鎖を断ちきり、魔族を統一し、人間と手を取り合おうとしている。だが、母のみならず、俺を滅ぼしたのも、その人間だ」

　自嘲するように、セリスは声を上げた。

「あいつは、俺に似ても似つかぬ。強く、そして優しい。平和を望んだあいつに、憎しみを与えるか。自らが愚かと断ずる、復讐の道を歩ませるか」

　一旦口を噤み、再び彼は言った。

「そんなことは到底できぬ。まっすぐ、前だけを向いておればよい。憎悪に足を引っぱられることなく、ただ平和の道を邁進すればよい」

　セリスを包み込む白銀の光が弱まり、彼の体が消えようとしている。その根源が、終わりを迎えようとしているのだ。

「魔王には一点の曇りもいらぬ。なにも知らぬままでよい。父親などいなかったのだ。名もなき亡霊は最後まで名を持たぬまま、消え去るのみだ」

「彼はどうする？」

「アノスの敵ではない。なにも知らずとも、必ず滅ぼすだろう」

うなずき、ミリティアは言った。

「叶(かな)えよう」

《創造の月》の光が降り注ぎ、破壊された雷雲火山が元に戻っていく。彼女は自身とセリスに《転移(ガトム)》の魔法陣を描いた。風景が変わり、二人が現れたのは、ミッドヘイズを一望できる丘である。

「ここからなら、彼の城が見える」

「……それはいい……」

今にも消えそうな乏しい魔力で、セリスは声を絞り出した。

穏やかな風が吹く。創造神の銀髪がふわりと揺れた。

「言い残すことはある？」

優しくミリティアは訊(き)いた。じっとセリスは黙り込んでいる。

「誰も聞いてはいない。最期(さいご)ぐらいは、亡霊ではない、あなたの言葉を」

ぐっとセリスは歯を食いしばり、それから、言葉を発した。

「……不甲斐(ふがい)ない父であった……」

こみ上げるものを押さえるようにして、セリスは言う。

「次代のために剣を振るった。守るために、非情に徹し、多くの者を見殺しにした。血にまみれたこの手は、あの子を抱く資格などなかった」

彼はその瞳で、亡霊であり続けた自らの生涯を振り返る。

「この戦乱の時代では、致し方なしと、俺は諦めたのだ。あの子のような強さがあれば、なにもかもをねじ伏せ、平和を築こうという強い想いがあれば、違う結末を迎えられたのかもしれぬ。俺は、道を間違えた」

セリスは丘の砂をぐっとつかむ。それは、薄れかけた彼の体をすり抜け、こぼれ落ちた。

「滅ぼした数だけ、本当に平和に近づいたか？　見殺しにした数だけ、本当にマシな世界になったのか。やむを得ないと諦めたことは数知れぬ。俺は、亡霊を演じ続ける内に、血に狂った本物の亡霊になっていたのやもしれぬ」

拳を握ったセリスの目に、涙が滲む。

「あの子の母を見殺しにした。俺が、奪った。殺したのだ。これほど愚かな男はいまい」

強く、強く握った拳には、爪が食い込み、血が滴る。

「親と明かすことすらできず、名を呼んでやることすらできず、厳しいばかりの、愛情のない、愚かな……」

彼はその体を震わせる。光が立ち上り、魂は、ゆっくりと天に昇っていく。

「父親らしいことを、なに一つできず……それでも……」

セリスは悲しみを、その願いを吐露した。

「あいつの望む、平和な時代を、せめて見せてやりたかったのだ……」

悔しさが、言葉に滲む。

「叶わなかった」

握り締めた拳を、セリスは地面に叩きつける。

叶わなかった、ともう一度、弱々しく彼は言った。

「……だが、それでよいのだ……俺が間違っているということは、あいつが正しいということだ。俺と似ても似つかぬあいつは、決して失敗などしまい……」

ミリティアは首を左右に振った。

「彼は、大切な者を守るために、暴虐の魔王と呼ばれた。亡霊を演じてきた、あなたと同じ」

セリスが僅かに目を丸くする。

「親子だから、よく似ている」

「……俺に似ては……」

「あなたは失敗していない。あなたの意志は、彼が継いでいる。世界は平和になる。あなたが戦った日々は、きっとそこにつながっている」

一旦、言葉を切り、彼女は言った。

「彼が、つなげてくれる」

小さく、セリスは息を吐く。

「願わくば、平和な時代で……」

彼を包み込む白銀の光が一瞬弾け、その体が魔力の粒子へと変わっていく。

「あいつを抱いてやりたかった」

セリスの根源は完全に滅び去り、後にはなに一つ残らなかった。

§40.【亡霊の正体】

創星エリアルの輝きが失われていく。とうに過ぎ去った日々が目の前から幻影のように消え、俺の視界はまた元の縦穴を映した。

「終わったこと、か」

ふと口からこぼれ落ちたのは、ミリティアがエーベラストアンゼッタの壁面に刻んだメッセージだ。なにが終わったのか。本当に終わったのか。それを確かめようと思っていた。

あの丘で、俺の父、セリス・ヴォルディゴードは滅びた。あのときの父の根源は意識だけを残し、他はグラハムに奪われていた。ならば、奴（やつ）が奪った首には、セリス・ヴォルディゴードの根源が残っている可能性があるか？

いや――それはない。もしそうなら、グラハムの首が刎（は）ねられたとき、顔と体に、二つの根源が分かれているはずだ。だが、そうではなかった。ツェイロンの血族は恐らく、奪った首を体とつなげることで、首に残った根源を自ら自在に操れる形で複製しているのだろう。首はその力を発揮するため、術式に必要な触媒にすぎぬ。そもそも、二つに分かれた根源は、そのままでは長くもたぬ。だからこそ、あの丘で、父の意識を持った根源は滅びていった。

本当に滅びたのか？　希薄な根源が、どこかへ飛んでいっただけではないのか？

「いや――」

自らの頭をぐっとつかみ、《根源死殺（ベブズド）》の爪を立てる。血が流れ、鋭い痛みが俺を襲う。どこかへ飛んでいったところで、そんな希薄な根源はどのみちすぐ消えるだろう。なにを感傷に浸っている。終わったことだとミリティアのメッセージに書いてあったではないか。

ただそれが、事実だっただけだ。考えるべきは、過去ではなく、現在。それを忘れてはならぬ。俺が地底で会ったあの男――俺の父、セリス・ヴォルディゴードを騙（かた）る人間、グラハム。

それすら、奪った名であろうが、正体はどうでもよい。グラハムはツェイロンの血を奪い、父の首を奪い、幻名騎士団のセリス・ヴォルディゴードに、俺の父親に成りすましていた。

俺は、奴（やつ）を滅ぼした。《斬首刎滅極刑執行（ギギヌヴェヌエヌズ）》にて、首を刎（は）ね――

『アノス』

レイの声が《思念通信（リークス）》にて響く。努めて平静を心がけ、俺は訊（き）いた。

「……どうした？」

『カシムが、しばらく一人になりたいと言っててね』

一人になりたい、か。まあ、あれだけの醜態を曝（さら）せば、無理もない話だが……さて？

『泳がせてみようと思う。なにか裏があるのかもしれないしね』

確かにな。だが――

「カノン」

そう呼ぶと、驚いたようにレイの魔力が揺れた。

「そこから先は、俺にやらせてもらえるか？　訊（き）かねばならぬことがある。時間も惜しい」

『……任せるよ』

《飛行（フレス）》で浮かび上がり、俺は縦穴を上っていく。カシムはレイのもとから離れた。奴（やつ）が移動するルートを予測し、俺はそこへ先回りをした。遺跡神殿からは遠く離れた、なにもない洞窟の横道だ。

《幻影擬態(ライネル)》と《秘匿魔力(ナジラ)》にて身を隠していると、そこへカシムがやってくる。彼は後ろを振り返り、レイたちがついてきていないのを確認する。そうして、魔法陣を描き、中から一本の聖剣を取り出した。

「……カノン……私は……」

覚悟を決めたような表情で、カシムはその聖剣を自らの胸に突き刺した。聖痕が浮かび、刃は心臓を貫く。彼の体内に描かれたのは、《転生(シリカ)》の魔法陣だ。

「見下げた男だ。霊神人剣に選ばれぬわけだな」

「…………な…………に…………？」

《破滅の魔眼》にて、《転生(シリカ)》の魔法を破壊され、カシムは驚愕(きょうがく)の表情を浮かべた。魔法を解除し、姿を現す。奴(やつ)の胸に突き刺さった聖剣を抜いてやり、地面に放り投げる。

「……暴虐の……魔王…………」

《総魔完全治癒(エイ・シェアル)》の魔法でカシムの傷を癒(いや)してやる。後ずさり、聖剣を拾って、カシムはごくりと息を呑(の)む。脅(おび)えた奴(やつ)に、俺は言った。

「目の前で《転生(シリカ)》を使わなければ、転生したかどうかもわからぬ。レイに完膚無きまでやられたお前は、非業(ひごう)の死を遂げた。と見せかけ、あの男の心にしこりを残そうというわけか」

「……違う……私はただ……やり直そうと……。記憶を捨て、カシムであったことを忘れ、今度は真っ当な勇者の道を歩めるように」

その顔を指さしてやれば、奴は戸惑いを見せた。

「睨んだ通りだな。隠しごとがあるというわけか。俺に捕まれば、生きたままではそれを隠し通せぬ。ゆえに転生して、記憶を完全に捨て去ろうとした」

自然と表情が嗜虐的な笑みに染まり、僅かにカシムは体を震わせた。

「よく考えることだ。お前が隠そうとしているものがなんなのか、つまらぬ嫉妬なんぞで触れていい領域なのか。よおくな」

冷たい視線をカシムに向ける。

「話せ」

「……ほ、本当だ。私はただ、やり直したい。それだけで」

呆れた返答に、俺は表情なく言葉をこぼした。

「なら、その願いを叶えてやる」

魔法陣を描く。魔力が黒き糸へと変化し、奴の首に結ばれた。

「二度と戻れぬ地獄へ沈め」

途端に、カシムの目の前の風景が変わっていく。目まぐるしく違う景色が、いくつもいくつも通り過ぎ、そうして俺たちは戦火の真っ直中に辿り着いた。

「……ガイラ……ディーテ………？」

カシムが目を丸くして、周囲に視線をやる。辺りは、二千年前のガイラディーテだった。

激しい剣戟が耳朶を叩く。魔法による爆音が幾度となく木霊し、人々の悲鳴や怒号が飛び交っている。そこは、戦場だった。

「……カシムッ……！　背中は任せるがいい。お前は魔王をっ……」

カシムが振り向き、再び驚愕をあらわにする。そこにいたのは、彼の師、ジェルガだった。

彼は、襲いくる魔族たちへ聖剣を振るい、魔法砲撃を放っている。

「ジェルガ先生……」

「……任せたぞ、カシム。お前ならばやれる。お前は、霊神人剣に選ばれた、魔王を討つ勇者なのだ……」

「……勇者……私が……？」

カシムが、その手に持った聖剣を見つめる。それは、霊神人剣エヴァンスマナだった。

「これは……な、にが…………？」

「過去を遡るのは初めてか」

その言葉に、カシムが驚愕をあらわにした。

「過去を……馬鹿な……。ここは、本当に二千年前のガイラディーテだというのか……？　そんなことが……」

「俺に不可能があるとでも思っていたか。愚かな男だ」

視線で威圧してやれば、カシムは後ずさった。

「過去を変え、お前が霊神人剣に選ばれたことにしてやった」

「……そんなことをして、いったいなにが目的だ、魔王っ⁉」

「お前が望んだことを叶えてやったにすぎぬ。勇者カシムが正しければ、俺にとっても都合がよい」

険しい表情で、カシムは俺を睨みつけてくる。

「もしも、お前がカノンと同じか、それ以上のことができるのならば、この過去は現実となる。カノンには助けられなかった多くの命を救え。お前の名は平和をもたらした勇者として、魔法の時代に轟くだろう」

呆然としていたカシムの表情が、徐々に変わっていく。強い意志を瞳に秘め、ぐっとカシムは聖剣を握り締めた。

「さあ、来るがいい。今こそ、お前の大望は叶った。聖剣に選ばれたのだ。この身を退ければ、真の勇者となれるだろう」

「……真の勇者に……私が……真の勇者に……」

カシムの目がかつてない輝きを発し、彼は勢いよく地面を蹴った。

「うおおおおおおおおおおおおおおおぉぉぉっっっっ!!」

突き出された霊神人剣。それを四方八方から漂った闇が覆い、鞘を作った。

「な……に……!?」

「《黒鞘》」

黒き鞘に納められ、霊神人剣の力が消え失せる。《黒鞘》は、対霊神人剣用に開発された魔法だ。霊神人剣の進化によって無効化されたが、一度目は十分な効果があった。

「このガイラディーテでの一戦にて、勇者カノンは《黒鞘》にて霊神人剣の力を失った。六つの根源を使い果たしたが人間に残された最後の砦、ガイラディーテでは退くわけにもいかぬ」

俺は両手を、《根源死殺》に染める。

「……ぜっ、ぜあぁぁっ……！」

カシムは《黒鞘（ジルマ）》ごと霊神人剣を俺に叩（たた）きつけるが、無論、この体はびくともしない。

「平和に慣れたはずが……今は二千年前の魔王であることに、抵抗を感じなくてな」

《根源死殺（ベブズド）》の指先を、その腹部にねじ込んだ。

「が……はぁ……」

「気をつけろ。このまま滅ぼしてしまうかもしれぬ」

更に奥へ黒き指先をねじ込み、心臓を潰す。

「ぐぶぁっ、あぶぅっ……!!」

カシムは《蘇生（インガル）》を使う。

「さあ。見せてみよ、勇者カシム。勇気をもって、この窮地を乗り越えろ」

「……や、やめ………」

カシムの根源をつかみ、ぐっと握り締める。

「ごぶふぅっ……!!」

「剣もなく、盾も失い、それでも、この魔王アノス・ヴォルディゴードを退けた、あのカノンのように」

カシムの体内に、その根源に俺は直接魔法陣を描いた。

「勇気を示せ。俺に人間の素晴らしさを見せてみよ」

「……くっ……！」

《転生（シリカ）》の魔法を使い、滅びる寸前にカシムは転生していった。消えていく奴（やつ）の根源に、俺は落胆した視線を向けた。

「《羈束首輪夢現(ネドネリアズ)》」

ガイラディーテの風景が消え、俺とカシムはまた元の場所に戻ってきた。時間は殆(ほとん)ど進んでおらず、変わったことはなにもない。奴(やつ)の首に、禍々(まがまが)しい首輪がついていること以外には。

はっと気がついたように、カシムは周囲を呆然(ぼうぜん)と見回す。

「……過去から、戻ってきたのか…………？」

「今のは、その首輪が見せたただの夢だ」

《羈束首輪夢現(ネドネリアズ)》の首輪を指さし、俺は言う。

「過去の再現ではあるがな。カノンもお前と同じ状況に陥った」

奴(やつ)のそばまで、俺はゆるりと歩を進ませていく。

「あの男は、あそこでどうしたと思う？」

言葉に気圧(けお)され、カシムは、がくがくと震え、脅(おび)えた。彼は考え込んでいる。しかし、どれだけ考えても、なにも思いつかないようだった。

「得意とする根源魔法にて、《根源死殺(ベブズド)》につかまれた根源を、自ら思いきり貫かせた」

「……そ、んなことを……すれば……？」

「滅ぶ。それがカノンの狙いだった。滅びに近づく根源は、よりいっそう輝きを増す。消え去る直前、その強大なまでに膨れあがった魔力にて、あの男は《根源光滅爆(ガヴエル)》を使ったのだ」

わなわな、と体を震わせながら、カシムは信じられないといった顔になった。

「勇者カノンの捨て身の《根源光滅爆(ガヴエル)》は、さすがに俺とて、ただではすまぬ。なにより配下の犠牲は甚大なものとなろう。無理矢理押さえ込み、魔法の発動を止めるのに苦労してな。あの場は退くしかなかった」

言葉もなく、呆然とカシムは俺に視線を向ける。

「わかったか」

至近距離で、奴を睨み、俺は断言した。

「それが勇者だ。あの男の心の強さは、互いに死闘に興じた俺が誰よりも一番よく知っている。人間の素晴らしさを、俺に教えてくれたのがカノンだ。彼がいなければ、この平和は実現しなかった」

どうしようもなく湧き上がる怒りが視線にこもる。愚かな者は数知れぬ。それでも、愚かな者ばかりではない、と俺は知っている。

「お前如きが、嫉妬だと？　石ころが太陽になにを思う？　身の程を弁えよ」

俺の全身から黒き魔力の粒子が溢れ出し、殺気に気圧されたように、カシムはその場に尻餅をついた。奴の顔を覗き込むようにして、俺は告げる。

「これが最後だ。悪いが、少々気が立っていてな。手っとり早く真実を知るためならば、なにをしでかすか自分でも予想がつかぬ」

溢れる魔力がそれだけで縦穴を、いやこのエティルトヘーヴェを揺るがしていた。

「話せ」

震える唇を開き、カシムは言った。

「……わ、私が奪い去ったエリアルは、王宮の壁画にあったものではない……」

ふむ。思った通りか。エリアルは五つ星。ミリティアが残したメッセージには、そう記されてあった。しかし、それは誤りだったのだ。確かに大凡（おおよそ）のことはわかった。グラハムの存在は、ディルヘイドにとって害になるであろうことも。しかし、創星には破壊神アベルニユーの過去がなかった。俺はそのことを今も思い出せないでいる。ミリティアが、父セリスに頼まれ、俺の記憶を奪い、偽（にせ）の記憶を創造したのだとしよう。恐らくは、世界を分ける壁を作るとき、魔力を注ぎ込（こ）んだ瞬間だろう。そのとき、彼女は俺から破壊神アベルニユーの記憶まで奪った。

いったい、なんのために？　わからぬが、その過去も創星に封じられていた可能性は高い。ならば、創星はまだ他にも存在すると考えるのが妥当だ。二千年前から、グラハムは狂乱神アガンゾンの権能を手にしていた。アルカナの中に、ミリティアは自らの秩序、《創造の月》アーティエルトノアを使い、あのメッセージを残した。

だが、グラハムは、代行者となったアルカナに接触する機会があった。そのときに、ミリティアが残そうとしたメッセージを、改竄（かいざん）できたやもしれぬ。数字を一つ、たとえば、六を五に変えるぐらいならば――

「お前がレイと戦ったあの場所。ひどく荒れていたが、壁画があったのを隠したか。お前が持っていたのは、そこにあった創星エリアルだな？」

カシムがうなずく。

「最後の一つは、誰が持っている？」

「……冥王……イージェスだ……」

「お前の《契約強制（ロア・ゼクト）》だが、狂乱神アガンゾンの権能で内容を別物に見せかけていたな？」

カシムはうなずいた。

「今はいない。レイとの戦闘でも使わなかった。お前の選定神ではあるまい。誰の神だ？」

「……せ、セリス・ヴォルディゴード……だ……」

「ふむ。よくわかった」

俺は踵を返す。

「レイ。そいつの処遇は任す」

顔を見せたレイにそう伝え、俺は縦穴を降下していく。一番下まで辿り着けば、《魔震》にて地面を割り、更に地中深くへ潜った。創星を持って、イージェスはどこへ行ったのか？

《斬首刎滅極刑執行》にて首を刎ねたが、グラハムは生きているはずだ。奴の体は、ツェイロンの血族と同じ、首なしだ。元々首がない魔族に、斬首の魔法効果は発揮されない。奴はあのとき、滅んだと見せかけ、転生していた。

《母胎転生》によって。根源が滅ぶのも、死んだ後に蘇生が不可能になりいずこかへ消え去るのも、そして転生するのも、事象としては、すべて根源が消えたにすぎぬ。

その前に起きた事柄にて、滅んだのか、転生したのかを判断するしかないが、魔法陣を俺に見せさえしなければ、騙し切ることは不可能ではない。奴には、改竄の秩序をもつ狂乱神がついていた。

恐らく冥王の狙いは、師の仇であるグラハムに違いない。グラハムは今どこでなにをしている？　八神選定者が八人から今の人数に増えたのは、恐らく奴の仕業だ。天蓋が落ちた日までは確かに、八神選定者は八人だった。それ以降、数を増やしたと考えるのが妥当だろう。

方法は一つ。つまり、狂乱神アガンゾンの権能により、整合神エルロラリエロムの秩序を乱し、別物に変えたのだ。

俺がそばにいたため、整合神の代行者であるアルカナには手の出しようがなかった。ならば、残り半分のエルロラリエロムの秩序に働きかけたと考えるのが妥当だ。選定審判の勝者の前にしか現れないという整合神だが、どうやら今では少々事情が違っているようだ。

選定審判を終わらせようとしたミリティアの行動が関係しているのか？　わからぬが、もしも、常に整合神が地底のどこかに存在したのだとすれば、その場所はあそこ以外に考えられぬ。

大地を掘り進めると、視界がぱっと開け、俺の眼下に神々しいその城が姿を現した。

神代の学府エーベラストアンゼッタ。八神選定者の名が記された聖座の間こそ、整合神の秩序が働くところ。すなわち、あれが整合神のなれの果てだ。

あの場に、奴が。

父の首を奪った、グラハムがいる――

§41.【あの日の刃は今もなお】

カツ、カツ、と足音が響く。エーベラストアンゼッタの通路を進み、俺はその扉を開いた。

聖座の間だ。円形の空間に、均等に座具が設置されている。そこへ降り注ぐ光がヴェールのようになり、目映く輝いていた。中央には人影があった。大きな眼帯をした魔族、冥王イージェスである。俺がここへ来たことには、とうに気がついているだろう。しかし、その隻眼はただまっすぐ目の前を見据えていた。

「やあ」

妙に軽々しい声が、その場に響いた。中二階へ続く階段を上った先――少し広めの床に、《転移(ガトム)》の魔法陣が描かれる。転移してきたのは、一人の男。セリス・ヴォルディゴードの首を持つ、グラハムである。

「役者が揃(そろ)ったね、と言うべきかな？」

グラハムがすっと手を掲げる。すると、天井から座具に降り注いでいた光が、その方向を変え、彼の背後の壁を照らした。浮かび上がったのは、大きな十字架にはりつけにされた覇王ヴィアフレアだった。目は開いてはいるが、憔悴(しょうすい)しており、虚(うつ)ろだ。彼女の腹の中、その深淵(しんえん)に、途方もなく強い魔力を感じる。《母胎転生(ギジェリカ)》により、すでに命を宿しているか。その胎児の魔力が、母胎さえも蝕(むしば)んでいるかのようだ。

「できれば、もう少し、君と親子ごっこを続けたかったけれどね」

これまで同様、人の良さそうな顔でグラハムが言う。ひどく醜悪な、おぞましさを感じた。

「くすっ、君のその顔。どうやら、もう過去を見てしまったみたいだね」

グラハムは俺の顔を指さし、微笑(ほほえ)んだ。

「アノス。僕はね、二千年前、君が産まれたあの日から、いや、君が母親の胎内にいたときから、いいや、もっともっと、ずっと前から――」

目を細め、奴(やつ)は言う。

「――君のことを待っていたんだよ」

俺に執着しているようで、けれども、その言葉は薄っぺらい。

「積もる話をしたいところだけど、その前に先約があってね」

奴(やつ)は、ゆるりと階段を下りてくる。

「彼と《契約(ゼクト)》を交わしているんだ」

俺を見ながら、グラハムは指さした方向をイージェスへと変え、気安く言った。

「ねえ」

「二千年前から変わらず、お喋(しゃべ)りな男よ。その顔で、これ以上、軽薄な言葉を吐いてくれるな」

足を止め、グラハムは、自らの顔をまっすぐ冥王に向けた。彼の師の顔を。

「セリス・ヴォルディゴードの顔が気に障(さわ)るのかい？　申し訳ないね。だけど、彼も気になっているだろうし、君も誤解されたままじゃ、心苦しいだろう？」

「誰がなにを思おうと些末(さまつ)なことよ。この身はすでに亡霊なれば――」

イージェスが腰を落とし、紅血魔槍ディヒッドアテムを両手で構える。その切っ先は、まっすぐグラハムへ向けられた。

「ただ、この信念の槍(やり)を貫くのみ」

その言葉を意にも介さず、冥王の後ろにいる俺へ、グラハムは続けた。

「なぜ冥王イージェスが、僕に協力していたのか。大体、察しがついていると思うけどね。彼は僕を滅ぼしたいんだ。彼の師、セリス・ヴォルディゴードは名を明かすことなく、その信条を知られることなく、ディルヘイドの平和のために剣を振るった」

つらつらとグラハムは喋り続ける。そんな奴を隻眼にて睨みつけたまま、冥王は体内で魔力を練り上げている。

「当時でさえそれだよ。今では、ディルヘイドに彼のことを知る者は殆どいない。文字通り亡霊として、歴史に名を刻むことなく、彼は死に絶えた。そんな崇高な騎士たちの想いを、僕が貶めているように見えたのかな？」

まるで他人事のようにグラハムは言う。

「師の顔をした僕が、師の力を振るい、師の行いを踏みにじろうとしているのが、イージェスは許せないんだろうね」

並べられた言葉は、どれも挑発するようなものばかりだ。その軽々しい響きに、けれども冥王が心を乱されることはなかった。グラハムは微笑む。

「それが、なんだか僕は無性に気に入ってしまってね。彼を滅ぼさないことにした。果たし合いに応じず、僕はずっと逃げ回っていた。僕の痕跡一つ、彼はつかむことができなかった」

戦う気のない相手を、滅ぼすことは至難の業だ。相手が滅ぼす気だからこそ、こちらにも滅ぼす機会が生まれる。格上の相手ならば尚更だろう。居場所すらつかめぬほど逃げの一手を打たれては、どうしようもあるまい。

「彼が水をかくような気持ちで僕を捜し回っている頃、使者を送り、提案してね。僕の幻名騎士団に入り、命令を三回聞いてくれたら、決闘に応じてもいいって言ったんだよ。勿論、どちらかが、滅びるまでね」

グラハムの居場所をつかむことのできなかったイージェスはその提案を受け入れた、か。

「ヴィアフレアとその首を回収したのも、命令の内か」

「苦渋の決断だったろうね」

面白い見せ物だったというように、グラハムはくつくつと喉を鳴らす。

「なにせ首を持ち帰れば、僕はまたセリス・ヴォルディゴードとして生きることになる。だけど、首を持ち帰らなければ、ようやく居場所をつかんだ僕に逃げられてしまう」

葛藤はあっただろうが、冥王はグラハムを滅ぼすことを優先した。死者を冒瀆（ぼうとく）することになろうとも恐らくそれが、今は亡（な）きセリス・ヴォルディゴードの、彼の師の望みだからだ。

「冥王へ下した最後の命令が、エリアルを守って俺と戦い、六つめの創星エリアルをここへ持ってくることか？」

「そうだね」

そうすれば、エリアルが五つ星だと思い込んだ俺は、永久に隠された記憶に気がつかない、というわけか。つまり、本当に隠したかったのは六つめの創星にある過去か？　そのために、自らの正体を隠そうとした。

「望みのものだ。受け取るがいい」

収納魔法陣を描き、イージェスはそこへディヒッドアテムを突っ込む。槍（やり）の穂先に載せた蒼（あお）く輝く創星を、彼はグラハムへと放り投げた。孤を描いたエリアルが、奴（やつ）の手に収まる。

「残念ながらアノスには、エリアルが六つだってことがバレてしまったけれど、まあ、それは君の責任じゃない。大目に見てあげようかな」

グラハムが魔法陣を描き、そこに創星を放り投げる。代わりに、魔剣の柄がすっと姿を現した。万雷剣ガウドゲィモンを引き抜き、奴は体に紫電を纏う。

「約束通り、相手をしてあげるよ」

イージェスは、魔槍を閃かせる。次の瞬間、俺の足元が斬り裂かれていた。そこには、血で線を描いたような跡がついている。

「その線を越えてくれるな、魔王。そなたにも奴を討つ資格はあろう。だが――」

鋭い口調で、イージェスは言う。揺るぎのない決意を込めて。

「これは余が、幻名騎士団が二千年前にやり残してきた戦いだ」

俺を振り向くことなく、イージェスはその穂先をグラハムへ向けた。

「過去の亡霊同士が現を彷徨っているだけのこと。生者が手を出さずとも、やがて消え失せ、過去へと帰る」

あの日、セリス率いる幻名騎士団はグラハムに挑み、そして敗れた。あるいはイージェスがあの場にいなかったならば、セリスはグラハムを滅ぼすことができていたのかもしれぬ。その後悔が、奴にはあるのだろう。

仲間を犠牲にし、師に助けられ、ただ一人平和な時代まで生き延びた。彼の師、セリスが滅びたあのとき、イージェスは甘さを捨て真に亡霊となったのだ。そうして、自らの師が辿った道をひたすらに歩んできた。すべては、グラハムを討つために。

「……仕方あるまい。お前の顔を立て、しばらくこの目をつむっていよう。その間に過去の清算を済ませておけ」

「恩に着る」

冥王の隻眼が光り、練り上げた魔力がどっと溢れる。

「話はもういいかな?」

イージェスが無言で応じると、グラハムは目を細めた。

「始めようか」

それを合図に、イージェスが動いた。ディヒッドアテムが閃光の如く煌めき、グラハムに突き出される。時空を超えた穂先は、奴の目の前に現れ、その心臓を穿つ。一瞬、紫電が走ったかと思えば、魔槍はグラハムの体をすり抜けていた。

「紅血魔槍に間合いはないけど――」

一足飛びに間合いを詰め、グラハムは万雷剣を振り下ろす。

「その穂先は、いつでも槍の直線上にある。君を見ていれば、避けるのは造作もないよ」

ギギィイイッとけたたましい音が鳴り響き、魔力と魔力が衝突する火花が散る。万雷剣の一撃を、イージェスは魔槍の柄で受け止めていた。

「大人しく、彼の力を借りた方がいいんじゃないかい?」

「貴様を滅するのは余の役目よ。誰にも譲りはせん」

迸る紫電を、槍から溢れた血にて防ぎ、その剣身を冥王は打ち払う。飛び退いた冥王に、追撃するかの如く紫電の刃が伸びる。首を捻ってそれをかわすと同時に、次元の魔槍がグラハムを襲った。それは奴の頬をかすめ、僅かに血を垂らす。

「やりたいことと、できることは違うよ」

左手にて紫電を走らせ、セリスは球体魔法陣を描く。

「ぬんっ！」

すぐさま、紅血魔槍がその紫電を貫き、次元へ飲み込む。秘奥（ひおう）が壱《次元衝（じげんしょう）》にて、魔法陣は彼方（かなた）へと飛ばされた。刹那――

「《波身蓋然顕現（ヴェネジアラ）》」

セリス・ヴォルディゴードが得意としたその魔法で、グラハムは可能性の球体魔法陣を構築していた。同時にイージェスに接近し、万雷剣を振り下ろす。紅血魔槍がそれを受けた。

「《紫電雷光（ガヴエスト）》」

球体魔法陣から剣を伝い、魔槍を通して、紫電が冥王の体に流れていく。

「忘れたのかい？　セリス・ヴォルディゴードの幻名騎士団が、僕一人に壊滅させられたのを」

ジジジジジッと紫電が冥王を焼き、根源さえも焦げつかせる。歯を食いしばり、足を踏ん張り、イージェスは力尽くでグラハムを押し飛ばした。

「ぬんっ……‼」

距離ができるや否（いな）や、奴（やつ）はその槍（やり）をまっすぐ突き出した。次元を超えた槍（やり）を、しかし、グラハムはその魔眼（め）で見切り、体を捻（ひね）ってかわした。そのとき、槍（やり）が液体のように変化し、くんっと曲がった。グラハムが避けた方向を追うように穂先が迫る。上体を反（そ）らして奴（やつ）がそれをやりすごすも、槍（やり）の柄は水流と化し、とぐろを巻いた。

紅血魔槍だけの力ではない。水葬神アフラシアータの秩序だ。イージェスはその身に、すでに神を降ろしている。紅い水流にてグラハムの逃げ場を塞ぎつつも、その穂先が奴の足元に突き刺さる。血の噴水が立ち上り、魔眼を遮った。グラハムがイージェスの姿を見失った一瞬の隙に、元の姿に戻ったディヒッドアテムが突き出される。

　喉元を狙った一撃は、しかし、それでも寸前でかわされた。途端にかくんと槍が曲がり、万雷剣をグラハムの手から弾き飛ばす。立ち上った血の噴水が収まり、二人の視線が交錯した。

「滅びたと思うは、早計よ。あの日の我らの刃は、今もなおここにある」

§42.【葬送】

　万雷剣はグラハムの手から遠く離れ、床に転がっている。丸腰になった奴は、それでも動じず微笑んでいた。

「さあ、どうだろうね？　たとえ、そこにあったとしても、君たちの刃はとうの昔に折れているかもしれないよ？」

「折れた刃で斬り裂くまでよ」

　イージェスの手元がブレたかと思うと、目にも止まらぬ速度で、魔槍の突きが繰り出される。ガギィイイッと金属音が鳴り響き、その槍が受け止められていた。魔眼に魔力を集中すれば、幽かにそこに人影が浮かぶ。冥王イージェスにして、凝視しなければ姿を見失うほどの《幻影擬態》と《秘匿魔力》。根源殺しの魔剣にて、紅血魔槍を阻んだのは外套を纏った亡霊。イージェスがよく知る、名もなき騎士であった。

「……二番（エッド）……」

刹那、剣閃（けんせん）が走り、イージェスは咄嗟（とっさ）に身を引いた。しかし、隠蔽魔法にて隠された魔剣の間合いを計り損ない、彼の胴と肩口が斬り裂かれる。更に二人、幽（かす）かな亡霊の姿を冥王の隻眼が捉えた。

「……四番（ゼット）、三番（ゼノ）……」

《幻影擬態（ライネル）》と《秘匿魔力（ナジラ）》にて、うっすらとしか見えぬものの、グラハムを守るように立ちはだかったのは、かつての幻名騎士である。

「ほら、折れているだろう、君たちの刃は。彼らはもう、なんのために剣を振るっていたのかさえ覚えていない」

「首を奪い、姿形を似せようと詮無きことよ」

同時に襲いかかる四番（ゼット）、三番（ゼノ）、二番（エッド）の剣をイージェスはその変幻自在の血流の槍（やり）にて捌（さば）く。

「《母胎転生（ギジエリカ）》によって、貴様は自らと同じツェイロンの力を持つ魔族を生んだだけのこと。二番（エッド）らの首を奪い、その力を奪い、消えたはずの幻名騎士団を再び作り直した」

二番（エッド）が正面から、四番（ゼット）が背後から、三番（ゼノ）が横からイージェスに猛攻を仕掛ける。

「彼らはとうに滅び、その刃を継いだのは余のみよ」

ガッ、ギィ、ガギィンッと三本の魔剣が弾（はじ）き飛（と）ばされる。

「我らは名もなき騎士であった。信念なき亡霊の刃が、この身に届くと思うな」

イージェスの足元から血の噴水が上がり、彼の姿を完全に覆う。二番（エッド）たちが魔眼（め）を凝らすも、その姿は完全に水葬神アフラシアータの秩序に覆われており、見通すことができない。

「紅血魔槍、裏秘奥が壱――」

赤い槍閃が、円を描く。

「《水葬斬首》」

血の噴水の中から走った刃は、幻名騎士団三人の首を刎ねた。立ち上った血はそのまま上方で三本の紅血魔槍ディヒッドアテムへと変化しており、勢いよく降り注いでは彼らの体を地面に縫い止めた。

「去ねい」

貫かれた幻名騎士の体から溢れ出る紅い液体が、足元に血溜まりを作り、そこに彼らは沈んでいく。もがき、足掻こうとも、紅血魔槍に縫い止められた体は動かず、水葬神アフラシアータの秩序が宿る血の中に溺れ、滅びていった。宙を舞い、落ちてきた三人の首に、イージェスが隻眼を向ける。魔法が発動し、血の球が三人を覆った。それはイージェスの顔の高さに、ふわりと浮いている。

「二番、三番、四番」

かつての同志へ、イージェスは告げる。

「待たせた」

三度、魔槍が閃いた。貫かれた彼らの首は、血の球に溶けるかのように消滅した。

「二千年前に学ばなかったかい？　その感傷が君に敗北をもたらすんだよ、一番」

イージェスの視線が、声の方向を貫く。グラハムが、ゆるりと手を掲げていた。その右手に宿るのは、圧倒的なまでの破壊の力だ。凝縮された紫電が集い、その場に雷光を撒き散らす。イージェスが幻名騎士を屠っている間に、描かれた魔法陣は一〇。紫電にてつながれたそれらは、一つの巨大な魔法陣と化している。

「亡霊の首を葬るのを後回しにしていれば、これは防げたかもしれない」

グラハムの指先が、冥王に向けられる。

「《灰燼紫滅雷火電界》」

連なった紫電の魔法陣が雷鳴を轟かせ、イージェスを撃ち抜いては取り囲む。

《灰燼紫滅雷火電界》の内側は稲妻の結界だ。転移もできなければ、紫電をかわす隙間さえない。イージェスの次元を超える魔槍ですら、その空間を斬り裂くのは至難だろう。瞬時に避けられぬと悟ったイージェスが、ディヒッドアテムを盾にした瞬間、膨大な紫電が溢れ、獰猛に牙を剝いた。聖座の間のすべてが紫に染まり、途方もなく明るい光がその場を照らす。雷鳴が不気味な音を立て、激しく轟いていた。それは滅びの稲妻。世界の終わりを彷彿させるほどの落雷が、彼の身へと一気に降り注ぐ。

ギギギギギギギッと反魔法が引き裂かれていく轟音が鳴り響く。イージェスの体から、神の秩序がみるみる内に薄れていった。そのとき、イージェスの四方に水の壁が現れた。中には、人影が見える。イージェスが憑依させていたはずの水葬神アフラシアータだ。

「水葬の盾」

人影がくるりと反転し、水の壁の中で逆さになった。その障壁は、滅びの紫電を遮ったが、しかし、刻一刻と水葬神の魔力が消えていく。自らを水葬することで、強固な盾を作っているのだ。盟約を交わした主を護ろうというのだろう。だが、それさえも、長くはもつまい。

「……ぬあぁぁっ……!!」

水の壁の中から更に水が溢れ、《灰燼紫滅雷火電界》の内側を完全に水で覆った。イージェスは水中を駆け抜けていく。迸る紫電は、水葬の盾に穴を穿ち、滅ぼし始めた。イージェスが三歩目を刻んだ頃には、膨大な紫電が溢れかえり、殆どの水が消滅していた。なおも、滅びの稲妻の勢いは収まらず、盾を失った冥王に直撃する。だが、彼は前進をやめなかった。

紫電を浴び、その身を焼かれ、夥しいほどの血を噴出させる。それは冥王の根源から、こぼれ落ちる血。奴の魔力の源泉だ。

「知っているかい？　その行為を、人は徒労と呼ぶんだ」

一際大きく雷鳴が轟き、莫大な紫電がイージェスへ向かって四方八方から落下した。床が弾け飛び、爆風が巻き起こり、更に大量の血が流れる。エーベラストアンゼッタが震撼し、今にも崩壊しそうなほどの大魔法にイージェスはひたすら撃たれ続けた。

「……グラハム……貴様を……！」

紫電の隙間を縫い、イージェスのディヒッドアテムが突き出される。

「へえ」

槍の穂先は、グラハムの首まであと僅かというところで止まった。

「惜しかったね」

雷鳴が止み、《灰燼紫滅雷火電界》が終わった。グラハムまであと一歩というところまで接近したイージェスは、大量の血を流し、その体からは最早、水葬神の秩序も感じない。

「君を護るために、水葬神は逝った。けれども、その槍は届かない。今も昔も、君たち幻名騎士団の刃は僕を止めることはできなかった」

「ぬかせ……否が応でも、貴様を連れていくのが、余の役目よ……」

イージェスはボロボロの体で、その隻眼を光らせた。

「《血界門》」

流れ落ちた血からせり上がるように、巨大な《血界門》が四つ、イージェスとグラハムを囲むように出現する。

「紅血魔槍、秘奥が漆――」

四つの《血界門》が同時に閉められる。気がつけば、二人は血の池に腰まで浸かっていた。

「――《血池葬送》」

がぐん、とグラハムの体が血の池に沈む。

「見ていないと思ったかい？　君とアノスの戦いを」

グラハムが魔法陣を四つ描き、《次元門番》の魔法を使った。出現した四つの門は、彼に次元を超越させる効果を発揮する。刹那、イージェスは一歩を踏み込み、ディヒッドアテムを突き出した。

「……か、は……っ……！」

魔槍はグラハムの胸を貫き、血を付着させ、その根源を縫い止める。

「これが、真の《血池葬送》ぞ」

この場に根源を縫い止める紅血魔槍の力とは反対に、《血界門》が作り出した血の池は、グラハムを遥か次元の彼方へ飛ばしていく。相反する二つの力が、グラハムの根源を散り散りに引き裂き、消滅させる。俺がやったように、《次元門番》にて、一周回って元の場所に戻って来ようとも、最早根源が引き裂かれた後だ。無事には済まぬだろう。

あのとき、イージェスは俺を滅ぼす気がなかった。グラハムが、そこを見ていることも知っていた。ゆえに、全力を出さなかったのだろう。暴虐の魔王と呼ばれた俺を相手にしながら、なお力を温存していた。すべては、この瞬間のために。

「この時代に我らは不要」

槍に穿たれたグラハムの体が、血の池に飲まれていく。

「亡霊が彷徨う狂った平和は、これで仕舞いよ」

奴の首に——セリス・ヴォルディゴードの顔に冥王は送り出すような視線を向けた。

「師よ……。長く……」

紫電にてボロボロに傷ついた冥王の隻眼から、血の雫がこぼれ、頬を伝う。

「長く、お待たせしました」

こぼれ落ちた赤い雫が、水面に波紋を立てた。それを合図にして、グラハムの体は完全に血の池に沈んだ。

「どうか、安らかに」

§43.【愛弟子は、師の後を継ぎ】

悼むような静寂が、聖座の間を包み込む。それを打ち破るように、ザバァンッと飛沫が上がった。グラハムの片腕が血の池からぬっと現れ、ディヒッドアテムをつかむ。

「今更、足掻こうと無駄なことよ」

四つの《血界門》に包囲される中、グラハムは根源を貫かれ、《血池葬送》に沈んでいる。そうまで術中にはまった以上、抜け出すことは叶うまい。

『……あの日、君は自らの過ちを悔いたんだね』

次元の彼方へと沈みゆくグラハムから、《思念通信》が響く。

『師の心底を見抜くことのできなかった未熟な自分を恥じた。その後悔が、冥王イージェスとして生きる道を示した師の遺言に背を向けさせた。彼と同じく亡霊へと変わってしまった』

奴は槍の柄をつかみ、なんとか沈みきらぬように耐えているが、それも時間の問題だろう。

「世迷い言はそれで仕舞いか」

『わからないかい？　彼はなぜ君に亡霊になれと言わなかった？　彼の気持ちを最後の最後に理解した君には、その資格があったはずなのに』

グラハムの言葉に被り、辺りには呻くような声が響いた。ヴィアフレアだ。その腹に描かれた魔法陣に、光が集う。どくん、どくん、と、胎内で鼓動が響く。途方もない魔力が、彼女の内側で目覚めようとしていた。

「……ボル……ディノス……」

譫言（うわごと）のように呟（つぶや）き、ヴィアフレアは細い指先を腹部に当てた。

「……待ってて……もうすぐ……産まれるわ……わたしたちの赤ちゃん……」

表情を変えず、冥王は言った。

「どんな化け物を産むつもりか知らぬが、それまで生きておりはせん」

『どうかな？　僕を滅ぼすまで待っていれば、彼女がアレを産むのを止めることはできない。胎児は、まもなく体を持つ。堕（お）ろすなら今の内だよ』

「些末（さまつ）なこと。産まれてから葬（ほうむ）ればいい話よ」

確かに道理だ。何者か知らぬが、生まれたての赤ん坊如（ごと）き、軽くあやしてやればよい。

『君にそれができるかい？』

ずず、とグラハムが血の池に沈み、その手が槍（やり）から放れようとしている。一方で、ヴィアフレアの胎内で産まれようとしている根源は徐々に強く、激しい魔力を発し始めていた。冥王は揺さぶりに応じることなく、グラハムに隻眼を向けている。

奴（やつ）がどう出ようと、その魔槍にて対処しただろう。なす術もなく、ゆっくりとグラハムの手は槍（やり）の柄から剝がれていき、やがて限界を迎えたかのように完全に放れた。

その腕が、血の池に沈む。確かに、根源が消えていったかのように見えた。

刹那、イージェスは血の池からもう一本のディヒッドアテムを作りあげ、ヴィアフレアめがけて突き刺した。

「……ぅっ……あっ……!!」

次元を超える紅血魔槍の穂先が、ヴィアフレアの腹を貫通する。

「……ぅ……や……めて……やめてちょうだい……この子は……！」

「紅血魔槍、秘奥が壱――」

イージェスの槍が、ヴィアフレアの胎内にいる子に、穴を穿つ。

「――《次元衝》」

産まれようとしていた根源は次元の裂け目に飲まれ、遙か彼方へと飛んでいった。聖座の間に降り注いでいた光のヴェールがなくなり、設置されていた座具が魔力の粒子となりて、霧散する。

「いかな怪物といえど、母胎の外に出て生きておられる胎児はいまい」

「……い、いや……」

ヴィアフレアが呆然と目を丸くする。

「……嫌……わたしと、ボルディノスの……」

首を左右に振り、彼女は激しく取り乱していた。

「いやあああああああああああああああああああぁぁぁぁぁぁぁぁぁぁあああああああぁぁぁぁぁぁぁぁぁっっっっ！！！」

絶叫とともに、沈んだはずのグラハムの手がイージェスの足をつかんだ。冥王が視線を険しくする。消滅したはずの根源が、なぜか、またそこにあるのだ。血の池から、ぬっと顔を出し、グラハムが人の良さそうな笑みを浮かべる。

「ほら、君は彼女を見捨てられなかった」

イージェスはディヒッドアテムに違和感を覚え、抜いた。槍の先が、綺麗に消えていた。

「ぬあっ……!!」

這い上がらせまいと、冥王はもう一本の紅血魔槍で再びグラハムの胸を突き刺す。魔力を込め、全身の筋肉を躍動させて、再び次元の果てに沈めようと押し込んでいく。バチバチと、奴の根源からは雷の血が溢れ出す。緋電紅雷が紅血魔槍を伝い、イージェスの体を焼いた。しかし、それでも手を放さず、そのまま冥王は真下に槍を突き落とす。

「迷うな。沈め」

「遅いよ」

紫電が走り、ディヒッドアテムが切断される。グラハムが左手に万雷剣ガウドゲィモンを携えていた。

「……ぐっ……!!」

間髪入れず、イージェスの足を万雷剣で突き刺し、グラハムは飛沫を上げながら、血の池から脱出した。そのまま万雷剣を一閃すれば、走った紫電が四つ《血界門》に傷痕をつける。傷を広げるかのように雷が一気に広がり、爆発した。ガラガラと門は崩れ、血の池が消滅する。

「先に、僕がちゃんと滅びたのか、もっとよく見ているべきだったね」

グラハムは言った。

「君の言う通り、アレが産まれた後に滅ぼすのが正しい選択だったんだよ。だけど、君はそれができなかった。わかっていたのにね」

奴が手をあげると、ヴィアフレアをはりつけにした十字架がゴゴ、と動き、中二階から、落ちてくる。ズドンッと、それはグラハムと冥王の間に突き刺さった。手足から杭が抜け、解放されたヴィアフレアが前のめりに倒れる。

「……ごめ……ごめんなさい……ボルディノス……わたし……」

彼女は振り向き、沈痛な表情を浮かべた。

「いいんだよ、そんなことは」

グラハムが言うと、ヴィアフレアはほっとしたように笑顔になった。

「筋書き通りだからね。君は、彼の隙を作るために連れてきたんだ。ありがとう」

「……ボルディノスの役に立てたのなら……」

立ち上がろうとしたヴィアフレアは、しかし、力が入らず、再び倒れた。手を床につき、身を起こそうとするが、体が動かない。魔法を使おうとしても、魔力がまるで操れなかった。

「……どう……して…………？」

「わかっていたはずだよ、一番。彼女を救ってももう意味はない。何度も《母胎転生》の母胎となったその体は、根源は、もうどうしようもないぐらいに痛んでいる。出産に耐えられなかったかもしれないほどだ。胎児を失った今、彼女は生きていくことはできない」

ヴィアフレアにはまるで取り合わず、グラハムは冥王に言葉を投げかけた。

「え…………？」

戸惑ったように覇王は、グラハムの顔を見た。彼はいつも通り、人の良さそうな表情を浮かべている。ヴィアフレアはどうにかその身を起こし、グラハムのもとへ走っていく。

「紅血魔槍、秘奥が壱――」

イージェスが槍を突き出す。

「──《次元衝》」

襲ってくるその魔槍に、ヴィアフレアはぐっと身構えた。しかし、難なくグラハムの万雷剣が、それを弾き飛ばす。

「……あ、ありがとう……」

「どういたしまして」

ヴィアフレアの体に鮮血が滲む。グラハムは、万雷剣にてヴィアフレアを貫いていた。

一瞬、彼女はなにが起きたのかわからず、ただ彼を見た。

「……ボルディノス……どういう…………？」

「君は死ぬんだよ、ヴィアフレア。滅ぶのかもしれないね。ともかく、これでお別れということだよ」

「……嘘……」

信じられないといった表情で、ヴィアフレアは彼を見た。

「……嘘でしょ……だって、ボルディノスが、わたしにそんなことするわけないわ……」

「もちろんだよ」

魔剣を胸に刺されながらも、彼女は、ぱっと表情を明るくする。

「じゃあ……」

「僕はボルディノスじゃないからね」

なにを言われたかわからないといった風に、覇王は呆然とした。

「ボルディノス……？　なにを言って……」

「初代覇王ボルディノスは、僕の手駒の一つだったよ。彼は君と同じぐらい騙されやすくてね。色々と言うことを聞いてくれた。最後は殺したんだ。僕は代行者に生まれ変わったと君に嘘をつき、彼になりすました」

「……なり……すました……？」

「僕をボルディノスと思ってくれたら、都合がいいからね。《母胎転生》には、君の体が最適だったんだよ」

目を丸くして、ヴィアフレアは彼を見据えた。

「恋に恋をしていたんだね、君は。相手なんか見ていなかったんだよ。変わってしまったボルディノスを必死に元に戻そうと頑張ってきたけれど、変わったんじゃなくて、別人だったんだ。君はそんなことにさえ気がつかなかった。君が抱いていた恋が、その愛が本物だったら、僕がボルディノスじゃないことに気がついていたんじゃないかい？」

「……だって……そんなの……」

「わかるわけがない、と思ったなら、君の愛はその程度だったんだよ、ヴィアフレア」

「騙しておきながら、大層な物言いよ」

イージェスは、グラハムに魔槍を向けた。先程の《次元衝》は、彼女を救おうとしたものだったのだろう。

「人聞きが悪いね。僕は真実の愛が見たかっただけだ。いいじゃないか。偽者だったんだから、失ったものなんてなにもない」

「違うっ……違う違う違う違うっ‼」

　血を吐きながらも、ヴィアフレアは必死に声を上げる。

「なにが違うんだい？」

「……わたしは……ボルディノスを……彼と約束を……生まれ変わったら、もう一度……」

「君はその約束を破り、見ず知らずの男を恋人にしていた。さっきまでその身に、僕の子を孕んでいたね」

「ちがあああああああああああああああぁぁぁぁぁうっっっ！！！」

　ヴィアフレアが、その右手に、最後に残った魔力をかき集める。

「八つ当たりはみっともないよ」

　万雷剣がヴィアフレアに押し込まれた。

「……ぁ………‼」

　彼女の体から、魔力が抜けていく。

「……ボルディノスを……返……して……」

　涙をこぼしながら、ヴィアフレアは言葉を絞り出す。魔剣を抜き、彼女の体を反転させると、グラハムはイージェスに向かって突き飛ばした。

「もう話してかまわないよ」

　グラハムの言葉と同時に、《契約》の魔法が一瞬ちらついた。槍を構えていた冥王は、咄嗟に彼女の体を抱きとめた。

「ねえ……」

涙ながらに、ヴィアフレアは訴える。

「……恋じゃ、なかったの……わたしは、ボルディノスを……？」

「正しい想いを持とうと、間違えるものよ。人の心を持たぬ奴には、理解できぬだけのこと」

冥王は、ヴィアフレアの体に魔法陣を描く。《転生》の魔法だ。

「ボルディノスも余が転生させた。今度こそ、会って、確かめて来るがよい」

ヴィアフレアの体が光に変わり、すうっと立ち上っていく。冥王がそれを優しい瞳で見送ったその一瞬の隙に、紫電の刃が彼の心臓を貫いていた。

「……がっ……は………」

「君には負い目があった。僕との《契約》で、君はヴィアフレアに真実を話すわけにはいかなかった」

イージェスに万雷剣を突き刺し、至近距離でグラハムが囁く。

「せめて彼女が望まぬ子をこれ以上産むことのないように、と君は願ってしまったんだね。結局誰も救えないことを知っていながら」

「……ぐぅ……ぅ……」

根源を抉りながら、グラハムは軽々しく言った。

「やっぱり、君は同じだよ。最後の最後に、非情に徹しきれなかったセリス・ヴォルディゴードの愛弟子だ。彼が同じ道を選ばないように遺言を残したというのに、君は師の言いつけを守ることができなかった」

「……グラ……ハム……貴様は……」

イージェスの手がグラハムの顔に触れる。万雷剣が根源に紫電を発すると、びくんっと冥王の体が震え、指先の力が抜けた。グラハムの顔に、イージェスの血の跡が引かれる。

「平和な時代を生きられない、できそこないの亡霊だ」

そのままガウドゲィモンを振り抜けば、イージェスが消滅していく。血のように赤い粒子が、ふうっとその場に立ち上り、やがて彼の姿は消えた。何食わぬ顔をして、グラハムは俺に視線を向けた。

「やあ。待たせたね」

無言で奴(やつ)を見返した。ひどく辺りが、静まり返っているように思えた。

「なに、それほどでもない」

イージェスが引いた赤い線を俺は踏み越え、奴(やつ)の前へ歩み出る。

「一つ尋ねるが、ヴィアフレアの腹の中にいたのは、エルロラリエロムか？」

「そうとも言うし、そうじゃないとも言う。《母胎転生(ギジエリカ)》の魔法と狂乱神アガンゾンで、整合神を改造し、その秩序、選定審判の内容を書き換えてね。簡単に言えば、《全能なる煌輝》エクエスを作れないか試してみたかったんだ」

「なにが目的だ？」

「好奇心だよ。気になるだろう。世界の深淵(しんえん)にはいったい、なにがあるんだろうって」

「くだらぬ」

奴(やつ)の言葉を一蹴し、俺は足を止める。

「ろくでもないことのために、ずいぶんと人の想(おも)いを踏みにじったものだ」

「おや？　珍しいね。怒っているのかい？　だとしたら、嬉(うれ)しいよ」

「怒る？」

腹の底から、暗い笑いがこみ上げる。こんなにもおかしいのは、生まれて初めてのことかもしれぬ。

「くくく、くははっ。なにを言っている、グラハム。俺が怒っているだと？」

指を鳴らせば、先程まで俺がいた場所にイージェスの姿が現れる。《根源再生(アグロネムト)》だ。それによって、滅びた根源を再生した。

「我が父、セリス・ヴォルディゴードは俺の記憶を奪った」

淡々と俺は告げる。

「憎しみを捨てよ。貴様を恨まず、平和のために邁進(まいしん)せよ。それが、父が唯一、俺に遺(のこ)した想(おも)いだ」

守らねばなるまい。決して復讐(ふくしゅう)に目が眩(くら)んではならぬ。

だからこそ――

「感謝しているぞ、グラハム。貴様が滅ぼさねばならぬ男で、心の底から喜びが溢(あふ)れて止まらぬ」

右手をゆるりと前へ突き出し、手の甲を向け、魔力を込める。平和を胸に抱き、俺は笑った。

いつものように、自然と。けれどもどこか、いつもと違う想(おも)いが、顔の形を勝手に変える。

「その礼だ。今の時代がいかに復讐(ふくしゅう)とは無縁の、平和だということを――」

俺は、今、ちゃんと笑えているか。

「――思い知らせてやる」

§44.【おぞましき世界】

神代の学府、エーベラストアンゼッタ。降り注ぐ光が消えた聖座の間で、俺とグラハムは対峙する。両者から立ち上る魔力が、互いに円形の室内の半分を覆う。自らの領域を主張するかのように黒き粒子と紫の粒子が緩やかに交わり、激しく火花を散らした。その余波がエーベラストアンゼッタを激しく揺らし、今にも地底を吹き飛ばさんが如く荒れ狂った。

「君をずっと待っていたよ」

紫電にて球体魔法陣を描き、グラハムは万雷剣の刃を左肩の辺りに構える。

「僕たちは、わかりあえる。さあ――」

万雷剣に紫電が渦巻き、その刃がぐんと伸びる。グラハムは紫電と化した剣身を横一閃に薙ぎ払った。

「――積もる話をしようじゃないか」

紫電が閃く。俺は左手に《四界牆壁》を纏わせ、そこに《魔黒雷帝》を重ねがけする。黒雷を纏った闇のオーロラにて紫電の剣閃を受け止めた。背後の壁に一直線の傷痕が走り、ジジジジジジと不気味な音を発しては激しい爆発を巻き起こした。ガラガラと壁が崩れ落ちていく。

「話をしたいのならば、初めからお前自身が俺の前に立つことだ」

目の前に一〇〇門の魔法陣を展開する。そこから、次々と漆黒の太陽が姿を現す。

「父の名と首の後ろに隠れてばかりおらずにな」

《獄炎殲滅砲》を一斉に射出する。黒き光の尾を引いて、漆黒の太陽はグラハムを強襲した。

「最初から、ただ姿を現していたら、今ほど君は僕に興味を持ったかい？」

左手を振り払い、《紫電雷光》を壁のように拡散させて、グラハムは《獄炎殲滅砲》を相殺する。粉々になった壁や床の一部が砂塵のように巻き起こり、俺の視界を覆う。その中から、顔を出した奴は身を低くし、まっすぐ突撃してきた。

「母を滅ぼされ」

振り下ろされた万雷剣を半身になって避ける。

「父を滅ぼされ」

横薙ぎに振るわれた刃を見切り、半歩身を引いた。鼻先の僅か数ミリ前を、紫電の刃が通り過ぎる。

「その首を奪い、その尊厳を貶めたからこそ、君は僕に、そうして、剝き出しの感情をぶつけずにはいられない」

追撃とばかりに、紫電を纏わせた刺突がこの身を襲う。再び《四界牆壁》に《魔黒雷帝》を重ねがけし、その刃を左手で受け止める。紫電と黒雷が鬩ぎ合う音が室内に反響した。

「醜い憎悪を」

「そんなに恨まれたいか」

動いたのは同時、互いの体へ俺と奴は指先を向ける。

「《魔黒雷帝》」
「《紫電雷光》」

紫電と黒雷がぶつかり合い、聖座の間に雷鳴が轟く。黒と紫の雷光が幾重にも走り、バラバラと天井から瓦礫が落ちてくる。互いの雷撃は互いを焼いたが、かすり傷にすぎぬ。

「なにが違うんだい？　たとえば僕が、憎悪と醜さを求めていたとして、愛と優しさを求める君と、いったいなにが違うんだろうね？」

「くだらぬ。この期に及んでたとえ話か」

剣の間合いの内側へ踏み込み、万雷剣を無力化すると、俺は両手を《根源死殺》に染めた。黒き死殺の指先を左右から繰り出せば、グラハムはいとも容易く万雷剣を捨て、同じく両腕を《根源死殺》に染める。突き出された俺の指先をグラハムが制し、グラハムの指先を俺が制する。互いに牽制し合った結果、俺と奴は手四つで組み合った。猛然と押し合う力の余波で、床にミシミシと亀裂が入った。

「僕は愛と優しさも好きだよ。それは常に綺麗な絶望を孕んでいる。脆く崩れやすい、醜さと憎悪の温床だ」

「本気でそれが好意に値すると思っているのならば、お前の頭は腐っているぞ」

グラハムの膝が僅かに折れる。組み合った黒き《根源死殺》の手を、俺は力尽くで押さえ込んでいく。立ち上る魔力の粒子が、床の亀裂を更に広げた。

「脆いからこそ守るのだ。崩れやすいからこそ、なにより尊い」

両の手を思いきり捻ってやれば、がぐん、とグラハムがその場に両膝をつく。

「ひねた愚者にはわからぬか」

「そうだね」

膝を折られ、両腕を押し込まれながらも、奴は未だ緊張感のない表情を崩さない。

「でも、こう思ったことはないかい？　愛と優しさをたまたま多くの人が求めただけだって」

その魔眼で俺を見据え、グラハムは言う。

「ここではないどこかに、憎悪と醜さが尊く、そして美しいと言われる世界が、もしかしたらあったのかもしれない」

ぐしゃりとその両手を握り潰してやり、グラハムの体を床に思いきり押し込める。奴の足がめり込み、床が割れた。《根源死殺》の手を、その首に突き刺した。口から血を吐きながらも、グラハムはそれでも言葉を続けた。

「アノス。君がその世界に行ったら、どう思う？」

首を切り離そうとするが、奴は潰されたその手で俺の腕をつかむ。

「醜悪で、愚かな者しかいない、荒んだ世界だ。それは二千年前の比じゃないはずだよ。君には世界のすべてが歪んでいるように見える。そして愛と優しさを求め、それ以外のすべてを滅ぼし始めるんじゃないかな？」

「この世界にとって、お前がそうだと？」

うっすらと奴は笑った。

「世界は歪んで見えるよ。君が作ろうとしている平和は、愛と優しさに傾倒していくこの世は、どうしようもなくおぞましい」

ジジジジッ、と紫電が迸る。天に掲げた奴の右手が、《波身蓋然顕現》によって作り出された可能性の球体魔法陣を握り締めていた。

「まるでここは偽りの世界、すべてが僕を騙しているみたいだ」

俺の魔眼が捉えたのは、圧倒的な破壊の力。凝縮された紫電がグラハムの手の中に集中し、雷光が荒れ狂う。

「僕の目が歪んでいるのか、それとも世界が狂っているのか」

紫電の魔法陣が、俺たちの周囲に構築されていく。

「君はどっちだと思う？」

純粋な興味とばかりに、グラハムは問うた。

「自らの目を疑っている者の顔ではないな」

「そうかい？」

「結局お前は、どちらでもよいのだ。世界が狂っていようがいまいが、他者が傷つくことには変わりない。それが一向に構わぬというのだからな」

首を貫いたまま、奴の体を持ち上げ、反対の手をその腹に突き刺した。

「……ぐ……あっ…………!!」

根源を抉れば、紅い稲妻が血のようにどっと溢れ、俺の腕にまとわりつく。

「大層なお題目を並べるつもりはないぞ。俺の目指す平和にお前が邪魔だ。父と母の尊厳を踏みにじり、世界に混沌を招こうとするお前が、他人の心をおもちゃのように弄ぶお前がな」

その言葉を聞き、満足そうにグラハムは唇の端を吊り上げた。

「ゆえに滅ぼす」

「やってごらんよ」

グラハムの紫電にて描かれた魔法陣は一〇。それらは互いに手を結び、一つの巨大な魔法陣を構築した。

「君は常に世界を盾にとられている。僕の滅びの魔法が、いつだって先に届くよ」

連なった紫電の魔法陣が、雷鳴を轟(とどろ)かせる。膨大な紫電が溢(あふ)れ出(だ)し、四方八方から迸(ほとばし)った滅びの稲妻が俺を打つ。《破滅の魔眼》でも視界に収まりきらず、《四界牆壁(ベノ・イエヴン)》さえも容易(たやす)く灰燼(かいじん)に変えるだろう。

「《灰燼紫滅雷火電界(ラヴィア・ギーグ・ガヴエリイズド)》」

世界の終わりを呼び込むその紫の雷が、俺の身を滅しようとする。ゆえに、俺が取った行動は一つ。

「《根源死殺(ベブズド)》」

滅びの紫電を防ぐことなく、指先に魔力を込め、グラハムの根源を深く抉(えぐ)る。

「《魔黒雷帝(ジラスド)》」

黒き指先に、更に黒雷を纏(まと)わせ、鋭利な刃と化す。紫電に身を焼かれながらも、俺はその手をぐっとグラハムの根源へ押し込んだ。反発するように勢いよく緋電紅雷が溢(あふ)れ出(だ)し、黒雷を纏(まと)った《根源死殺(ベブズド)》の侵入を妨げる。あと僅か――

「《焦死焼滅燦火焚炎(アヴィアスタン・ジアラ)》」

先に放った《獄炎殲滅砲(ジオ・グレイズ)》から熱線が集い、更に右手に《焦死焼滅燦火焚炎(アヴィアスタン・ジアラ)》を重ねがけする。紅い稲妻と、紫の雷が荒れ狂う中、《根源死殺》、《魔黒雷帝》、《焦死焼滅燦火焚炎》を、指先の一点に集中し、奴の根源の深淵に迫る。深く、深く、その最奥まで――緋電紅雷を押しのけ、俺の指がそこに届いた。

「滅びよ」

「……どうかな？」

刹那――グラハムの根源深くに、多重魔法陣を描く。それは奴の体からはみ出て、さながら砲塔と化した。

「《極獄界滅灰燼魔砲》」

滅びの紫電が膨れあがる中、終末の火が放たれる――

§45.【虚無】

黒き粒子がグラハムの体を中心に、七重の螺旋を描く。それらは暗黒の炎と化して、轟々とうねりを上げた。途端にグラハムの体から夥しい量の緋電紅雷が溢れ出す。緋色の光に混ざり、僅かに飛び散っているのは、暗黒の火の粉だ。世界を滅ぼす《極獄界滅灰燼魔砲》を、グラハムの根源、その深奥へぶち込んだ。頑強なまでの根源とありったけの緋電紅雷は、終末の火が世界を滅ぼさぬよう奴の体の内側で阻んでいる。それでもなお、僅かに飛び散った黒き火の粉は、俺に襲いかかる膨大な紫電、《灰燼紫滅雷火電界》に降りかかった。

紫電の魔法陣は、瞬く間に炎上して、黒き灰燼と化す。視界が真紅に染まる。それは血のように溢れ出す雷光の輝きだ。根源の持つ魔力を絞り尽くすように四方八方へと噴出した緋電紅雷が、聖座の間の壁や床、天井を撃ち抜き、がらがらと瓦礫の破片を降らせていく。やがて、力を使い果たしたか、紅い雷光は消え去った。

同時に終末の火が、静かに消滅する。俺の右手に貫かれながら、グラハムはその体をぐったりとさせている。根源は滅びた。最早、なんの魔力も感じぬ。

「ほら」

微弱な魔力すら伴わぬ抜け殻の体が動く。その手は、確かに俺の腕をつかんだ。

「僕は滅びない。君によく似ているだろう？」

動くはずのない体が動いている。世界を滅ぼす《極獄界滅灰燼魔砲》の直撃を浴びてなお、その根源は滅していない。いや、正確には、滅して消え去ったはずの根源が、なんの力もないはずの空虚な根源が、なぜか、そこにあるのだ。

「《虚空絶空虚》」

グラハムの体が薄れていき、やがて完全に消えた。相変わらず、魔力はゼロだ。どれだけ魔眼を凝らしてみても、力は見えぬ。だが、咄嗟に俺は大きく飛び退いた。

「ふむ」

奴の腹に突き刺していた指先の感覚がない。僅かに退くのが遅かったか、一ミリほどが削られている。《根源死殺》、《魔黒雷帝》、《焦死焼滅燦火焚炎》を集中した指先が、なんの抵抗もできず、消滅させられたのだ。

イージェスとの戦いで、グラハムは一度根源が消えた。その後に復活した際には、紅血魔槍を容易く消滅させていた。あれを見ていなければ、腕ごと持っていかれたかもしれぬ。

俺は、奴がいたその場所へ魔眼を向ける。根源は消え、体さえも消滅した。だが、確かにそいつはそこにいる。

「無があるといったところか」

無がそこに存在し、活動している。そうとしか言いようがない。

「よくわかったね」

どこからともなく、グラハムの声が響く。この場のどこからも聞こえていないようで、この場のあらゆるところから聞こえているかのように錯覚する。

「そう、君の根源が滅びであるように、僕の根源は虚無なんだ。滅びに近づけば近づくほど、その力を発揮し、本来の無へと帰す」

僅かに、グラハムの体が見えてきた。《極獄界滅灰燼魔砲》によって無に帰した奴が、本来の力を取り戻した。そして、本来の力を取り戻したがゆえに無ではなくなり、また先程までの姿に戻ろうとしているのか。やがて、《虚空絶空虚》の虚無が完全に消え去り、そこにグラハムが立っていた。

「無いものがあるなんて、おかしな話だ。だけど、君によく似ていると思わないかい？」

吹けば飛ぶような薄っぺらい言葉を発し、奴は問う。

「滅びとともに生まれ落ちた君と」

「それで？」

奴に視線をやったまま、俺は泰然と言葉を返す。グラハムは両手で魔法陣を描く。

「思うに、僕はずっと世界の理の外にいた。君と同じく神族に狙われることもあってね。狂乱神アガンゾンもその一人だ」

奴の指先に光が集い、選定の盟珠が現れる。

「《神座天門選定召喚》」

選定の盟珠に積層されていく魔法陣。神々しさと禍々しさが入り交じった黒白の光が文字を描き、それがぐちゃぐちゃに乱されていく。中心に姿を現したのは、ツギハギの服を纏った幼い男の子だ。一本の羽根ペンをその手に握り締めている。

「今や彼は、僕の下僕だ」

アガンゾンが羽根ペンで魔法陣を描く。体が光に包まれ、ツギハギの服が裂けるように狂乱神は無数の文字と化した。魔法文字だ。それらが規則正しく整い、列をなして、グラハムの左右へ魔法陣を描く。中心から、不気味な大鎌の柄が現れた。

「乱竄神鎌ベフェヌグズドグマ」

柄をつかみ、つなぎ合わせて、彼は空間を切るようにくるりと大鎌を回転させた。

「アガンゾンを魔法具に変えたか」

「ここにも共通点があったね。君が破壊神アベルニユーを魔王城デルゾゲードに変えたのとそっくりだ。僕たちは図らずも、似た行動を取っているんだよ」

破壊の秩序を奪った俺とは違い、アガンゾンの秩序は残したようだがな。

「君も世界の理の外にいる。神族から不適合者と呼ばれるぐらいにね」

「それがどうした？」

グラハムは嬉々とした表情を浮かべた。まるで初めて話し相手を見つけたといったように。

「僕たちは、どこから来たんだと思う？」

「お前と哲学を論ずるつもりはない」

滅紫に染まった魔眼にて、乱竄神鎌を睨む。

「いいや、これは哲学なんかじゃないよ。世界の話、秩序の話、魔法の話だ。僕たちはこの世界の理の外にいる。僕たちだけが。どうしてこの世界の秩序から、その枠組みから外れることができたんだい？」

同じくセリス・ヴォルディゴードの力を使い、滅紫に染まった魔眼で奴は俺を睨み返す。

「どう考えてもおかしいじゃないか？」

乱竄神鎌べフェヌグズドグマを、グラハムは一閃した。狂乱神の権能を宿したその刃は、無秩序に奴の腕を裂き、血を滴らせた。

「おや？　ハズレだよ」

「つまらぬことを考える」

地面を蹴り、再び俺は奴に接近する。突き出した《根源死殺》の指先を、奴はその神鎌の刃にて受け止める。

「そうかな？　たとえば、こうは思わないかい？　僕たちが理の外にいるのは、この世界に外がある証明だって。そこではより上位の秩序が働く。僕たちの根源は、たまたまなにかの間違いで外から流れてきた」

黒き右手に《魔黒雷帝(ジラスド)》を纏(まと)わせ、ぐっとつかみあげるも、乱竄神鎌はびくともしない。

「だから、僕の心は少し人と違うのかもしれない。この世界が、誰かが作った紛(まが)い物(もの)の箱庭で、ゆえに憎悪(ぞうお)と醜さを求めるのかもしれない」

軽々しい声で、奴(やつ)は言った。

「ここにあるものは、めちゃくちゃにしてやっても構わないんだってね」

「妄想も大概にせよ」

更に《焦死焼滅燦火焚炎(アヴィアスタン・ジアラ)》を重ねがけし、ぐしゃりとベフェヌグズドグマの刃を粉砕する。

「箱庭だか、外の世界だか知らぬがな。これだけは断言してやるぞ。貴様の心が腐っているのは他のなにもののせいでもない。貴様自身が腐っているのだ」

「そうかもしれないね。だけど、君はきっと、僕と同じだと思うんだ」

キラキラと光を反射し、砕け散った無数の破片が舞う。それが床に落ちた瞬間——俺の全身が斬り裂かれ、斬り裂かれ、血が溢(あふ)れ出(だ)した。

「刃を砕けば、斬り裂かれないと思ったかい？」

くるりとグラハムが大鎌を回転させると、その刃が元通りに修復される。

「綺麗(きれい)な君の心に憎悪(ぞうお)と醜さを積み重ねていけば、きっと僕たちはわかりあえる」

俺の首の後ろにベフェヌグズドグマの刃が突きつけられていた。

「ありえぬ」

「そうかな？」

目の前に魔法陣を描く。乱竄神鎌が走り、俺の首を容易(たやす)く刎(は)ねた。

「首を飛ばされたぐらいじゃ、死なないと思ったかい？」

飛んだ俺の首をつかみ、奴は微笑んだ。乱竄神鎌の秩序により、俺の体は絶命している。魔法陣を描こうとするも、しかし、魔法が発動しない。

「根源だけになっても、《蘇生》が使えると思ったかい？」

奴は首だけになった俺に、その魔眼を合わせる。

「乱竄神鎌の前では、なにもかもが無秩序だ。起こるべきことが起こらず、起こらないことが起こる」

当たり前のように、グラハムは言う。聞いてもいない俺の言葉に応答するように。

「知っているよ。それでも、君は滅びない。滅びに近づけば近づくほど、その根源は輝きを増す。僕が虚無を経てまた有に戻ってくるように、君は滅びを克服する」

くるりと大鎌を回転させて、奴はそれを手放した。

「だから、滅ぼさないよ」

乱竄神鎌が、再びツギハギの服を着た狂乱神アガンゾンの姿に戻る。

「《母胎転生》で君を転生させよう。アガンゾンの母胎で、その秩序を乱され続け、永遠に生まれることのない胎児としてね」

俺の首に奴は《母胎転生》の魔法陣を描いた。すでに術式が埋め込まれていたアガンゾンの腹に、同じく魔法陣が浮かび上がる。俺の体が崩れ落ち、黒き光の粒子となって天に昇っていく。奴が手にしたその首も、同じように黒き光と化していく。

「傍らでずっと見ているといい。これから僕のすることを。君が愛した世界が、憎悪と醜さに塗り替えられていくのを」

親切そうな表情で、彼は言った。

「一万年かかっても、二万年かかっても。君とわかりあってみせるよ、アノス」

黒き光が完全に消え、そうして《母胎転生》の魔法が発動する。そのとき——グラハムの顔に影が差した。この場のすべてを覆うほどの、大きな影が。奴が頭上を見上げれば、激しい戦闘によって風穴が空いた天井から、地底の空が見えた。だが、その先にあるはずの天蓋は見えない。エーベラストアンゼッタの真上を、巨大な城が塞いでいるのだ。

「デルゾゲード——」

奴の呟きと同時に、あるものがエーベラストアンゼッタへと向かい、射出された。何層もの床と天井を貫き、最下層の聖座の間にそれは落ちてきた。

「——あ——」

狂乱神アガンゾンに突き刺さったのは、闇色に輝く長剣。理滅剣ヴェヌズドノアだ。床に映し出されたヴェヌズドノアの影が、剣の形から、人型へと変化する。その影は立体化し、立ち上がり、理滅剣を握った。

「転生させたからといって、大人しく生まれ変わると思ったか」

影が反転し、そこには変わらぬ俺の姿があった。理滅剣が、《母胎転生》を滅ぼし、乱竄神鎌の無秩序をも滅ぼしたのだ。

「……アァ……」と虚ろな声でアガンゾンが言い、俺に神眼を向けた。刹那、理滅剣を一閃し、その神体を霧散させた。

「似ているると言ったな、グラハム。俺がお前に似ている、と。だから、わかりあえるのだと」

ヴェヌズドノアをゆるりと下段に構え、グラハムを睨む。

「君も、そう思い始めた頃じゃないかい？」

「悪いが、お前と俺には決定的な違いがある。到底、似ているると言えぬほどの違いがな」

「愛と優しさかい？」

その言葉を、ふっと鼻で笑い飛ばす。

「お前は俺を滅ぼせぬ。《母胎転生》を使ったのがいい証拠だ」

「そうかもしれないね。だけど――」

グラハムが両手で魔法陣を描く。左右から大鎌の柄が現れ、つなぎ合わせて回転すれば、理滅剣にて滅びたはずの狂乱神――乱竄神鎌ベフェヌグズドグマが再び現れた。

「君も僕を滅ぼせない。僕たちはよく似ている」

「いいや」

奴へ向かって一歩を踏み出し、俺は言った。

「お前は滅ぼす」

§46．【理の外】

真正面から俺はグラハムの間合いへ踏み込む。軽々しい調子で奴は言った。

「いいね。試してごらんよ。そうすれば、君はまた一歩僕に近づく。僕のことが理解できるようになるかもしれない」

理滅剣をだらりと下げる俺に対して、グラハムは乱竄神鎌を真横に構えた。

「お前の言葉は、なにもかもが理解に遠い」

静寂の鎌が、横一文字に閃き、闇色の長剣がそれを迎え撃つ。刃と刃が衝突し、乱竄神鎌が砕け散った。同時に俺の根源から、魔王の血が溢れ出る。周囲に飛び散る神鎌の破片を腐食させてなお、その刃は無秩序に俺の根源に食い込み、無数の傷をつけた。

「理滅剣なら、無秩序さえ滅ぼせると思ったかい？」

大鎌を回転させると、砕けた刃が改竄されたかのように修復される。瞬間、奴の根源が斬り裂かれ、緋電紅雷が周囲に飛び散った。

「無秩序の鎌だからといって、理滅剣を改竄できると思ったか」

乱竄神鎌に根源を抉られながらも、更に一歩を刻む。ヴェヌズドノアと、ベフェヌグズドグマが同時に一閃した。大鎌の柄を俺は左腕で受け止め、長剣の刃を奴は左手でつかんでいる。

互いに滅紫に染まった魔眼にて凝視し、神の権能を封じ込める。

「アルカナは喚ばないのかい？」

「来られるとは限らぬ」

《神座天門選定召喚》は、地上から地底への転移も可能。張り巡らされた結界も越えるだろうが、乱竄神鎌の無秩序が相手ではどうなるかわからぬ。

「その魔眼で、いつまで乱竄神鎌を押さえ込めるかな？」

「それは――」

足元の床が、分厚い刃物で斬りつけられたかのように真っ二つに裂けた。

「――こちらの台詞(せりふ)だ」

理滅剣がグラハムの指を斬り落とす。

「借り物の魔眼(め)で粋がるな」

乱竄神鎌を持つ右腕の付け根に、ヴェヌズドノアの刃が食い込む。常に余裕を携えていたグラハムの表情が、僅かに苦痛に歪(ゆが)んだ。

「使いようだよ、借りた物でもね」

指をなくした左手を、グラハムはそのまま俺の腹部に当てた。

「《迅雷剛斧(ガルヴエドウール)》」

球体の魔法陣から溢(あふ)れ出(だ)す紫電が、グラハムの左腕を駆け巡り、攻防一体の巨大な戦斧(せんぷ)と化す。それはそのまま俺の腹を貫き、紫電と刃にて全身を焼き切っていく。

「《波身蓋然顕現(ヴエネジアラ)》」

「ぬるい」

腹部を貫かれながらも、そのままヴェヌズドノアを振り下ろし、奴(やつ)の右肩を切断する。

乱竄神鎌を手にしたまま奴(やつ)の右腕が宙を舞った。グラハムは後退する。俺は地面を蹴り、奴(やつ)の服を左手でつかんだ。

「逃さぬ」

「《紫電雷光(ガヴエスト)》」

目の前に溢(あふ)れかえった紫電を、ヴェヌズドノアで突き破り、そのまま奴(やつ)の心臓を貫き、根源を刺し滅ぼす。緋電紅雷さえも斬り裂いて、奴(やつ)の命は停止する。

「虚無だからといって滅ぼせぬと思ったか」

無である奴(やつ)の根源は滅びることはない。だが、理滅剣の前ではあらゆる理が意味をなさない。確かにその根源は滅び去った。先程のように無のままの奴(やつ)が生きているということもない。

「滅ぼしたからといって、それが永遠だと思うかい？」

響いた声は、俺の背後から。姿形は見えず、ただ乱竄神鎌ベフェヌグズドグマだけが、浮かび上がっている。さながら、そこにいる何者かが持ち上げているかのように。

先程の虚無とは違うな。奴(やつ)が《迅雷剛斧(ガルヴエドウール)》の後に使った魔法——

「《波身蓋然顕現(ヴェネジアラ)》か」

あの瞬間、可能性となったグラハムが、また《波身蓋然顕現(ヴェネジアラ)》を使い、可能性として自らを保ち続けた。そうして、俺に滅ぼされなかった別の可能性の奴(やつ)がそこに立っているのだ。

「その通りだよ」

《破滅の魔眼》にて《波身蓋然顕現(ヴェネジアラ)》の奴(やつ)を消すよりも先に、静寂の刃が無秩序に一閃(いっせん)された。壁と床が切断され、俺の全身が斬り刻まれる。幾重にも重なった強固な《波身蓋然顕現(ヴェネジアラ)》が俺の魔眼にて破滅した瞬間、理滅剣で貫いていたグラハムの体が、上下二つに断絶された。

「破壊神アベルニユーの権能を宿した理滅剣ヴェヌズドノア。その理不尽なる力をもってしても、僕の虚無を永遠に滅ぼすことはできないみたいだね」

ヴェヌズドノアの刃から逃れた奴(やつ)の上半身が、うっすらと消えていき、虚無へ変わった。

なにもない。微量な魔力さえも感じぬそこに、確かに奴はいる。

「滅ぼされたものは無に帰すのが、この世の秩序だ。理滅剣の前では、あらゆる理が意味をなさず、万物万象が滅びる。その効果が働くのは対象が滅びるまでといったところかな？」

周囲の虚無から声だけが響く。

「だけど、滅びた後のなにもない無が、理さえ伴わない虚無こそが、僕の根源の本来の姿だ」

理滅剣は、確かに奴の虚無を滅ぼした。つまり、無に帰したのだ。しかし、その刃から逃れさえすれば、その無は再び奴を形成するということか。

「理滅剣の力を行使し続ければ、僕を滅ぼし続けられるだろうけどね。だけど、その魔剣は形を永続的に保つことはできないだろう？　ここが君の魔王城でないなら、尚更だよ」

確かにな。ヴェヌズドノアには制限時間がある。理滅剣にて、虚無の理を永遠に滅ぼし続けることはできぬ。いかな魔法を使おうと、秩序というのはやがて本来の形に戻るものだ。刃を納めれば理が元に戻り、そこに残された無がグラハムという形を取り、再び動き出す。

「ふむ。こちらも大凡わかったがな。乱竄神鎌が虚空を斬り裂くとき、その無秩序の刃が振るわれる。なにが起こるかわからぬが、一つだけはっきりしている」

《波身蓋然顕現》の奴が、本体の体を、そして根源を斬り裂き、理滅剣の刃から逃れさせた。あれが起きなければ、奴は未だ危機を脱していない。いずれ蘇るからと、一か八かの賭けをしたとは思えぬ。つまり――

「お前に都合の良いことが起きるということだ」

「どうかな？　僕が傷つくこともあるしね」

「なにが起こるかわからなくては肝心なときに使えぬ。そう思わせたいわけだ」

　ふっとグラハムの笑い声が聞こえた。

「《虚空絶空虚》」

　真っ二つに割れて転がっていた下半身も消え、完全なる虚無がそこに現れる。見えぬ、匂わぬ、感じぬ。だが、そこにある――

「……ち……」

《虚空絶空虚》の虚無が俺の脇腹を抉った。風穴が空いたそこからは、血が噴き出ることさえない。

「君が僕を滅ぼせると仮定しよう」

　どこからともなく声が響く。そして乱竄神鎌の刃が俺の喉もとに突きつけられていた。

「それでも、僕は滅びない」

《虚空絶空虚》の虚無が消え、五体満足のグラハムが俺の背後をとっていた。

「こんなにも、君は僕に似ているし、僕は君に似ている。思ったことはないかい？　どうして自分だけがと」

　乱竄神鎌が俺の首を僅かに裂き、うっすらと血が流れ落ちる。虚空を斬り裂けばなにが起こるかわからぬこの刃も、直接対象を斬り裂けば、狙って首を落とすことができる。

「誰も君のいる場所まで辿り着けはしない。多くの配下に囲まれながらも、孤独な魔王はいつも一人、空しさを抱えている」

　僅かでも動いた瞬間、その神鎌がこの首を刎ねるだろう。

「理さえ軽く滅ぼす理不尽な君を、僕だけは理解してあげられる」

小さく息を吐く。横目で憐(あわ)れみの視線を送り、俺は言った。

「そんなに一人が寂しいか、グラハム」

「寂しくないように滅ぼしてくれるのかい？　優しいね」

グラハムが軽口を叩(たた)く。

「それが君の間違いだ。滅びないものを滅ぼそうなんて、僕はそんな無理をしないよ。滅ぼさなくても、この首さえ落とせば、君を思い通りにできる」

「《母胎転生(ギジェリカ)》でか？」

「同じ手で防げると思うかい？」

自信があるのか、それとも《母胎転生(ギジェリカ)》と見せかけ、切り札を隠しているのか？　まあ、どちらでも同じことだがな。

「ならば、この首をくれてやる」

俺はその場で反転する。

「それじゃ、遠慮なく――」

乱竄神鎌の刃が、静寂とともに疾走した。遠心力をつけ、勢いよく振るわれた理滅剣ヴェヌズドノアに対し、首を斬らずにくるりと回転した乱竄神鎌ベフェヌグズドグマは、下段から斬り上げられた。

「――こっちをもらうよ」

鮮血が散り、右手の指先がその神鎌に斬り刻まれ、ヴェヌズドノアが弾(はじ)き飛(と)ばされる。

「くれてやる」

回転した勢いのまま、《根源死殺》、《魔黒雷帝》、《焦死焼滅燦火焚炎》を重ねがけした左手で奴の頭をわしづかみにし、ドゴォォォと床に叩きつける。

「《斬首刎滅極刑執行》」

その頭を踏みつける。魔力の粒子が集い、グラハムの首を黒い拘束具が覆う。漆黒の断頭台が姿を現していた。

「やっぱり、君も、一手間違えたね」

指先を、上から下へ落とす。

「執行」

ギロチンの刃が、ズドンッと落下して首を刎ねた。グラハムの——セリス・ヴォルディゴードの首が転がり、自由になった奴が乱竄神鎌を構えた。

「父親を早く解放してあげたかったのかい？　そこだけが僕と似ていないよ」

転がった理滅剣の方向へ、俺は大きく飛び退く。

「乱竄神鎌、秘奥が壱——」

グラハムは神鎌を振りかぶる。

「——《乱車輪》」

投擲されたベフェヌグズドグマが車輪の如く回転し、俺を通り過ぎては、ヴェヌズドノアを弾き飛ばし、何度も何度も斬り裂いていく。乱竄神鎌と衝突する度、闇色の長剣は刃こぼれし、ボロボロと削られていく。バキンッと鈍い音が鳴り響き、理滅剣が折れた。

「ほら、その感傷が君の敗――」

血が溢れる。投擲されたベフェヌグズドグマとすれ違うように、再び前進した俺は、グラハムの胸に、剣を突き刺していた。それは奴が手放した――万雷剣ガウドゲィモンである。

「感傷に敗れる気分はどうだ、グラハム？」

指先から紫電を発し、球体魔法陣を描くと同時に、《波身蓋然顕現》にて九つの球体魔法陣を描く。セリス・ヴォルディゴードの首を切り離した瞬間、万雷剣の所有者は消え、今やそれを握る俺のものだ。いかに魔力があろうと、セリス・ヴォルディゴードの力を有している奴から、その愛剣を奪い取ることはできぬ。ゆえに、先に首を刎ねた。

「《波身蓋然顕現》」

万雷剣を押し込み、球体魔法陣に突き刺す。同時に九つの可能性の刃が、九つの球体魔法陣を貫いた。耳を劈く雷鳴と、聖座の間を崩壊させるほどの紫電が溢れる。天は轟き、地は震撼し、魔力の解放だけで周囲の瓦礫が消し飛んでいく。ジジジ、と地面に走った紫電が、この場に結界を構築する。ぐっと渾身の力を込め、串刺しにしたまま、グラハムの体を持ち上げた。

俺は、実在の万雷剣と可能性の万雷剣を天にかざす。合計一〇本の刃から、糸のように細い紫電が天に走った。狙いは、奴の根源ではない。いかにして虚無を滅ぼすか、その答えを俺は過去で見ていた。

知っていたのだろう、その方法を。

ゆえに、父よ、今こそ――

「《滅尽十紫電界雷剣》」

天蓋から、一〇本の剣めがけ、膨大な紫電が落ちてきた。それは天と地をつなぐ柱の如く、巨大な一振りの剣と化す。地底を引き裂くような音がどこまでも遠く轟いて、滅びがそこに落雷する。あっという間にエーベラストアンゼッタが半壊し、光が溢れ出た。世界が紫に染まる。

数秒後、グラハムの体が跡形もなく灰に変わった。

魔眼を凝らして、目の前を見れば、そこにあるのは奴の根源だ。淡い光の球。まだ虚無になっていないそれを、《破滅の魔眼》で睨みつけ、《蘇生》を妨げる。《根源死殺》の指先で、その根源を俺はつかんだ。

『体をなくした僕の根源はやがて虚無へと近づく。さっきの繰り返しだね』

《思念通信》が響く。

「一番を人質に取らなければ、お前は父に敗れていた」

『彼には僕を滅ぼす手段がなにもなかったよ』

「いいや。虚無へ近づくお前の根源を、滅びへ導くことができた」

奴の笑い声が耳に響く。

『へえ。どうやってだい？』

俺の胸から血が溢れ出す。グラハムの根源をつかんだまま、俺は自らの胸を《根源死殺》で貫いたのだ。

「これが、答えだ」

俺の根源と、グラハムの根源を重ね合わせ、その深淵へと送り込んでいく。

『……ああ、なるほど。そういうことか。よく考えたね……。確かに、彼ならそうしたかもしれないね……』

　俺の思惑を察知したかのようにグラハムは言う。

『虚無の根源を体に取り込めば、《虚空絶空虚(ヌエリエヌ)》によって、その根源は無と化す。それがヴォルディゴードの滅びの根源なら、僕の虚無さえも滅び続けるかもしれないね。あのとき、彼は僕に、相打ちを仕掛けようとしていたわけだ』

　見透かしたように奴(やつ)は言った。

『亡(な)き父の後を継ぎ、世界のために、滅ぼうとするなんて、美しいよ、アノス。ああ、脅しということも考えられるかな。だけど――』

　乱竄神鎌が浮かび上がる。魔眼(め）を凝らせば、そこに《波身蓋然顕現(ヴエネジアラ)》のグラハムがいた。

「セリス・ヴォルディゴードの首を失ったら、《波身蓋然顕現(ヴエネジアラ)》を使えないと思ったかい？」

　奴(やつ)の体を灰にする寸前に、その魔法を行使したのだろう。

「今、君の根源と僕の根源は、滅びと虚無にて拮抗(きっこう)し、鬩(せめ)ぎ合っている。僕の根源は、君を虚無へと近づけ、君の根源は僕に滅びをもたらす。君の思惑通り、僕たちは永遠に滅び続け、そして無に帰していく」

　可能性のグラハムが歩いてくる。乱竄神鎌をその手に携えて。

「さて、そこに君の滅びを乱す力が加わったら、どうなるかな？」

《波身蓋然顕現(ヴエネジアラ)》のグラハムが、ベフェヌグズドグマを真横に構えた。

「残念だったね。君と僕はよく似ている。君に敗因があるとすれば、それは僕よりも後に生まれたことだ。さあ――」

静寂の刃が、無秩序に虚空を斬った。

「――生涯初の敗北だ。君の孤独を癒やしてあげるよ、アノス」

勝ち誇ったようにグラハムが笑う。滅びと虚無、鬩ぎ合う根源のバランスが一気に傾くのを夢想し、可能性の奴は俺に魔眼を向けた。

その次の瞬間――

なにも起こらなかった。なに一つ。そよ風一つ立つことはない。

「…………おや…………？」

俺が静かに一歩を刻む。

「そんな状態で、向かってくるのかい？　さっきは外れたけれど、今度は――」

グラハムが、その可能性の表情を驚きに染めた。

奴の足が、《波身蓋然顕現》の体が一歩、後退したのだ。

「……なに…………？」

「…………なにを……したんだい……？」

「自分の体に訊くのだな。恐れをなした、その可能性の体に」

「恐れを？　僕が君に？　こんなにもそっくりな君にかい？」

乱竄神鎌が大きく振るわれる。

「それはないよ、アノス」

静寂の刃が一閃する。しかし、なにも起こらない。

「…………なぜ…………？」

「わからぬか。乱竄神鎌を虚空に振るえば、お前にとって都合の良いことが起きる」

万雷剣をその場に突き刺し、手をかざす。ゆっくりと伸びてきた剣の影を俺はつかんだ。

「なにも起きぬ。それが今のお前にとって、最も都合がよい」

影は実体化し、理滅剣ヴェヌズドノアに戻る。折れた剣身が再生していた。

「つまりは、なにを起こそうと最早、無駄というわけだ」

「それはどう――」

俺が一歩奴に向かって歩くと、奴が一歩後退する。

「……な、ぜ……？」

更に俺が前へ進めば、奴が脅えたように後ろへ下がった。

「……どうして、僕の体が……勝手に下がって……」

「俺とお前の根源が、滅びと虚無にて拮抗し、鬩ぎ合っていると言ったな。俺たちは永遠に滅び続け、無に帰していく、と」

嗜虐的な笑みを向け、俺は奴に言った。

「その可能性の魔眼で、もっとよく深淵を覗いてみろ」

俺は胸の傷口に魔法陣を描き、あらゆる反魔法を解除し、根源を曝す。グラハムが魔眼を向け、その深淵を凝視した。

「…………………………」

言葉はない。ただただ奴は絶句していた。

「理解したか。滅ぶのは貴様だけだ、グラハム」

可能性の奴の魔眼には、俺の滅びの根源の中で、一方的に滅び続ける自らの虚無が見えたことだろう。

「……な、ぜ……そ、んな……なぜ……？　《虚空絶空虚》は……？」

「確かに矮小な虚無を感じるが、なんのことはない。俺の根源が片っ端から滅ぼしている」

「……そんなことは……ありえないよ、アノス」

乱竄神鎌が虚空を斬る。

「僕と君は、こんなにもよく似ている」

静寂の刃が、無秩序に、何度も何度もその場を斬り裂く。

「僕たちは、ようやく孤独じゃなくいられるんだ。この狂った世界で、僕たちが、僕たちだけが正常なんだよ」

幾度となく、秩序を乱し、その大鎌は改竄していく。だが、何度振るおうと、何度虚空を切断しても。俺の眼前では、なにも起こらない。

「……僕と、君は……似て――」

絶望に等しい声を上げる奴に向け、俺は理滅剣を振るった。

「確かに、多少は似ていたのかもしれぬな」

飛び退き、可能性のグラハムは、その刃をかわしたが、手足が斬り裂かれ、床に伏した。音を立て転がった大鎌は、狂乱神アガンゾンの姿へと戻っていく。

「俺の根源の一欠片が、お前の根源のすべてであるぐらいにはな」

「……アア………」

アガンゾンが理滅剣に貫かれ、その存在が消滅していく。

「……君は……アノ、がはぁっ…………！」

首のない奴の背中を思いきり踏み付け、俺は言った。

「お前の根源は、俺の中でとうに敗れ去った。残ったのは、可能性のこのお前だけだ」

俺を見つめる奴の魔眼に、絶望の色が浮かぶ。

「……君は、こんな……これほどの力を、自分の内側で、留めながら……これだけの滅びを、押さえ続けながら、僕と戦っていたと……」

「少し違うな。俺にとっては、お前の虚無をどうこうするより、自身の滅びを克服する方が至難ということだ。確かにこのやわな世界で出せる俺の力はお前と大凡拮抗するが、本来の総量は桁が違う」

奴の全力は、文字通り、根源の魔力をすべて発揮すること。対して俺の全力は、世界が滅びぬように自らの力を自らの力で押さえ込み、相殺しながら、その中からかろうじて残った魔力を制御することをいう。表に出せるものはさほど変わらぬが、その中身は圧倒的に異なる。

「お前は俺と戦っていたが、俺は俺と戦っていたのだ」

「……君は……僕を……僕を見てもいなかったと……」

「そう、悲観するな。しっかり見てはいたぞ。お前の言う通り、俺は常に世界を盾にとられている。滅ぼさぬよう細心の注意を払いながら、ハエを叩き落とすのは大変だからな」

嗜虐的な笑みを浮かべ、俺は続けた。

「お前の虚無が完全に消え去るまで、幾億の滅びが必要か知らぬが、それっぽっちの力、根源の深奥でならば垂れ流しているだけでお釣りが来る」

「……っ……」

息を呑む声が聞こえた。あのペラペラと喋り続ける男が、言葉もなく、黙り続けているのだ。

そうして、どのぐらいが経ったか。奴は、ぽつりと声をこぼした。

「……暴虐の魔王……か……」

《波身蓋然顕現》の奴の体が消えていく。

「……ああ、君は……」

震えた声で、グラハムは言う。

「……僕なんか、及びもつかない、どうしようもないぐらいの……」

俺の根源の深奥にて、虚無が滅びに覆いつくされていく。

「……孤独な化け物だよ……アノス……」

幾重にも重ねられ、強固だった《波身蓋然顕現》が、光の粒子となり、天に昇っていった。

理滅剣を影に戻し、顔を上げる。万雷剣に俺はそっと視線をやった。

創星エリアルが見せた、父と母の顔が、そこに映ったような気がした。

「お前には、機会も与えぬ」

父の形見を見つめながら、空しい言葉がこぼれ落ちる。俺の根源深くにあるその虚無は、真の無に帰すまで、滅びの責め苦を受け続けるだろう。

「くれてやるのは、お前が嫌った孤独だけだ」

§47.【魔王の顔】

どくん、と心臓が鼓動を刻む。滅びの根源が拍動していた。それに突き動かされるように、心臓が激しく震え出す。虚無を取り込んだ根源が身中にて暴れ、強く、強く、その真価を発揮していた。滅びぬものは、たとえ無でも許さぬとばかりに。

この身の深奥が、グラハムの虚無を遥かに上回る破滅に満ちる。だが、奴の根源は少なくとも《極獄界滅灰燼魔砲》に耐えるだけの力がある。それを終焉に導くため、世界を滅ぼす以上の滅びが、根源の奥で荒れ狂っているのだ。外に漏らしてしまえば、世界に致命的な傷を与えることになろう。自分との戦いというのは、まさにこのことか。

俺が奴よりも少し強いぐらいならば、もっと楽をできたのだがな。

あるいは、滅ぼさなければ……滅ぼす必要はなかったのかもしれぬ。奴のように《母胎転生》の魔法で、その根源を無に帰さず、害のない物に変えてやればよかったのかもしれぬ。そうすれば、こんな風に世界を危機に曝すことはなかった。もっと容易い勝利をつかめたはずだ。

だが、それでも――俺の心が、それを拒否した。奴には、なにも与えぬ、と。

似ているどころか、俺の足元にさえ及ばなかったという絶望を抱き、心さえ虚無に染め、孤独なまま一人で滅びていけばよい、と。そう、思ったのだ。

「アノスッ」

俺の背中に、声がかけられた。聖座の間へ姿を現したのは、二人の少女。ミーシャとサーシャだ。彼女たちは、こちらへ駆けよってくる。

「そこで止まれ」

振り向かず、声を発すると、二人は不思議そうに立ち止まった。

「……まだ、終わってないの……？」

辺りを警戒するように、サーシャが問う。

「いいや。方はついた」

「じゃあ、どうして……？」

サーシャが心配そうに声を発する。ミーシャも同じように俺に視線を向けていた。

「少々、頭に血が上ってな」

背中越しに、俺は言った。

「平和だのなんだのと偉そうに宣いながらこの体たらくでは、お前たちに合わせる顔がない」

一瞬、サーシャは返事に困る。

「……えと……じゃ、落ちつくまで、ここで待ってるわ」

俺を気遣ってか、くるりとサーシャは背中を向ける。しかし、ミーシャは気にせず、俺の方へ歩いてきた。

「ミーシャ？　ねえ、行かない方がいいわよ？」

慌ててサーシャがミーシャの手をつかむ。

「大丈夫」

淡々とミーシャは言った。

「アノスはいつもと同じ」

するりとサーシャの手をすり抜けて、ミーシャは俺のもとまで辿り着いた。

「優しい顔をしてる」

「……見てはいまい」

「ん」

優しく彼女はうなずく。見なくても、わかるということか。それは、良い魔眼をしているところの話ではないな。

「嘘ならば、責任をとれ」

俺が振り向くと、近くにいたミーシャが微笑んだ。

「ほら」

彼女は言う。

「いつもの顔。優しい」

「そうか？」

こくりとミーシャはうなずく。

「もう、大魔王みたいな顔をしてるのかと思ったわ。脅さないでよね」

小言を口にしながらも、サーシャはどこか安心した様子だ。

「心配をかけたな」

サーシャの頭に手をやると、彼女は動転したように言う。

「……しっ、心配じゃなくて……脅さないでって言ったのっ……」

「それはすまぬ」

すると、俯き、サーシャはまごまごと言った。

「……別に、心配してないわけじゃないけど……」

振り返り、グラハムが消えていったその場所に、魔法陣を描く。奴の収納魔法陣とつなげ、こじ開けて、そこから蒼く光る星を取り出した。

「……これにも、二千年前のことが残ってるのよね？　創星エリアルだ。」

「恐らくな」

「アノスのお父様のことは、五つ目までのエリアルに残ってたんだし、なにがあるのかしら？」

「希望かもしれぬし、絶望かもしれぬ」

終わったこととミリティアが残したからには、良い記憶ではあるまい。

「とりあえず、見ないと始まらないわよね。気になるし……」

ぱちぱちとミーシャは瞬きを二回して、俺を見上げる。彼女は、じっと心を見透かすような魔眼を向けてきた。

「後にする？」

「あ……」

と、サーシャが呟き、しまったといったような表情を浮かべている。

「エティルトヘーヴェにいるみんなが気になる」

「では、先にそちらを見てくるか。後始末も残っている」

入り口の方へ視線を向けると、そこにいたはずの冥王の姿はすでにない。俺の勝利を見届けた後、立ち去ったのだろう。《飛行(フレス)》にて浮かび上がり、エーベラストアンゼッタを後にする。

天蓋を目指して飛んでいけば、その城が仄(ほの)かに輝き、ゆっくりと修復されていくのが見えた。来たときに空けた天蓋の穴から入り、俺たちはエティルトヘーヴェの縦穴へ戻っていく。

「ミーシャ」

声をかけると、彼女は無表情で振り向いた。

「気を使わずとも、俺なら問題ないぞ」

じっと考えた後に、ミーシャは言う。

「整理がついてからがいい」

父のことについて言っているのだろうな。

「そんなものを待っていては、なにが起こるかわからぬ」

ふるふるとミーシャは首を左右に振る。

「今は平和だから」

その言葉に、俺は口を噤(つぐ)んだ。確かに、ミーシャの言う通りかもしれぬ。

「……そうだったな」

「ん」

「では、平和らしく悠長に構えているとしよう」

そう口にして、サーシャの方を見る。なぜか、浮かない表情をしていた。

「な、なによ……？」

「なにがだ？」

「ど、どうせミーシャと違って気が利かないわっ。アノスのことなんて……全然……」

気落ちした風に彼女は言う。

「わからないし……」

ふむ。そんなことで落ち込んでいたのか。仕方のない奴だな。

「サーシャ。預かっていろ」

俺は創星エリアルを放り投げる。彼女はびっくりしたようにそれを受け取った。不思議そうに、視線が問いかけてくる。

「整理がついてからと言われても、よくわからぬ。お前が良いと思ったら、また渡せ」

「わたしが？　えと……アノスが落ちついたと思ったらってこと？」

「任せたぞ」

「わかったわっ」

すると、サーシャは嬉しそうに笑った。

そのまましばらく地上を目指して飛んでいくと、縦穴の途中でエレオノールとゼシアがこちらに手を振っているのが見えた。

「今回もボクたち魔王軍の大勝利だぞっ！」

エレオノールが胸を張れば、同じようにしてゼシアが胸を張った。

「……ゼシアの活躍によって……敵国は滅びました……！」

呆れた表情で、サーシャは二人を見た。

「どうしようもないぐらい能天気だわ……」

「特にアノス君はよく頑張ったかな」

なぜか、エレオノールが俺の後ろにはりつき、頭をぎゅっと抱きしめる。

「偉いぞ」

しかし、配下とはいえ、俺がこうも後ろをいいようにさせるときが来るとはな。これは大きな、とても大きな平和だ。

「……ゼシアは……何番目にがんばりましたか……？」

期待に満ちた目でゼシアが訴える。彼女はびしっと指を一本立てている。

「無論、お前が一番よくがんばった」

すると、ゼシアはキラキラと目を輝かせ、人差し指を頭上にかかげた。

「……一番……ですっ……！」

そこへ雪月花がひらり、と舞い降りてきた。白銀の光が発せられたかと思うと、アルカナの姿に変わる。

「お兄ちゃん」

俺のそばに彼女は飛んでくる。

「選定審判が終わったかもしれない」

「整合神が滅びたか？」

「恐らく、そうだろう」

整合神エルロラリエロムの根源は、ヴィアフレアの胎内で転生途中だった。イージェスの槍に貫かれ、母胎と切り離されて遥か次元の彼方に飛ばされたのだ。整合神が滅び、その秩序である選定審判が終わったとして不思議はない。

「終わったのはいいが、このまま、なにも起きないとも限らぬ」

《母胎転生》と狂乱神のおかげで、元々の選定審判とはかなり様変わりしていた。

「しばらく状況を観察していよう」

「任せた」

そのとき、ずっとエティルトへーヴェを覆っていた魔力がなくなるのを感じた。

「《封域結界聖》が消えた」

ミーシャが言った。地底を抜けたため、竜鳴も聞こえぬ。

「エミリアたちと合流する」

俺は《転移》を使った。視界が真っ白に染まり、次の瞬間、縦穴に設けられた古代の墓地が目の前に現れた。ボミラスの分体を倒した魔王学院の生徒たちは、さすがに疲労困憊といった様子で、この場で体を休めていた。ボミラスの本体も敗れ、エティルトへーヴェの戦いに決着がついたのをレイたちが伝えたか、皆安堵した表情だ。視線を巡らせれば、少し離れた場所にエミリアがいる。彼女は、ファンユニオンの少女たちをチラチラと見ては、口を開こうとし、しかし、怖じ気づいたようになにも言えずに辺りをウロウロしている。

だが、とうとう覚悟を決めたか、彼女はエレンたちへ向かって歩いていった。

「あっ！　そうだ、エミリア先生っ！」

「は、はいっ……！」

エレンに急に振り返られ、エミリアはびっくりしている。

「あれ？　どうかしましたか？」

「い、いえ……なんでしょう？」

出鼻を挫かれ、エミリアは先にエレンの言葉を促した。

「えっとですね、実は今度あたしたち、ガイラディーテに行くんですよ」

「公務でっ」

ノノが続いた。

「……公務？　ああ、魔王聖歌隊の？」

「はい。それで、エミリア先生の家に遊びに行きたいなって。ね」

「うんうんっ。それで、できたら、泊まりたくて」

「でも、八人は無理じゃない？」

「詰めれば、なんとかなるなるっ」

「学院長だから、家も大きい気がするし」

きゃぴきゃぴとはしゃぎながら、ファンユニオンの少女たちはエミリアの周りを囲う。エミリアは笑顔で応じながらも、一瞬ばつが悪そうな表情で、僅かに俯いた。

「……あのっ、皆さん」

真剣な表情でエミリアは切り出した。

「はい」

と、少し驚いたようにエレンが応じる。

「ごめんなさい」

エミリアは深く頭を下げた。

「……以前にあなたたちにしたことは、決して許されることではありません。わたしは、酷い差別をしていました。ごめんなさい……」

空気が変わり、その場に緊張が漂う。エレンたちは、なにも言わない。エミリアはきゅっと唇を引き結び、頭を下げ続けることしかできなかった。

「先生」

その声を聞き、エミリアは顔を上げた。他のメンバーに促され、エレンが一歩前へ出る。彼女は真剣な表情でこう言った。

「なんの話でしたっけ？」

「…………………え？」

「ば、馬鹿。エレンッ、あれだよ、あれ。あれのことっ！」

「あ、そ、そっか。授業中にアノス様の魔法写真集を内職してたら、没収されたことっ⁉」

「それは完っ全にエレンが悪いからっ！　魔王城の廊下にアノス様語録を張り出したことでしょっ！　破られてたやつっ」

「それはジェシカが悪いからっ！　ユニオン塔のアノス様像を勝手に撤去したことじゃないっ⁉」

「似てなかったから仕方ないよっ！　それより、歴史の授業のときにアノス様のこと書いたら、ぜんぶバツにしたことじゃないのっ？」

少女たちが顔を見合わせる。

「「「あ、そ、それだよぉぉぉぉぉぉぉぉぉっ！！！」」」

全員がエミリアの方向を振り返った。彼女はまったく違うといった表情を浮かべている。

「あ、あれ？　ええと……じゃ、なんの話でしたっけ？」

「その……魔剣大会のときに、わたしがあなたたちを殺そうとして……」

エミリアが言うと、少女たちははっとした。

「あー、アノス様に名前を覚えてもらったときのっ！」

「エミリア先生のおかげだよねっ！」

「うんうんっ。先生はアノス様されちゃってまで、あたしたちの背中を押してくれて」

「憎まれ役を買って出てくれた感じだったよねっ」

エミリアは呆然とするばかりだった。

「……ちょっと認識が違うような……」

「違うっけ？」

「その、恨んでないんですか……？」

「恨むっていうか、感謝してるっ！」

「だって、あれがなかったら、アノス様の歌をこんなに歌えなかったし」

「ほんとほんとっ。ほんとっ、エミリア先生のおかげっ。ありがとうございます」

少女たちがぺこりと頭を下げる。

「い、いえ……」

思いも寄らない回答に、エミリアは動転する一方だ。

「それで、ガイラディーテに行ったときは、泊めてもらえます？」

「……皆さんがよければ、別にいいですけど……」

やったぁぁ、と少女たちは声を上げ、喜んでいる。エミリアは困ったような表情を浮かべていた。

「……本当に、なんとも思ってないんですか……？」

エレンに、エミリアは改めて訊いた。

「うーん」

と、エレンが考え込む。

「あのときは、色々ありましたけど。でも、とっくに昔の話かなーって思うんです。あたしたちは混血で苦労しましたけど、エミリア先生は皇族だから、大変なこともあって、誰が悪いってことはないです」

「……やっぱり、わたしが、悪かったと思いますよ」

「じゃ、許します」

「そんなに簡単に？　殺されそうになったのに？」

「だって、エミリア先生が本当に悪かったら、今先生はこんな風に一生懸命謝ろうとしませんから」

エミリアが目を丸くする。そんな彼女に、エレンは笑いかけた。

「殺そうとしたからといって、簡単に許さぬと思ったか」

「「「きゃあああああぁぁぁ、エレンずるいーっ、抜けがけ、抜けがけっ！」」」

ファンユニオンの少女たちが代わる代わるやってきては、「殺そうとしたからといって、簡単に許さぬと思ったか」とエミリアに伝えていく。

飽き飽きするほど許されていく彼女は、苦笑し、それから嬉しそうに笑った。

「もう……なんですか、なんですか、それは……」

「知らないんですか、先生。憎しみよりも、愛の方が強いんですよっ」

そんなことをエレンが言った。

「元気だね」

後ろからレイがそう言葉をかけてきて、俺の隣に立つ。

「そうだな」

無言で俺たちは、じゃれ合う少女たちとエミリアの姿を見守った。長く沈黙を続けた後、ふと俺は口を開いた。

「お前の親は？」

いつの時代のと言わずとも、彼には通じた。

「……死んだよ」

殺されたとも、誰にとも、レイは言わない。

「すまぬ」

ほんの僅かに、レイは首を振る。

「ただ戦って、死んだんだ」

短く、彼は言った。

「君の父親と同じだった」

そこにどれだけの意味が込められているか、よくわかっている。

「ありがとう」

なぜかエミリアが、ファンユニオンの少女たちに、魔王の物真似を伝授され始めた。強引なエレンたちに手を引かれ、渋々演技を行う彼女は、辱められたといった表情をしている。だが、存外に嬉しそうでもある。

俺とレイは、ただ平和な光景をぼんやりと見続けた。

なにも言わずとも、なにも聞かずとも、彼の想いが伝わってくるような気がした。

§ エピローグ 【～魔王の父～】

翌日――

俺は朝早く、ミッドヘイズ南西の丘を訪れた。手にした万雷剣を、その丘の一番見晴らしが良い場所に突き刺した。今や、この剣の所有者は俺だ。シンかレイでもなければ、抜くことはできぬだろう。

「グラハムは滅び続けている」

父の形見の万雷剣に向かい、俺は言葉をかけた。

「この根源の深奥にて、その虚無さえも消え去り真なる無に至るまで、無限の滅びを味わうだろう」

今もなお、俺の根源深くに奴の虚無があり、滅尽を繰り返している。

「いつかこの身が滅びようとも、奴の虚無を逃しはせぬ。父よ。あなたから引き継ぎ、母が命を賭してこの世に産み落としてくれたこのヴォルディゴードの根源にて、あの愚か者を、地獄の深淵に閉じ込めよう」

永遠などない。いずれは、虚無とて滅び去るだろう。もしも、それが誤りで、奴が永遠の無を生きるのだとすれば、俺の滅びもまた永劫と続く。この根源の深淵に沈んだ奴の虚無は、結局、永遠の滅びを続けるのだ。

「シャプス皇帝をエティルトヘーヴェの地下牢にて見つけた」

亡き父と向き合い、俺は言葉を続けた。

「ボミラスは皇帝に利用価値があると思ったのか、生かしておいたようだ。まだ本決まりではないが、インズエル帝国も勇議会に加わる見通しとなっている。アゼシオンは平和を願う有志たちの手で、よりよい未来を目指す」

また一歩、世界は平和へと近づいた。

「ミッドヘイズは穏やかだ」

丘に突き刺した万雷剣。その墓標からは、ミッドヘイズが一望できる。

「二千年前とは見違えるほど、あの街には笑顔が溢れている」

戦いに怯えることのない今に、ようやく辿り着いた。父が繰り返した滅びの果てに、迷い苦しんだ戦いの果てに、皆の笑顔がある。

「数えきれぬ屍を礎に」

今この時代を生きる者には、想像もつかぬだろう。だが、それでよいのだ。

「もう二度と、忘れはせぬ」

創星エリアルで見た過去を、俺は振り返る。

「歴史に名を刻むことなく明日のために戦った、尊き騎士たちの勇姿を。戦火に翻弄され、守るべき者たちに疎まれながらも、それでも己を貫いた気高き背中を」

俺はそれを追いかけ、ここまで来たのやもしれぬ。

「その平和の意志を、俺が引き継ごう」

悲劇を繰り返さぬように。

「亡霊は滅ぼした」

父の一七回目の来訪にて、俺が言った言葉——亡霊を滅ぼし、荒んだ世界を変える、と。すなわち、幻名騎士団など必要のない時代を築き上げる。薄々と勘づいていたのだろう。俺は、亡霊を演じる父の素顔を見たかったのだ。できると信じていたはずだ。この手につかめぬものなどなにもない、と。だが、結果として俺の言葉は、父に最後の決意を固めさせた。

「……あのとき、グラハムを倒すために、俺の力を借りにきたのか？」

ならば、もしも違う言葉を口にしていれば、ここで二人並んで街を眺める未来が、あったのかもしれない。いくら考えても、詮無きことだ。そうかもしれぬし、そうでないかもしれぬ。

いずれにせよ、それは、二千年も前に終わったことなのだ。迷いは不要だ。俺が前を見ていなければ、浮かばれまい。

「我が偉大なる父に、心より感謝を」

目を閉じて、俺は黙禱を捧げる。安らかに眠れ――その言葉が、どうしても喉につかえて出てこなかった。長く、できる限りこのときを、俺は続けたかったのかもしれぬ。暖かい風が優しく頬を撫でる、穏やかな朝。しんとした静寂の中、父への感謝がとめどなく溢れていく。

ふいにミーシャの言葉を思い出した。急ぐことはあるまい。このまま今しばらく、感傷に浸っていてもいいだろう。その方が平和らしく、父も安心するというものだ。

僅かに響く風の音に耳をすましながらも、俺は創星が見せた僅かな父の思い出を追いかけていた。風に乗り、様々な平和の音が聞こえてくる。安心しきった穏やかな寝息、弾むような足音、こぼれ落ちた笑い声。なにもかも、名もなき騎士たちが求めたものだ。

それから――

「ふんっ!!」

これ見よがしな野太い声。

「てりゃっ!!」

勢いよく振り下ろされた剣が風を切る。

「ど・う・りゃ・あああぁぁぁっ!!」

やかましいぐらい主張してくるその声に、さすがに黙禱していられず、俺は視線をやった。父さんが、剣を振りながらも、ちらりちらりとこちらの様子を窺っていた。

「……朝っぱらから、なにをしているのだ？」

「おっと、アノス。いたのか」

父さんは剣を突き刺し、気取ったポーズをした。

「奇遇だな」

明らかに知っていたはずだがな。

「なにを隠そう、実はこれが父さんの日課でな。朝早くから、ここで剣を振っているんだ。鍛えた剣の魂を研ぎ澄ますためになっ！」

再び父さんは剣を抜いて振り下ろす。

「初耳だが、いつからの日課だ？」

「もちろん――」

剣がビュウゥンッと風を切る。

「――今日からだ！」

日課とは言えぬ。

「どうだ、いつものようにいっちょやるか？　ん？」

「いつも？」

父さんのもとへ歩いていく。

「二人で一緒に剣の心を研ぎ澄ますやつな」

ふむ、厨二病ごっこか。いつもというか、この間、一回つき合っただけだ。

「ほら」

父さんが俺の手に強引に剣を握らせる。そうして軽い足取りで、丘に転がっていた籠の方へ歩いていく。

「あぁぁ、んー、あぁぁー……とだな」

父さんはなにか言いたげな様子だ。

「そ、そういや、アノスお前、帰ってきてから、あれだな」

籠の中の剣を漁りながら、父さんが言う。

「あれとは？」

「いや、なんつーか、ほれ、元気ないだろ」

思わず、自分が真顔になるのがわかった。

「そう見えるか？」

「いやあ、ま、なんだ、気のせいなら、いいんだけどな！　いや、まあ、気のせいじゃなくても、アノスが大丈夫だっていうなら、いいんだ。そりゃ、男にはな、乗り越えなきゃいけない壁の一つや二つぐらいあるもんだしな」

剣を選び、父さんはこっちを振り向いた。

「自慢じゃないが、父さんなんか、壁がありすぎて埋まってたぐらいだ」

壁の中で身動きのとれぬ父を想像した。確かに、自慢にならぬ。

「その壁はどうしたんだ？」

ふっと父さんはニヒルな笑みを覗かせた。

「今も埋まってる」

まるで乗り越えておらぬ。

「そんなもんだ、人生ってのは。ま、でも、アノスは父さんと違って出来がいいからな。壁に埋まってもぶち壊すんだろうけどさ」

「まあな」

そう口にすると、父さんは笑った。

「父さん。それを言いに早起きしたのか？」

「言っただろ。偶然だってな」

まったく。父さんの格好つけには困ったものだ。困ったものではあるのだが……不思議なもので、先程よりも気分が晴れた気がしていた。

「ありがとう」

「……な、なんだ急にっ？　べ、別に俺ぁ、当たり前のことを言っただけで、礼を言われるようなことはだなあ」

そう言いながらも、父さんは非常に照れていた。

「さて」

「おう」

帰るか、と踵（きびす）を返（かえ）そうとすると、父さんは言った。

「いっちょ、やるかっ！」

「……やるのか？」

「そりゃ、やるだろ」

父さんの目は本気そのものだった。ふむ。まあ、いいだろう。心配して来てくれた父さんに、つき合ってやるのも一興だ。

「本気で行くぞ」

無論、本当に本気で行くわけはないが。

「望むところだ」

父さんはにやりと笑った。俺たちは互いに距離を取り、剣を構える。

「貴様に恨みはないが、平和のために死んでもらうぞっ！」

父さんは右手に剣を構え、左手で丘に突き刺している万雷剣を手にした。

「我が剣は一つに非ずっ！」

ぐっと力を入れるも、当然だがその魔剣はびくともしない。俺が所有者だから助かっているものの、そうでなければ紫電に撃たれて灰になっているだろう。

「……ぬ、おおおおおおぉぉぉ……」

父さんは持っていた剣を放り捨てると、両手で万雷剣を引き抜こうとする。

「……ぬ……抜けん――」

当然の結果だった。

「――と、思うな。これが、俺の構えだ」

突き刺さった万雷剣に手をやったまま、父さんは無理矢理構えた風に装っている。

「俺が何者か気になるか。滅殺する剣の王である俺の名がっ！」

なおも強引に父さんは先へ続けた。相も変わらず名前を聞けと、猛アピールしてくる。

やれやれ、仕方のないことだ。

「お前は何者だ？」

言いながら、俺はゆるりと父さんへ向かって歩を進ませる。

「フッ」

ここぞとばかりに父さんは笑った。名乗るほどのものじゃないさ、か？

いや。あの顔——いかにも、俺の裏をかいてやると言わんばかりのしたり顔だ。

別パターンか？　途中まで同じ言葉で攻め、唐突に変化を仕掛け、俺に言動を読ませぬつもりだろう。しかし、父さんの厨二病にはもう慣れた。何パターンの台詞があろうと、どんな奇天烈なことを言われようと、最早動じぬ。

「亡霊に名は不要っ！」

一瞬、その声が、二千年前の父とダブッて聞こえた。ありきたりな台詞だ。偶然だろう。父さんの厨二病にも困ったものだ、と俺は更に歩を刻んだ。

「滅びゆく貴様は、この名を頭に刻め」

時間がひどくゆっくりと流れている気がした。

「俺は幻名騎士団、団長——」

そんなことが……と、父さんの言葉に、ただただ俺は耳を傾けた。思えば創星の過去では、その先を聞くことはできなかった。

「——滅殺剣王ガーデラヒプトッ!!」

父さんの台詞とともに、勢いよく万雷剣が地面から抜けた。本来の所有者の手に、戻ったとでもいうように。

「でやあぁぁぁぁぁぁぁっ!!」

間合いの外側で思いきり振るわれた剣。俺が構わず前へ進むと、万雷剣が頭にゴツンッと直撃した。

「うあぁぁぁぁ……あ、あ……アノスゥゥッ……!?」

父さんが慌てふためきながらも悲鳴を上げた。

「す、すまん！　父さん、目測を……！　大丈夫かっ……て、全然血が出てないな……頑丈だな、お前……」

グラハムは、死に絶えたと言った。俺の父、セリス・ヴォルディゴードは死に絶えた、と。ツェイロンの血族に首を奪われた者は滅びるのではなく、死ぬということだろう。その力を奪われ、《蘇生》も《転生》も使えなくなった頃、首に残っていた根源が解放される。それは、切り離された体に残った僅かな意識、希薄な根源と再び巡り会い、そうして、そのまま根源は天に昇って絶えるのだろう。蘇ることも、生まれ変わることもできなければ、死は滅びに等しい。それが死に絶えるということだ。

それでも、以前にアルカナが言っていた。根源は輪廻する。形を変え、力を変え、記憶を失って。なおも、父はここにいた。俺のそばに、ずっといたのだ。

「……アノス？　だ、大丈夫か？　い、痛むのか？」

涙の雫が一粒、俺の頬を伝って落ちていた。

「父のことを思い出した」

俺の声に父さんが、すぐさま真剣な表情になり、耳を傾けた。

「二千年前、俺の父、セリス・ヴォルディゴードは、深い愛情を秘め、ひたすら厳しかった。平和のために、俺の未来のために、修羅の如く戦い続けた父は今際の際に、人生を振り返り、嘆いたのだ」

うなずきながら、唐突に話し始めた俺を、父さんは優しく見つめている。

「厳しいばかりの、愛情のない、愚かな父であった、と」

どれほどの無念であったか。

「そんなことを言わせてはならなかった。父の、その背中は、どんな言葉よりも雄弁に俺に語りかけていたのだ」

声が震えた。

「俺の誇りであった」

拳を握り締める。

「平和が叶わなかった、と死んでいった父の無念が、不憫でならぬ」

すると、父さんが俺の頭に手を置く。肩を組むようにしながら、力強く抱きしめてくれた。

「立派な人だったんだな、アノスの父君は」

そう言って、父さんは普段からは信じられないほど、大人びた表情を浮かべた。

「父さんな。思うんだけど、アノスの父君は、最後に自分の人生を嘆いたわけじゃないんじゃないか？」

視線で問いかけると、父さんは答えた。

「父さんは今、アノスがいるから、なんとなくわかるぞ。父さん、死ぬときに、自分のことなんか、考えないんだって」

「……では、なにを？」

「そりゃ、お前のことだよ。お前の父君はもう父親の愛情を受けられなくなったお前のことを想って嘆いたんだと思うぞ。これからの時代、お前が平和に生きられないことを嘆いたんだ」

父さんの言葉がすっと胸の内に入ってくる。

「……そうか？」

「たぶん……」

と言った後、慌てて父さんは言い直した。

「いや、絶対だ、絶対っ！　だからな。ぜんぶ、お前次第だ」

いつになく真剣に、父さんは語る。

「では、父を嘆かせぬように生きねばならぬな」

「おうっ。それに、あれだ、あれ！　お前の父君ができなかったって嘆いたことは、代わりに父さんが、ぜんぶアノスにやってやるからな。馬鹿話をしたり、人生語っちゃったり、厨二病ごっこをしたりなっ！」

俺を元気づけようと、いつものように父さんは少しおどけた。

「そしたら、お前の父君も天国でちょっとは安心するだろ」

「く……」

思わず、小さな笑い声がこぼれ落ちた。

「くははっ」

「お、おかしいかっ？　お前そんなに笑うとあれだぞ。父さん、また人生の壁に埋まっちゃうぞっ」

「父さん、馬鹿話にもほどがあるぞ。修羅の如(ごと)く生きた厳しい俺の父が、壁に埋まってばかりの父さんみたいなことがやりたかったと？」

するると、父さんはひそひそ話でもするかのように言った。

「父さんにはわかるぞ。きっと、お前の父君も、修羅の如(ごと)き形相で、人生の壁に埋まってたはずだ」

「くはははっ」

馬鹿な話だ。本当に、こんな馬鹿な話があるものか。誰よりも厳しく生きたあの父が、もしもこんな父さんになることを望んでいたのだとしたら、こんなにもおかしく、そして平和なことはない。

「そろそろ、母さんが朝食の支度を終える頃か」

「おっ、そうだな。きっと、今日は朝からキノコグラタンだぞ」

「なぜだ？」

「そりゃ、アノスの元気がなかったからな」

母さんもお見通しか。敵(かな)わぬな。

「ようし、帰るぞっ！」

父さんが俺と肩を組んだまま、丘を歩き出す。

「このままか？」

「たまにはいいだろ。父さん、こうやって息子と男同士、肩を組んで歩きたかったんだ」

やれやれ。仕方のない父だな。

「たまにはな」

父さんが笑う。

「あ、そういや、この剣、どうするんだ？　持ってきちゃ、まずいよな」

父さんは手にした万雷剣を見た。

「父の形見だ。父さんが預かっていてくれ」

「いいのか？　そんな大事なもんを？」

「父もそれを願っている」

「そうか。そうかぁぁ」

父さんが嬉しそうに言う。

「じゃ、預かっとくぞ」

父さんは肩を組んだ手で、俺の頭をぐしゃぐしゃと撫でる。少し粗雑なその手つきに、けれども大きな優しさを覚えた。

「大きくなったな、アノス」

まるで、二千年前の父のように父さんが言う。きっと、言いたくなっただけなのだろう。

「まだ父さんほどじゃない」

「ははっ、それな、それっ！」

心の底から嬉しそうに父さんは笑う。魔法は使わず、そのまま肩を組みながら、俺たちは丘をゆっくりと下りていく。この穏やかで、馬鹿馬鹿しくも、愛おしいときは、これからもずっと続くのだと、そう確信しながら。

笑い声が響く中、ふと思い出したのは、小さな創造神のことだ。世界は優しくない、と彼女は言った。次に会ったならば、必ず、このことを伝えよう。

お前が創ったこの世界は、こんなにも優しさに溢れている、と——

了

あとがき

この八章にはどうしても書きたくてずっと温めていたシーンがいくつもあり、ようやく書けるという気持ちで書き上げました。

五つの創星エリアルによって、アノスの記憶の空白が少しずつ埋まっていくという構成になっておりますが、この情報の出し方、謎の明かし方にとても苦心したのを覚えています。

また久しぶりにエミリアが登場します。勇者学院の生徒たちと過ごすことで成長した彼女が、今度はまた魔王学院の生徒たちと行動をともにすることになるのですが、特にファンユニオンとは例の一件以来、まともに話をしていない状況です。エミリアがかつての過ちにどう決着をつけるのか、ファンユニオンはそれに対してどんな返答をするのか、これは書かなければいけないことだとずっと思っておりまして、この八章でお見せできたことを嬉しく思います。

読者の皆様が楽しみにしていらっしゃるのは、アノスたちメインの登場人物たちであるというのはわかっているのですが、それでもこの物語に登場したキャラは全員生きており、それぞれの人生の主役であると思っておりますもので、エミリアやまた魔王学院の生徒たちなどにもたまにはスポットを当ててあげたい、という思いで書かせていただきました。

アノスたちが壮大なスケールのバトルを繰り広げ、また大きな謎へ迫る中、どちらかと言えば凡人である彼らはどのように懸命に生きているのか。彼らの成長、変化を感じられますと、より物語に厚みが出て、面白く感じられるのではないかと思いました。そうはいっても、アノスたちメインキャラをないがしろにしては本末転倒なので、どちらも重要だと考えるあまり、文字数がどんどん増えていき、紙の本を手に取られている方はわかると思うのですが、巻を追うごとに少しずつ厚くなっております。

　文字数が増えすぎることがマイナスにならないのがＷＥＢ小説のよいところではありますが、書籍にしますと話が変わってきまして、厚すぎて読むのを身構えてしまわないか、と不安になったり、もう少し上手（うま）くまとめられていたらと反省したりしました。

　そんな厚い本をそのまま出してくださる担当編集の吉岡（よしおか）様には、いつも大変お世話になっております。これからも厚くなるかもしれませんが、何卒（なにとぞ）よろしくお願い申し上げます。

　またイラストレーターのしずまよしのり先生にも大変お世話になりました。カバーイラストのアノスとセリス、本当に素晴らしい出来です。八巻を読み終えた方には、また最初とは違った印象に見えるのではないでしょうか。素敵なイラストをありがとうございます。

　最後に読者の皆様に、心よりお礼を申し上げます。次回も面白い作品を届けられますよう精一杯がんばって参りますので、何卒（なにとぞ）よろしくお願い申し上げます。

二〇二〇年八月五日　秋（しゅう）

◉秋著作リスト

「魔王学院の不適合者
～史上最強の魔王の始祖、転生して子孫たちの学校へ通う～　1～8」（電撃文庫）

本書に対するご意見、ご感想をお寄せください。

ファンレターあて先
〒102-8177　東京都千代田区富士見2-13-3
電撃文庫編集部
「秋先生」係
「しずまよしのり先生」係

本書はインターネット上に掲載されていたものに加筆、修正しています。

電撃文庫

魔王学院の不適合者8
～史上最強の魔王の始祖、転生して子孫たちの学校へ通う～

秋

2020年10月10日　初版発行

発行者　青柳昌行
発行　株式会社KADOKAWA
〒102-8177　東京都千代田区富士見2-13-3
0570-002-301（ナビダイヤル）
装丁者　荻窪裕司（META＋MANIERA）
印刷　株式会社暁印刷
製本　株式会社ビルディング・ブックセンター

ISBN978-4-04-913448-3　C0193　Printed in Japan

電撃文庫　https://dengekibunko.jp/

電撃文庫創刊に際して

文庫は、我が国にとどまらず、世界の書籍の流れのなかで〝小さな巨人〟としての地位を築いてきた。古今東西の名著を、廉価で手に入りやすい形で提供してきたからこそ、人は文庫を自分の師として、また青春の想い出として、語りついできたのである。

その源を、文化的にはドイツのレクラム文庫に求めるにせよ、規模の上でイギリスのペンギンブックスに求めるにせよ、いま文庫は知識人の層の多様化に従って、ますますその意義を大きくしていると言ってよい。

文庫出版の意味するものは、激動の現代のみならず将来にわたって、大きくなることはあっても、小さくなることはないだろう。

「電撃文庫」は、そのように多様化した対象に応え、歴史に耐えうる作品を収録するのはもちろん、新しい世紀を迎えるにあたって、既成の枠をこえる新鮮で強烈なアイ・オープナーたりたい。

その特異さ故に、この存在は、かつて文庫がはじめて出版世界に登場したときと、同じ戸惑いを読書人に与えるかもしれない。

しかし、〈Changing Times,Changing Publishing〉時代は変わって、出版も変わる。時を重ねるなかで、精神の糧として、心の一隅を占めるものとして、次なる文化の担い手の若者たちに確かな評価を得られると信じて、ここに「電撃文庫」を出版する。

1993年6月10日
角川歴彦

電撃文庫DIGEST　10月の新刊

発売日2020年10月10日

安達としまむら9 【著】入間人間　【キャラクターデザイン】のん	安達と出会う前のしまむら、島村母と安達母、日野と永藤、しまむら妹とヤシロ、そしていつもの安達としまむら。みんなどこかで、少しずつ何かが変わっていく。そんなお話です。
新作 **続・魔法科高校の劣等生 メイジアン・カンパニー** 【著】佐島 勤　【イラスト】石田可奈	数多の強敵を打ち破り、波乱の高校生活に幕を下ろした達也。彼は新たな野望の実現のため動き始めていた。それは魔法師のための新組織『メイジアン・カンパニー』の設立。達也は戦い以外の方法で世界を変えようとする。
魔王学院の不適合者8 ～史上最強の魔王の始祖、転生して子孫たちの学校へ通う～ 【著】秋　【イラスト】しずまよしのり	転生の際に失われた記憶を封じた《創星エリアル》。その存在を知ったアノスだが、かの地では二千年前の魔族《魔導王》が暗躍し――？　第八章《魔王の父》編!!
幼なじみが絶対に負けないラブコメ5 【著】二丸修一　【イラスト】しぐれうい	丸末晴ファンクラブ爆誕！　末晴に女子ファンが押し寄せる事態に、黒羽、白草、真理愛の３人で、まさかのヒロインズ共同戦線が成立!?　彼女たちにもファンクラブが誕生し、もはや収拾不能のヒロインレース第５弾！
アポカリプス・ウィッチ③ 飽食時代の【最強】たちへ 【著】鎌池和馬　【イラスト】Mika Pikazo	セカンドグリモノアを『脅威』の群れが覆い尽くす。その最下層には水晶像となり回復を待つ旧友ゲキハ達が取り残されているのだ。学校奪還を目指すカルタ達だが、指揮を執るキョウカの前に人間達の『黒幕』も現れ――。
オーバーライト2 ――クリスマス・ウォーズの炎 【著】池田明季哉　【イラスト】みれあ	ヨシの元にかつてのバンド仲間、ボーカルのネリナが襲来！　時を同じくして、街ではミュージシャンとグラフィティ・クルーの間に《戦争》が勃発。消されたブーディシアのグラフィティ、そしてヨシをめぐる三角関係の行方は!?
女子高生同士がまた恋に落ちるかもしれない話。2 【著】杜奏みなや　【イラスト】小奈きなこ	八年越しの想いを伝え合った、わたしと佑月。友達よりも特別だけど、好きとか付き合うではない関係。よく分からないけど、ずっとこのままの２人で――と思っていたら、文化祭の出し物を巡り思いがけない事態が発生し――。
魔力を統べる、破壊の王と全能少女2 ～魔術を扱えないハズレ特性の俺は無刀流で無双する～ 【著】手水鉢直樹　【イラスト】あるみっく	成績不良を挽回するため、生徒会のミッションを受諾した無能魔術師の円四郎。全能の魔術師メリルと学園トップ層の美夜の３人で高層ビルを爆破する爆弾魔を探るが、犯人はどうやら学園の先輩、宇佐美七海のようで――!?
新作 **バケモノたちが嘯く頃に ～バケモノ姫の家庭教師～** 【著】竜騎士07　【イラスト】はましま薫夫	名家の令嬢の家庭教師として、御首村を訪れた青年・塩沢磊一。そこで彼が目にしたものは、人間のはらわたを貪る美しき〝バケモノ〟、御首茉莉花の姿だった――！　竜騎士07最新作が電撃文庫から満を持して登場。
新作 **君が、仲間を殺した数 ―魔塔に挑む者たちの咎―** 【著】有象利路　【イラスト】叶世べんち	彼はその日、闇に堕ちた。仲間思いの心優しい青年は死に、ただ一人の修羅が生まれた。冒険の舞台は『魔塔』。それは命と「心」を喰らう迷宮（ダンジョン）。そこに挑んだ者たちは、永遠の罪と咎を刻まれる――。
新作 **午後九時、ベランダ越しの女神先輩は僕だけのもの** 【著】岩田洋季　【イラスト】みわべさくら	夜９時、１ｍ。それが先輩との秘密の時間と距離。「どうしてキミのことが好きなんでしょうか？」ベランダ越しに甘く問いかけてくるのは、完璧美少女の氷見先輩。冴えない僕とは一生関わることのないはずだった。
新作 **ねえ、もっかい寝よ？** 【著】田中環状線　【イラスト】けんたうろす	クラスでは疎遠な幼なじみ。でも実は、二人は放課後添い寝する関係だった。学校で、互いの部屋で。成長した姿に戸惑いつつも二人だけの「添い寝ルール」を作って……素直になれない幼なじみたちの添い寝ラブコメ！
新作 **異世界の底辺料理人は絶頂調味料で成り上がる！ ～魔王攻略の鍵は人造精霊少女たちとの秘密の交わり!?～** 【著】アサクラ ネル　【イラスト】TAKTO	オレは料理人だ。魔王を満足させる料理を作らないと殺されるハメになり、絶望しているときに出会ったのがソルティという少女。彼女の身体から「最高の塩」を採集するには、彼女を絶頂へと導くしかない……！
新作 **女子高生声優・橋本ゆすらの攻略法** 【著】浅月そら　【イラスト】サコ	渋すぎる声と強面のせいで周囲から避けられている俺が、声優デビューすることに。しかも主役で、ヒロイン役は高校生声優の橋本ゆすら。高嶺の花の彼女とともに、波瀾万丈で夢のような声優人生が始まった――！

昨日、しまむらと私が
キスをする夢を見た。

体育館の二階。ここが私たちのお決まりの場所だ。
今は授業中。当然、こんなとこで授業なんかやっていない。
ここで、私としまむらは友達になった。

日常を過ごす、女子高生な二人。
その関係が、少しだけ変わる日。

入間人間 イラスト／のん

電撃文庫